여왕을 위한 진혼곡

III

정유나 장편소설

여왕을 위한 진혼곡

III

D&C BOOKS

목차

제3곡 · sequéntĭa속송

8부 facies post personam가면 뒤의 얼굴 Ⅱ · 7

9부 vēlo coopertae베일로 가려진 · 127

10부 te nihilōminus amo그럼에도 당신을 사랑합니다 · 297

제3곡

sequéntĭa
속송

8부

facies post personam Ⅱ
가면 뒤의 얼굴

facies post personam II
가면 뒤의 얼굴

"무, 무슨 소리예요, 그게? 공작을 잘 부탁한다니, 갑자기 여기서 그 얘기가 왜 나와요?"

더듬더듬 되묻자, 백작은 당황하는 그녀를 보며 씩 웃었다. 어느새 옆으로 밀려났던 말린 자작과 주위를 둘러싼 다른 자들도 마찬가지였다. 어안이 벙벙해진 사람은 밀라이아와 아인트 페르디난드, 오직 두 사람뿐인 듯했다.

"왜 나오냐니요? 각하와 좋은 감정으로 만나시는 것 아니었습니까?"

"그, 그건 그렇지만……."

뜨끔한 마음을 감추며 한 대답에 백작은 여전히 미소 띤 얼굴로 말했다.

"그럼 문제없군요. 각하를 잘 부탁드립니다. 밀라 님이라면 분명 각하의 훌륭한 반려가 되어 주실 수 있을 겁니다."

"뭐…… 그게 무슨……."

"이런 날이 오기만을 기다리고 있었습니다. 각하를 구제해 줄 여인은 오직 밀라 님뿐입니다!"

"네, 네에?"

지나치게 열렬한 그 기세에, 밀라이아는 저도 모르게 한 걸음 뒤로 물러났다.

그때, 갑자기 몸이 빙글 도는가 싶더니 검은색의 무언가가 시선을 가득 메웠다. 어느새 그녀를 품으로 끌어당긴 공작이 보호하듯 단단하게 등을 감싸 안고 있었다.

"그만하십시오, 숙부님. 이 사람, 많이 놀랐잖습니까."

두근.

불현듯 심장이 제 존재를 알리며 빠른 속도로 뛰기 시작했다.

통제를 벗어난 반응에 움찔하며 몸을 뒤로 빼려는데, 재빨리 팔에 힘을 주어 그녀의 움직임을 차단한 공작이 조심스럽게 물었다.

"괜찮소, 밀라? 놀라게 해서 미안하오."

"……네. 괜찮아요."

그제야 잠시 잊었던 주위를 상기한 밀라이아는 얌전히 공작에게 기대며 작게 속삭였다.

그럼에도 걱정스러운 눈길로 그녀를 바라보던 공작은 다정하게 등을 두어 번 더 토닥여 준 뒤에야 고개를 들었다.

"숙부님, 내 그렇게 주의해 달라 부탁드렸잖습니까. 오늘 이 자리를 만들려고 그동안 얼마나 노력한 줄 아십니까?"

"아니, 어째서요? 어차피 결혼하실 사이잖습니까."

"……."

의아해하던 백작은 답이 돌아오지 않자 이내 황당해하며 되물었다.

"설마 아직도 청혼을 못하신 겁니까?"

'뭐라고? 청호오온?'

고개를 번쩍 들자, 공작은 짜증 섞인 목소리로 답했다.

"아셨으면 이만 물러나십시오. 어디까지 나를 망신시켜야 속이 시원하시겠습니까?"

"이런……. 죄송합니다, 각하. 그럼 좋은 시간 되십시오."

황급히 인사를 건넨 백작이 물러가려는 순간, 한쪽에 비켜 서 있던 아인트가 어이없다는 목소리로 말했다.

"아니, 이게 다 무슨 말입니까? 출신도 모르는 저 따위 여자에게 가모家母가 되어 달라는 얘긴 뭐고, 청혼조차 못했단 소리는 또 뭡니까? 저 여자가 대체 뭐라고……!"

"아인트. 내 아까 분명 그 입 닥치라 하였을 텐데."

"아니오, 얘기해야겠습니다. 소개도 못해 주겠다, 데려는 오겠지만 얼굴은 못 밝힌다 하며 사람 복장을 실컷 뒤집어 놓으시더니, 이제는 뭐라고요? 청혼조차 못하셨다고요? 대체 저 여자가 뭐기에 각하께서 이리도 쩔쩔 매시는 겁니까! 감히 페르디난드가의 주인을 이리 막 대하다니, 제가 무슨 여왕 전하나 제국의 황녀 정도라도 되느냐……!"

"아인트 페르디난드!"

버럭 고함을 지른 공작이 주위를 향해 사납게 으르렁거렸다.

"뭣들 하고 있는 건가! 당장 저놈을 끌어내지 않고!"

"넷, 각하!"

황급히 달려든 사람들이 양팔을 붙들었다.

하지만 남자는 질질 끌려 나가면서도 계속해서 소리쳤다.

"정신 차리십시오! 저 여자는 지금 각하를 기만하고 있습니다! 정녕 천한 여자 하나 때문에 가문을 망칠 작정이십니까! 에잇, 이것 놔라! 각하! 속지 마십시오, 각하!"

쿵.

거대한 문이 닫히는 소리에 비로소 남자의 음성이 완전히 사라졌다.

서로 눈치만 보는 사람들을 공작이 노려보고는 말했다.

"일단은 즐기도록. 오늘 있었던 일에 대한 처분은 추후에 내리도록 할 터이니."

'어휴, 무시무시하네. 어쩔까. 좀 도와주는 게 나으려나?'

밀라이아는 사색이 된 사람들을 바라보며 잠시 고민했다.

별로 예쁘게 군 것도 없는데 굳이 그래 줄 필요가 있나 싶긴 했지만, 이쯤에서 적당히 분위기를 환기하는 게 나을 듯했다. 마침 공작과 조용히 얘기할 것도 있고.

등을 감싼 손을 풀어내며 올려다보자 공작은 곧장 그녀에게로 시선을 돌렸다. 가면 아래 드러난 재색 눈동자가 의아한 빛을 머금고 있었다.

"밀라? 무슨 일이오?"

"기분 풀어요, 에른. 그리 무섭게 얘기하면 누가 연회를 즐길 수 있겠어요? 봐요. 모두 눈치만 보고 있잖아요."

보란 듯 주위를 둘러보자 사람들이 슬그머니 고개를 돌리는 것이 눈에 들어왔다. 그중에는 부랴부랴 파트너를 찾아 나서거나 바람이라도 쐬어야겠다고 중얼거리며 연회장을 빠져나가는 자들도 있었다.

말없이 그 모습을 지켜보던 공작이 다소 기운 빠진 목소리로 말했다.

"하아. 알겠소. 내 당신 얼굴을 봐서 한 번만 더 참으리다."

"잘 생각했어요. 그럼 이제 분위기를 좀 바꿔 보는 건 어때요?"

"어떻게 말이오?"

공작의 반문을 들은 밀라이아의 시선이 연회장 한쪽에 놓여 있던 피아노로 향했다.

"저건 어때요? 나, 에른이 연주해 주는 음악을 한번 듣고 싶은데."

"당신이 먼저 연주해 준다면 그리하겠소."

"어…… 내가요?"

당혹스러운 목소리로 묻자 공작은 묵묵히 고개를 끄덕였다.

밀라이아는 피아노를 흘낏 바라보며 잠시 고민했다.

악기 한둘 정도 연주하는 거야 어렵지 않았지만, 문제는 이 시대의 피아노가 과연 그녀가 살던 때의 것과 얼마나 비슷하고 또 다른지를 모른다는 거였다. 막연히 괜찮을 거라는 생각에 나섰다가 혹 음이 다르기라도 하면 어쩐단 말인가.

"그건 좀……."

아무래도 안 되겠다 싶어 거절하려는 순간, 낌새를 눈치챈 듯 공작이 한발 앞서 말했다.

"정말 안 해 줄 거요? 분위기 전환이 필요하다 했던 건 그대였잖소."

"그렇지만……."

"뒷일은 내가 책임질 테니 걱정 마시오. 꼭 한번 들어 보고 싶어 그러오."

난처한 기분으로 공작을 바라보던 밀라이아가 작게 한숨을 쉬었다.

'에이, 모르겠다. 설마 기본 음계까지 다르진 않겠지.'

"후우……. 알겠어요. 대신 못한다고 뭐라 하기 없기예요?"

"그야 물론이오."

곧바로 고개를 끄덕인 그가 손을 내밀었다.

밀라이아는 유독 정중한 에스코트를 받으며 피아노 쪽으로 향했다.

그동안은 여왕의 연주 실력이 어느 정도인지 몰라 피아노를 보면서도 그저 지나치곤 했는데, 아무도 그녀의 정체를 모르는 이곳에서라면 한 번쯤 해 봐도 되지 않을까 싶었다. 게다가 설령 망친다 해도 공작이 감수한다 했으니 상관없었다.

제게로 쏠리는 시선을 모르는 척하며 피아노 앞에 멈춰 선 그녀는 굳게 닫혀 있는 뚜껑을 열었다.

그 순간 눈에 들어온 것은 그녀가 알던 것과 색이 반대로 되어 있는 건반이었다.

'어라, 하얀 건반이 까맣고 까만 건반이 하야네? 설마 이거, 정말로 소리까지 다른 건 아니겠지?'

밀라이아는 마른침을 꿀꺽 삼키며 조심스럽게 건반 위로 손가락을 가져갔다.

도레미파솔라시도.

'아, 다행이다.'

안도의 한숨이 흘러나왔다. 예상 밖의 광경에 잠시 당황했었는데, 다행히도 기본적인 음은 크게 다르지 않은 것 같았다. 건반의 색이 뒤바뀐 피아노는 그녀가 연주하던 것보다 소리가 좀 더 가볍고 짧은 편이라는 것을 제외하고는 거의 비슷했다.

'가볍고 맑은 소리라. 그렇다면 역시 그게 나으려나?'

문득 한 가지 곡을 떠올린 그녀는 잠시 그것이 발표된 시기를 가늠해 보다 건반 위에 손을 올렸다. 기억에 따르면 적어도 백 년보다 이전 시대의 곡이었으니 지금 연주한다 하여 문제될 건 없을 듯했다.

도도솔솔라—.

적어도 몇 년은 피아노를 치지 않은 탓에 손가락이 생각처럼 유려하게 움직여지지는 않았지만, 그래도 예상했던 것보다는 제법 듣기 좋은 멜로디가 흘러나왔다. 아마도 오래전 작곡된 음악이 그 시대의 악기와 만나 비로소 제 옷을 찾아 입었기 때문이리라.

경쾌하게 흐르는 선율을 타고 잊었던 옛 추억이 하나둘 떠올랐다.

몸이 약했던 동생이 조금이나마 기운을 차릴 때면 늘 연주해 주곤 했던 노래. 동요를 편곡해서 만든 이 곡은 앨런이 가장 좋아하던 멜로디였다.

누나의 연주를 듣고 싶다는 보챔에 마지못해 승낙할 때면 언제나 활짝 웃어 주곤 하던 아이. 조금씩 변해 가는 사람들 속에서 유일하게 반짝반짝 빛나던 그 아이는—.

솔파시—!

손가락이 미끄러지며 불협화음을 만들어 냈다.

귓속을 날카롭게 파고드는 소리에 겨우 상념에서 깨어난 밀라이아가 서둘러 다음 건반을 눌렀다.

하지만 당황한 탓인지, 실수를 수습하려 할수록 점점 더 손가락이 엉뚱한 건반을 누르는 것이 느껴졌다. 귀를 어지럽히는 불협화음에 마음이 더욱 초조해졌다.

'어쩌지? 이게 무슨 망신이람?'

아무리 공작이 책임지겠다고 했다지만, 그래도 민망한 건 민망한 거였다. 적잖은 사람이 주목하고 있는데 연달아 실수하는 게 유쾌할 리는 없잖은가.

그때, 단단한 팔이 갑자기 끌어안듯 몸을 감싸 오는 것이 느껴졌다.

어느새 어깨 위에 턱을 올린 공작이 그녀의 손 위에 제 손을 얹으며 속삭이고 있었다.

"가만히 따라오십시오."

밀라이아의 것을 온전히 덮어 버린 손이 마치 그녀가 연주하는 양 태연하게 건반을 두드리기 시작했다. 공간을 울리는 피아노 소리가 경쾌하면서도 유려했다.

어깨에 얹힌 가벼운 무게감과 저를 감싸 안는 듯한 시트러스 향에 심장이 기분 좋은 울림을 만들어 내며 뛰기 시작했다. 당혹감에 저도 모르게 긴장되었던 마음이 편안하게 풀어지는 느낌.

"좀 더 힘을 빼고 제게 맡기십시오. 네, 그런 식으로."

소곤거리는 목소리가 귓가를 부드럽게 울렸다.

순간 귓바퀴를 간질이고 지나가는 숨결에 나른하게 풀렸던 몸이 파드득하고 튀어 올랐다.

그 바람에 또다시 엉뚱한 건반을 누를 뻔했지만, 공작은 잘못 튀어나간 손가락을 재빨리 잡아채며 다음 마디를 연주했다. 아무도 눈치채지 못했을 만큼 신속하고 자연스럽게.

라솔라시—.

'후우, 다행이다.'

한숨을 내쉬며 내려다보자 제 것을 온전히 다 덮은 손이 눈에 들어왔다.

문관의 것임을 증명하듯 그것은 검지와 중지의 손마디가 유독 불룩한 점을 제외하고는 대단히 고와 보였지만, 손등에 와 닿은 손바닥의 감촉은 보드라울 것 같은 겉모습과는 다르게 상당히 거칠었다. 문관들이 대부분 그러하듯 그 역시 교양 수준으로나마 꾸준히 검술을 익히고 있는 모양이었다.

'검을 휘두르는 공작이라니, 왠지 안 어울리잖아. 아닌가? 어찌 생각해 보면 또 어울리는 것 같기도 하고…….'

뜨끈뜨끈한 감촉을 애써 무시하며 잡다한 생각들을 떠올리는 사이, 관성 반 타의 반으로 건반 위를 달리던 손가락이 마침내 마지막 마디를 눌렀다.

미레레도.

음이 맑은 여운을 남기며 공기 중으로 흩어졌다.

그 순간, 잠시간 흐르던 정적을 깨며 우렁찬 박수 소리가 공간을 메웠다.

"브라바!"

"훌륭한 연주였습니다!"

"아름다운 곡이었습니다!"

밀착했던 몸을 떼어 낸 공작이 옆으로 다가와 손을 내밀었다.

그에게 의지해 의자에서 일어난 밀라이아는 주위를 둘러보며 어색한 미소를 지었다. 온전히 제 실력으로 해낸 연주가 아니라서 그런지 영 겸연쩍었다. 저들 역시 그 사실을 알고 있을 것이기에 더더욱.

"아름다운 연주였소."

그는 언제 도와줬느냐는 듯 태연한 얼굴로 찬사를 건넸다.

조금씩 잦아들던 박수 소리가 다시 커지는 것이 느껴졌다.

'뭐야, 그렇게 꺼릴 때는 언제고.'

밀라이아는 헛웃음을 환한 미소로 가장한 채 사람들을 향해 다시 한번 감사를 표했다. 물론 공작의 숙부라는 자가 공작을 잘 부탁한다느니 청혼이라느니 하며 말도 안 되는 얘기를 늘어놓긴 했지만, 처음 들어설 때부터 경계하는 기색이 역력하던 자들이 저리 호응하는 걸 보면 아무래도 제가 분위기 전환을 시도한 것이 먹히기는 한 것 같았다.

여세를 계속 몰아가려는 생각일까?

부드럽게 그녀의 손을 잡아 올려 입을 맞춘 공작이 말했다.

"그럼 이제 내가 답례할 차례로군. 부족하나마 그대를 위해 열심히 연주해 보겠소."

"기대할게요."

웃는 얼굴로 답하자, 그는 좀 전까지 그녀가 자리했던 의자에 앉아 건반 위에 손을 얹었다.

레도시라—.

길게 뻗은 손가락 끝에서 제가 연주했던 것과는 다른, 다소 무게감이 있으면서도 화려한 음이 매끄럽게 흘러나오기 시작했다. 군데군데 꾸밈음이 풍성하게 들어가 더욱 현란하게 들리는 그 곡은 악기 때문에 느낌이 조금 다르기는 해도 분명 익숙한 것이었다.

'어라, 이거…….'

가면 속에 감춰진 눈이 커다랗게 뜨였다.

수업을 마치고 지친 그녀가 늘어질 때면 에스페라 공작이 종종 들려주던 피아노 연주곡.

늘 반복되는 일상과 왕세녀라는 지위의 무게를 조금이나마 가볍게 해 주던 그 멜로디는 해질녘의 붉고 어두운 색감과 어우러져 뇌리 속에 깊은 인상으로 남아 있었다. 한데 그 곡을 여기서 듣게 될 줄이야.

'이게 이렇게 오래된 노래였나? 그럼 꽤 유명해야 정상일 텐데, 나는 왜 악보조차 구경을 못해 본 거지?'

전체 내용이 궁금해 따로 악보를 구해 보려 했으나 결국 실패했던 곡. 그렇지만 공연히 물어봤다 다시는 들려주지 않을까 봐 차마 그에게 묻지는 못했던 그 멜로디.

버거운 일상 속 잠깐의 휴식과 함께하던 그 노래를, 밀라이아는 굳은 얼굴로 서서 묵묵히 들었다.

늘 수업을 마치고 축 늘어진 상태로 들어왔던 탓인가, 영문 모를 피로감과 탈력감이 온몸을 감싸는 것이 느껴졌다.

살며시 눈을 감자, 해질 무렵의 왕궁이 선명하게 떠올랐다.

높게 솟은 지붕들과 노을에 잠겨 붉게 물든 건물들, 색색의 옷을 입은 사람들과 그들이 나누는 도란도란 말소리, 그리고 석양을 가로지르며 들려오던 피아노 연주…….

'아…….'

갑자기 그곳이 그리워졌다.

시간만 달리할 뿐 같은 장소에 살고 있기에 왕궁에 대한 향수는 없을 줄 알았는데, 막상 그곳을 떠올리자 가슴 한구석이 무겁게 가라앉았다.

보고 싶었다. 아바마마의 얼굴과 어마마마의 미소가. 늘 티격태격하던 에스페라 공작의 얄미운 웃음이. 심지어는 정계의 주도권을 놓고 다투던 귀족들의 얼굴까지도.

'웃긴다, 나. 그리 이 갈며 싸워 댈 땐 언제고 이제 와 그리워하고 있다니.'

문득 드는 생각에 픽 웃어 버린 밀라이아는 감았던 눈을 떠 옆을 돌아보았다.

살짝 고개를 숙인 흑발의 남자가 검고 하얀 건반들을 매끄럽게 두드리고 있었다.

가면에 가려 잘 보이지는 않았지만, 곧게 뻗은 속눈썹은 평소처럼 약간 아래로 내리깔려 있었다. 꼿꼿하게 세운 허리와 기다란 손가락이 놀라우리만치 우아했다.

'연주하는 모습까지 닮았네.'

새삼스러운 눈으로 관찰하듯 바라보는데, 갑자기 그가 그녀를 흘끗 돌아보았다.

그의 눈에서 무언가 알 수 없는 빛이 떠오른다 느낀 순간, 유려하게 흐르던 음악이 불현듯 멈췄다.

언제 심취했었느냐는 양 건반에서 손을 뗀 공작이 겸연쩍은 얼굴로 말했다.

"미안하오, 밀라. 말하기 좀 부끄럽지만, 다음 소절이 생각나지 않는군."

"……그랬군요. 그래도 정말 아름다운 연주였어요. 고마워요, 에른."

지나치게 여유로운 저 태도를 보아 절대로 잊어버린 건 아닌 게 분명했지만, 밀라이아는 굳이 따지는 대신 반 박자 느리게 수긍했다. 자꾸만 떠오르는 기억들이 슬슬 버겁던 차에 마침 잘됐다 싶었다.

짝짝짝.

그제야 돌아가는 상황을 대충 파악한 사람들이 하나둘 박수를 치기 시작했다.

무어라 답례를 해 줄 만도 하건만, 공작은 전혀 아랑곳하지 않는 얼굴로 밀라이아에게 손을 내밀었다. 그러고는 살짝 허리를 숙여 나지막한 목소리로 속삭였다.

“잠시 바람 좀 쐬겠소?”

“좋아요. 하면 어디로 갈까요?”

“발코니가 좋겠군. 조용히 얘기하기에는 그곳만 한 장소가 없거든.”

“그래요, 그럼.”

부드럽게 답하자, 공작은 그녀를 연회장 한쪽 구석, 유일하게 태피스트리가 걸려 있지 않은 장소로 안내했다.

그곳에는 최고급 벨벳으로 만든 보랏빛 커튼이 유리문을 반쯤 가린 채 길게 드리워져 있었다.

“고마워요.”

커튼을 걷어 주는 남자에게 감사를 표한 뒤, 밀라이아는 주홍빛 불빛이 밝혀진 발코니 안으로 들어섰다.

기껏해야 두엇 정도가 담소를 나눌 수 있을 정도의 작은 공간은 신선한 밤공기로 가득 채워져 있었다. 탁 트인 정원 쪽에서 불어오는 바람이 꽤 시원했다.

크게 숨을 들이쉬며 난간 앞으로 다가간 그녀는 바깥을 한번 돌아보고는 슬쩍 한숨을 내쉬었다.

‘하나도 안 보이네.’

짙은 어둠 속에 잠긴 정원은 군데군데 밝힌 불 주위를 제외하고는 희미한 윤곽만 보일 뿐이라 도무지 제대로 된 모습을 감상할 수가 없었다.

아쉬운 마음에 입맛을 다시는데, 어느새 커튼을 꼼꼼하게 드리우고 안쪽 문마저 닫아 외부인의 출입을 차단한주: 발코니의 커튼이 걷혀 있다면 안에 아무도 없음을, 전부 드리워져 있다면 사람이 있다는 것을 의미한다 공작이 다가와 말했다.

"수고하셨습니다."

"네. 수고했죠, 아주 많이. 한데 갑자기 왜 존댓말이에요?"

고개를 갸웃하며 묻자, 그는 가면을 다소 거칠게 벗으며 답했다. 불빛 아래 드러난 얼굴에는 옅은 피로감이 떠올라 있었다.

"이곳은 괜찮습니다. 큰 소리만 내지 않는다면 말이 새어 나갈 일은 없을 겁니다."

"흠, 그런가요?"

새삼스러운 표정으로 주위를 한번 둘러본 밀라이아가 천천히 고개를 끄덕였다. 탁 트인 공간이라는 게 마음에 걸리기는 했지만, 애초에 이 거래를 제안한 것이 공작인데 설마 들킬 만한 짓을 하랴 싶었다.

'그래도 혹시 모르니까 이건 벗지 말아야지.'

가면이 잘 고정되어 있나 한번 더듬어 본 그녀는 테라스 난간에 한쪽 팔을 올린 채 공작을 비스듬히 바라보았다.

할 말 있으면 슬슬 해 보라는 눈빛에, 머리카락을 한번 쓸어 넘긴 남자가 말했다.

"이것저것 궁금하신 건 알겠지만, 자세한 얘기는 나중에 해 드려도 되겠습니까? 보시다시피 장소도 이렇고, 여기서 말씀드리기에는 좀 길어서요."

"뭐야. 그럼 왜 여기까지 오자고 했어요?"

샐쭉하게 묻자, 공작이 어깨를 으쓱하며 답했다.

"말씀드렸잖습니까. 잠시 바람이나 쐬자고요."

"설마 그 의미 그대로였을 줄은 몰랐죠. 어쨌든 알겠어요. 대신 나중에 솔직하게 얘기해 주기예요?"

"물론입니다."

"좋아요, 그럼. 이상한 변명 같은 거 하기만 해 봐. 다 폭로해 버릴 거야."

입술을 삐죽이는 그녀를 보며 픽 웃은 남자가 말했다.

"과연 그러실 수 있겠습니까? 그렇게 되면 불리해지는 건 마찬가지이실 텐데요."

"와, 지금 협박하는 거예요?"

"그럴 리가요. 신은 그저 사실을 말씀드렸을 뿐입니다."

태연한 대답에 코웃음을 친 밀라이아가 말했다.

"협박 맞네, 뭘. 한데 그걸로 되겠어요? 난 불리한 게 없는데?"

"없으시다고요?"

"네. 당연하잖아요? 까짓것, 그냥 국혼 발표를 해 버리면 되죠. 어차피 공작이 가장 유력한 후보였다면서요."

"아하, 그건 그렇군요. 흠."

허를 찔렸다는 양 멈칫한 그가 난간을 톡톡 두드렸다.

"국혼이라. 뭐, 그것도 나쁘지 않을 것 같군요. 좋습니다. 그리하십시오."

예상 밖의 반응에 밀라이아의 눈이 커졌다.

"……갑자기 그게 무슨 소리예요?"

"생각해 보니 괜찮은 것 같아서요. 어차피 소개도 다 했으니 결국 누군가를 데려오기는 해야 할 테고, 그렇다면 새 사람을 찾는 것보다는 사정을 다 아는 쪽이 좋겠지요. 그냥 발표하십시오. 신은 찬성입니다."

"흥, 퍽이나 찬성하겠네요. 애초에 그러기 싫어서 이 모든 일을 벌인 거면서."

몸을 돌려 그녀를 똑바로 바라본 공작이 물었다.

"정말 그렇게 생각하십니까?"

"그야 당연……."

무심코 답하던 밀라이아는 저도 모르게 말꼬리를 흐리며 입을 다물었다. 저를 바라보는 남자의 눈빛이 좀 전까지와는 다르게 무척이나 진지했기 때문이다.

잠시 심호흡을 한 그녀는 부러 가벼운 어조로 말을 마저 이었다.

"……하잖아요? 얼마 전에 본인이 직접 얘기해 놓고는?"

"그렇습니까."

"네. 새삼스럽게 뭘 물어요? 설마 갑자기 내 매력을 깨닫기라도 한 거예요?"

"네."

"흥, 역시 그럴 줄 알았…… 이 아니라, 뭐라고요? 방금 뭐라고 했어요?"

황당한 목소리로 묻자 공작은 그녀를 빤히 바라보며 답했다.

"그렇다고 했습니다만. 왜요, 싫으십니까?"

"……."

갑자기 말문이 막혔다.

입만 벙긋거리는 그녀를 말없이 바라보던 공작이 씨익 미소를 지었다.

"왜 그리 놀라십니까? 전하께서도 마찬가지시면서. 눈빛이 어찌나 강렬하시던지, 신은 그만 재가 되어 버리는 줄 알았지 뭡니까."

"뭐, 뭐라는 거예요? 내가 언제요?"

"뭘 또 모르는 척하고 그러십니까. 아까 연주해 드릴 때 분명히 보았습니다만?"

"아니거든요? 강렬하게 보긴 누가 강렬하게 봤다고 그래요?"

'후아, 놀랐잖아.'

밀려오는 안도감을 감추며 반박하자 공작은 여전히 미소 띤 얼굴로 말했다.

"본디 강한 부정은 강한 긍정이라 했습니다. 그리 부인하시는 걸 보니 아무래도 신이 본 것이 맞나 봅니다?"

"아우, 그런 거 아니거든요?"

"네네, 그러시겠지요. 알겠습니다. 신하 된 도리로 그냥 아니라고 해 드려야지요, 뭐."

웃음기 어린 대답을 들은 밀라이아가 입바람으로 머리카락을 위로 훅 불었다.

"아, 진짜. 정말 아니라고요. 강렬한 눈빛은 무슨! 난 그냥 왕궁에서 자주 듣던 곡이라 반가워서 그랬을 뿐……!"

"왕궁이요? 왕궁 어디에서 말입니까?"

'아, 이런.'

밀라이아는 날카롭게 눈을 빛내는 공작을 외면하며 입술을 지그시 깨물었다. 오랜 시간 정계에서 구른 덕분에 이런 쪽으로는 제법 단련된 그녀였는데, 어째서 그에게만은 매번 이렇게 휘말리는 건지 알 수가 없었다.

'그래도 다행인가? 설마 그게 백 년 후의 왕궁이라고는 생각지 못할 테니 말이야.'

"그것까진 모르겠네요. 그냥 지나가다 들은 거라. 그보다 피아노 잘 치던데요? 공작이 그런 쪽으로도 조예가 깊은지는 미처 몰랐군요."

"너무 대놓고 말 돌리시는 거 아닙니까? 흠, 좋습니다. 오늘은 넘어가 드리지요. 대신 다음에 만날 때는 각오해 두시는 게 좋을 겁니다."

"뭘 또 각오씩이나……. 좋을 대로 해요. 까짓것, 언제 한번 날 잡아서 왕궁 산책을 해 보면 되겠죠."

대수롭잖게 답하자, 공작은 탐색하듯 그녀를 바라보다 정원 쪽으로 시선을 돌렸다.

가신들만 모인 조촐한 연회여서 그런가, 난간 아래 펼쳐진 정원은 인기척 하나 없이 고요했다. 오직 풀벌레 소리만이 어두운 정적을 간간이 깨뜨리고 있을 뿐.

사라라라.

불어오는 바람에 나뭇잎들이 흔들리며 제 존재를 알렸다. 머리카락을 흐트러뜨리는 산들바람은 여름밤의 정취를 가득 품고 있었다.

정원에서 묻어온 꽃향기, 촉촉하게 젖은 풀 내음, 그리고 옆에 선 남자에게서 전해져 오는 옅은 시트러스 향.

어느새 익숙해진 그 향에 움찔하는 순간, 흐르는 침묵을 깨며 가라앉은 목소리가 들려왔다.

"아까 말입니다."

"네?"

"신이 연주했던 그 곡……."

"네. 그게 왜요?"

또 어디서 들었냐고 캐물으려는 건가 싶어 방어적으로 묻자, 그는 답지 않게 잠시 머뭇거리다 말했다.

"좋아하시는 곡입니까."

"……어, 뭐, 그런 편이죠."

예상 밖의 질문에 멈칫한 밀라이아가 고개를 슬쩍 기울이며 답했다.

"그렇군요."

알 수 없는 표정으로 답한 남자가 입을 다물었다.

잠시 침묵이 흘렀다.

'뭐야, 뜬금없이.'

공연히 들쑤시는 꼴이 될까 봐 몰래 입술만 삐죽이는데, 상념을 떨쳐 내듯 고개를 거세게 흔든 그가 물었다.

"그러고 보니 여기까지 모셔와 놓고 춤 신청도 한 번 안 했군요. 어떻습니까? 신과 함께 춤이나 한 곡 추시렵니까?"

"춤이라. 흐응. 오늘은 발등 좀 튼튼해요?"

의미심장하게 입꼬리를 끌어 올리자 공작은 허허롭게 웃었다.

"딱히 그렇지는 않습니다만, 그래도 오늘은 좀 봐주실 거라 믿겠습니다."

"생각해 보죠."

생글거리며 답하자, 그는 어련하겠느냐는 듯 한숨을 내쉬고는 가면을 다시 썼다. 그러고는 당연하다는 듯 내민 그녀의 손을 받쳐 들며 말했다.

"하면 세 번으로 합의 보시지요. 내일 입궁하려면 적어도 제대로 걸어 다닐 수는 있어야 하지 않겠습니까?"

"좋아요. 그렇게 하죠."

"감사합니다. 이제야 마음이 좀 편안해지는군요."

싱글거리며 답한 남자가 두꺼운 유리문을 열었다.

자유로운 손으로 커튼을 걷어 낸 그는 그녀가 먼저 연회장으로 들어서기를 기다리다 한발 늦게 안으로 들어오며 물었다.

"한 곡 추시겠습니까, 레이디?"

"……좋아요."

제게 집중된 시선을 느낀 밀라이아가 방긋 미소 지으며 답했다.

연회장 중앙으로 걸어가는 두 사람을 본 악사들이 기다렸다는 듯 새로운 춤곡을 연주하기 시작했다. 그녀가 몇 달 전 공작에게 배웠던 네 가지 춤 중 하나인 파르비아였다.

딴딴딴딴, 딴딴딴딴.

본래 살던 시대보다 훨씬 정석에 가까운 연주여서일까, 귓가에 들려오는 멜로디는 정확하게 네 박자를 만들어 내고 있었다.

밀라이아는 한 치의 오차도 없이 들어맞는 연주에 맞춰 공작이 이끄는 대로 첫 발을 디뎠다.

왼쪽, 오른쪽, 왼쪽 그리고 다시 오른쪽.

능숙하게 스텝을 밟아 가던 그녀의 입가에 미묘한 웃음이 걸렸다.

'그때가 생각나네. 태연하게 굴어 놓고는 절뚝거리며 걸어가는 모습이 참 볼만했는데.'

그때만 해도 오만해 보이기만 하던 공작에 대한 반발심으로 더 악착같이 발을 밟으려고 했었는데, 그새 정이라도 든 것인지 어느새 그리 좋지 못했던 인상조차 제법 편안하게 느껴졌다. 왠지 예전보다 좀 괜찮아 보이는 것 같기도 하고.

'뭐지? 정말 정들었나?'

문득 드는 생각에 피식거리며 다음 동작을 취하는데, 찬찬히 그녀를 리드하던 공작이 불쑥 말했다.

"어쩐지 그동안 실력이 는 것 같소."

"어, 정말요?"

"그렇다오. 일전에 봤던 대로라면 분명 지금쯤 이미 세 번을 밟고도 남았을 텐데, 아직 내 발등이 이리 멀쩡한 걸 보니 말이오."

"왜요, 아쉬워요?"

농담인 양 받아치자 공작은 빙긋 웃으며 말했다.

"그런 건 아니오만, 그래도 대략적인 시기는 알아야 마음의 준비를 할 수 있을 것 같아서 말이오."

"아하, 그래요?"

삐죽 입꼬리를 끌어 올린 밀라이아가 힘껏 굽을 내리찍었다.

한 박자 앞서 발을 빼낸 공작이 그럴 줄 알았다는 듯 씩 웃었다.

"훗, 내 그럴 줄 알았소. 정말이지 한 치의 예상도…… 윽."

"한 치의 예상도, 뭐라고요?"

날렵한 입매가 일그러지는 모습을 확인한 밀라이아가 활짝 미소를 지었다.

언제 밟았느냐는 듯 태연하게 다음 동작을 취하는 그녀를 공작이 망연하게 쳐다보고는 헛웃음을 흘렸다.

"……그냥 넘어가게 두질 않는군. 그대는 정말로 놀라운 여성이오, 밀라."

"어머나. 그거 참 과분한 칭찬이네요."

생글거리며 말을 받은 그녀는 마치 한 번도 발을 밟은 적이 없는 척 유려하게 춤을 추었다. 본래는 말만 그렇게 했지 진짜로 밟을 생각도 없었지만, 굳이 매를 벌겠다는데 피해 줄 이유도 없다 싶어 시도한 것이 이렇게 정통으로 먹혀들어 갈 줄은 몰랐다.

'그러게 왜 자꾸 사람을 놀려 먹으려 들어? 그냥 얌전히 넘어가 주려고 했더니.'

몰래 입술을 삐죽인 그녀는 절정에 이르는 음악에 맞춰 왼쪽으로 한 바퀴를 돌았다.

네 박자에 맞춰 스텝을 딱딱 밟은 뒤 오른쪽으로 한 바퀴 돌자, 공작이 그녀의 허리를 휘어 감아 자기 쪽으로 끌어당기며 말했다.

"이제 한 번 남았군."

"무슨 소리예요? 한 번 성공했으니 두 번 남은 거죠."

"그런 셈법이 어디 있소? 일단 시도했으면 끝인 거지."

"와, 진짜. 알았어요, 한 번. 대신 그건 성공 기준으로 해요. 됐죠?"

보는 눈을 의식해 상냥한 미소를 유지한 채 속삭이자 그는 푹 한숨을 내쉬고는 답했다.

"좋소. 그렇게 합시다. 대신 너무 세게 밟진 마시오. 내일도 입궁해야 하는데 절뚝거리면서 갈 순 없잖소."

"피이, 엄살은. 내가 밟아 봤자 얼마나 세게 밟는다고 그래요?"

순간 잿빛 눈동자에 황당함과 억울함이 가득 떠오르는 것이 보여서, 밀라이아는 킥킥 웃으며 부드럽게 춤을 추었다.

기왕 이렇게 된 것, 남은 기회를 알뜰하게 써 볼 생각이었다. 어차피 이번 곡 안에 끝내야 한다는 얘기는 없었으니 여차하면 두고 두고 우려먹어도 될 테고.

키득거리는 그녀를 뚱하니 쳐다보며 공작이 묵묵히 스텝을 밟았다.

두 사람이 기준 운운하면서 티격태격하는 사이, 어느새 춤곡은 마지막을 향해 달려가고 있었다.

딴딴딴딴—.

마지막 음이 긴 여운을 남기며 공기 중으로 흩어졌다.

하지만 공작은 그녀의 허리에서 팔을 푸는 대신 반대쪽 손을 들어 악사들을 향해 가볍게 휘저었다. 곧장 다음 곡을 연주하라는 표시였다.

"에른?"

"한 곡 더 춥시다. 이번에는 나도 안 봐줄 거요."

부드럽게 속삭인 남자가 그제야 그녀를 풀어 주었다.

밀라이아는 흐트러진 옷자락을 바로잡으며 물었다.

"안 봐주겠다니요? 그럼 당신도 내 발을 밟겠다는 거예요?"

"그런 의미는 아니었소만, 생각해 보니 재미있을 것 같군. 어떻소, 밀라. 우리 둘 다 한 번씩 기회를 가져 보는 건?"

"흠. 단판 승부인가요?"

피식 웃음이 나왔다. 처음부터 발을 들이지 않았다면 모를까, 그녀의 사전에 먼저 걸어온 승부를 피하는 법은 없었다.

'어차피 여기선 주위를 신경 쓰지 않아도 되잖아? 이참에 춤이나 실컷 추지, 뭐.'

다른 곳에서라면야 이렇듯 연속으로 두 번 이상 춤을 출 일이 없겠지만, 어차피 지금은 공작의 연인 자격으로 찾아온 데다 얼굴도 가리고 있으니 거리낄 것이 없었다주: 남녀가 연속으로 두 곡 이상 또는 한 연회에서 세 번 이상 함께 춤을 출 경우 대단히 친밀한 사이임을 공표하는 것으로 간주된다. 오직 이 시간을 즐기기만 하면 될 뿐.

"나야 여러 번이 좋지만, 괜찮겠소? 나중에 딴소리하기 없기요."

"걱정 마요. 그럴 일 없으니까. 에른이야말로 뭐라 하기 없기예요?"

"물론이오."

"좋아요. 그럼 오늘 한번 신나게 춤춰 봐요, 우리."

절대로 밝혀 주지 않겠다며 의지를 다진 밀라이아가 맞잡은 손에 슬며시 힘을 주었다.

앞으로 한두 시간은 더 보낼 수 있을 터.

궁에 돌아가면 또 한동안 바깥출입이 쉽지 않을 테니 놀 수 있을 때 실컷 놀고 들어갈 생각이었다. 승부를 가리는 건 덤이고.

'즐기자. 언제 또 이런 시간을 가질 수 있을지 모르니까.'

스텝을 밟는 발이 구름 위를 거닐 듯 가벼웠다. 기분 좋은 미소가 입가에 걸렸다.

그 웃음을 본 공작의 얼굴도 부드럽게 풀어졌다.

다정하게 춤을 추는 두 사람의 머리 위로 샹들리에의 불빛이 눈부시게 쏟아지고 있었다.

"여기서 내리시면 됩니다. 조심해서 들어가십시오."

"네. 오늘 즐거웠어요."

밀라이아는 로브에 달린 모자를 깊게 눌러쓴 뒤 마차의 문을 열었다.

짙은 어둠 속, 환하게 불이 밝혀진 행정부 건물이 눈에 들어왔다. 그 앞을 지키고 선 기사들의 모습도.

조심스럽게 땅을 딛자 근무를 서던 자들의 찌르는 듯한 시선이 느껴졌다.

그 눈빛에서 저를 수상쩍게 여기는 것이 확연히 느껴져, 밀라이아는 뒤따라 내린 남자를 향해 서둘러 고개를 숙이며 준비된 말을 건넸다.

"태워다 주셔서 감사드립니다, 각하."

"아닐세. 늦은 시간까지 일하느라 고생이 많군. 어서 들어가 보게나."

"네, 하면 다음에 뵙겠습니다."

공손하게 답한 그녀가 다시 한번 고개를 숙여 보이자, 공작은 아무 관심도 없다는 듯 그대로 돌아섰다.

그럼에도 저를 향한 시선은 상당수 존재했지만, 밀라이아는 아무것도 모르는 척 천천히 내궁 쪽으로 돌아섰다. 만일을 대비해 소맷자락 속으로는 클로에가 미리 건네주었던 패를 손에 꼭 쥔 채였다.

하지만 공작과의 대화를 듣고 납득한 것인지 혹은 그저 귀찮아서인지, 입구를 지키고 섰던 기사들은 그녀가 돌아서는 모습을 가만히 지켜만 볼 뿐 딱히 붙들거나 하지는 않았다.

'일단 일차 관문은 통과인가?'

속으로 안도의 한숨을 내쉰 그녀는 어둠 속으로 숨어들고 싶은 마음을 꾹꾹 누르며 환하게 불이 밝혀진 대로 쪽으로 향했다.

서늘하면서도 습한 여름밤 특유의 공기를 들이마시며 걸어간 그녀는 내궁 문 앞에 서 있는 자그마한 인영人影을 발견하고서야 겨우 긴장을 풀었다. 혹시 연락을 못 받았으면 어쩌나 걱정했는데 다행이었다.

조심스레 다가가자 기사들과 대화를 나누던 여자가 그녀를 홱 돌아보았다. 꽤나 흉흉한 기세였다.

"왜 이렇게 늦은 거죠? 내가 얼마나 기다렸는지 알아요?"

"죄송합니다, 레티시아 영애."

"죄송합니다? 이게 지금 죄송합니다로 끝날 일이에요? 이렇게 시간 개념이 없어서야 어디 제대로 된 궁내부원이라 할 수 있겠느냐고요!"

"……."

"왜 답이 없…… 하아, 됐으니까 빨리 들어가기나 해요. 오늘 일은 궁내부장님께 말씀드릴 테니 그리 알아요!"

팩 쏘아붙인 클로에가 사납게 돌아섰다.

밀라이아는 어쩔 줄 몰라 하는 사람처럼 황급히 걸음을 떼다가, 출입증을 보여 달라는 기사의 저지를 받고서야 허둥지둥하는 척 패를 꺼내 내밀었다. 혹시 모자를 벗어 보라 하면 어쩌지, 라는 생각에 잔뜩 긴장한 채로.

하지만 기사는 그저 그녀가 내미는 패만을 확인했을 뿐 얼굴을 드러내란 소리는 하지 않았다. 아마도 씩씩거리며 걸어가는 클로에의 기세가 제법 살벌했던 탓인 듯했다.

"들어가 보시오."

"감사합니다."

들릴락 말락 한 음성으로 인사한 그녀는 혼날까 봐 걱정하는 사람처럼 허겁지겁 클로에의 뒤를 따랐다. 아직까진 저들의 시선이 닿는 거리이니 조심해야 했다.

그렇게 빠른 걸음으로 걷기를 한참, 더는 저지당하지 않고 무사히 하늘궁에 들어온 그녀는 전속 시녀 대기실에 들어선 후에야 안도의 한숨을 내쉬었다. 아마도 클로에가 미리 따돌려 둔 듯, 그녀가 이 방에 들어오는 것을 목격한 사람은 아무도 없었다.

"고마워요, 클로에. 덕분에 무사히 들어왔네요."

"아니에요, 전하. 좀 전에는 무례하게 굴어서 죄송해요. 혹시 의심을 살까 봐 그만……."

"뭘 그런 걸 가지고 사과를 하고 그래요? 그보다는 잘 준비를 좀 도와줬으면 하는데. 늦게까지 있었더니 피곤하네요."

부드러운 답에 가슴을 쓸어내린 클로에가 말했다.

"감사합니다, 전하. 즉시 목욕물을 데워 오라 이르겠습니다."

"네. 한데 이 시간에 괜찮을까요?"

"외람된 말씀이나 악몽을 꾸셨다든가 하는 핑계를 대면 되지요, 뭐. 시중은 저 혼자 들 거니까 걱정하지 마세요."

"그래요. 그럼 부탁할게요."

"네, 전하."

고개를 숙여 보인 클로에가 서둘러 줄을 당겼다.

그녀가 목욕물을 준비하는 동안, 밀라이아는 침실로 들어와 로브를 벗었다. 하얀 드레스며 가면은 아까 그 평민 지구의 집에 도로 벗어 두고 왔기에 현재 그녀는 궁을 떠나기 전 클로에가 챙겨 줬던 수수한 옷차림이었다.

답답하기 짝이 없는 가발과 겉옷을 벗어 낸 그녀는 손을 교차해 팔을 쓱쓱 쓸며 탁자 앞에 앉았다. 어쩐지 조금 쌀쌀한 기분이었지만, 어차피 곧 따뜻한 물에 몸을 담글 터이니 상관없었다.

고요한 방 안에 홀로 남자 공작가에서의 일들이 하나둘 떠올랐다.

갑자기 불붙은 승부욕 때문에 무거운 드레스 차림으로 다섯 번이나 연속해서 춤을 춘 일, 그렇게 애썼음에도 결국 두 사람 모두 서로의 발을 밟지 못했던 것, 그리고 겉보기에는 마치 죽고 못 사는 양 딱 붙어 있는 그들을 향하던 공작가 가신들의 알쏭달쏭한 눈빛까지도.

아직 다 해결하지 못한 정치적 문제에 대한 압박도, 돌아가기 전까지 소원의 돌을 복원해야 한다는 부담감도 전부 떨쳐 버린 채 오직 서로에게만 —정확하게는 발을 밟히지 않기 위해서만— 집중했던 그 시간은 몹시 즐거웠다.

덕분에 그녀는 이런 관계를 계속 유지하는 것도 괜찮을지 모르겠다는 생각마저 잠시 했었다. 물론 몹시 위험한 일인 데다 현실적이지 못하다는 것을 알기에 이내 접어 버렸지만.

'안 되지, 안 돼. 이제 겨우 길리안 공작을 끌어들였는데 사고를 칠 순 없잖아? 나중에 여왕파를 길들이게 된다면 모를까, 지금은 적당히 균형을 맞춰 두는 것이 현명해.'

밀라이아는 찌를 듯한 길리안 공작의 눈빛을 떠올리며 무심코 목 근처로 손을 가져가다 멈칫했다. 반 시간 전까지만 해도 그곳을 장식하고 있던 보랏빛 펜던트가 없다는 사실을 깨달았기 때문이다.

'아 참, 아까 돌려주고 왔었지.'

—자, 받아요. 잘 썼어요, 목걸이.

—아쉽군요. 아무리 봐도 이 목걸이가 가장 잘 어울리는 분은 전하 같은데 말입니다.

—흐응. 주지도 않을 거면서 공치사는.

입가에 불현듯 미소가 걸렸다. 돌아오기 전 마차에서 공작과 나눴던 대화가 떠올라서였다.

—그럼 어쩝니까? 이미 신의 약혼녀에게 선물한 것이라고 온 세상이 알고 있는데요. 아니면 이참에 공인된 사이로 만드시렵니까? 그럼 지금 즉시 드릴 수 있습니다만.

—고작 목걸이 하나에 인생을 팔라고요? 됐어요. 사양하죠.

—후, 역시 목걸이 하나로는 안 되나 보군요. 아쉽습니다.

—아쉽기는 무슨. 맘에 없는 소리는 하지도 마요.

—맘에 없는 소리라고 누가 그럽니까?

진지하게 되묻던 모습이 떠오르자 한숨이 나왔다. 아무리 생각해 봐도 알 수가 없었다. 그럴 마음도 없으면서 장난은 왜 그리 매번 걸어 오는지에 대해서.

'안 통하니 재미없다 이건가? 웃겨, 정말.'

입술을 삐죽거리는데, 때마침 옆방과 연결된 문에서 노크 소리가 들렸다.

밀라이아는 찡그렸던 미간을 펴며 곧바로 자리에서 일어났다. 하루 종일 돌아다녀서 그런가, 한시바삐 따스한 물에 몸을 담그고 싶었다.

"오래 기다리셨지요? 죄송해요, 전하. 생각보다 시간이 지체되었네요."

"아니에요. 여 때문에 클로에가 늦은 시간까지 고생이 많네요."

"고생이라뇨, 당연히 제가 해야 하는 일인걸요."

고개를 붕붕 저으며 그녀를 욕실로 안내한 클로에는 욕조에 조심스레 손끝을 담가 다시 한번 온도를 확인했다. 그러고는 옷을 벗은 밀라이아가 따스한 물에 몸을 온전히 담그는 것을 확인한 뒤, 목욕용품을 가지런히 늘어놓으며 이것저것을 묻기 시작했다.

"어떻게, 즐거운 시간 보내셨나요? 설마 각하가 나 몰라라 한 건 아니죠?"

"아뇨, 잘 챙겨 줬어요. 즐거웠고요."

"다행이네요. 아까도 말씀드렸지만, 혹 연인을 소개하는 데 신경을 쏟느라 전하께 소홀하지는 않을까 걱정했거든요."

그제야 안심했다는 듯 방긋 웃은 클로에가 더운 물을 부어 주며 물었다.

"가면무도회는 무척 오랜만에 참석하신 걸로 아는데, 어떠셨어요? 아무래도 공작가의 가신들만 모인 자리라 긴장감은 좀 덜하셨으려나요? 사실 저는 그런 곳에 가 본 적이 없어 굉장히 궁금했거든요."

"음, 재미있었어요. 혹시 정체를 들키는 건 아닐까 두근두근하기도 했고요."

"역시 그렇군요. 아웅, 그럴 줄 알았으면 저도 전하를 따라갈 걸 그랬나 봐요. 어떤 느낌이었을지 궁금해요."

"이런. 아무래도 클로에를 위해 다음에 자리를 한번 마련해 봐야겠는데요?"

"앗, 정말요?"

신난 얼굴로 되물은 클로에가 더운 물을 떠서 머리카락에 조심조심 부었다. 그러고는 물기가 잘 스며들었는지 확인한 뒤 손에 비누 거품을 묻히며 물었다.

"그럼 그 여자는 어땠나요?"

"누구, 공작의 연인이요?"

"네. 감히 우리 전하를 마다하고 고른 여자라니 무척 궁금해서요. 정말 눈이 멀 정도로 아름다운가요? 아님 생각보다 별로던가요? 공작가에 어울릴 만한 여자이긴 했나요? 설마 소문대로……."

"그러다 숨넘어가겠어요. 다 대답해 줄 테니까 천천히 물어도 돼요."

"죄송해요, 전하. 너무 궁금해서 잠시 흥분했네요."

멋쩍게 웃은 클로에가 비누 거품을 머리카락에 골고루 묻힌 뒤 조심스레 감기기 시작했다.

두피를 문지르는 부드러운 손길에 그러잖아도 늘어져 있던 몸이 더 나른하게 풀어졌다.

갑자기 피로감이 훅 밀려오는 기분이 들어서, 밀라이아는 무거운 눈꺼풀을 느릿느릿 들어 올리며 답했다.

"보긴 했는데, 예쁜지 아닌지는 잘 모르겠어요. 아무래도 가면무도회였으니까요."

"그래도 분위기라는 게 있잖아요. 어떠셨어요?"

"음…… 느낌은 괜찮았어요. 공작이랑 잘 어울리는 것 같았고."

제 얘기라서 그런가, 왠지 얼굴이 달아오르는 기분이었다. 물론 엄밀하게 따지고 들면 제 것이 아니라 글로리아의 외모이기는 했지만 그래도.

"그렇군요. 역시 소문은 거짓이었……. 앗, 죄송합니다! 얼른 닦아 드릴게요!"

놀란 목소리로 외친 클로에가 흘러내린 비누 거품을 빠르게 씻어냈다.

깨끗한 물로 황급히 얼굴을 헹구고 혹 눈에 들어간 것은 없는지 꼼꼼하게 살핀 그녀는 아무 문제가 없다는 것을 확인한 뒤 다시 한 번 사죄했다.

"정말 죄송해요, 전하. 이제부턴 조용히 시중만 들어 드릴게요."

"아녜요. 그럴 수도 있죠, 뭐. 그리고 사실 지금 꽤 피곤해서, 클로에랑 대화라도 나누지 않으면 이대로 잠들 것 같아요."

"아앗, 그렇군요. 그럼 잠시만 더 기다려 주세요. 최대한 빨리 해 드리겠습니다!"

서둘러 답한 클로에가 좀 전보다 한층 빨라진 손으로 머리카락을 마저 감겼다.

깨끗한 물로 머리카락을 말끔하게 헹궈 낸 그녀는 욕조 밖으로 나온 밀라이아에게 비누칠을 해 주며 종알종알 말을 건넸다. 아무리 그래 봐야 전하께서 더 아름다우실 거라느니, 어쨌거나 그녀가 실존 인물이라는 게 확인되었으니 분명 내일부터 사교계가 들썩거릴 거라느니, 그래도 소문대로 비천한 여인은 아닌 듯하니 전하의 체면에 누가 될 걱정은 덜 해도 되겠다느니 하는 이야기들을.

반쯤 눈을 감은 채 끝없이 이어지는 얘기를 듣던 밀라이아는 몸에 더운 물이 부어졌을 때에야 간신히 무거운 눈꺼풀을 들어 올렸다. 어느새 비누칠을 마친 클로에가 깨끗한 물을 부어 거품을 씻어내고 있었다.

"아무래도 당분간 살롱에는 나가지 말아야겠어요. 괜히 이리저리 떠드는 걸 들으면 기분만 안 좋을 테니까요. 아, 맞다. 그러고 보니 저번에 살롱을 열 거라고 하지 않으셨어요?"

"그랬지요. 한데 왕제의 일로 상황이 조금 그래서, 아무래도 대대적으로 살롱을 여는 건 어렵지 않을까 싶네요. 대신 간단한 다과회라도 열어 볼까 생각 중이에요."

"하긴 그러네요. 하면 언제쯤 여실 생각이세요?"

"음. 일단은 한 달쯤 뒤로 생각하고 있어요."

느릿느릿 답하자, 비누 거품을 말끔하게 헹궈 낸 클로에가 커다란 수건을 펼쳐 들며 말했다.

"그렇구나. 한 달이면 딱 적당할 것 같네요. 기분 나쁜 소문도 적당히 가라앉을 테고요."

"클로에도 참. 기분 나쁠 건 또 뭐 있어요. 그냥 그러려니 하면 되죠."

"하지만 감히 전하를 두고 이러쿵저러쿵 떠들어 댈 생각을 하면 정말 기분 나쁘단 말이에요. 으으, 각하는 왜 하필 이런 시기에 그런 일을 벌여서는……."

"에이, 됐어요. 어차피 그런 일이 없었어도 공작을 뽑기는 힘들었을 텐데요, 뭐."

"하긴 그러네요. 그 길리안 공작이 가만히 있었을 리가 없었을 테니까요. 자아, 다 됐습니다. 이제 머리카락만 말려 드리면 되어요."

몸에 남은 물기를 꼼꼼하게 닦아 낸 클로에가 보송보송한 새 수건을 가져와 젖은 머리카락을 솜씨 좋게 감쌌다. 그러고는 빠른 손놀림으로 밀라이아에게 옷을 입혀 준 뒤 수건을 도로 풀며 물었다.

"하면 내일 아침 식사는 몇 시쯤 준비하라 이를까요?"

"……."

"전하?"

"……아, 미안해요. 뭐라고 했어요?"

화들짝 놀라 되묻자, 그녀를 안쓰러운 표정으로 바라본 클로에가 다시금 물었다.

"내일 아침 식사는 몇 시쯤 준비하라 이를까요?"

"아, 음. 열 시? 아니다, 열한 시로 할게요. 유모에게 오전 일정은 전부 연기해 달라고 전해 주겠어요?"

"네, 전하. 그리 전하겠습니다. 하면 이제 침실로 이동하시겠어요? 아무래도 머리카락은 거기에서 말려 드리는 게 좋을 것 같아요."

"그래요."

무거운 걸음을 떼어 느릿느릿 침실로 옮겨 간 밀라이아는 침대에 비스듬하게 기댄 채 클로에에게 몸을 맡겼다. 머리맡에 선 그녀가 젖은 머리카락을 수건에 감싸 부드럽게 두드리는 것이 느껴졌다.

"후우……."

폭신한 매트리스에 몸을 뉘었기 때문일까, 그러잖아도 무겁던 눈꺼풀이 차츰 묵직하게 내려앉았다. 종알종알 늘어놓는 말소리가 점점 의미 없는 소리들로 조각조각 나뉘고 있었다.

'아아, 모르겠다. 뭐, 상관없겠지.'

규칙적으로 수건을 두드리는 소리가 조금씩 멀게 들리기 시작했다. 무게를 더해 가는 몸이 축 늘어지는 것이 느껴졌다.

어느새 짙은 무의식의 세계가 그녀를 덮쳐들고 있었다.

잿빛 하늘 아래, 도시는 까만 죽음으로 뒤덮여 있었다. 밥 짓는 연기 대신 시체 태우는 연기가 곳곳에서 피어오르는 그곳은 인기척 하나 없이 황량했다.

건물이며 거리마다 죽은 자들의 육신이 널브러져 있고, 열기가 후끈 느껴지는 거리는 악취로 가득했다.

쓰레기로 가득한 골목길에서 비루먹은 강아지 한 마리가 비틀비틀 걸어 나왔다.

흐리멍덩한 눈으로 주위를 두리번거리던 강아지가 까맣게 썩은 물에 조심스레 주둥이를 갖다 댔다. 그러고는 냄새를 맡는 듯 여러 번 킁킁대다 혀를 내밀어 할짝거렸다.

모퉁이에 숨어 그 모습을 바라보던 여인이 손수건을 꺼내다 멈칫했다. 지저분한 거리와 어울리지 않게 그녀는 홀로 깨끗한 옷차림이었다.

도저히 내키지 않는 듯 몇 번이고 머뭇거리던 여인은 한참 후에야 주먹을 꼭 움켜쥐며 걸음을 옮겼다.

푸드득!

떼로 몰려 있던 독수리들이 황급히 날아올랐다.

하지만 오직 그뿐, 그것들은 건물 지붕에 앉아 아래를 내려다보거나 하늘을 빙빙 맴돌면서 결코 근처를 뜨지 않았다. 마치 여인이 사라지기만을 기다리는 것처럼.

복잡한 눈빛으로 독수리들을 한 번 쳐다본 여인이 조심조심 걸음을 옮겼다.

거리를 가득 메운 썩은 내와 사방에 널린 오물에서 풍겨 오는 악취, 시체 태우는 구덩이에서 넘어오는 탄내와 그 외의 온갖 냄새로 숨조차 제대로 쉬기가 힘들었지만, 그녀는 무슨 이유에서인지 되돌아 나가는 대신 계속해서 안쪽으로 걷고 또 걸었다.

삐이이이—.

허공을 맴도는 독수리의 울음소리에 여인이 멈칫했다.

흔들리는 눈빛으로 하늘을 다시 한번 올려다본 뒤 멈췄던 걸음을 재차 내딛으려는 순간, 어디선가 불쑥 튀어나온 손이 발목을 덥석 움켜쥐었다.

"무, 물…… 물을 줘……."

"꺅! 이거 놔요!"

소스라치게 놀란 여인이 비명을 지르며 발목을 잡은 손을 뿌리쳤다.

그 결에 여인을 놓친 사내의 손이 힘없이 허공을 휘젓다가, 갈색 로브 자락을 움켜쥐었다.

사라락.

벗겨진 로브 위로 꽁꽁 가려져 있던 머리카락이 모습을 드러냈다.

온통 잿빛으로 물든 거리와는 전혀 어울리지 않는 그것은 눈부시도록 밝은 금발이었다. 그것도 언뜻 보면 은색으로 보일 정도로 옅은, 왕족 특유의 백금발.

"앗!"

소스라치게 놀란 여인이 허둥지둥 로브의 모자를 다시 뒤집어썼다.

그 순간, 멍하니 그녀를 응시하던 사내의 눈에 서서히 깨달음의 빛이 떠올랐다. 붉은 분노가 차오르는 것은 순식간이었다.

"왕, 족?"

증오가 서리서리 묻어나오는 목소리에 여인이 주춤하며 한 걸음 뒤로 물러섰다.

그 바람에 간신히 덮은 로브 자락이 다시 흘러내리며 왕가의 상징인 백금발이 재차 모습을 드러냈다. 파르르 흔들리는 보랏빛 눈동자도.

"더러운 왕가의 족속! 여기가 어디라고 감히 발을 들여! 당장 꺼지지 못해?"

분노의 힘일까? 조금 전만 해도 다 죽어 가는 목소리로 물을 갈구하던 사내가 돌연 거센 외침을 토해 냈다.

"무슨 자격으로 왕족이 여길 와! 우릴 버린 왕족이 대체 왜!"

"버, 버리다니! 난 그런 적 없……."

"그럼 왜 이제 왔어! 뭘 하고 있다가 이제 왔냐고!"

"그건……."

"삼 년 전에도! 그리고 지금도! 우리가 이렇게 고통받는 동안 왕가는 어디에 있었어? 죽어 가는 우리를 위해 대체 뭘 해 주었느냔 말이다!"

피를 토하는 듯한 절규에 여인은 몇 번이고 입술을 달싹이다 천천히 고개를 떨구었다.

사내의 입꼬리가 눈에 띄게 비틀렸다.

"하, 그럼 그렇지. 하여튼 너희 귀하신 족속들이란……!"

삐이이이—.

그 순간, 사내의 말을 자르며 커다란 울음소리가 들려왔다.

잿빛 하늘을 뱅뱅 맴도는 독수리를 올려다본 그가 갑자기 침묵했다. 하얗게 튼 입술 사이로 비틀린 웃음소리가 새어 나오기 시작한 건 조금 뒤였다.

"하…… 하하…… 독, 크큭, 수리, 독수리가 아닌가! 하하하! 으하하핫!"

미친 사람처럼 웃어 재끼던 사내가 경배하듯 두 팔을 들어 올리며 외쳤다.

"보라! 저기 위대한 창공의 제왕이 만백성을 굽어보신다!"

광기 어린 외침에 여인의 시선이 독수리에게로 향했다.

창공의 제왕이자 가장 높이 나는 자, 그리고 여기저기 널려 있는 시체를 뜯어 먹기 위해 꿋꿋하게 기회를 엿보고 있는—.

왕실을 상징하는 바로 그 동물을.

등골이 서늘해졌다.

"보이는가? 우리의 시체를 뜯어 배 채우려는 저 독수리가! 그야말로 진정한 왕가의 상징이 아닌가!"

"아냐! 난 그럴 생각이……."

"경배하라! 창공을 맴도는 저 독수리를! 찬양하라! 백성의 시체로 배 채우는 왕가를! 하하하! 으하하하…… 쿨럭! 커헉!"

미친 듯이 웃던 사내가 갑자기 허리를 꺾으며 기침을 쏟아 냈다. 저러다 내장을 쏟아 내는 건 아닐까 하는 걱정이 들 정도로 격렬하기 짝이 없는 기침을.

피 내음이 느껴지는 듯한 기분에 반사적으로 한 걸음 물러난 여인이 소맷자락으로 얼굴을 가렸다.

한참 동안 이어지던 기침 소리가 간신히 멎은 뒤에야 여인은 머뭇머뭇 팔을 내렸다. 그리고 비웃음 섞인 시선을 마주하고서야 제 행동의 의미를 깨달은 듯 얼굴을 붉혔다.

"크크큭, 왜, 죽는 건 두려운가 보지? 그러게 여긴 왜 기어들어 왔어? 저 높은 왕궁에나 처박혀 있을 것이지."

"난……."

"아가씨!"

"어디 계십니까, 아가씨!"

"속히 이곳을 벗어나셔야 합니다! 제발 답해 주십시오!"

조금씩 가까워지는 사람들의 목소리를 들은 여인이 무어라 입을 열려는 순간, 골목 뒤에서 가쁜 숨을 몰아쉬며 한 남자가 모습을 드러냈다.

갈색 로브 자락을 발견하자마자 황급히 달려온 그는 몹시 다급한 목소리로 외쳤다.

"전하! 여기 계셨군요! 신이 얼마나……."

"전, 하?"

"헛!"

그제야 듣는 귀가 있다는 사실을 깨달은 남자가 황급히 입을 다물었다.

하지만 때는 이미 늦은 뒤였다.

"전하? 전하라고?"

"그……."

"그렇다면 이 하찮은 평민이 지금껏 고귀하신 여왕 전하와 말을 섞었던 건가? 이거 참 영광이군그래! 하하하! 으하하…… 쿨럭! 컥!"

삐이이이—.

듣기만 해도 괴로울 정도로 격렬한 기침 소리와 호시탐탐 기회를 노리는 독수리의 울음소리가 기괴하게 섞였다. 귓가를 어지럽히는 그 소리에 여인의 얼굴이 하얗게 질렸다.

그제야 정신을 차린 남자가 여인의 앞을 가로막았다.

그 순간, 피를 토하는 듯 격하던 기침 소리가 뚝 멎었다. 대신 잔뜩 갈라진 외침이 그 자리를 채웠다.

"왕국을 경배하라! 여왕 전하 만세!"

털썩.

사내의 몸이 스르르 무너졌다.

촛불이 꺼지는 것처럼 급격하게 생기를 잃어 가는 시선을 정통으로 마주한 여인이 몸을 부르르 떨었다.

"전하!"

황급히 달려든 남자가 서둘러 여인의 눈을 가렸으나 그 모습은 이미 뇌리에 깊숙이 박힌 뒤였다.

눈조차 깜빡이지 못하고 굳어 있던 여인이 휘청하며 한 걸음 뒤로 물러났다.

"아냐……."

"전하?"

"아냐……. 나는 이러려던 게……."

"정신 차리십시오!"

"나, 나는……."

놀란 남자가 소리 높여 주의를 환기시켰다.

하지만 여인은 그를 돌아보는 대신 의미를 알 수 없는 말만 중얼거리며 주춤주춤 물러났다. 보랏빛 시선은 여전히 사내가 있던 쪽에 고정된 채였다.

그때, 뒤로 물러나던 여인의 발목을 무언가가 꽉 움켜쥐었다.

소스라치게 놀란 여인의 눈에 들어온 것은 분명 저 앞에서 죽어 있어야 할 사내의 피 흘리는 얼굴이었다.

생기 잃은 눈에서 피눈물을 뚝뚝 떨구며, 사내는 기괴하게 웃는 얼굴로 입술을 벙긋거렸다.

'백.성.의.시.체.로.배.채.우.는.왕.가.를.경.배.하.라.'

"아니야! 그런 게 아니라고! 아악! 아아아아악!"

삐이이이—.

"……하!"

"아냐, 아니라고! 내가 그런 게……!"

"전하! 정신 차리십시오!"

"이것 놔! 아악! 아아악!"

"꿈입니다! 진정하십시오! 그저 악몽일 뿐입니다!"

"꿈……?"

하얗게 질린 입술 사이로 가냘픈 음성이 흘러나왔다.

괴로워하는 여인을 걱정스러운 표정으로 살피던 또 다른 여인이 단호하게 답했다.

"네, 전하. 꿈입니다. 하니 마음을 편안히 하십시오. 그래 봐야 한낱 허상일 뿐이 아닙니까."

"……."

확신에 가득 찬 음성에 대한 답은 없었다. 굳게 닫힌 채 파르르 떨리던 눈꺼풀이 차츰 들어 올려졌을 뿐.

공포와 죄책감으로 얼룩진 채 갈피를 잃고 흔들리던 눈이 저를 걱정스레 바라보는 여인을 담았다.

"……유모였군요."

"네, 전하. 이제 정신이 드십니까?"

"후우……."

밀라이아는 길게 숨을 내뱉은 뒤 천천히 몸을 일으켰다.

지난밤의 물기는 분명 다 마르고 없으련만, 허리까지 내려오는 머리카락은 습기를 가득 머금은 채 축축하게 젖어 있었다. 보송보송하던 잠옷도 마찬가지였다.

"……악몽을 꿨나 보네요."

입술 새로 잔뜩 갈라진 목소리가 흘러나왔다. 머리며 몸이 뭔가에 얻어맞은 것처럼 욱신거렸다.

밀라이아는 절로 새어 나오는 신음을 삼키며 침대맡으로 손을 뻗었다.

눈치 빠르게 주전자를 집어 든 백작 부인이 컵에 물을 따라 건넸다.

"한동안 숙면하시기에 이제는 괜찮으신 줄 알았습니다만, 어찌 또 그러시는지요? 혹 뭔가 근심거리라도 있으십니까?"

"근심은 무슨. 아니에요. 그거야 늘 있는 일인데요, 뭐."

끙끙 앓는 소리를 내며 답한 밀라이아가 단숨에 물을 들이켰다.

그제야 좀 살 것 같다는 표정을 지은 그녀는 백작 부인에게 컵을 돌려주다 말고 멈칫했다.

'가만, '이제는' 괜찮은 줄 알았다고? 그럼 그전에도 계속 그랬단 말이야?'

몽롱하던 정신이 갑자기 찬물을 끼얹은 듯 확 맑아졌다.

그러잖아도 지난번에 악몽을 꾼 이래로 어째서 같은 내용의 꿈을 계속해서 꾸는 건지에 대해 의문을 품고, 혹 그게 앞날에 대한 암시 같은 건 아니었는지 고민했던 그녀였다.

한데 이번 꿈 역시 지난번의 것과 대단히 흡사한 유형이 아닌가. 마치 직접 겪는 일처럼 생생하게 느껴지는 오감도 그랬고, 자신은 분명 당사자가 아님에도 본인인 양 절실하게 느껴지는 기분도 그랬다. 게다가 내용만 달랐다 뿐이지 이번에 나온 등장인물도 여왕이라는 점 역시 빼놓을 수 없었다.

'뭘까, 이 꿈은.'

"전하?"

"아, 미안해요. 잠시 다른 생각을 좀 했네요."

재빨리 표정을 수습한 그녀는 백작 부인에게 컵을 도로 건네며 물었다.

"지금 몇 시죠?"

"일곱 시입니다. 아직 일정을 시작하실 때까지 시간이 꽤 남아 있습니다만, 좀 더 주무시는 건 어떠신지요?"

"아뇨. 지금은 다시 못 잘 것 같아요. 그냥 이따가 일찍 잠자리에 들지요, 뭐."

고개를 휘휘 저은 그녀는 이마를 짚는 척하며 잠시 생각에 잠겼다.

'이상하네. 지난번도 그렇고 이번 것도 그렇고, 분명 여왕이 직접 경험한 일도 아닌데 어떻게 이 정도로 생생하게 꿈을 꿀 수가 있는 거지? 이건 마치 기억에 강렬하게 남은 잔상 같잖아.'

무심하게 머리카락으로 향하던 손이 멈칫했다. 손가락에 감겨드는 그것이 땀으로 축축했던 탓이었다.

불쾌감에 얼굴이 일그러졌다. 그걸 알아챈 백작 부인이 말했다.

"서둘러 목욕 준비를 하라 이르겠습니다."

"아, 고마워요."

느릿느릿 답한 밀라이아는 머리카락에서 손을 떼며 작게 한숨을 내쉬었다. 뭔가 찜찜하기는 한데, 그게 정말 제대로 느낀 건지 아니면 그저 계속되는 악몽 때문에 예민해진 탓인지 알 수가 없었다.

'하아, 모르겠다. 뭐, 좀 더 두고 보면 알 수 있겠지. 그래도 혹시 모르니 그거나 한번 확인해 볼까?'

문득 한 가지 생각을 떠올린 그녀는 일단 복잡한 머릿속을 털어내며 백작 부인이 이끄는 대로 몸을 맡겼다.

목욕을 하고 말끔하게 단장을 마치자, 마치 기다렸다는 듯 두 명의 여자가 방 안으로 들어섰다. 전부 낯선 얼굴이었다.

"창공의 드높음을 경배하라. 가장 높이 나는 분께 달리아 수 사스테인이 인사 올립니다."

처음 여왕이 됐을 때 페르디난드 공작에게 받았던 자료를 떠올린 밀라이아가 빙긋 웃었다.

"오, 사스테인 백작의 여식이로군요. 그는 선왕 전하의 좋은 친구였지요. 만나서 반가워요, 사스테인 영애."

"이미 은퇴한 부친을 아직도 기억해 주시니 영광입니다. 앞으로 최선을 다해서 보필하겠습니다."

"그래요. 선왕 전하와 백작이 그러했던 것처럼, 고와 영애도 좋은 친구가 되었으면 좋겠네요."

"영광입니다."

다소곳하게 허리를 숙여 보이는 붉은 머리카락의 영애에게 밀라이아가 슬쩍 미소를 지어 보이고는 또 다른 영애를 돌아보았다.

눈이 마주치자마자 자신만만하게 미소 지은 그녀가 가볍게 예를 갖췄다.

"에세로아 수 지스가 고귀하신 여왕 전하를 뵈어요."

'너구나.'

지난번에 길리안 공작과 했던 이야기를 떠올린 밀라이아가 환한 미소를 지었다.

"지스 백작의 여식이로군요. 만나서 반가워요, 영애. 앞으로 잘 부탁해요."

"네, 전하. 최선을 다하겠습니다."

"그래요. 어려운 일이 있으면 여기 백작 부인이나 레티시아 영애와 상의하면 될 거예요."

"……네, 전하."

순간 얌전한 척 내리깔았던 영애의 눈꼬리가 샐쭉하게 치켜 올라가는 것이 보였지만, 밀라이아는 아무런 눈치도 채지 못한 척 백작 부인을 돌아보며 물었다.

"유모, 오늘 일정이 어떻게 되죠?"

"한 시에 구름궁에서 왕제 저하와 오찬이 잡혀 있습니다. 두 시 반부터 네 시까지는 정기 알현이 있고, 이후 다섯 시부터 최고법원에서 재판을 참관하셔야 합니다. 예상 소요 시간은 약 한 시간 반입니다. 그 후에는……."

"아아, 됐어요. 나머지는 그때 가서 마저 듣지요. 영애들? 일단 가서 쉬어요. 점심때 봅시다."

"네, 전하."

"네, 전하."

얌전하게 인사를 남긴 그들이 방을 나섰다.

밀라이아는 두 사람이 방 밖으로 완전히 사라지기를 기다렸다 말했다.

"새 사람을 들이는 데 생각보다 오래 걸렸군요. 조사는 끝났나요?"

"네, 전하. 아시다시피 사스테인 영애는 전하의 부름에 응하여 입궁한 왕당파 세 가문 중 한 곳 출신입니다. 그래도 혹시 모르는 일이기에 따로 조사해 보았습니다만, 특별히 이상한 점은 찾지 못하였습니다."

"다른 두 가문의 영애들은요?"

"역시 별다른 점은 발견하지 못하였습니다. 하여 일단 셋 중 가장 우수한 사스테인 영애만을 전하의 전속 시녀로 뽑았습니다. 다른 둘은 추후 적당한 시기를 봐서 올리시면 될 듯합니다."

"그렇군요. 알겠어요."

계속하라는 듯 바라보자, 백작 부인은 살짝 고개를 숙여 보이고는 말을 이었다.

"다음으로는 지스 영애에 대해 말씀드리겠습니다. 에세로아 수 지스. 지스 백작의 둘째 딸로 올해 나이는 열여섯입니다. 얼마 전 사교계에 데뷔해 밝고 활발한 성격이라는 평을 받고 있습니다. 따로 훈련받은 경험이 없는 것으로 보아 본디 이쪽으로는 생각이 없었던 것으로 짐작됩니다. 아무래도 국서 후보 일로 심기가 상한 지스 백작을 회유하기 위해 길리안 공작이 손을 쓴 것이 아닐까 싶습니다."

"내 생각도 그래요. 그래도 굳이 처음부터 경계하는 모습을 보여줄 필요는 없으니 일단은 지켜보도록 하죠. 번거롭겠지만 잘 부탁해요.”

“아닙니다, 전하. 하면 딸아이에게도 알려 둘까요?”

“그래 주면 고맙겠어요.”

부드러운 대답에 백작 부인은 가볍게 고개를 숙여 보이며 말했다.

“알겠습니다. 단단히 주의를 줄 터이니 걱정 마십시오.”

“고마워요. 하면 가서 일 봐요. 오늘 일정은 테스트 겸 두 영애와 함께 돌 테니 수행 걱정은 하지 말고요.”

“네, 전하. 필요한 것이 있으시면 언제든 불러 주십시오.”

정중하게 허리를 숙인 백작 부인이 방을 나갔다.

그녀의 인기척이 완전히 사라진 것을 확인한 밀라이아는 자리에서 일어나 벽 쪽으로 다가갔다. 그러고는 액자 뒤 금고에서 두툼한 책자를 꺼내 첫 장을 펼쳐 들었다.

‘아까 그게 정말로 여왕의 꿈이라면, 혹시 여기에 관련 내용이 있을지도 몰라.’

팔락팔락 종이를 넘기던 손이 문득 한 구절 앞에서 멈췄다.

왕국력 354년 8월 21일.

끔찍한 악몽을 꿨다. 두 번 다시 겪고 싶지 않을 정도로 지독한, 그런 악몽을.

그 뒤는 한 페이지가 찢겨 있었다.

‘이건가?’

밀라이아는 한 손으로 머리카락을 뱅글뱅글 돌리며 유독 도드라지게 눈에 들어오는 단어를 뚫어져라 바라보았다. 자신이 꿈을 꾸며 느꼈던 생생한 감정들을 여왕 역시 겪었다고 가정해 본다면, '두 번 다시 겪고 싶지 않을 정도로 지독한' 악몽이라 표현한 것도 이해할 수는 있었다.

'그 정도라면 분명 끔찍한 악몽이라 일컬을 만하지. 물론 이 일기가 그 꿈을 가리키는 게 맞는다면 말이지만.'

찢겨진 부분을 손끝으로 살살 어루만지던 그녀가 눈썹을 찌푸렸다. 분명 여기에 뭔가 더 상세한 내용이 있었을 것 같은데, 고의였는지 실수였는지 모를 페이지 유실 때문에 아무것도 알 수가 없었다.

'어쩐지 일이 수월하게 풀린다 싶더라니.'

혹시나 하는 마음에 마지막 장까지 샅샅이 살펴보았지만, 악몽에 대한 언급은 오직 그것뿐이었다.

한숨을 내쉰 밀라이아가 일기장을 덮었다.

잠시나마 붙잡은 듯했던 실마리가 손가락 사이로 빠져나가는 느낌에 짜증이 났다.

그러나 또 어찌 생각해 보면 별것도 아닌 일에 제가 너무 과민하게 구는 건가 싶기도 했다. 아무리 '꿈'을 통해 여왕의 세계와 연결된 경험이 있다고는 해도, 모든 꿈이 다 그리 특별한 것도 아닐 텐데.

'맞아. 그래 봐야 고작 악몽일 뿐이잖아? 좀 생생한 꿈을 꿨다고 내가 지나치게 예민했던 게지.'

밀라이아는 긴 한숨을 토해 내며 일기장을 금고에 도로 집어넣었다. 그런 뒤 침대맡으로 돌아와 쌓여 있는 책 중 한 권을 집어 들었다.

어차피 잠자기는 그른 것, 남는 시간 동안 못다 한 자료 조사나 마저 할 생각이었다.

몇 시간 뒤.

왕제와의 오찬과 두 시간에 걸친 알현을 무사히 마친 밀라이아는 지친 기색이 역력한 두 영애를 데리고 최고법원으로 향했다. 분기별로 한 번씩 있는 재판 참관 일정이 하필이면 오늘로 잡힌 탓이었다.

핼쑥한 얼굴로 뒤따르는 두 사람과 달리 그녀는 언뜻 보기에는 멀쩡한 것 같았지만, 속사정을 따지고 보면 그들보다 더했으면 더했지 결코 못하지는 않았다. 사실 그녀는 어젯밤 제대로 잠을 못 잔 탓에 몹시 피곤한 상태였으니까.

'아, 힘들어. 하필이면 오늘따라 일정이 왜 이리 빽빽해서는.'

재판 참관만 마치면 곧장 침대에 뛰어들 거라 다짐하며 내궁을 나선 그녀는 두꺼운 성벽을 빙 돌아 외궁 북서쪽으로 향했다. 그곳에는 온통 하얀색으로 이루어진 내궁과는 달리 잿빛 화강암으로 만들어진 커다란 건물이 서 있었다.

"창공의 드높음을 경배하라. 노이텐 수 필렌이 여왕 전하를 뵙습니다."

"반가워요, 필렌 백작. 그대가 오늘 여를 안내해 줄 사람인가요?"

"그렇습니다. 하면 안으로 모시겠습니다, 전하."

"그러죠."

밀라이아는 필렌 백작의 안내를 받으며 천천히 걸음을 옮겼다.

높다란 입구를 지나 안에 들어서자 뻥 뚫린 공간이 눈에 들어왔다.

거대한 돔 지붕 아래에는 잿빛 화강암으로 만든 독수리상이 세워져 있었다. 그것은 왕궁의 다른 장소에 세워진 조각상들과는 달리 부리에 천칭을 물고 있어 이곳에 들어온 사람들로 하여금 자신이 현재 어디에 있는지를 확실하게 일깨워 주고 있었다.

'독수리라…….'

날개를 활짝 펴고 있는 왕가의 상징물을, 밀라이아는 말없이 바라보며 걸음을 옮겼다.

하필이면 그런 꿈을 꿔서일까, 반들거리는 독수리의 눈을 보자 왠지 기분이 싸했다. 일전에 길리안 대법관을 만나러 왔을 때는 아무 느낌이 없었는데.

중앙 홀을 중심으로 둥그렇게 조성된 회랑을 지난 그녀는 잘 보이지 않게 숨겨진 계단을 올라 전용 출입구로 향했다. 대법정 이층 오른편에 있는 작은 발코니는 오직 국왕이나 그에 준하는 권한을 위임받은 사람만이 들어설 수 있는 공간이었다.

"여왕 전하를 뵙습니다."

대기하고 있던 수습서기관들이 서둘러 예를 갖춘 뒤 문을 열었다.

조용히 안으로 들어서자 발코니 아래 법복 차림의 법관들과 서기관들이 보였다. 그 맞은편에는 재판의 당사자로 보이는 중년 귀족이 굳은 얼굴로 의자에 앉아 있었다.

"……및 과중한 노역 부과, 그리고 세금 포탈. 이상이 에두아르다 솔란에 대해 들어온 고발 내용입니다."

'어?'

폭신한 의자에 자리를 잡던 밀라이아가 눈을 크게 떴다.

좀 전에는 스치듯 봐서 미처 몰랐는데, 나란히 앉아 있는 다섯 명의 법관들 중 가장 오른쪽에 루시어스가 자리하고 있는 것이 아닌가.

"솔란 남작, 위와 같은 사실을 인정합니까?"

"아니오, 인정할 수 없습니다."

"좋습니다. 하면 앞서 제시된 주장에 대해 반론을 제기해 주십시오."

밀라이아는 차분한 태도로 재판을 진행하는 청년을 내려다보며 눈을 깜빡였다.

아무리 스물다섯도 되지 않은 나이에 대법관의 지위에 올랐을 정도로 뛰어난 인재라고는 해도, 비록 말석이라고는 하나 무려 다섯 명이나 되는 대법관이 배정될 만큼 중요한 재판에 배석할 정도로 인정받고 있는 줄은 몰랐다.

'이래서 하필이면 오늘 재판 참관 일정이 포함됐던 건가? 그래도 생각보다 훨씬 유능한가 보네. 출신 가문이나 국서 후보라는 배경이 아예 작용하지 않은 건 아니겠지만, 그래도 그것만으로 얻어 냈다기에는 꽤나 중요한 자리이니 말이지.'

흥미로운 눈빛으로 아래를 내려다보자, 얌전히 시립하고 섰던 영애들 중 한 사람이 그제야 발견했다는 듯 말했다.

"어머나, 길리안 대법관이네요. 여기서 뵐 거라고는 생각도 못했는데 말이에요."

"그러게요."

과연 그럴까 생각하며 답하자, 그녀는 뭔가를 깨달았다는 양 물었다.

"혹시 전하께선 이미 알고 계셨던 건가요? 그래서 이 시간에 참관을……."

"아뇨. 여도 몰랐어요. 애초에 일정이 정해진 것도 오늘 아침인 걸요."

"그렇다면 더 놀라운데요? 하필이면 전하께서 오신 시간에 길리안 대법관이 있다니 말이에요. 이런 걸 두고 운명이라고 하는가 봐요."

"……그런가요?"

'클로에는 레노아 영윤을 밀더니, 지스 영애는 대놓고 길리안 대법관을 지지하는군. 그럼 사스테인 영애는 누굴 얘기하려나?'

속으로 중얼거린 밀라이아는 의미를 읽을 수 없도록 보일 듯 말 듯 하게 웃어 보였다.

그러자 지스 영애는 가슴께로 두 손을 모아 맞잡고는 마치 아무것도 모르는 소녀인 양 말했다.

"전하께선 정말 좋으시겠어요. 이런 중요한 자리에 배석할 만큼 출중한 능력을 갖춘 데다 저리 잘생긴 분이 일편단심 전하만을 사모한다니 말이에요."

"그렇죠."

어찌하나 보자 싶어 선선히 수긍하자, 영애는 당연하다는 듯 힘차게 고개를 끄덕이며 말했다.

"혹시 그거 아세요? 저분이 두 번째 국서 후보로 발표되었을 때 쓰린 가슴을 부여잡은 영애들이 한둘이 아니었다는 거?"

"호오, 그랬나요?"

"그럼요. 워낙 사교계에 얼굴도 잘 보여 주지 않던 분이라 그렇지, 저이를 내심 마음에 품은 영애가 얼마나 많았는데요. 제가 아는 사람만 해도 벌써 셋이나…… 핫! 송구합니다. 하지만 오해하지는 마세요. 길리안 대법관은 형님들이 전부 짝을 찾기 전에는 누굴 만날 생각이 전혀 없다며 늘 영애들과 거리를 두었거든요."

밀라이아는 실언을 가장해 은근슬쩍 청년을 치켜세우는 여자를 말없이 바라보았다.

다른 목적으로만 입궁한 줄 알았더니, 아마도 그녀의 임무 중에 하나는 이런 식으로 제게 루시어스에 대해서 긍정적인 생각을 갖도록 유도하는 것인 모양이었다. 그것도 저리 '사교계에 데뷔한 지 얼마 되지 않아 뭘 잘 모르는 순진한 영애'의 가면을 뒤집어쓴 채로.

'당분간 행동에 좀 신경을 써야겠군.'

속으로 한숨을 내쉰 그녀가 말했다.

"그렇군요. 여가 운이 좋았네요."

"무슨 말씀이세요, 전하께서 일등 신랑감을 만나시는 건 당연한 거죠. 비록 전하께서 저분과 나란히 서 계시는 모습을 직접 보지는 못했지만, 상상만 해도 벌써 눈이 부신 기분이랍니다. 정말 잘 어울리실 것 같아요."

"그렇게 얘기해 주니 고맙군요."

무심하게 답하며 고개를 돌린 밀라이아는 관찰하는 듯한 눈길을 못 알아챈 척하며 턱 아래로 작게 손부채질을 했다. 마치 체면 때문에 애써 담담하게 굴었으나 좋아하는 티를 미처 다 숨기지 못한 양 얼굴을 살며시 붉히면서.

'이만하면 됐겠지? 아, 피곤하다. 가뜩이나 기운도 없는데 이제는 연기까지 해야 한다니.'

속으로 몰래 한숨을 내쉰 그녀는 지스 영애와 대화를 하느라 잠시 놓쳤던 재판정의 상황에 귀를 기울였다.

그새 꽤 많은 이야기가 오고간 듯 중년 귀족은 얼굴이 벌겋게 달아오른 상태였다.

"……니요! 이건 말도 안 됩니다! 날조예요! 제가 좀 전에 제출한 장부를 보시면 알 것이 아닙니까!"

"그것만으로는 이 고발을 기각할 만큼의 반증이 되지 못한다는 것이 본 재판부의 판단입니다. 다른 증거는 없습니까?"

"아니, 장부 말고 대체 무슨 증거가 더 필요하단 말입니까? 그 고발자라는 작자가 얼마나 대단하기에……!"

"본 재판부의 판단은 고발자의 신분과는 관계가 없습니다. 우리에게 영향을 미친 것이 있다면 그가 남작의 수탈 혐의를 입증하기 위해 제시한 증거들뿐이지요. 예를 들자면 세금이 부족하다며 영지민의 딸들을 가로챘다거나 세율을 줄이는 대신 왕실에서 특별히 감해 준 부분만큼 뒤로 빼돌렸다거나 하는 이야기들 말입니다."

싸늘한 목소리로 남자의 말을 잘라 낸 청년이 계속해서 말했다.

"덧붙여 그리 가져간 식량들을 비밀 장소에 은닉했다는 이야기도 있더군요. 영주 저택 지하의 와인 창고 뒤편이라던데, 실제로 본 재판부는 고발을 받자마자 조사에 착수한 결과 해당 장소에서 식량을 발견했습니다. 다른 소문의 진위 여부도 확인했고요. 그런데도 아직 본 재판부의 판단에 이의가 있습니까?"

"그, 그건……!"

차분하게 이어지는 설명을 들은 남자가 이를 악물었다. 생각보다 많은 사실이 폭로되는 바람에 뭐라 반박할 말이 없는 듯했다.

무어라 말을 꺼내지 못하고 입만 달싹거리는 남자를 무심하게 바라보던 재판장이 물었다.

"솔란 남작, 반론 없습니까? 위 사실을 뒤집을 만한 반증을 제시하지 못할 경우 죄를 인정한 것으로 간주됩니다."

"……."

"없나 보군요. 하면 이것으로 솔란 남작에 대한 심리를 마치겠습니다. 형의 선고는……."

"왜 나한테만 이러는 거요! 조만간 식량 부족으로 한바탕 난리가 날 거라는 건 모두 알고 있잖소!"

순간 법정 안에 있던 사람들의 얼굴이 팍 일그러졌다. 마치 정곡을 찔린 사람들처럼.

무심하게 공방을 관전하던 밀라이아의 눈썹이 찌푸려졌다.

'뭐야, 그 정도로 심각한 상태였어?'

거듭되는 비가 걱정돼 나름대로 대비해 두고 있는 상태긴 했지만, 사람들이 저런 반응을 보일 정도로 상황이 심각한 줄은 몰랐다. 정무 회의에서 논의된 적도, 페르디난드 공작이 따로 보고한 적도 없었으니까.

'공작, 내게 왜 그런 얘길 안 한 거지? 단순히 잊은 건가, 아니면 내게 뭘 속이고 있는 건가?'

보랏빛 눈이 가늘게 뜨였다.

'아무래도 구호 상황에 대해 전체적으로 한번 점검해 봐야겠어.'

그동안 전염병 쪽을 신경 쓰느라 식량 문제에 대해서는 상대적으로 소홀한 감이 없잖아 있었는데, 저런 얘기까지 듣고 나니 기분이 영 개운치 않았다.

얼굴을 잔뜩 찌푸린 재판장이 선언했다.

"한 번만 더 쓸데없는 소리를 하면 법정모독죄를 적용하겠습니다. 더 할 말이 있습니까? ……없나 보군요. 이것으로 솔란 남작에 대한 심리를 마칩니다. 형의 선고는 이 주 뒤 같은 시간입니다. 이상."

서둘러 달려 들어온 서기관들이 남작을 일으켜 세웠다.

끌려 나가다시피 밖으로 나서는 그를 응시하던 밀라이아는 문득 느껴지는 시선에 그쪽을 돌아보았다.

언제부터 눈치챈 것인지, 하늘색 머리카락의 청년이 발코니 쪽을 말없이 올려다보고 있었다.

자색과 분홍색 시선이 한 점에서 마주치는 순간, 우아하게 자리에서 일어난 청년이 허리를 숙여 예를 갖췄다.

"여왕 전하를 뵙습니다."

"헛! 여왕 전하를 뵙습니다!"

발코니 쪽을 돌아본 법관들이 서둘러 일어나 예를 갖췄다. 서기관을 비롯한 다른 사람들 역시 마찬가지였다.

"이런. 조용히 다녀가려 했는데 여가 그만 방해를 한 것 같군요. 가만히 참관만 하고 갈 터이니 신경 쓰지 않아도 됩니다. 모두 앉아요."

"네, 전하. 하면 계속 진행하겠습니다."

모두를 대표해서 답한 재판장이 자리에 앉았다. 발코니 쪽을 향해 고개를 숙여 보인 사람들 역시 하나둘 착석하기 시작했다.

그 바람에 그녀에게 쏠렸던 시선은 다시 흩어졌으나, 오직 길리안 대법관만은 주위가 온통 소란스러운 와중에도 고요하게 밀라이아를 바라보고 있었다. 비록 거리가 있어 어떤 눈빛을 하고 있는지까지는 알 수 없었지만.

"어머나……."

옆에 시립하고 서 있던 지스 영애가 작게 중얼거리는 것이 들렸다. 내내 없는 사람처럼 고요하던 사스테인 영애가 몸을 슬쩍 뒤척이는 소리도.

한참 동안 발코니를 올려다보던 남자는 재판장이 다음 피고인을 데려오라 이른 후에야 비로소 자세를 바로 했다. 그러고는 뭔가를 고민하듯 깃펜으로 종이를 톡톡 치다, 별안간 빠른 속도로 무언가를 적기 시작했다.

'뭘 하는 거지?'

의아한 마음으로 바라보는데, 깃펜을 내려놓은 그가 서기관을 부르는 것이 눈에 들어왔다. 그가 내미는 종이를 받아 든 서기관이 소리 없이 뒷문으로 빠져나가는 것도.

"무슨 일일까요? 뭔가 지시를 내리는 거라면 그냥 말로 해도 될 텐데요."

"그러게요. 좀 더 두고 보면 알겠죠."

밀라이아는 지스 영애의 말을 대강 받아 주며 법정 안으로 들어서는 피고인에게 눈길을 주었다.

초췌한 몰골로 들어서는 남자는 솔란 남작과는 다르게 얼굴이며 옷에 때가 꼬질꼬질하게 묻은 모양새가 척 보기에도 평민인 것처럼 보였다. 아니면 대단히 중죄를 저질렀거나.

"알리테 후작령의 잭, 평민, 마흔두 살. 영지의 산에 불을 지르다가 현행범으로 체포되었으며, 최근 알리테 영지에서 일어난 여러 방화 사건의 범인으로 지목되어 일심에서 종신 노역형을 선고받았습니다."

"그렇군요. 한데 일심에서 종결된 사건이 왜 여기까지 오게 된 겁니까?"

밀라이아는 기본적인 내용을 묻는 재판장을 보며 슬쩍 웃었다. 은근슬쩍 개요를 풀어 주려는 것이, 아무래도 사건에 대해 아무것도 모르는 그녀를 배려한 듯했다.

"이자가 보이는 이상 행동 때문입니다. 증언에 따르면 본디 평범한 영지민이었다고 하는데, 갑자기 요 근래 괴이쩍은 소리를 반복하고 있다고 합니다. 무슨 드래곤이 분노했다느니 세상이 전부 타버릴 거라느니 하면서……."

"드래곤! 붉은 드래곤이 온다! 온 세상이 활활 불타오를 거야! 키히히! 으히히히히힛!"

"……네, 바로 저렇게 말입니다. 알리테 후작은 상습 방화범에다 지속적으로 감시가 필요한 망상병 환자를 영지에 계속 둘 수는 없다며, 피고인에게 사형 혹은 추방령을 내려 줄 것을 요청했습니다."

"그렇군요. 하면 심리를……."

"전하. 송구하나 잠시 결례를 범해도 되겠습니까?"

오가는 이야기를 흥미진진하게 경청하던 밀라이아는 가만히 들려오는 목소리에 뒤를 돌아보았다.

은쟁반에 곱게 접힌 종이를 받쳐 든 남자는 분명히 좀 전에 봤던 바로 그 서기관이었다.

"무슨 일인가요?"

"길리안 대법관이 이걸 전하께 드리라 하였습니다."

"아…… 그렇군요. 이리 줘요."

순간 지스 영애의 눈빛이 번뜩이는 듯한 느낌이 들어서, 밀라이아는 애매하게 웃으며 오른손을 내밀었다.

사스테인 영애가 가져오는 종이를 받아 든 그녀는 내용이 보이지 않도록 조심스레 펼쳐 들었다.

여왕 전하께.

혹 참관을 마치신 후 신에게 시간을 잠시 내 주실 수 있겠습니까? 남은 사십 분에 대해 긴히 드릴 말씀이 있습니다.

'남은 사십 분? 그게 뭐지…… 아! 대신관!'

소리 없이 탄성을 내뱉은 밀라이아는 서기관을 돌아보려다 말고 눈살을 찌푸렸다. 아래층에서 또다시 한 차례 광소가 들려온 탓이었다.

"분노한 드래곤이 온 세상을 뜨거운 숨결로 뒤덮는다! 꺼지지 않는 불이 모두를 집어삼킨다! 키히히! 으히히힛!"

"진정 미친 자로군. 분노한 드래곤에 꺼지지 않는 불이라니, 그게 무슨 독수리 풀 뜯어 먹……."

순간 등골이 싸해지며 머릿속이 찬물을 끼얹은 듯 확 깨어나는 느낌이 들었다.

'방금 저자가 뭐라고 했지? 분노한 드래곤과 불이라고 했나?'

의심을 가득 품은 시선이 아래층으로 향했다. 눈으로 보이는 모습도 그렇고 정황상으로도 그렇고 아무래도 정신이 나간 자일 가능성이 높았지만, 그렇다고 해서 한낱 광자狂者로 치부해 버리기에는 그가 내뱉는 단어들이 굉장히 마음에 걸렸다.

'붉은 드래곤, 분노, 그리고 불.'

곧게 뻗은 눈썹이 잔뜩 찡그려졌다.

'설마 레드드래곤의 분노를 말하는 건가? 하지만 그건 에드워드

3세의 가장 위대한 업적이자 최악의 실수라 불리는 사건이잖아? 이 시기에 나올 얘기가 아니라고.'

기억을 더듬으며 다시 한번 눈썹을 찌푸린 밀라이아는 미친 듯 웃는 남자에게서 시선을 거두어 서기관을 돌아보았다. 아무리 시간만 낭비할 확률이 높다고는 해도 일단 한번 확인해 봐야 안심이 될 것 같았다.

"길리안 대법관에게 그리 하겠다 전해 줘요. 그리고 재판장에게 이 건은 판결을 유보해 달라고 전해 주겠어요? 사유는 개인적인 호기심 정도로 해 두죠."

"그리하겠습니다."

정중하게 고개를 숙여 보인 서기관이 발코니를 떴다.

밀라이아는 벽 한쪽에 달린 시계를 힐끗 쳐다보며 잠시 생각을 정리했다.

오후 다섯 시 반.

참관을 마치려면 아직도 한 시간 정도가 더 남아 있었다.

'아직 멀었네. 그럼 먼저 확인부터 해 봐야겠군.'

보이지 않게 한숨을 내쉰 그녀가 지스 영애를 돌아보았다.

"지스 영애, 궁내부에 가서 오늘 저녁 식사는 예정 시간보다 삼십 분 뒤로 미루겠다고 전해 주겠어요? 간단하게 요기만 하면 되니 이것저것 차릴 필요는 없다고도 일러 주고요."

"네, 전하."

"고마워요. 그것만 전달하고 오늘은 이만 쉬도록 해요. 어차피 이게 마지막 일정인데 번거롭게 왔다 갔다 할 필요는 없을 것 같네요."

어찌 보면 배려 같기도 하고 또 어찌 보면 축객령 같기도 한 이야기에 지스 영애가 잠시 멈칫하는 것이 보였다.

하지만 그녀는 이내 아무 일도 없었다는 듯 표정을 관리하며 얌전하게 고개를 숙였다.

"그리하겠습니다. 배려에 감사드립니다."

"그래요. 오늘 수고가 많았어요."

부드럽게 웃어 보인 밀라이아는 옷감이 스치는 소리가 점점 멀어지는 것을 들으며 아래층에 시선을 주었다.

웃음을 그친 남자가 몸을 잔뜩 웅크린 채 알 수 없는 소리를 중얼거리고 있었다.

그것조차 전부 받아 적으려 서기관들이 진땀을 빼는 모습을 구경하기를 일이 분여.

좀 전에 봤던 얼굴이 법정 안으로 들어서는 모습이 보였다. 소리 없이 다가간 서기관이 루시어스와 재판장에게 각각 무어라 속삭이는 것도.

"사스테인 영애."

"네, 전하."

얌전하게 고개를 숙여 보이는 영애를 돌아보며 밀라이아가 말했다.

"행정부에 가서 페르디난드 공작이 있는지 확인하고 아직 퇴궁하지 않았거든 즉시 이쪽으로 오라 전해 줘요."

"그리하겠습니다."

"그리고 미안하지만 영애는 이쪽으로 다시 돌아와 줘야겠어요. 왜 그런지는 말하지 않아도 알고 있겠죠?"

중의적 의미를 담은 물음에 영애는 내리깔았던 시선을 들어 그녀와 시선을 마주했다. 그러고는 잠깐 동안 말없이 그녀를 바라보다 보일 듯 말 듯 하게 미소 지으며 답했다.

"네. 지스 영애가 없으니까요."

'이것 봐라? 중의적인 물음에는 중의적으로 답하겠다 이거지?'

밀라이아는 당돌하게 저를 응시하는 영애를 마주 바라보며 눈썹을 보일 듯 말 듯하게 치켜세웠다.

언제 얌전하게 굴었느냐는 듯 시선을 마주쳐 오는 것하며 은은하게 미소 띤 얼굴하며, 있는 듯 없는 듯 가만히 서 있던 좀 전과는 아주 딴판이었다.

어째서 레티시아 백작 부인이 그녀를 뽑았는지 알 것 같았다.

"좋아요. 그럼 다녀와요."

"네, 전하. 속히 다녀오겠습니다."

"그래요."

가볍게 답한 밀라이아는 그녀가 물러가는 것을 잠시 지켜보다 고개를 돌려 아래를 내려다보았다. 본래는 참관을 마치자마자 돌아가서 쉴 생각이었지만, 몸이 좀 피곤하다 해서 이런 이야기들을 그냥 넘겨 버릴 수는 없었다.

'하는 수 없지. 어느 쪽이든 적어도 하나는 오늘 안에 마무리하는 수밖에.'

절로 한숨이 새어 나왔다. 어쩐지 사스테인 영애가 돌아오는 시간이 꽤나 길게 느껴질 것 같았다.

삼십 분 뒤.

"페르디난드 공작은 세 시간 전에 이미 퇴궁했다고 합니다. 송구합니다, 전하."

"그렇군요. 어쩔 수 없죠. 먼 길 오가느라 고생했어요."

"아닙니다. 덕분에 외궁 구경도 하고 즐거웠습니다."

"그럼 다행이고요. 잠시 숨 좀 돌리고 있어요. 분위기를 보아 하니 조만간 끝날 듯싶네요."

"그리하겠습니다."

공손하게 허리를 숙여 보인 영애가 한 걸음 뒤로 물러났다.

밀라이아는 거의 마무리 단계에 들어간 재판 과정을 지켜보며 생각을 정리했다.

공작이 없는 이상 식량 문제나 레드드래곤의 분노 문제는 보류, 어젯밤에 못 다 한 이야기 역시 보류. 그렇다면 오늘 안에 처리할 수 있는 건 오직 길리안 대법관과 관계된 일들뿐이었다.

'어쩔 수 없지. 일단 그쪽부터라도 해결해 두는 수밖에.'

속으로 한숨을 삼키는데, 때마침 무죄 선고를 받은 피고인이 무덤덤한 얼굴로 자리에서 일어나는 것이 보였다. 그녀 쪽을 향해 고개를 숙여 보인 그가 밖으로 향하는 모습도.

밀라이아는 재판장을 비롯한 네 명의 법관들이 서기관들에게서 기록을 받아 검토하는 모습을 잠시 바라보다 일 층으로 향했다. 원래 예정되어 있던 시간보다 좀 이르기는 했지만, 이게 마지막 재판이라 하였으니 상관없었다.

그녀의 등장을 기다리고 있었던 듯, 다섯 명의 대법관을 비롯한 사람들은 문이 열리자마자 일제히 허리를 숙여 예를 갖췄다.

"여왕 전하를 뵙습니다."

"여왕 전하를 뵙습니다!"

"고개들 들어요. 예는 이만 되었습니다."

인사를 받은 밀라이아는 느긋하게 걸어가 재판장 앞에 멈춰 섰다.

"정말 유익한 시간이었어요. 특히 첫 번째 재판이 아주 인상적이었답니다. 신념을 이유로 감싸 주거나 헐뜯는 일 없이 오직 증거에만 입각해 심리를 풀어 나가던 모습이 정말 감명 깊었거든요."

정말 그랬다. 아무리 최고법원 소속이라고는 해도, 이 시대의 인물들은 지위 고하와 업무 분야를 막론하고 전부 엉망일 거라고 생각했었으니까.

생글거리며 웃는 그녀를 향해 고개를 숙여 보인 재판장이 말했다.

"과찬이십니다, 전하. 신들은 그저 오직 여왕 전하와 왕국만을 위해 일하고자 했을 뿐인 것을요."

"오직 여와 왕국만을 위해서라……. 그렇군요."

"네. 그게 바로 초대 국왕 전하 시절부터 내려오는 최고법원의 존재 의의가 아니겠습니까? 물론 앞으로도 계속 그럴 테고요."

예상 밖의 답에 속으로 감탄을 삼킨 밀라이아가 긍정했다.

"그야 당연하지요. 부디 그 뜻이 훼손되지 않도록 계속해서 노력해 주길 바라요."

"여부가 있겠습니까."

묵직하게 답한 재판장이 정중하게 고개 숙여 예를 갖췄다. 그를 바라보는 밀라이아의 입가에도 웃음이 걸렸다.

'적어도 법원만큼은 따로 손쓰지 않아도 되겠군.'

신경 쓸 곳이 하나 줄었다는 생각에 빙긋 웃는데, 루시어스에게서 법복과 서류를 뺏어 든 재판관이 좋은 시간 보내라며 인사를 건네고는 두어 걸음 물러났다. 고개를 숙여 보인 다른 세 명의 법관 역시 그 뒤를 따랐다.

일사분란하기 그지없는 그 모습을 멀뚱히 바라보던 밀라이아는 어깨를 으쓱하며 청년을 돌아보았다.

"한 시간 만에 인사를 하게 되네요. 오랜만이에요, 길리안 대법관. 그동안 잘 지냈나요?"

"그럭저럭 지냈습니다. 전하께선 어떠하셨는지요? 어쩐지 안색이 썩 좋지 않아 보이십니다만……."

"이런, 티 났나요? 실은 어젯밤 잠을 좀 설쳤거든요."

의외로 눈썰미가 좋다고 생각하며 답하자, 그는 황급히 고개를 숙여 보이고는 말했다.

"송구합니다, 전하. 신이 그런 줄도 모르고 무리한 청을 했군요. 어서 돌아가시지요. 신이야 전하께서 편하신 시간에 다시 찾아뵈면 됩니다."

"하지만 긴히 할 얘기가 있다고 했잖아요? 그럼 중요한 용건 아닌가요?"

"전하의 건강보다 우선하지는 않습니다. 괘념치 마십시오."

정중한 답변에 고개를 저은 밀라이아가 말했다.

"아무리 그래도 고작 하루 못 잤다고 건강을 해칠 정도로 약골은 아니랍니다. 길리안 대법관과 궁을 한 바퀴 돌 정도의 체력은 있어요."

"네? 궁 한 바퀴라니요?"

"산책도 할 겸 겸사겸사 걸으면서 대화를 나누면 될 것 같아서요. 왜요, 싫은가요?"

"설마 그럴 리가 있겠습니까?"

황급히 부인하는 청년을 향해 빙긋 미소 지은 밀라이아가 말했다.

"잘됐네요. 하면 같이 걷겠어요? 아직 해도 떠 있겠다, 느긋하게 한 바퀴 돌면 되겠네요."

"영광입니다."

곧장 답한 청년이 정중하게 손을 내밀었다.

밀라이아는 그 위에 제 손을 얹으며 슬쩍 주위를 둘러보았다.

그녀의 허락 없이 자리를 뜰 수는 없었으므로, 사람들은 모두 소리가 들리지 않는 거리까지 물러나 있을 뿐 전부 법정 안에 있었다.

'잘됐군. 이것도 길리안 공작 귀에 들어가겠지.'

속으로 미소를 지은 밀라이아는 재판장에게 가볍게 눈인사를 건네고는 돌아섰다.

중앙 홀로 나와 날개를 활짝 펼친 독수리상을 못 본 척 지나친 그녀는 잿빛 건물을 완전히 벗어난 후에야 작게 한숨을 내쉬었다. 여전히 꿈의 여파가 남은 것인지, 늘 마주하는 독수리 문장이 오늘따라 보기 영 거북했다.

"괜찮으십니까? 많이 피곤하신 거라면 지금이라도……."

"아니에요. 잠시 뭘 좀 생각하느라고요."

"그러셨군요. 하긴 오늘 재판이 좀 험한 편이긴 했죠. 다른 날 보러 오셨으면 더 좋았을 텐데 아쉽습니다."

걱정스러운 눈빛으로 그녀를 살피던 청년이 말했다. 아마도 그녀가 좀 전에 있었던 재판을 떠올렸다고 생각한 모양이었다.

"아뇨, 유익한 시간이었어요. 사실 길리안 대법관이 그 자리에 있을 거라고는 생각지 못해서 좀 놀라긴 했지만요."

"그건 좀 섭섭한 말씀이신데요? 그래도 이쪽에서는 나름대로 이름이 있는 편인데 말입니다."

"어머, 그랬나요?"

생전 처음 듣는 소리인 양 고개를 갸웃하자, 멈칫한 남자는 다소 당황한 얼굴로 말했다.

"그야 물론 전하께서 보시기엔 아니었을 수도 있지만, 그래도 생각하신 것만큼 신이 그렇게 무능하지는 않습니다. 음, 그러니까……."

"알아요. 멋있었어요. 괜히 최연소 대법관이 된 게 아니구나 싶었다고나 할까요?"

웃음기 어린 대답을 들은 청년의 얼굴이 붉게 달아올랐다.

"그…… 감사합니다, 전하."

"아니에요. 그보다 아까 그 얘기는 뭔가요? 남은 사십 분 말이에요."

"아, 그것 말씀이십니까?"

언제 얼굴을 붉혔냐는 듯 금세 표정을 바로 한 남자는 수행원들과의 거리를 가늠하듯 뒤를 한번 돌아보고는 목소리를 낮추어 답했다.

"실은 작일 두 번째 뿌리를 호출하는 데 성공했다는 연락을 받았습니다. 늦어도 다음 달 중순 전에는 도착할 거라 합니다."

"오, 잘됐네요. 하면 그때쯤 한번 같이 만나도록 하죠."

"송구하나 알현 날짜를 좀 더 당길 수는 없겠습니까? 실은 그 때문에 아까 쪽지를 보냈던 거라서요. 예하가 두 번째 뿌리가 도착하기 전에 따로 뵈었으면 한다고, 빠르면 빠를수록 좋다 하였습니다."

"그래요? 흠."

잠시 일정을 가늠해 본 밀라이아가 말했다.

"하면 다음 주 초로 약속을 잡지요. 그 정도면 되겠죠?"

"네, 전하. 배려에 감사드립니다."

"아니에요. 그러잖아도 물어볼 게 생긴 참이었는데 마침 잘됐네요."

생긋 웃으며 답한 밀라이아는 문득 떠오르는 생각에 다시 입을 열었다. 페르디난드 공작을 만나기 전 한 번쯤 그의 의견을 들어 보는 것도 괜찮겠다는 생각에서였다.

"저, 길리안 대법관?"

"네, 전하."

"아까 그 얘기 말이에요. 그 솔…… 무슨 남작이 했던 것."

"솔란 남작 말씀이십니까?"

"네, 맞아요. 솔란 남작. 그거, 어떻게 생각해요?"

손가락으로 턱을 만지작거린 청년이 답했다.

"그 이야기라면 너무 신경 쓰지 마십시오. 그럴 일은 없을 테니까요."

"정말로 그렇게 생각해요?"

진지한 물음에 루시어스는 침묵했다.

꽤 오랫동안 고민하던 그는, 그러고도 말을 고르듯 입술을 두어 번 달싹거린 후에야 조심스럽게 답했다.

"으음……. 솔직한 의견을 원하시는 거라면, 네, 그럴 가능성도 있다고 생각합니다. 삼 년 가까이 작황이 썩 좋지 못했던 탓에 비축분도 적은 데다, 아시다시피 올해처럼 유난히 비가 퍼붓는 해도 없으니까요."

"그동안 꾸준히 방비를 해 왔는데도 말인가요?"

"신의 생각으로는 그렇습니다. 아무래도 그동안은 전염병 예방에 치중한 경향이 있었으니까요. 그런 상황에서 지금처럼 계속 비가 내리고 솔란 남작 같은 자가 점점 늘어난다면, 최악의 경우가 생길 수도 있을 거라 생각됩니다.”

“……그렇군요.”

아무래도 내일은 반드시 페르디난드 공작을 소환해야 할 것 같았다.

그동안 별말 없던 것으로 보아 알아서 잘 처리하고 있을 확률이 높지만, 이런 이야기를 들은 이상 점검해 보지도 않고 그냥 넘어갈 수는 없었다. 만에 하나 그가 저를 속였을 가능성도 있는 데다, 그게 아니더라도 식량은 곧 왕국민의 생존과 직결되는 문제였으니까.

“좋지 못한 말씀을 드려 송구합니다. 하나 너무 심려치 마십시오. 어디까지나 최악의 경우에 그럴 수도 있다는 거지, 객관적으로 봤을 때 그렇다는 말은 아니었으니까요.”

“그런가요?”

“네. 그리고 정 불안하다 하시면 관련해서 대비책을 조금만 더 세우면 그만입니다. 아직 시간은 많이 남아 있으니까요.”

“하긴 수확 철이 되기에는 아직 시간이 좀 남아 있죠. 고마워요, 길리안 대법관. 덕분에 한결 마음이 가벼워졌어요.”

밀라이아는 혹시나 제 마음이 상했을까 열심히 위로의 말을 늘어놓는 청년을 보며 빙긋 웃었다.

처음 봤을 때만 해도 여왕에게 별 관심이 없어 보인다 느꼈는데, 저리 열심히 저를 달래려는 걸 보면 여왕을 좋아하긴 좋아하나 보다 하는 생각이 들었다. 하긴 그 이상한 자작시까지 지어 올 정도면 알 만했다.

‘하필이면 내가 온 다음에야 고백할 건 또 뭐람? 차라리 여왕이 있을 때 마음을 밝혔으면 가능성이라도 있었을 텐데 말이지. 대체 왜 그런 거지? 대공자의 위세가 그렇게 대단했나?’

문득 그런 의문이 들었다.

최연소 대법관씩이나 되는 사람이 서찰 심부름이나 하던 걸 떠올려 보면 제 생각이 얼추 맞는 것처럼 보였지만, 그렇다고 해서 마냥 그런가 보다 하고 넘겨 버리기에는 뭔가 또 이상했다. 대공자의 위세가 정말로 그리 대단했다면 지금껏 길리안가의 후계자가 정해지지 않았을 리가 없잖은가.

물론 단순히 형님이라서 한 수 접어주는 것뿐일 수도 있겠지만, 아무리 생각해 봐도 두 사람의 우애가 그 정도로 깊은 것 같지는 않았다. 정말 그랬다면 그날 정원에서 제게 그런 모습을 보이지는 않았을 테니까.

'그럼 대체 뭐지? 혹시 뭔가 약점 같은 거라도 잡힌 건가?'

문득 드는 생각에 고개를 갸웃한 밀라이아는 이내 피식 웃으며 상념을 떨쳐 버렸다.

'설마 그럴 리가 있겠어? 그 반대라면 모를까.'

평상시 태도로 미루어 보았을 때, 둘 중 약점이 잡힐 만한 쪽은 대공자였지 지금 저를 에스코트하는 남자는 아니었다. 게다가 만일 그런 것이 있었다면 왕제파에서 여태껏 그를 가만두었을 리가 없었다. 어떻게든 물어뜯어 끌어내렸겠지.

'에이, 모르겠다. 둘 사이야 아무렴 어때? 어쨌든 지금은 이쪽이 국서 후보면 된 거지. 만일 그때 대공자 말고는 선택의 여지가 없었어 봐. 얼마나 끔찍했겠어?'

상상만 해도 온몸에 소름이 돋았다.

저도 모르게 몸을 부르르 떨자, 옆에서 묵묵히 걷던 청년이 그녀를 돌아보았다. 아무래도 본능적으로 일었던 떨림이 그에게까지 전해졌던 모양이었다.

"어찌 그러십니까? 혹 한기라도 드신 것인지요?"

"아뇨, 그런 건…… 음, 네. 잠깐요."

반사적으로 부인하던 밀라이아는 공연히 그랬다가 자칫 달갑지 않은 인물을 입에 올릴 수도 있겠다는 생각에 서둘러 말을 바꿨다. 상당히 어색한 화제 전환이었으나, 어차피 그도 말을 돌리고 싶어 하는 건 눈치챘을 테니 구태여 캐묻지는 않을 터였다.

애매하게 웃는 그녀를 날카로운 눈빛으로 바라보던 청년이 답했다.

"그러셨군요. 아무래도 피로하신 탓에 잠깐 한기가 드셨나 봅니다."

"네, 그랬나 봐요."

"하면 잠시만 실례하겠습니다."

정중하게 양해를 구한 청년이 불현듯 멈춰 섰다. 그러고는 에스코트하던 팔을 조심스럽게 풀어 빠른 속도로 재킷의 단추를 끄르기 시작했다.

'헉, 설마 지금 저걸 내게 벗어 주려는 건 아니겠지?'

밀라이아는 눈을 동그랗게 뜬 채 루시어스를 바라보았다.

어느덧 칠월을 일주일 남겨 둔 늦은 유월의 어느 날. 한기는커녕 더위를 걱정해야 하는 때에 그녀가 추울까 봐 옷을 벗어 주는 남자라니. 그렇다면 좀 전의 그 어색한 변명을 진심으로 믿었다는 소리가 아닌가.

"우선 이거라도 걸치십시오. 그러다 자칫 감기라도 드실까 걱정됩니다."

"아…… 네. 고마워요."

잠시 머뭇거리던 밀라이아는 하릴없이 그가 내미는 재킷을 받아 어깨에 걸쳤다.

지금 눈앞에 있는 사람이 페르디난드 공작이었다면야 또 저를 골탕 먹이려는 거냐며 단칼에 거절했겠지만, 길리안 대법관을 상대로는 도저히 그럴 수가 없었다. 다른 사람도 아니고 그가 저를 골리려 옷을 건넸을 가능성은 거의 없었으니까.

'그러고 보니 그자도 내게 재킷을 벗어 준 적이 있었지.'

슈미즈 위에 가운 하나만 달랑 걸쳐 입은 채 페르디난드 공작과 마주쳤던 날을 떠올린 밀라이아가 얼굴을 붉혔다.

당시 왕제가 실종됐다는 소식에 놀라 무작정 뛰어나간 그녀를 보고 황당한 표정을 지은 공작은 곧장 검은 재킷의 단추를 풀어 그녀에게 둘러 주었었다.

그럼에도 뭐가 잘못됐는지 몰랐던 그녀는 검은 재킷이 몸을 감싼 후에야 간신히 제 차림을 알아차리고는 비명을 질렀었다. 혹시라도 벗겨질 새라, 옷깃을 있는 힘껏 움켜쥔 채 방으로 뛰어갔었지.

'으으, 지금 생각해도 식은땀이 나네. 그땐 어디다 정신을 팔았나 몰라.'

아직도 선명한 기억을 떠올리며 옷깃을 바짝 여미던 그녀가 멈칫했다.

당시 제 몸을 감쌌던 재킷에서는 공작 특유의 묘하게 달달하면서도 새큼한 시트러스 향이 났는데, 지금 어깨에 걸쳐진 청회색 재킷에서는 진한 장미 향이 났다. 글로리아가 쓰던 것과 비슷하면서도 묘하게 다른 냄새가.

'허, 향 취향까지 비슷했단 말이야?'

문득 얼마 전까지 쓰던 글로리아의 장미 향이 떠올라, 밀라이아는 저도 모르게 살며시 눈썹을 찌푸렸다. 지금 이 재킷을 받은 사람이 제가 아니라 그녀였다면 분명 심장이 터졌으리라 싶었다.

'어라? 그러고 보니 안 두근거리네?'

오늘따라 고요한 느낌에 고개를 갸웃하는데, 걱정스러운 표정으로 그녀를 바라보며 청년이 물었다.

"좀 어떠십니까? 아직도 한기가 드시는지요?"

"아뇨. 아주 따뜻하네요."

황급히 손사래를 치자, 그는 '다행입니다.'라고 답하며 미소 지었다.

옷깃을 고쳐 쥔 밀라이아가 말했다.

"그럼 이제 그만 갈까요?"

"네, 전하."

고개를 끄덕인 청년이 손을 내밀었다. 펜을 굴리는 사람답게 깨끗하고 고운 손이었다. 같은 문관이면서도 굳은살이 여기저기 박여 있던 누구와는 달리.

'길리안 공작이 이 소식을 들으면 몹시 기뻐하겠군. 피오르 공작은 한껏 신경질을 부릴 테고. 페르디난드 공작은…….'

순간 스치고 지나가는 얼굴을 서둘러 지워 버린 밀라이아가 청년이 내민 손 위에 제 것을 얹었다.

하늘궁을 향해 걷는 두 사람의 뒤로 사람들의 따끔따끔한 시선이 달라붙고 있었다.

❖❖❖

“왕국을 경배하라! 여왕 전하 만세!”

털썩.

사내의 몸이 스르르 무너졌다.

급격하게 생기를 잃어 가는 시선을 정통으로 마주한 여인이 몸을 부르르 떨었다.

“아냐……. 나는 이러려던 게…….”

뒤로 물러나던 여인의 발목을 무언가가 꽉 움켜쥐었다.

생기 잃은 눈에서 피눈물을 뚝뚝 떨구면서, 이미 시체가 된 사내는 기괴하게 웃는 얼굴로 입술을 벙긋거렸다.

‘백.성.의.시.체.로.배.채.우.는.왕.가.를.경.배.하.라.’

“아니야! 아니라고! 아아악! 아아아아악!”

“헉!”

밀라이아는 거친 숨을 들이쉬며 이불을 사납게 걷어 냈다.

다급한 손길로 치렁치렁한 잠옷 자락을 걷어 올리자 뽀얀 발목이 모습을 드러냈다.

떨리는 눈길로 한참 동안 그곳을 바라보던 그녀는 천천히 손을 뻗어 발목을 쓰다듬었다.

가느다란 발목은 점 하나조차 없이 매끈하기만 했지만, 어쩐지 아직까지도 누군가의 손이 끈적하게 들러붙어 있는 것만 같았다.

"후우……."

긴 한숨이 새어 나왔다.

그제 꾸었던 것과 한 치의 오차도 없는 악몽은 한낱 꿈이라 치부해 버리기엔 너무도 생생했다. 마치 자신이 직접 겪었던 일처럼.

"정말 뭔가 있는 건가……."

작게 중얼거리던 그녀가 멈칫했다. 입술 사이로 흘러나오는 음성이 듣기 거북할 정도로 잔뜩 갈라져 있었던 탓이다.

그제야 타는 듯한 갈증이 느껴져, 밀라이아는 흘러내리는 머리카락을 아무렇게나 쓸어 넘기며 침대맡을 더듬었다.

아니나 다를까, 지난밤 유모가 가져다 놓은 물주전자가 손끝에 닿았다.

유리컵에 미지근한 물을 따라 단숨에 들이켠 그녀는 멀쩡한 발목을 다시 한번 쓸어 본 뒤 바닥으로 내려섰다.

창가로 다가가 커튼을 걷자 잿빛으로 물든 세상이 눈에 들어왔다. 마치 요 며칠 맑았던 건 거짓이었다는 양 세차게 퍼붓는 빗줄기도.

달칵. 쏴아아아.

창을 열자, 쏟아지는 빗소리와 함께 습한 공기가 방 안으로 훅 밀려들어 왔다.

온통 메마르고 찌를 듯한 더위가 느껴지던 꿈속과는 전혀 다른 그 공기에 절로 안도의 한숨이 나왔다. 지금 이 순간만큼은 저 비 내리는 소리가 달갑게 느껴질 정도로.

툭툭, 투두두둑.

살며시 뻗은 손바닥 위로 떨어진 빗줄기가 작은 웅덩이를 만들었다.

그 위에 무게를 더한 물방울들이 가볍게 튀어 오르며 산산이 부서졌다. 얼굴이며 옷에 달라붙는 촉촉한 물기는 꽤나 정겨웠다.

가로세로로 혹은 대각선으로, 투명한 길을 그리며 손 아래로 흘러내리는 물줄기가 웅덩이 위로 비친 꿈의 잔상을 지워 나갔다. 매섭게 노려보던 사내의 눈빛도, 여전히 발목을 붙들고 있는 것만 같은 끈적끈적한 악의도 조금씩 사라져 갔다.

잠시간의 휴식을 마치고 다시 아래로 흘러내리는 빗방울들을 물끄러미 바라보던 밀라이아의 입가에 잔잔한 미소가 걸렸다.

어느새 마음이 차분하게 가라앉아 있었다.

"후우……."

마지막 남은 흔적을 털어 버리며 길게 숨을 내쉬는데, 문득 등 뒤에서 노크 소리가 들려왔다.

천천히 뒤를 돌아보자 익숙한 얼굴이 눈에 들어왔다.

발소리를 죽이며 걸어오던 그녀는 창가에 선 밀라이아를 발견하고는 서둘러 다가와 인사를 건넸다.

"앗, 전하, 벌써 일어나 계셨네요? 한데 창은 왜 열고 계신 거예요? 혹 어젯밤에도 잘 못 주무신 건가요?"

"아뇨. 그냥 좀 답답해서요. 클로에는 잘 잤어요?"

"저야 늘 잘 자는걸요. 그보다 창문을 좀 닫아도 될까요? 그러다 감기 걸리시…… 면 어떡해요."

"그래요."

감기라는 말에서 갑자기 왜 말을 멈췄던 건지 눈치챈 밀라이아가 선선히 고개를 끄덕였다. 그럴 거라 예상하고는 있었지만, 역시나 밤새 소문이 온 궁에 다 퍼진 모양이었다.

"보세요. 벌써 흠뻑 젖으셨잖아요. 이러다 정말 감기 걸리시겠네. 안 되겠다. 잠시만 기다려 주세요, 전하!"

서둘러 창문을 닫은 클로에가 뛰다시피 반대편으로 걸어가 문을 열었다.

대기하고 있던 시녀에게서 수건을 받아 든 그녀는 은 대야를 힐끔 쳐다보고는 무어라 작게 속삭였다. 아마도 세안 대신 목욕 준비를 하라 이른 듯했다.

"더운 물을 준비하라 했으니 조금만 기다려 주세요. 우선은 이걸로 닦아 드릴게요."

"그래요."

밀라이아는 수건을 펼쳐 드는 클로에에게 순순히 몸을 맡겼다.

이렇게 비가 많이 오는데 창은 왜 여셨냐느니 어제 그런 모습을 보일 정도로 몸이 안 좋으셨으면 좀 더 주의하셔야 하는 것 아니냐느니 하며 종알종알 늘어놓는 잔소리가 제법 정겹게 들렸다.

"자아, 다 됐습니다! 이제 좀 괜찮아 보이시네요. 아까는 잔뜩 젖으셔서 보기가 영 그랬거든요."

"와, 언제는 뭘 해도 예쁘다 하더니. 설마 그새 여에 대한 애정이 식은 거예요?"

짐짓 토라진 양 뾰로통한 목소리로 묻자, 클로에는 놀란 얼굴로 황급히 손을 붕붕 저었다.

"아아, 아니에요! 애정이 식다니, 무슨 그런 참혹한 말씀을! 아니에요! 정말 아니에요! 제가 전하를 얼마나 좋아하는데요! 저는 그냥 전하께서 감기 드실까 봐 걱정이 되어서……!"

"알아요. 걱정해 줘서 고마워요."

"그러니까 저는……! 네, 네에?"

생글 웃는 그녀를 어안이 벙벙한 얼굴로 바라보던 클로에가 잠시 후 빽 소리쳤다.

"전하! 놀랐잖아요!"

"아하하, 미안해요. 많이 놀랐어요?"

"네. 제가 얼마나 식겁했는지 아세요? 전하께 밉보인 줄 알고 순간 가슴이 철렁했단 말이에요."

"그럴 리가 있겠어요? 여가 클로에를 얼마나 좋아하는데요."

나긋나긋한 대답에 그제야 안심한 듯 생글 웃은 클로에가 내내 들고 있던 수건을 한쪽으로 치웠다. 그러고는 새것을 펼쳐 그녀를 감싸며 말했다.

"저어, 전하?"

"네?"

"어제 그 영애들 말이에요. 어떠셨어요?"

"어제 그 영애들? 사스테인 영애와 지스 영애 말이에요?"

고개를 갸웃하며 묻는 순간, 다갈색 눈동자에 조마조마한 빛이 스치고 지나가는 것이 보였다.

혹시라도 이런 일이 있을까 봐 미리 서열을 정리해 두었던 건데, 아무래도 넌지시 짚어 주는 정도로는 모자랐던 모양이었다. 아니면 그럼에도 그녀의 입으로 직접 확언해 주기를 바라는 거든가.

'뭐, 어차피 최측근으로 삼기로 했으니 이 정도는 해 줘도 되겠지.'

속으로 빠르게 계산을 마친 밀라이아가 빙긋 웃었다.

"둘 다 좋았어요. 차분하고 일도 열심히 하고. 하긴 유모가 고심해서 뽑은 사람들인데 당연하겠죠."

"그, 그렇군요. 다행……."

벌써부터 시무룩해지는 얼굴을 보며 짐짓 심각한 척 목소리를 낮춘 밀라이아가 말했다.

"그래서 말인데, 클로에가 앞으로는 좀 더 신경 써 줘야 할 것 같아요. 어제 하루만 같이 지냈는데도 생각보다 피곤하더라고요. 유모한테 얘기는 들었죠?"

"네? 아, 네! 걱정 마세요!"

밀라이아는 화들짝 놀라 답하는 클로에를 보며 빙긋 웃었다. 보나마나 제 생각과는 조금 다르게 흘러가는 이야기에 당황한 것이 분명했다.

"일단 두 영애에게 중요한 일은 클로에와 상의해서 처리하라 얘기해 뒀어요. 힘들겠지만 잘 부탁해요. 믿을 사람이 클로에밖에 없네요."

"아니에요, 전하. 제가 마땅히 해야 할 일인데요. 전하께 도움이 될 수 있어서 기뻐요."

"그렇게 얘기해 줘서 고마워요. 참, 혹시 페르디난드가에서 답신이 오지 않았나요? 어젯밤에 유모에게 전언을 보내 달라 했었는데."

자분자분한 물음에 손뼉을 짝 친 클로에가 답했다.

"아, 맞다. 깜빡했네요. 오늘은 아침 일찍 입궁할 예정이라고, 그러니 아무 때나 불러 주시면 된다고 답이 왔었어요. 좀 전에 페르디난드가의 마차가 외궁을 통과했다는 이야기도 들었고요."

"그래요? 그럼 빨리 준비하고 가 봐야겠네요."

가볍게 고개를 끄덕이는 순간, 마치 기다리기라도 한 듯 노크 소리가 들렸다.

잠시 후 안으로 들어온 시녀가 목욕 준비가 끝났다 말했다.

클로에를 따라 옆방으로 향한 밀라이아는 정성스러운 시중을 받으며 따뜻한 물에 몸을 녹였다. 그러고는 목욕을 마친 뒤, 체온이 올라간 덕에 살짝 상기된 얼굴로 침실에 돌아왔다.

'확실히 클로에만 있을 때가 가장 편하네. 하나 앞으로는 이런 시간을 보내기가 쉽지 않을 테지.'

오늘이야 첫날부터 고생했으니 푹 쉬라며 두 영애에게 오전 시간 동안 비번을 준 덕분에 클로에와 둘뿐이라지만, 앞으로는 조금 달라질 것이다. 그녀를 수행하는 전속 시녀의 수는 계속 늘어날 예정이었으니까.

왠지 좀 갑갑해진 기분으로 화장을 마치고 예복을 갖춰 입는데, 때마침 페르디난드 공작이 알현실에 도착했다는 전갈이 당도했다. 목욕을 하러 가며 미리 사람을 보내 놓은 덕분이었다.

"단장은 이만하면 됐어요. 바로 이동하죠."

머리카락과 옷에 갖가지 장신구를 대 보는 시녀들을 저지하자, 클로에는 망설이는 얼굴로 답했다.

"하지만 아직 아침도 드시지 않았는데……."

"괜찮아요. 한 끼쯤 안 먹는다고 어떻게 되는 것도 아닌데요, 뭐."

"그래도……."

"정 그러면 지난번처럼 알현실로 요깃거리나 좀 가져다줘요. 그럼 되겠죠?"

"우웅, 네. 알겠습니다."

하릴없이 답하는 그녀에게 빙긋 웃어 보인 밀라이아는 서둘러 알현실로 향했다. 어제 하루 허탕을 쳐서 그런가, 어쩐지 오늘따라 마음이 급했다.

"여왕 전하를 뵙습니다."

안으로 한 걸음 들어서는 순간, 곧바로 자리에서 일어난 공작이 고개 숙여 인사를 건넸다.

세차게 퍼붓는 비 때문인지, 늘 단정하던 머리카락 끝에 물기가 약간 남아 있었다. 빈틈없이 차려입은 재색 재킷과 하얀 셔츠 소매에도.

"좋은 아침이에요, 페르디난드 공작. 어제는 잘 쉬었나요?"

"네, 아주 잘 쉬었습니다. 그제 밤을 샜더니 너무 피곤했거든요."

"그래요? 그거 참 다행이네요."

은근히 뼈를 담은 대답에도 공작은 태연한 목소리로 대꾸했다.

"그러게 말입니다. 만일 신이 과로로 쓰러지기라도 했다 생각해 보십시오. 상상만 해도 끔찍하지 않습니까? 신이 맡고 있는 일이 어디 한두 개여야 말이지요."

"……뭐야. 지금 나한테 일 좀 줄여 달라고 돌려 말하는 거예요?"

까칠한 물음에, 공작은 그럴 줄 알았다는 듯 씩 웃으며 답했다.

"그럴 리가요. 신이 어찌 감히 그런 소리를 할 수 있겠습니까? 물론 전하께서 그리해 주신다면 감동받을 준비는 되어 있지만요."

"흐응, 내가 그래 줄 걸로 보여요?"

"아뇨, 전혀요."

"알면 됐어요. 앉기나 해요."

얄밉게 웃어 보인 밀라이아가 자리에 앉자, 고개를 절레절레 저은 공작 역시 착석했다.

옷자락을 정리하던 그는 축축하게 젖은 부분이 거슬린 듯 눈썹을 찡그렸다.

고개를 한쪽으로 기울인 채 그 모습을 바라보던 밀라이아가 말했다.

“그러게 좀 더 닦고 오지 그랬어요. 시녀라도 불러 줘요?”

“호오, 설마 지금 챙겨 주시는 겁니까?”

“그렇게 보란 듯 인상을 쓰는데 모른 척해요, 그럼? 됐어요. 싫음 말아요.”

입술을 삐죽거리는 그녀를 보며 희미하게 미소 지은 공작이 말했다.

“말씀은 감사하나 이 정도가 한계더군요. 날씨가 워낙 험해야지요.”

“그렇게 보이긴 하네요. 음. 그럼 오늘 실외 일정은 다 조정해야 하려나…….”

잠시 고민하는데, 노크 소리가 들리고 잠시 후 손에 은쟁반을 든 시녀들이 줄줄이 방으로 들어섰다.

쟁반 위에 놓인 것은 머핀 바구니와 우유, 차와 쿠키를 비롯한 갖가지 먹을거리였다.

이와 비슷한 상황에서 루시어스는 지금이라도 제대로 된 식사를 해야 하는 것 아니냐며 정중하게 권유했는데, 공작은 과연 어떻게 반응할지 기대되었다. 가장 유력한 건 좀 전까지 그녀가 했던 것처럼 안 그러는 척 빈정거리기일 듯하지만 그래도.

“흠. 모르는 새 신이 조찬에 초대되었던 모양이군요. 장소가 이래서 미처 몰랐지 뭡니까.”

‘그럼 그렇지.’

피식 웃음이 나왔다.

밀라이아는 슬쩍 입꼬리를 끌어 올리며 답했다.

"괜찮아요. 나도 몰랐으니까."

"그렇습니까? 어쨌든 잘됐군요. 실은 급히 오느라 아무것도 챙겨 먹질 못했거든요. 보아하니 전하께서도 그러셨던 모양이지요?"

"네. 한데 그럼 이걸로 되겠어요? 좀 더 챙겨 오라고 해요?"

"아뇨. 이 정도면 충분합니다. 본디 아침을 거하게 먹는 쪽은 아니라서요."

"그래요, 그럼."

고개를 끄덕인 밀라이아가 옆을 돌아보았다.

소리 없이 다가온 시녀들이 탁자 위에 머핀 바구니며 찻잔 등을 보기 좋게 내려놓았다.

그러는 동안 묵묵히 그 모습을 지켜보던 공작은 모두가 물러가는 것을 확인한 후에야 제 몫의 접시에 머핀 하나를 옮겨 담았다. 그러고는 두 개의 찻잔에 차를 따른 뒤 밀라이아에게 하나를 건네며 물었다.

"그제는 잘 들어가셨습니까? 레티시아 영애를 못 믿는 건 아니지만, 그래도 내궁까지 직접 모셔 드렸어야 했는데 그럴 수가 없어 마음이 좀 안 좋더군요."

"오, 설마 내 걱정을 해 준 거예요?"

"그야 당연하잖습니까. 전하께서는 신의 소중한 정인이시니까요."

뜬금없는 말에 눈을 두어 번 깜빡인 밀라이아가 말했다.

"흐응, 하루짜리 가짜에게 소중한 정인은 무슨."

"가짜라니, 그게 무슨 말씀이십니까? 전하께서는 신에게 언제나 오직 하나뿐인 진짜이셨습니다만."

오늘따라 혀에 버터를 바른 듯한 남자를 밀라이아가 어이없다는 듯 바라보며 말했다.

"뭐야, 오늘따라 왜 이리 달콤해요? 설마 하루짜리 연인도 연인이었다고 챙겨 주는 거예요?"

"뭐, 그런 셈이죠."

"흥. 공작이 이렇게 세심한 남자인 줄 알았음 진즉 하겠다고 할 걸 그랬네요. 여러모로 편했을 텐데."

"그러게 진즉 그러시지 그랬습니까."

피식 웃은 공작이 찻잔을 들어 올리며 툭 던지듯 말했다.

"하면 지금이라도 그렇게 하시지요. 아직 기회는 있습니다."

"나더러 가짜 정인 노릇을 계속하라고요? 됐어요. 둘 사이에서 줄타기하는 것만으로도 충분히 머리 아픈데 굳이 하날 더 보탤 필요는 없죠."

"글쎄요. 그 경우엔 셋이 되는 게 아니라 하나로 줄어드는 거라 생각합니다만. 그 둘이 신에게 대적이나 되겠습니까?"

무심하게 말하는 남자를 보며 손사래를 친 밀라이아가 말했다.

"어휴, 됐어요, 됐어. 어쨌든 난 약속을 지켰으니, 공작도 잊지 말고 신전 관련 조사나 마저 해 와요."

"걱정 마십시오. 확실하게 조사해 오겠습니다."

"부디 그래 줘요. 그러잖아도 얼마 전에 신전에서 답례 서한을 받았는데 말이죠, 그때의 제안은 아직 유효하다며 대신관이 왕국을 방문한 김에 치유를 한번 받아 보는 게 어떠냐고 슬쩍 물어오더군요. 정말 수상하지 않나요? 지나칠 정도로 내 건강에 관심이 많잖아요."

"확실히 그렇군요. 그 일은 걱정 마십시오. 이제는 오기가 생겨서라도 반드시 이유를 알아내야겠으니까요."

딱 부러지게 답한 공작이 찻잔을 입으로 가져갔다.

생각에 잠긴 얼굴로 차를 마시는 그를 잠시 바라보던 밀라이아가 제 몫의 찻잔을 들어 올렸다. 코끝을 스치고 지나가는 은은한 향이 꽤나 마음에 들었다.

노란 찻물을 한 모금 마신 그녀는 텅 비었던 속이 따뜻해지는 느낌에 빙긋 미소 지으며 머핀 한 개를 접시에 덜었다.

그때, 은으로 세공된 접시 끄트머리에 새겨진 문양 하나가 눈에 들어왔다. 날개를 활짝 펼친 새. 독수리였다.

—보라! 저기 위대한 창공의 제왕이 만백성을 굽어보신다!

문득 떠오르는 악몽의 잔상.

광소를 터트리던 남자의 얼굴이 떠오르자 등골이 서늘해졌다. 그가 하던 말이 자꾸만 귓가를 웅웅 울렸다.

—경배하라! 창공을 맴도는 저 독수리를!

"……찬양하라. 백성의 시체로 배 채우는 왕가를……. 꺅! 뭐예요?"

갑자기 손목을 낚아채는 힘에 화들짝 놀란 밀라이아가 비명을 질렀다.

하지만 공작은 손목을 빼내려는 그녀를 더욱 강하게 끌어당기며 딱딱하게 굳은 얼굴로 물었다.

"방금 뭐라 하셨습니까."

"뭐, 뭘 말이에요?"

"백성의 시체 어쩌고 하는 얘기 말입니다. 좀 전에 말씀하셨잖습니까?"

"어…… 내가 그걸 입 밖으로 말했어요?"

밀라이아는 어서 답하라는 듯한 눈초리로 고개만 까딱하는 공작을 보며 한숨을 쉬었다. 독수리 문장을 보는 순간 꿈의 잔상과 함께 떠오른 말이었는데, 설마하니 제가 그걸 소리 내어 말한 줄은 몰랐다.

"……얘기해 줄 테니까 일단 이것부터 놔요. 아프단 말이에요."

"아. 송구합니다. 혹 다치셨습니까?"

서둘러 사과한 남자가 그제야 손목을 놓았다.

어깨를 으쓱한 밀라이아가 답했다.

"그럴 정도로 약골은 아니니 걱정 마요. 좀 얼얼하긴 하지만."

"……다행이군요. 그래서, 답은요?"

"으음, 그냥 꿈 얘기예요. 이틀 연속 같은 꿈을 꾸는 바람에 기억에 남았나 봐요. 갑자기 떠오른 걸 보면."

"이틀 연속 같은 꿈을 꾸셨다고요? 어떤 내용을 말입니까?"

"좀 찝찝한 꿈이었어요. 가뭄인지 전염병 때문인지는 모르겠지만, 죽어 가는 사람들이 거리 여기저기에 널려 있는…… 뭐, 그런 거."

밀라이아는 대수롭지 않게 답하며 포크를 집어 머핀을 잘랐다.

스멀스멀 올라오는 악몽의 잔상을 떨쳐 내기 위해 의도적으로 꾸며 낸 행동이었지만, 공작의 얼굴은 여전히 얼음처럼 굳은 채였다.

무표정한 얼굴로 팔걸이를 톡톡 두드리던 그가 물었다.

"흠. 그리고요?"

"여왕은, 아니, 난…… 홀로 거리를 걷고 있었어요. 잔뜩 겁에 질린 채였지만, 궁인들이 찾으러 오기 전에 실상을 내 눈으로 확인해야 한다는 마음이 더 컸죠. 그리고 거기서 한 남자를 만났어요."

"그게 누굽니까?"

"그냥, 모르는 사람이요. 삐쩍 마른 몸에 허옇게 튼 입술, 움직일 힘도 없어 그저 널브러진 채 죽어 가고 있던…… 한 사람."

비쩍 마른 그 손이 아직도 발목을 움켜쥐고 있는 것만 같았다.

잠시 잊고 있었던 그때의 공포감이 훅 밀려와, 밀라이아는 포크를 내려놓으며 치맛자락에 감춰진 발목을 슬쩍 한번 쳐다보았다.

하지만 공작은 아무것도 눈치채지 못한 듯 계속해서 그녀를 다그쳤다.

"그리고요?"

"……하늘에 독수리가 날고 있었어요. 시체를 뜯어 먹기 위해 호시탐탐 기회를 노리고 있었죠. 그자가 내게 말하더군요. 저 독수리를 보라고. 그게 바로 너희 왕가의…… 그만하죠. 이 정도면 얼추 짐작될 것 아니에요?"

짜증 섞인 말에 공작은 그제야 자세를 바로하며 느릿하게 답했다.

"그렇군요. 대강 알 것 같습니다. 하면 마지막으로 한 가지만 더 여쭙겠습니다. 혹 예전에도 같거나 비슷한 꿈을 꾸신 적이 있습니까?"

순간 여왕의 삶을 보게 되었던 즈음부터 꾸준하게 꾸었던 꿈 하나가 머릿속을 스치고 지나갔지만, 밀라이아는 아무것도 모른다는 양 단호하게 고개를 저었다. 아무리 한낱 악몽이라 한들 그 꿈의 내용은 당사자 앞에서 대놓고 언급할 수 있는 종류의 것이 아니었으니까.

"아뇨, 없어요. 한데 그건 왜 묻는 거죠? 좀 전의 혼잣말과는 아무 관계없는 얘기일 텐데요."

"그냥 갑자기 떠오른 게 있어서요. 어쨌든 불쾌한 기억을 떠올리시게 하여 송구합니다. 무례를 저지른 것도요."

"됐어요. 먼저 오해하게 한 건 나니까. 이제 이 얘기는 그만해요. 일 이야기나 하죠."

길게 한숨을 내쉰 밀라이아가 제 앞에 놓인 접시를 한쪽으로 밀어냈다.

제대로 먹은 것도 없으니 식사라고 하기도 무엇하지만, 어쨌거나 그 끝을 알리는 그 행동에 제 몫의 접시를 슬쩍 내려다본 공작이 하는 수 없다는 듯 한쪽으로 밀어냈다. 들을 준비가 다 되었다는 무언의 응답이었다.

"내가 어제부터 공작을 찾은 건 그날 재판 참관을 하다가 들은 이야기 때문이에요. 듣기에는 꽤 중요한 사안이었는데, 아무리 생각해 봐도 우리가 그것에 대해서는 진지하게 얘기했던 적이 없더라고요."

"그렇습니까? 그게 무엇인지요?"

"저 비 말이에요. 계속 저렇게 내리면 조만간 식량 파동이 일어날지도 모른다던데, 난 그게 상당히 있을 법한 일이라고 느껴지거든요. 공작은 어떻게 생각해요?"

그 순간, 재색 눈동자가 날카로운 빛을 품은 채 그녀를 응시했다.

"누가 전하께 그런 말씀을 올렸습니까? 길리안 대법관인가요?"

"아뇨, 어떤 남작이 그러던데요? 세금 탈루 혐의로 재판을 받는 도중에 대단히 흥분하면서 말이죠."

태연한 얼굴로 답하자, 손가락으로 팔걸이를 톡톡 두드린 공작이 말했다.

"하면 전하께서는 지금 신이 식량 부족 사태에 대해 소홀했을까 봐 걱정하시는 거군요."

"뭐, 그렇다고 봐야겠죠? 딱 집어서 그렇게 말하려는 건 아니었지만요."

"그렇군요."

그 말 만을 남긴 공작은 묵묵히 두 개의 찻잔을 끌어당겨 조금씩 남은 찻물을 버렸다. 그런 뒤 주전자의 손잡이를 쥐고 잔에 새 차를 따랐다.

온기를 머금은 노란 찻물이 은은한 향을 뿜어내며 텅 빈 잔들을 가득 채웠다.

차향이 주변 공기를 함빡 적실 때까지 계속 침묵하던 그는 그녀에게 찻잔을 건넨 뒤 제 몫의 잔을 끌어당긴 후에야 입을 열었다.

"그러잖아도 조만간 정무 회의에 관련 안건을 올릴 생각이었습니다만, 기왕 이렇게 된 것 먼저 말씀을 드려야겠군요."

'뭐? 그럼 지금껏 나 몰래 일을 처리하고 있었다는 건가?'

밀라이아는 눈썹을 찌푸리며 공작을 돌아보았다. 상호 합의하에 비밀계약서를 작성한 후로는 어느 정도 마음을 놓고 있었는데, 그는 여전히 자신을 배제한 채 일을 추진하고 있었다니 뭔가 불쾌했다.

"이런. 오해하지 마십시오. 처음부터 찬찬히 말씀드리겠습니다."

"……얘기해 봐요."

"우선 신은 식량 대책에 소홀했던 적이 없습니다. 겉으로 보기에는 그랬을지 모르지만, 그건 단지 문제의 특수성 때문이지 실제로 그랬던 건 아닙니다."

잠시 말을 끊었던 공작이 이어 설명했다.

"아시다시피 식량 부족은 전염병과는 전혀 다른 문제입니다. 삿

된 마음을 먹는 이들이야 늘 존재하는 법이라지만, 그런 자들에게 있어 전염병 대책을 미리 알고 있는 건 그리 큰 이득이 되지 않습니다. 약초 같은 건 식량에 비해 상대적으로 보관하기도 어려울 뿐더러, 전염병이 돌지 않을 경우 무용지물이 되기 때문이지요."

"그건 그렇죠. 그런 것들은 일반적인 병세에는 잘 쓰이지 않는 경우가 대부분이니까요."

동의하는 그녀를 향해 공작이 고개를 끄덕여 보이고는 말했다.

"맞습니다. 따라서 전염병 대책은 알려져도 별 상관이 없습니다. 아니, 오히려 그게 더 나을 수도 있지요. 공포만 잘 다스릴 수 있다면 왕국이 이만큼 백성들을 생각하고 있다는 걸 보여 주는 훌륭한 수단이 되니까요. 하나 식량은 다릅니다."

단정 짓듯 이야기한 그는 찻잔을 들어 올려 잠시 목을 축이고는 말을 이었다.

"좀 전에 삿된 마음을 먹는 이들은 어디에든 있다 말씀드렸지요? 일개 남작마저 그리 잡혀 온 것을 보면, 눈치 빠른 이들은 이미 어느 정도 사재기를 해 뒀을 겁니다."

묵묵히 경청하던 밀라이아가 눈을 확 치켜떴다.

"뭐라고요? 사재기?"

"네. 요 몇 년 계속 평작 이하의 소출이 나왔던 걸 생각하면, 만일을 대비해서 쌓아 놓는다 한들 크게 손해 볼 것도 없으니까요. 한데 그런 상황에서 공식적으로 식량 부족 사태에 대해 논의한다? 뒷일은 보지 않아도 뻔하지 않습니까?"

"하, 정말 가지가지 하는군요. 뭐, 좋아요. 그자들을 박살 내는 건 잠시 미뤄 두고, 우선은 하던 얘기부터 마저 합시다. 어쨌든 그

때문에 물밑에서만 일을 처리 중이었다, 이 말이에요?"

팔짱을 끼며 묻자, 공작은 바로 맞혔다는 듯 답했다.

"그렇습니다. 하니 신이 문제를 등한시했다는 오해는 이제 거두어 주십시오. 단지 겉으로 드러낼 수가 없어 그랬을 뿐, 실로 소홀히 한 건 아니었습니다."

공작의 답을 들은 밀라이아가 입꼬리를 비틀었다. 길게 이어진 설명으로 상황이야 납득했다지만, 아무리 곱씹어 봐도 내려지는 결론은 하나였다.

"그러니까 그 얘기는, 나도 못 믿었단 소리네요."

불쑥 던져진 말에 멈칫한 공작이 황급히 손을 저으며 부인했다.

"그럴 리가요. 오해십니다. 신이 전하께 그럴 리가 있겠습니까?"

"흥, 그럼 왜 미리 말을 안 한 건데요?"

"무슨 말씀이십니까? 신은 분명 이미 오래전에 모든 것을 보여 드렸습니다. 단지 직접적으로 말씀을 드리지 않았을 뿐이지요."

"……보여 줬다고요? 언제? 무엇을?"

미심쩍은 얼굴로 묻자 공작은 씩 웃었다. 어쩐지 의미심장한 미소였다.

"기억을 잘 되짚어 보십시오. 신은 분명 직접 보여 드렸으니까요. 물밑으로 일을 진행하는 모습을, 그것도 여러 번 말입니다."

"여러 번 보여 줬다고요? 그것도 직접?"

밀라이아는 느긋한 표정으로 차를 마시는 공작을 빤히 바라보며 잠시 생각에 잠겼다.

'공작이 보여 줬다는 모습이 대체 뭐지?'

대개 귀족들이 공개적으로 일을 도모할 수 없을 때 보편적으로 취하는 방법은 신분을 숨기거나 대리인을 내세우는 것.

하지만 아무리 공작가의 가신들이 충성스럽다 해도, 사안의 중대성을 고려해 보면 후자는 아닐 가능성이 높았다.

그렇다면 신분을 숨긴 채 직접 활동을 했단 얘기인데, 그중에서 공작이 그녀에게 보여준 모습이라면…….

'설마, 신체루스 백작?'

문득 얼굴 하나가 떠올라, 밀라이아는 저도 모르게 눈을 크게 떴다.

그러나 뭔가 실마리를 얻었다는 느낌도 잠시, 이내 그건 아닌 것 같다는 생각이 들었다. 그가 신체루스 백작의 모습으로 돌아다니는 걸 여러 번 본 것은 사실이나 그렇다고 해서 뭔가 일 비슷한 걸 하는 꼴을 본 적도 없었으니까.

"……모르겠네요. 무슨 얘기를 하는지."

"저런. 안타깝군요."

명백한 항복 표시에 슬쩍 웃은 공작이 계속해서 말했다.

"하면 신에게 언제 한번 시간을 내 주시지요. 직접 확인시켜 드리겠습니다."

"하아, 정말. 얼마나 대단한 걸 보여 주려고 이러는 거예요?"

"글쎄요. 처음부터 말씀을 드렸다면 모를까, 여기까지 왔는데 순순히 알려 드리는 것도 좀 그렇잖습니까?"

싱글거리는 공작을 확 째려본 밀라이아가 두 손을 들어 보이며 말했다.

"알았어요, 알았어. 일단은 하던 얘기나 마저 해 봐요. 그래서요?"

"그런 이유로 물밑에서 처리하던 중이었다, 까지 했었던가요? 덕분에 제법 많은 양의 식량을 확보할 수 있었습니다만, 그러잖아도 요즘 들어 슬슬 한계라는 생각이 들던 중이었습니다. 하여 조만간 정무 회의에 공식 안건으로 올릴까 하던 참입니다. 일개 남작마저 수탈을 시작했다면 좀 더 서둘러야겠군요."

"그럼 현재 비축분은 어떻게 되는 거죠? 여전히 모자란 상황인가요?"

생각에 잠긴 채 묻자, 공작은 진지한 얼굴로 답했다.

"네. 기존 비축량과 합치면 최소치는 맞출 수 있을 것 같습니다만, 아무래도 더 확보해 두는 게 좋을 겁니다. 강우량 추이도 좀 더 지켜봐야 하고요."

"그렇군요. 알겠어요. 하면 남은 얘기는 공작이 그토록 자신하는 문제의 '확인'을 마친 후에 마저 하도록 하죠. 아, 그리고."

잠시 말을 끊은 밀라이아가 삐딱한 웃음을 입가에 걸었다.

"내일까지 공식적으로 기록되어 있는 비축분과 공작이 모은 분량을 모두 정리해서 내게 가져와요. 향후 정무 회의에 올릴 자료도. 그 큰일을 물밑에서 혼자 해결할 만큼 능력 있는 사람이 설마 그 정도도 못한다고 하진 않겠죠?"

"……또 밤을 새우란 말씀이시군요. 후우, 알겠습니다."

한숨을 내쉬는 남자의 얼굴을 보자 그제야 짜증스럽던 심기가 조금 가라앉았다.

밀라이아는 여전히 삐딱한 웃음을 입가에 건 채 제 앞에 놓인 찻잔을 들어 올렸다.

무리한 주문이라는 건 알고 있지만, 그렇다고 해서 좀 전의 명령을 철회하거나 기한을 늘려 줄 생각은 없었다. 애초에 되지도 않는 방식으로 먼저 골탕 먹인 쪽은 그였으니까.

'감히 날 속여?'

샐쭉한 얼굴로 공작을 한번 흘긴 그녀는 적당하게 식은 차를 두어 모금 마셨다. 그런 뒤 좀 전에 밀어 놓았던 접시를 끌어당겨 미처 손대지 못했던 머핀 조각에 포크를 가져갔다.

기분이 좋아져서 그런가, 혀끝에 닿는 머핀의 맛은 꽤나 좋았다.

언제 물렸느냐는 듯 태연하게 식사를 재개하는 그녀를 어이없어하며 바라보던 공작이 다시 한번 푹 한숨을 내쉬었다.

그러고도 잠시 그녀가 하는 양을 쳐다보던 그는 밀어 놓았던 접시를 끌어당겨 손대지도 못했던 머핀에 포크를 가져갔다. 어차피 분위기상 뭐라고 말도 못하겠다, 그냥 배라도 채우자 생각한 모양이었다.

한참 뒤.

마지막 남은 차 한 모금으로 입가심을 마친 밀라이아가 잔을 내려놓자, 마찬가지로 제 몫의 잔을 말끔히 비운 공작이 말했다.

"안건은 다음 주 정무 회의에 상정할 예정입니다. 그러니 '확인' 작업은 그 전에 끝내시는 게 나을 듯한데, 내일은 어떠신지요? 공식적인 일정은 오전에만 있으신 걸로 알고 있습니다만."

"음. 그렇긴 한데, 그날은 따로 생각해 둔 게 있어서 곤란해요. 모레 일정을 비워 보죠."

"좋습니다. 그럼 신도 그때까지 밀린 일을 좀 해 둬야겠군요. 보고서…… 도 작성하고 말입니다."

"저런. 기운 내요. 공작이 없으면 일이 돌아가질 않잖아요?"

얄밉게 웃는 그녀를 뚱하니 바라보던 공작이 어깨를 으쓱했다.

"신을 걱정해 주실 때가 아닐 텐데요? 전하께서도 바빠지실 것 아닙니까."

"응? 내가 왜요?"

"왜긴요, 길리안 대법관 때문이지요. 듣자 하니 그에게 선사받은 새를 애지중지하시는 걸로도 모자라 어제는 그자의 옷까지 걸치고 정원을 거니셨다면서요? 모르긴 몰라도 다음 정무 회의 때 꽤나 시달리실 겁니다."

"아하. 난 또 뭐라고."

소파 등받이에 편하게 몸을 기댄 그녀가 말을 이었다.

"그게 뭐 하루 이틀 일인가요? 적당히 시달려 주고 넘어가면 되겠죠."

"글쎄요. 이번에는 그 정도로 해결될 것 같지는 않아 보였습니다만."

돌아오는 대답은 예상과 다른 것이었다.

고개를 갸웃한 밀라이아가 물었다.

"새삼스럽게 왜요? 어차피 레노아 영윤이 있는 한 길리안 공작도 적극적으로 밀어붙이진 못할 거잖아요? 아직 중립파와 척을 지기엔 부담이 상당할 텐데."

"가능성이 점점 높아 보이니 욕심이 나는 것 아니겠습니까? 요즘 들어 길리안 대법관과 꽤 가까워지신 건 사실이니 말입니다."

"뭐, 그렇기는 한데……."

아까 전부터 이상할 정도로 계속해서 그를 언급하는 모습에 보란 듯 코웃음을 친 그녀가 말했다.

"뭐야, 질투해요?"

"네."

"거 봐요, 근데 왜 그……. 응? 뭐라고요?"

"그렇다고 했습니다만."

황망한 얼굴로 묻는 그녀와 달리, 답을 하는 공작의 표정은 무척 태연했다. 마치 당연한 사실을 말하는 사람처럼.

"……아까부터 갑자기 왜 그래요? 언제는 농담으로라도 반하지 말라는 둥, 절대로 남첩이 될 생각은 없다는 둥 하더니?"

"그때와 지금은 상황이 다르잖습니까? 전하께서는 신의 소중한 정인이시니까요."

"아, 정말. 그 하루짜리 정인 얘긴 대체 언제까지 할 생각이에요?"

밀라이아는 헛웃음을 흘리며 공작을 흘겨보았다.

이런 상황에서조차 농담을 해야겠냐는 의미였지만, 곧게 마주쳐 오는 잿빛 눈동자에서 장난기 같은 것은 찾아볼 수가 없었다.

아무 동요 없이 저를 고요하게 바라보는 눈빛에 차츰 얼굴이 굳었다.

토독토독.

창문을 두드리는 빗소리가 조용해진 알현실을 가득 메웠다.

무거운 안쪽 공기와는 달리 경쾌한 그 음률은 계속해서 너른 공간을 울렸다. 밀라이아의 얼굴에 어정쩡하게 걸린 미소가 조금씩 사라지다 마침내 완전히 자취를 감출 때까지.

똑바로 저를 응시하는 눈동자의 색채가 어쩐지 평소에 보던 것과는 다른 것 같다 느낀 순간, 느릿하게 눈을 한 번 깜빡인 공작이 입을 열었다.

"하루가 아니라고 생각하시게 될 때까지요."

"뭐라…… 큼, 고요?"

반사적으로 되묻던 밀라이아는 눈에 띄게 당황한 얼굴로 황급히 목을 가다듬었다.

그러나 갈라진 목소리는 이미 입술 밖으로 튀어 나간 다음이었다.

동요한 것이 확연하게 드러나는 그 음성에 재색 눈이 번뜩였다.

스윽.

검은 천에 감싸인 팔이 그녀 쪽으로 불쑥 다가왔다.

예고도 없이 다가오는 손에 놀란 밀라이아가 저도 모르게 파드득 튀어 오르며 몸을 뒤로 뺐다.

순간 작은 웃음소리가 들리는가 싶더니, 제게 다가오던 손이 탁자 위에 올려 둔 찻잔의 손잡이를 쥐는 것이 보였다.

보란 듯 잔을 들어 올린 공작이 안이 빈 것을 확인하고는 말했다.

"일전에도 몇 번 말씀드렸던 것 같은데, 찻잔은 항상 받침접시 위에 올려 두셔야 합니다. 애초에 그러라고 만든 물건이니까요."

"……알아요."

"그럼 실천을 좀 하십시오. 가만 보면 주로 심기가 불편하실 때 이러시더군요. 사소한 습관까지 전부 고치시라는 건 아닙니다만, 적어도 남에게 책잡힐 수 있는 것들은 버리셔야 하지 않겠습니까?"

"알겠어요. 미안해요."

밀라이아는 자꾸만 갈라지려는 목소리를 가다듬으며 고분고분 답했다.

평소였다면 분명 못 들은 척 딴청을 피웠겠지만, 막혔던 숨이 조금이나마 트인 지금은 익숙한 잔소리마저 반가웠다. 긴장으로 굳어진 몸이 그제야 풀어지는 느낌.

몰래 한숨을 쉬자, 받침접시 위에 올려 둔 잔에 마지막 남은 차를 따른 그가 말했다.

"드십시오."

"아, 고마워요."

밀라이아는 순순히 감사를 표하며 찻잔을 받아 들었다. 바짝 목이 타던 차에 베풀어진 배려 아닌 배려가 무척 고마웠다.

꽤 시간이 지난 탓에 차는 미지근하게 식어 있었다. 크게 한 모금 들이켠 그녀는 입 안 가득 번지는 은은한 향을 음미하며 밖을 돌아보았다.

그와 대화를 시작한 지도 어느새 한 시간 남짓.

해가 뜨고도 한참 남았을 시간인데도, 쏟아지는 빗줄기 때문인지 바깥은 여전히 새벽녘처럼 짙은 어스름을 품고 있었다.

"아직도 비가 많이 내리는군요. 올해는 대체 왜 이러는지 모르겠습니다."

깊은 걱정을 채 숨기지 못한 그 음성에, 받침접시 위에 소리 없이 잔을 내려놓은 밀라이아가 답했다.

"그러게요. 한동안 좀 덜 내리기에 겨우 한숨 돌리나 했는데."

"동감입니다. 그나마 수해 방지는 착실하게 되어 있어 다행이군요. 그것마저 해야 했으면 지금쯤 몸이 열 개라도 모자랐을 겁니다."

정말 다행이라는 듯한 표정을 보자 어쩐지 조금 찔리는 기분이 들었다.

슬그머니 잿빛 시선을 외면한 그녀가 중얼거렸다.

"근데 어쩌죠? 부탁할 게 한 가지 더 있는데."

"그……! 뭡니까, 그게?"

"저번에 부탁했던 거요. 왕제의 교육."

"아. 그 일이라면 분명 신 역시 그리하겠다 말씀드리기는 했습니다만…… 그래도 좀 너무하신 것 아닙니까? 보고서 건도 그렇고,

혹 진심으로 신을 말려 죽이고 싶으신 겁니까?"

한 손으로 관자놀이를 꾹꾹 누르는 공작을 흘낏 쳐다본 밀라이아가 난감한 표정으로 말했다.

"하지만 상황이 그런 걸 어떡해요? 공작도 알잖아요? 이번 일로 왕제의 스승들이 전부 해직된 거."

"네, 압니다."

"그래서 그래요. 그렇다고 왕제를 아무한테나 맡겨 놓을 수도 없는 노릇이잖아요? 대신 보고서는 모레까지로 미뤄 줄게요."

"고작 그 정도로 되겠습니까? 지금도 이미 과로사하기 일보 직전이란 말입니다."

대놓고 투덜거린 남자가 말했다.

"아무래도 식량이며 기타 산적한 문제들 때문에 당분간은 시간이 영 안 날 듯합니다. 그러니 그동안 전하께서 자주 들러 직접 가르침을 주시는 건 어떠신지요?"

"그건 원래 하려고 했어요. 공작 하나만 믿고 있을 순 없으니까."

허허롭게 웃은 그가 말했다.

"너무 노골적으로 못 믿는다 하시는 거 아닙니까? 어쨌든 그럼 당분간은 부탁 좀 드리겠습니다. 아니면 쓸 만한 자를 추천해 드릴까요?"

"둘 다 하죠. 어차피 누군가를 뽑긴 해야 하니까. 언제까지고 둘이서만 왕제를 가르칠 순 없잖아요?"

"그건 그렇군요. 알겠습니다. 보고서를 올릴 때 추천인 명단도 함께 드리면 되겠습니까?"

한숨 섞인 물음에 빙긋 웃은 밀라이아가 말했다.

"그렇게 해요. 하나 빠른 시일 내에 구름궁을 찾아가는 게 좋을 거예요. 왕제가 요즘 상당히 외로워하는 것 같던데, 이참에 마음을 좀 얻어 놔야 하지 않겠어요?"

"허, 벌써부터 밀어내시는 겁니까? 언제는 전하만의 신하가 되지 않는다며 질투하시더니 말입니다."

"내가 언제 질투 같은 걸 했다고 그래요? 생각해 줘도 난리야."

입술을 삐죽이자, 공작은 답지 않게 부드러운 미소를 지었다.

"압니다, 생각해 주셔서 하신 말씀이라는 거. 감사합니다, 전하."

"……순순하니까 더 기분 이상하네. 어쨌든 이 이상 부탁할 건 없으니 안심해도 돼요. 오늘 할 얘기는 이게 다거든요."

"그렇군요. 다행입니다."

웃음기 어린 목소리로 답한 공작이 시간을 확인하고는 말했다.

"벌써 시간이 이렇게 되었군요. 슬슬 업무에 복귀해야 할 것 같습니다."

"그렇게 해요. 나도 다음 일정을 소화하러 가 봐야겠네요."

선선히 고개를 끄덕이자, 공작은 몸을 일으키며 물었다.

"어디로 가십니까? 가는 길까지 모셔다 드리겠습니다."

"음, 최고법원이요. 정확하게 말하면 그 지하?"

순간 그의 눈썹이 확 찌푸려졌다.

"방금 최고법원 지하라고 하셨습니까? 구치소요?"

"네."

"전하께서 거기에 가실 일이 뭐가 있습니까? 혹 왕제 저하와 모종의 거래를 더 하시기라도 한 겁니까?"

"아뇨, 그게 아니라. 음."

밀라이아는 의아해하는 남자를 올려다보며 잠시 생각에 잠겼다.

'얘기해 줘도 상관없겠지? 공작이니까.'

다른 사람도 아니고, 제가 진짜 여왕이 아님을 알고 있는 이 남자라면 내용을 안다 해도 별문제는 없을 것 같았다. 어차피 그자와 대화를 나눠 본 뒤 얘기해 줄 생각이기도 했고.

"실은 어제 최고법원에서 재판을 받았던 남자를 만나러 가요. 몇 가지 물어볼 게 있어서요."

순순히 답하자 공작은 그러잖아도 찌푸려져 있던 눈썹을 한층 더 찡그리며 물었다.

"법원에서 봤던 사람이라면, 설마 그 식량을 빼돌렸다던 남작을 말씀하시는 겁니까?"

"아뇨, 다른 사람이요. 그냥 미치광이의 헛소리 같기는 한데, 그래도 혹시 모르는 거니까."

"네? 미치광이라고요?"

잿빛 눈동자가 기가 찬다는 양 그녀를 응시했다.

한 손으로 머리카락을 확 쓸어 넘긴 남자가 말했다.

"대체 무슨 일을 벌이시려는 겁니까? 그런 험한 곳에 가시겠다는 것만으로도 기함할 일인데 이제는 미치광이를 만나시겠다고요?"

"네."

"안 됩니다. 무슨 일이신지는 모르겠으나, 정 만나셔야겠다면 차라리 그자를 이리로 부르십시오."

생각보다 훨씬 더 단호한 말에 밀라이아는 고개를 설레설레 저었다.

"안 돼요. 그럼 이목을 너무 끌잖아요."

"하면 구치소로 친림親臨하시는 건 이목을 안 끌 것 같습니까?"

"네. 어차피 얼핏 보기에는 길리안 대법관을 만나러 가는 것처럼 보일 텐데요, 뭐."

어깨를 으쓱하자, 공작은 잠시 침묵하다 말했다.

"……그건 그렇군요. 알겠습니다. 앞장서십시오."

"어라, 같이 가게요? 바쁘다면서요."

"아무리 바빠도 전하께서 미치광이와 독대하시게 둘 순 없지요. 보나마나 근위기사도 내보내고 혼자 하문하겠다 하실 것 아닙니까."

"하여간 눈치는 빨라서는. 좋아요. 같이 가요."

당연하다는 듯 팔을 뻗자, 공작은 픽 실소를 지으며 손을 내밀어 그녀의 것을 받쳤다.

느릿하게 몸을 일으킨 밀라이아가 말했다.

"그럼 가 볼까요?"

어제 재판장에게 귀띔을 해 놨던 덕분인지, 생각보다 수월하게 남자를 만날 수 있었다.

그 남자는 손 쓸 수 없을 정도로 헝클어진 머리카락에 여기저기가 해진 옷차림을 하고 있었다. 거기에 혹시라도 자해를 할까 저어한 간수들이 밧줄로 손과 발을 묶어 놔, 대법정에서 봤을 때보다 한층 더 초췌해진 몰골로 돌벽에 기대 앉아 있었다.

못마땅한 얼굴로 남자를 한번 훑어본 공작이 간수에게 물었다.

"이자인가?"

"그렇습니다, 각하. 한데 이 미치광이에게 무슨 볼일이신지……. 가끔 정신이 돌아올 때도 있지만, 거의 대부분 헛소리만 지껄이고 있는데 말입니다. 불이 어쩌고저쩌고 하면서요."

한 걸음 뒤에 선 밀라이아를 힐끔거리는 간수를 공작이 싸늘하게 노려보고선 말했다.

"궁금한 게 많군. 옛말에 호기심은 고양이를 죽인다 하였거늘."

"헛. 아닙니다, 각하. 저는 아무것도 보지도 듣지도 못하였습니다."

"당연히 그렇겠지. 그럼 물러가 보도록."

"네, 넵!"

황급히 예를 갖춘 간수가 허둥지둥 밖으로 향했다.

그의 기척이 사라진 뒤에도 한참을 기다린 공작은 조금 더 시간이 흐른 후에야 그녀를 돌아보며 말했다.

"하문하시지요. 신이 지키겠습니다."

"고마워요."

가볍게 감사를 표한 밀라이아가 철창 앞에서 멈춰 섰다.

소리 없이 옆으로 다가온 공작이 단단하게 버티고 섰다. 근위기사들에 이어 간수마저 내보내서인지 생각보다 신경이 날카로워진 듯했다.

"알리테 영지의 잭. 내 말이 들리는가?"

"……게 달아올라…… 음?"

붉게 충혈된 눈이 데굴데굴 구르며 그녀를 올려다보았다.

광자의 그것답게 탁하게 풀린 눈빛을 잠시 내려다보던 밀라이아가 말했다.

“어제 네가 했던 이야기가 듣고 싶다. 드래곤과 불길이 어쩌고 하는 이야기 말이다.”

그 순간, 남자의 눈에 붉은 광기가 돌았다.

“드래곤! 그래! 붉은 드래곤이 온다! 온 세상이 활활 불타오를 거야!”

“정신 차려라, 잭. 드래곤이라는 건 환상 속의 생물이 아닌가. 한데 넌 무엇을 보았기에 드래곤이 올 거라고, 세상이 불타오를 거라 말하는 거지?”

“드래곤의 숨결! 붉은 분노! 꺼지지 않는 불이 모두를 집어삼킨다! 키히히! 으히히히히힛!”

“하아.”

밀라이아는 한 손으로 이마를 짚으며 한숨을 쉬었다. 몇 가지 걸리는 단어가 있어 혹시나 하는 마음에 찾아와 봤던 건데, 이래서야 제대로 된 정보를 얻을 수는 있겠나 싶었다.

‘어쩐다? 정신이 돌아올 때까지 기다려야 하나?’

잠시 고민하는데, ‘키키킥’ 하고 광소를 터트린 남자가 소리쳤다.

“세상이 온통 불타오른다! 검고 아름답게 타올라! 숲을 모두 삼킬 듯이 아주 활활…… 불…… 타?”

미친 듯이 중얼거리던 남자의 목소리가 갑자기 뚝 멎었다.

흐릿하던 눈이 차츰 맑아지는가 싶더니, 허공을 맴돌던 초점이 한곳으로 향하기 시작했다.

이마에서 손을 뗀 밀라이아가 기대감 섞인 눈으로 남자를 바라보았다.

핏발 선 시선이 향한 곳은 그녀의 머리카락 쪽이었다.

순간 남자의 눈에 놀람이 서리는가 싶더니, 좀 전보다는 한결 차분해진 목소리가 입술 사이로 흘러나왔다.

"누, 누구십니까? 고귀하신 분 같은데……."

"후우."

안도의 한숨이 새어 나왔다. 가끔 정신이 돌아올 때도 있다던 간수의 말이 거짓은 아니었던 모양이었다.

'다시 넋이 나가기 전에 물어야겠군.'

모쪼록 이 기회를 잡아야겠다 싶었다.

밀라이아는 서둘러 말했다.

"네가 말했던 드래곤과 불길에 대해 자세히 듣고 싶다. 꺼지지 않는 불에 대해서도. 그게 전부 무슨 얘기지? 무엇 때문에 그런 소리를 하고 다니는 거냔 말이다."

폭포수처럼 떨어지는 물음에 흠칫한 남자가 말했다.

"그건…… 소인이 그러한 앞날을 보았기 때문입니다."

"앞날을 보았다?"

"그렇습니다."

언제 정신이 나갔었느냐는 듯 진지하게 답한 남자가 부르르 몸을 떨었다.

"어느 날 검은 땅에 떨어진 불티 하나……. 마치 염화炎華가 피어오른 것처럼 붉게 물들어 가는 대지……. 끝없이 타오르는…… 아무리 물을 퍼붓고 모래를 부어도 결코 꺼지지 않는…… 영원히 타오르는 그런 불을…… 소인은 보았습니다."

"뭐라고?"

오싹 소름이 돋았다. 남자가 말하는 내용은 그녀가 살던 때로부터 백 년 전에 발생했던 대규모 화재 사건 '레드드래곤의 분노'와 한 치의 오차도 없었으므로.

레드드래곤의 분노.

그것은 그녀가 알던 역사에 따르면 에드워드 3세, 즉 현現 왕제의 치세 당시 일어났던 일로 제국과 왕국의 국경 지대에 위치한 무연탄 지대에서 일어난 대규모 화재 사건을 일컫는 말이었다.

본디 대륙에서 무연탄은 대단히 희소한 자원 중 하나로, 많은 왕국들이 이를 찾기 위해 노력하고 있으나 그녀가 살던 시대까지도 그 매장지가 발견된 곳은 제국과 루아 왕국밖에 없었다.

그렇기에 처음 매장지를 발견한 에드워드 3세의 업적은 실로 대단하다 할 것이었지만, 한순간의 관리 부실로 인해 타오르기 시작한 불꽃은 실로 엄청난 재앙을 가져왔다.

천천히, 길게, 그리고 지속적으로 타오르는 성질대로 잇따른 진화 작업에도 굴하지 않고 그 넓은 산맥 안의 무연탄이 계속해서 타들어 가기 시작한 것.

그렇지만 그건 분명 이 시대에는 아직 일어나지 않은 일이었는데—.

'한데 이 남자는 그걸 어떻게 '보았다'는 거지?'

보라색 시선이 파르르 흔들렸다.

하지만 남자는 그런 기색을 전혀 눈치채지 못한 듯 허공에 시선을 둔 채 더듬더듬 말을 이어나갔다.

"지옥도가 펼쳐졌습니다……. 그 불은 산불처럼 한순간에 모든 것을 태우고 지나가는 게 아니라 은근하게, 그러나 끝없이 타오르고 또 타올랐기에."

'그래. 그게 바로 사태를 최악으로 몰고 간 가장 큰 원인이었지.'

이제는 금기가 되어 버린 '그 일'을 떠올린 밀라이아가 부르르 떨었다.

"살아도 산 것이 아니었습니다……. 신을 신어도 발바닥이 뜨겁고, 멈출 줄 모르고 새어 나오는 연기 때문에 숨을 제대로 쉴 수가 없었습니다. 아무것도 수확할 수 없고 목구멍이 타 버릴까 우물물조차 마실 수 없는…… 그런 지옥이 현세에 도래해 있었습니다."

"그, 그래서? 그래서 어찌 되었단 말인가?"

빠르게 묻자 남자는 괴롭게 떨리는 음성으로 답했다.

"사람들은 날이 갈수록 미쳐 가기 시작했습니다. 아무것도 먹지도 마시지도 못한 자들은 이 모든 것이 여왕의 탓이라 수군거리기 시작했습니다. 그녀 때문에 이 모든 일이 일어난 거라고, 사실 여왕은 마녀라고. 급기야는……."

"닥쳐라! 네가 감히 지금 여왕 전하를 능멸하려는 것이냐!"

얼굴을 확 찌푸린 공작이 버럭 고함을 질렀다.

밀라이아는 무어라 더 말하려는 그를 황급히 저지하며 말했다. 언제 다시 정신을 놓을지 모르니, 기회가 있을 때 최대한 많은 것을 들어 둬야 했다.

"됐어요, 공작."

"하지만 전하!"

항의 섞인 외침에 크게 뜨인 광인의 눈이 그녀에게로 향했다.

그제야 제가 말하던 상대를 깨달은 듯 핏줄 터진 눈에 경악이 차오르는 것이 보였다.

"전하? 설마, 여왕 전하?"

"그래. 여가 여왕 글로리아다. 계속하라, 잭. 그래서 어찌 되었단 말이냐?"

등줄기를 타고 식은땀이 흐르고 있었지만, 밀라이아는 선득한 그 느낌을 애써 뒤로 미루며 남자에게 말을 붙였다.

하지만 이미 때는 늦은 모양이었다. 경악이 가득 어려 있던 남자의 눈이 점점 탁하게 흐려지고 있었다.

"여, 여왕…… 피와 분노…… 검은 죽음…… 막아야……."

"정신 차려라, 잭! 대답하라! 이 일을 어찌 안 것이냐! 네가 본 그 때가 언제인 것이야!"

"나는…… 점성술사…… 별을 통해 앞날을 보았…… 지옥의 그날은, 그날은……. 흐흐흐, 크히힛!"

필사적으로 중얼거리던 남자의 입에서 조금씩 억눌린 웃음소리가 흘러나온다 싶더니, 이내 광소가 터져 나왔다.

"으흐흐흐! 키히히힛! 드래곤! 붉은 드래곤이 온다! 온 세상이 활활 불타오를 거야! 꺼지지 않는 불이 모두를 집어삼킨다! 키히히! 으히히히히힛!"

"아……."

탄식이 나왔다.

이곳에 막 도착했을 때보다도 한층 더 흐릿해진 눈빛하며 미친 듯 중얼거리는 저 모습하며, 아무래도 그에게서 뭔가를 더 얻어 내기는 쉽지 않아 보였다. 하루 종일 기다리고 있다면 또 모르겠으나 그렇다고 해서 정신이 돌아온다는 보장이 있는 것도 아니기에 더 그랬다.

'그날이 언젠지 알았다면 좋았을 텐데. 예언같이 허황된 말에 현혹되어서는 안 되겠지만, 지금 저자가 말한 건 내가 알고 있는 사실과 대부분이 일치하는걸.'

못내 아쉬웠다. 대략적인 날짜라도 알 수 있다면 방비하기가 한층 수월할 텐데.

알 수 없는 말을 중얼거리는 남자를 바라보던 그녀가 한 걸음 뒤로 물러났다.

축축하게 젖은 천이 등에 달라붙어 불쾌한 느낌을 자아냈다.

그제야 밀라이아는 무거운 충격을 한숨에 담아 토해 냈다.

좀 전까지는 그가 정신을 놓을세라 우선 질문부터 던졌지만, 이제 더는 대답을 들을 수 없을 거라는 생각이 들자 미뤄 두었던 경악이 다시금 뒷골을 타고 올라왔다.

'그게 단순한 꿈이 아니었단 말인가?'

피와 분노, 검은 죽음, 그리고 여왕을 마녀로 일컬었다는 소리.

그것은 그녀가 여왕의 몸에 들어오기 반년 전부터 꾸던 꿈의 내용이었다.

'어째서 역사에 없는 내용을 자꾸 꿈으로 꾸나 했더니, 설마 앞날을 암시한 거였나? 그렇다면 대체 어느 시점에서의 앞날이지? 내가 바꿔 버렸기에 백 년 후에는 기록되지 않은, 그러나 원래 이 시대에 일어났어야 할 미래를 의미하는 걸까? 아니면 역시 나로 인해 바뀔 미래를 암시하는 것?'

만일 후자라면 곧 폭동이 일어난다는 말일까.

갑자기 돌멩이가 눈앞으로 날아오는 환상이 떠올라, 밀라이아는 저도 모르게 이마를 가리며 한 걸음 뒤로 물러났다.

그녀를 따라 철창에서 멀어진 공작이 물었다.

"설명을 좀 해 주실 수 있겠습니까? 전하께서 이리 심각하신 걸 보면 뭔가 이유가 있을 테니 말입니다."

"……그게요, 음."

싸한 기분을 잠시 억누르며 공작을 돌아본 밀라이아는 어떻게 설명을 해야 하나 잠시 고민했다.

생각에 잠긴 표정으로 허공을 톡톡 두드린 공작이 말했다.

"별것 아닌 광자의 헛소리에 이리 심각하신 걸 보면, 전하께서는 저자의 말이 진실이라는 걸 알고 계신단 얘기겠지요. 이미 일어난 사건인 겁니까? 백 년 후에는 말입니다."

보랏빛 눈이 크게 뜨였다.

"어, 어떻게 알았어요?"

놀란 얼굴로 바라보자, 잠깐 멈칫했던 공작은 이내 아무렇지도 않은 얼굴로 말했다.

"지난번에 말씀하셨잖습니까. 백 년 전에는 축제가 이런 식이었구나 싶어 신기했다고요."

"……아무 말도 없기에 혹시 못 들었나 했더니."

슬쩍 한숨을 내쉰 밀라이아가 흘낏 주위를 돌아보고는 목소리를 낮추어 말했다.

"잘 들어요. 한 번만 얘기할 테니까. 실은 말이죠……."

잿빛 눈동자에 지금까지 본 적 없던 진지함이 깃들었다.

방에 돌아온 밀라이아는 비에 젖은 옷을 갈아입은 뒤 푹신한 소파 위에 축 늘어졌다.

이것저것 얘기하다 보니 제법 심력을 소모한 것인지, 아직 점심 때밖에 되지 않았는데도 몹시 피곤했다.

'그러고 보면 공작, 생각보다 꽤 진지했었지.'

자신이야 미래를 알고 있으니 잭이라는 자의 말도 믿었다지만, 공작은 오직 제 말밖에는 아무것도 없음에도 무서우리만큼 심각하게 상황을 받아들였다.

신기했다. 물론 상호 배신을 막기 위해 썼던 기밀문서의 존재가 꽤 크게 작용했겠지만, 그렇다 하더라도 별다른 증거도 없이 제 말을 믿어 주었다는 점이.

왠지 흐뭇한 기분에 빙긋 웃은 밀라이아는 공작과 나누었던 대화를 떠올리며 머리카락을 뱅글뱅글 돌렸다.

'그래도 너무 많이 말했나?'

처음에는 레드드래곤의 분노가 무연탄 지대의 화재에 관련된 이야기라는 것만 말하려고 했는데, 별 의심 없이 제 말을 믿어 준다는 것이 신기했던 데다 자꾸만 캐묻는 바람에 생각보다 더 많은 것을 말한 듯했다. 이를테면 무연탄 매장지가 제국과의 국경 지역에 있다든가 하는 등의 이야기를.

'그래도 뭐, 금기나 소원의 돌에 대한 건 말하지 않았으니 됐어.'

그 바람에 의문이 완전히 해소되지 않은 공작은 여전히 석연치 않은 표정이었지만, 어쩔 수 없다는 듯 어깨를 으쓱하며 답했다.

—알겠습니다. 하면 지금부터 단단히 방비를 해 놔야겠군요.

—한데 지금은 무연탄 매장지가 발견되지 않은 시점이잖아요. 벌써부터 알려지면 안 될 것 같은데.

—하나 그런 엄청난 사실을 알고서도 모르는 척할 수는 없습니다. 적당한 선을 한번 고민해 볼 테니 염려 마십시오.

단호하게 답하던 남자를 떠올린 밀라이아가 어깨를 으쓱했다. 어차피 그녀가 혼자서 해결할 수 있는 일도 아니었으니 말한 것에 대해 후회는 없었다. 물론 당분간은 제국과의 협상 등으로 일이 한참 더 늘어날 거라는 문제점이 있지만, 당장 터트리겠다는 것도 아니니 그 정도면 일단 충분했다.

'그러고 보니 공작, 바쁘다고 그렇게 난리를 치더니 결국은 일을 하나 더 늘려서 갔네.'

문득 드는 생각에 피식 웃은 그녀는 늘어진 몸을 겨우겨우 일으켜 줄을 당겼다. 점심을 들러 가기 전에 잠시 루시어스가 주었던 새를 볼 생각이었다.

잠시 후 들어온 시녀는 아기 새를 데려오라는 명을 받고 방을 나섰다가 이내 새장을 손에 들고 나타났다.

그녀의 —정확하게는 시녀들의— 정성스러운 돌봄이 있었던 덕분인지, 자그마한 앵무새는 아직 온전치는 않지만 상당히 호전된 상태였다. 부러진 날개도 부목을 덧댄 붕대에 감긴 채 제 모양을 잡아 가고 있었고.

"잘 있었니, 아가야?"

꽁지깃을 살며시 건드리자, 아기 새는 반갑다는 듯 작게 울며 부리로 손가락을 쪼았다.

피부를 톡톡 건드리는 힘은 여전히 연약했지만, 처음 만났을 때와는 달리 생기가 담뿍 묻어나고 있었다.

한층 활기를 찾은 모습을 보며 빙긋 미소 짓는데, 손가락을 쪼던

새가 갑자기 고개를 번쩍 들고는 말했다.

"여왕!"

"응?"

끽끽거리는 특유의 소리에 섞여 들려오는 두 음절은 분명 의미를 담은 것이었다.

난생처음 들어보는 앵무새의 말소리에 밀라이아의 눈이 동그랗게 뜨였다.

"방금 네가 말한 거야?"

"삐이! 여왕!"

"오오, 정말 말했잖아! 와, 신기하다. 사람 말을 따라한다더니 진짜였네."

밀라이아는 계속해서 '여왕! 여왕!'이라고 외치는 앵무새를 향해 흥분한 목소리로 말했다.

"다른 것도 말해 봐, 응? 여왕 말고 다른 거."

"여왕!"

"그거 말고 다른 걸 해 보라니까?"

"여왕!"

"에이, 설마 그거밖에 말할 줄 모르는 거야?"

장난스럽게 타박하며 꽁지깃을 툭 건드리자, '삐이이—' 하고 한 차례 운 앵무새가 말했다.

"찾아야 해!"

"찾아야 한다고? 뭘?"

"여왕! 삐익! 찾아야 해!"

"날 찾아야 한다고……?"

무심코 말을 따라하는 순간, 싸한 기분이 등골을 스치고 지나갔다. 여왕을 찾아야 한다니, 대체 누굴 찾아야 한단 말인가? 자신? 아니면 본래 여왕이었던 글로리아?

"너, 그 얘기 어디서 들었니?"

혹시나 싶은 마음에 물어보았지만, 아기 새는 거듭해서 '여왕!' 과 '찾아야 해!'만을 외칠 뿐 더 이상 다른 단어를 말해 주지 않았다.

'이것 봐라.'

밀라이아는 차갑게 가라앉은 눈빛으로 노랗고 빨간 깃을 바라보았다.

아무리 사람의 말을 할 줄 아는 새라 한들 저 단어들을 스스로 배우지는 않았을 터. 그렇다면 저 말들을 앵무새에게 가르친 자가 있을 것이다.

'처음 이 아이를 데리고 있던 자는 길리안 대법관이었지. 그에게서 배운 것일까?'

눈매를 가늘게 좁힌 밀라이아가 머리카락을 뱅글뱅글 돌렸다.

'만일 그렇다면, 그가 내 정체를 알아채기라도 한 걸까? 하긴 글로리아를 좋아하던 사람이니 남들이 알아채지 못한 뭔가를 눈치챘을지도 모르지.'

여왕에게 별 관심이 없던 페르디난드 공작조차 제가 다른 사람임을 알았는데, 그라고 모를 거라는 보장은 없었다. 물론 공작이야 '여행' 마법의 존재를 알았으니 더 쉽게 눈치채긴 했겠지만 어쨌든.

'한데 그럼 왜 내게 따지러 오거나 하지 않은 거지? 여왕을 사랑했으면 그녀의 몸을 차지한 내가 미워야 정상 아닌가?'

그간 봤던 모습을 곰곰이 떠올려 본 밀라이아가 의아한 표정을 지었다. 좀 변하신 것 같다느니 어쩌느니 하는 말을 했던 적은 있지만, 사랑했던 여자의 영혼이 바뀐 것을 아는 사람이라고 보기에는 태도가 지나치게 담백했던 탓이다.

'그럼 그가 아니라 다른 사람인가? 하긴 앵무새가 뜬금없이 왕궁 정원에 있었을 리는 없으니, 어쩌면 키우던 주인이 따로 있었을 수도 있겠지.'

혹은 새를 돌보던 시녀에게서 배운 말일 수도 있었다. 사라진 글로리아가 아닌 여왕의 무언가를 찾아야 한다는 말일 수도 있고.

어쨌거나 좀 더 알아볼 필요는 있겠다는 생각이 들어서, 밀라이아는 아무 일도 없었다는 듯 표정을 가다듬은 뒤 시녀를 호출했다.

"레티시아 백작 부인에게 여가 잠시 보잔다고 이르도록."

"네, 전하."

고개를 숙여 보인 시녀가 물러간 뒤, 얼마 지나지 않아 금갈색 머리카락을 단정하게 틀어 올린 여인이 안으로 들어섰다.

정중하게 허리를 숙여 보인 그녀가 말했다.

"찾으셨다 들었습니다."

"네. 실은 물어볼 것이 좀 있어서요."

밀라이아는 새장을 돌아보며 물었다.

"이 아이, 누가 돌보고 있나요? 가만히 들여다보니 날개 부분도 그렇고, 전반적으로 처음 데려왔을 때보다 상태가 좋아졌더군요. 해서 그 노고에 대한 상을 좀 내리고 싶은데."

"클로에가 전담으로 돌보고 있습니다. 알록달록한 것이 너무 예쁘다고, 게다가 전하의 새이니 성심을 다해 돌봐야 한다며 다른 이들은 접근조차 못하게 하더군요."

"……그렇군요."

보라색 눈동자가 차갑게 굳었다.

'그렇다면 일단 가능성 하나는 배제인가? 클로에는 한 번도 글로리아와 만난 적이 없잖아. 그런데 앵무새 앞에서 왜 그런 소리를 하겠어?'

백작 부인이 제 정체를 눈치채 말해 줬을 수도 있겠지만, 깐깐하기 짝이 없는 그녀가 확실치도 않은 이야기를 발설했을 확률은 극히 낮았다. 표정조차 잘 숨기지 못하는 제 딸에게 말해 줬을 가능성은 더더욱.

'그럼 글로리아 자체가 아닌, 나나 그녀의 무언가를 찾아야 한다는 얘기였다면 어떻게 되는 거지? 클로에도 용의선상에 두어야 하나?'

잠시 생각하던 밀라이아는 이내 의심을 접었다. 지금껏 그녀가 지켜봐 온 클로에는 그럴 만한 인물이 아니었으니까. 물론 사람의 일은 모르는 법이니 아예 가능성을 배제할 수는 없겠지만, 그건 일단 다른 이들을 전부 찾아본 다음에 고려해도 늦지 않았다. 여차하면 뭐, 당분간 곁에 두고 살펴봐도 되는 일이고.

"하면 클로에에게 상을 내려야겠네요. 알려 줘서 고마워요, 유모."

"아닙니다. 더 하문하실 것이 있으신지요?"

잠시 고민한 밀라이아가 답했다.

"음, 이 아이 말이에요. 우선 치료부터 해 줘야 한다는 생각에 무작정 데려왔는데, 어쩐지 주인이 따로 있을 것 같다는 생각이 드네요. 사실 야생 앵무새가 왕궁 정원에 서식한다는 게 좀 이상하잖아요?"

"그건 그렇지요. 전하께서 예뻐하신다는 소문이 났으니, 어쩌면 그 때문에 나서지 못하고 있는 것일 수도 있겠습니다. 혹은 길리안 대법관의 체면을 생각해서일 수도 있고요."

"그러니까요. 하나 만일 정말로 주인이 따로 있는 새라면, 아무리 예뻐 보인다 한들 빼앗을 수는 없죠. 그러니 유모가 한번 알아봐 주겠어요? 이 새의 주인이 정말 있는지, 그렇다면 누구인지 말이에요."

이어지는 말에 백작 부인은 별다른 의심 없이 고개를 끄덕였다.

"그리하겠습니다."

"고마워요. 참, 주인을 찾을 때까지 이 얘기는 클로에에게 비밀로 해 주겠어요? 아직 확실하지도 않은데 슬퍼하게 만들기는 싫어서요."

"네, 전하. 딸아이를 그리 아껴 주시니 감읍할 따름입니다."

"뭘요. 그럼 잘 부탁해요."

"네, 전하."

가볍게 고개를 숙여 보인 백작 부인이 방을 나섰다.

삐이— 삐이—.

심상치 않은 분위기를 느끼기라도 한 듯 자그마한 새가 울음소리를 내뱉었지만, 조금 전처럼 의미를 담은 단어는 부리 밖으로 새어 나오지 않았다.

'길리안 대법관, 클로에, 혹은 얼굴을 알 수 없는 제삼자. 저 앵무새에게 말을 가르친 사람은 누구지?'

돌아서는 백작 부인을 바라보는 밀라이아의 눈이 날카롭게 빛났다.

새장 안에서 아기 새가 다시 한번 삐이— 하고 울었다.

제3곡

sequéntĭa

속송

9부

vēlo coopertae

베일로 가려진

vēlo coopertae
베일로 가려진

다음 날.

"생명의 축복이 함께하시기를. 주신 비타의 뿌리 프리무스Primus, 첫 번째입니다주: 대신관은 고유의 이름 대신 각각 태어난 순서에 따라 프리무스(Primus), 세쿤두스(Secundus), 테르티우스(Tertius), 콰르투스(Quartus), 퀸투스(Quintus), 섹스투스(Sextus)라고 불리며, 한 사람이 사망할 경우 각기 태어난 순서에 맞춰 이름이 바뀐다."

"창공의 드높음을 경배하라. 루시어스 라 길리안이 여왕 전하를 뵙습니다."

"어서 와요."

빙긋 웃어 보이자, 오늘도 변함없이 반짝이는 금발의 대신관이 말했다.

"생각해 보니 일전에는 제 이름조차 말씀드리지 않았더군요. 죄송합니다, 여왕 전하. 큰 결례를 범했습니다."

"어머, 아니에요. 그나저나 첫 번째 뿌리였군요. 미처 몰랐네요."

겉보기로는 그보다 더 어릴 줄 알았는데, 눈앞의 남자는 생각보다 그 지위가 훨씬 높았다.

놀라운 마음을 감추며 그 옆의 청년을 돌아본 밀라이아는 하늘의 푸름을 머금은 머리카락을 보며 부드럽게 미소 지었다.

"이틀만이네요, 길리안 대법관. 그날은 고마웠어요."

"아닙니다. 마땅히 해야 할 일이었는데요."

재킷을 넘겨 주었던 일을 돌려서 말하자 그는 별일 아니었다는 듯 겸양을 표했다.

'과연 이자일까.'

전날 앵무새의 일이 있어서일까, 평소와 다름없이 정중한 모습 하나하나가 모두 의심이 갔다. 가령 그 새를 어떻게 왕궁 정원에서 주웠느냐는 사소한 의문부터, 어차피 대신관이 수도에 머무르고 있는 걸 대부분의 귀족들이 모두 알고 있는 지금까지도 왜 굳이 함께 알현을 하러 왔느냐는 꽤 큰 궁금증까지도.

인사를 나누는 두 사람을 웃는 얼굴로 바라보던 대신관이 말했다.

"참, 약속하신 보수는 잘 받았습니다. 역시 부유하기로 소문난 루아 왕실의 주인답게 통이 크시군요."

"어머, 그래요? 여는 부유하기로 치면 제국 황실이나 사푸 왕실이 더 할 줄 알았는데 말이죠."

밀라이아는 아무렇지도 않게 말을 받아 주며 빙긋 웃었다.

허리까지 내려오는 금발을 슬쩍 쓸어 넘긴 대신관이 이야기했다.

"그건 모르시는 말씀입니다. 사푸 왕국의 부富야 옛말이 된 지 오래고, 제국 황실은 사정이 좀 있어서 말이지요."

"사정이라니, 무척 궁금하네요. 여에게만 살짝 귀띔해 줄 수 있나요?"

혹 황실의 비사秘史 같은 걸 알 수 있을까 하는 생각에 눈을 빛내자, 대신관은 어렵지 않다는 듯 어깨를 으쓱해 보였다.

"지난해에 루블리스 황제 폐하께서 양위하시고 현 황제 폐하께서 즉위하시지 않았습니까? 실은 제가 전 황후 폐하와 오래전부터 연이 있는지라, 작년까지만 해도 보수가 후한 편이었거든요."

"어머, 그래요? 대신관이 아리스티아 황후와 연이 있는 줄은 몰랐네요."

몹시 흥미로웠다. 로맨스 소설의 주인공으로만 보았던 황제, 황후와 직접 연이 닿은 자가 여기 있었다니.

"네. 아직 후작 영애이셨을 당시 후원 건으로 잠시 연이 닿았던 적이 있습니다."

"오, 그렇군요. 한데……."

무척 놀라운 사실을 깨달았다는 듯 눈을 동그랗게 뜨자, 대신관은 고개를 한쪽으로 기울이며 물었다.

"어찌 그러십니까?"

"첫 번째 뿌리라는 것도 그렇고, 전 황제 부처와 그리 오래된 인연이 있을 정도라면 대신관은 대체 나이가 어떻게 된다는 거죠? 겉보기에는 길리안 대법관과 비슷해 보이는데?"

뜬금없이 들어간 공격에 얌전히 앉아 있던 청년이 억울하다는 듯한 눈빛으로 그녀를 바라보았다. 아무리 못해도 사십 대 후반에서 오십 대 초반은 되었을 자와 비슷한 나이대로 보인다니 그럴 만도 했다.

무어라 반박은 못하고 입만 벙긋거리는 루시어스를 보며 하하 웃은 대신관이 말했다.

"이런, 실례잖습니까. 자고로 남자의 나이란 비밀인 법입니다."

"그렇겠지요. 본인에게 불리한 사실은 항상 비밀인 법이니까."

그가 했던 말을 빌려 그대로 받아치자, 대신관은 마치 상처받았다는 양 과장된 동작으로 가슴에 손을 가져다 댔다.

그 모습을 보며 소리 없이 웃은 밀라이아는 여전히 억울해하는 루시어스를 보며 다시 한번 풋, 하고 웃었다.

"미안해요, 길리안 대법관. 그대를 놀리려던 건 아니었는데."

"……괜찮습니다. 예하께서 젊어 보이시는 건 사실이니까요."

"이해해 줘서 고마워요."

반 박자 늦은 대답을 모르는 척 받아넘긴 밀라이아가 옆을 돌아보았다.

"한데 그리 오래된 인연이라면 대신관의 말마따나 보수가 후해야 정상 아닌가요? 아무리 본 왕실이 부유하다 한들 제국에는 미치지 못할 텐데요."

"물론 그때는 그랬지요. 하지만 현 황제께서는 그런 면에서는 음, 속된 말로 좀 짠돌이셔서요. 큰 건이 생기면 꼭 다른 동료들을 호출하시더군요. 굳이 제가 아니어도 부를 대신관은 더 있다는 거겠죠."

"아하, 그렇군요. 안타깝네요."

"그러니까 말입니다. 사실 저만 한 실력을 가진 자도 없는데 말이죠."

투덜거리는 대신관을 바라보던 밀라이아가 어깨를 으쓱했다.

'그리 쓸모 있는 정보는 아니군. 혹시 협상 때 좀 써먹을 만한 얘

기인가 했더니.'

하긴 대신관씩이나 되는 자가 다른 나라의 비사를 옮기고 다닐 리가 없긴 했다.

아쉬움에 몰래 입맛을 다신 밀라이아가 말했다.

"한데 여는 왜 보자 한 건가요? 길리안 대법관에게 들으니, 다른 대신관이 오기 전에 꼭 만나야 한다고 했다면서요."

"아, 실은 이번에 오는 동료가 꽤나 깐깐한 이인지라, 그가 오기 전에 미리 감사 인사도 드릴 겸 부디 보수 문제에 대해서는 비밀을 지켜 주십사 부탁드리려고 했지요. 전하께 축복도 걸어 드리고 말입니다."

"그리고 겸사겸사 보수도 더 받고요?"

웃음기 어린 물음에 옆을 슬쩍 돌아본 대신관이 말했다.

"뭐, 그렇지요. 사실 한 가지가 더 있긴 한데, 그건 나중에 말씀드리겠습니다."

"그렇게 해요. 아, 그러고 보니 대신관에게 물어보고 싶은 게 있는데."

"말씀하십시오."

"왜 그렇게 열심히 돈을 벌어요? 딱히 쓰는 곳도 없어 보이는데 말이에요."

뜬금없는 질문에 씩 웃은 대신관이 말했다.

"전하께서는 아직 인생의 진리를 모르시는군요. 자고로 돈이란 없어서 문제지, 있으면 다 쓸 곳이 생기는 법이랍니다."

"쓸 곳이요? 그게 어딘데요?"

"글쎄요."

그때, 웃기만 하고 시원한 답은 주지 않는 대신관을 대신해 하늘색 머리카락의 청년이 답했다.

"실은 빈민이나 고아들을 후원하는 데 쓰신답니다. 제국에는 말할 것도 없고, 듣기로는 우리 왕국에만 해도 예하께서 후원하시는 고아원이 스무 군데가 넘는다고 들었습니다."

"오오, 그렇군요. 답변 고마워요, 길리안 대법관."

그제야 의문이 풀리는 느낌에 빙긋 웃자, 대신관은 루시어스를 돌아보며 말했다.

"낯부끄럽게 뭘 또 그런 것까지 말씀드리고 그런답니까. 그렇게 안 봤는데 실망입니다, 사공자."

"죄송합니다, 예하. 하나 저는 전하를 주군으로 모시는 사람인지라, 답을 알면서도 모르는 척하는 불충을 저지를 순 없었습니다."

'아무리 봐도 특별한 점은 없어 보이는데.'

조곤조곤하게 말하는 청년을 잠시 관찰한 그녀는 이내 대신관을 돌아보며 말했다.

"낯부끄러울 건 또 뭐가 있나요? 좋은 일에 쓴 건데."

"아시다시피 저희 대신관들은 생명의 뿌리라 불리지 않습니까. 아마도 그만큼 주신의 아이들에게 든든한 버팀목이 되어 주란 이야기겠지요. 하여 저 역시 주신께 사랑을 받은 만큼 조금 더 많은 의무를 행하는 것뿐입니다."

'주신께 사랑을 받은'이라는 대목에서 잠깐 가슴이 뜨끔했지만, 밀라이아는 아무렇지도 않은 표정으로 대신관의 이야기에 말을 보탰다.

"더 받은 만큼 더 베풀어야 하는 것은 당연한 일이지요. 하나 그만큼 의무를 이행하는 자를 찾아보기 힘든 것이 현실인지라, 대신관의 실천이 그만큼 감동적으로 느껴지는군요."

"이런. 너무 띄워 주시는 것 아닙니까? 그런 칭찬을 받기에는 사실 제가 좀 타락한 신관이라서 말입니다."

"타락한 신관이라뇨?"

의아한 얼굴로 묻자, 시계를 슬쩍 확인한 대신관이 답했다.

"제대로 된 신관이라면 번 돈을 전부 주신의 아이들을 구제하는 데 쓰겠지요. 하나 저는 일신의 안위를 위해서도 조금 쓰거든요. 그나저나 이제 십칠 분 남았습니다."

어찌 보면 명예에 흠집이 날 수도 있는 말을 당당하게 하는 모습에 웃음이 나왔다.

'하긴, 만일 그가 명예를 지킬 생각이었으면 처음부터 그리 행동하지도 않았겠지.'

"아직 많이 남았군요. 그래, 일신의 안위라면 주로 어디다 쓰나요?"

잘만 하면 쓸 만한 정보를 알아낼 수 있겠다는 생각에 밀라이아의 눈이 빛났다.

어차피 소원의 돌을 복원하려면 대신관의 도움이 필수적인 상황.

그러니 그의 마음을 사려면 뭘 좋아하는지는 좀 알아 둬야 할 것이 아닌가. 꿈속에서 에스페라 공작이 말했던 것 같은 그런 말도 안 되는 것들 말고.

"그냥 웬만한 일에는 다 씁니다. 몸이 편해야 주신에 대한 감사도 커지고, 그래야 더 넉넉한 마음으로 주신의 아이들에게 베풀 수 있다는 게 제 지론이거든요. 아, 한데 딱 한 가지 소원을 아직 못 이뤄 봤네요."

"소원이요?"

"네. 황금 침대에서 한번 자 보는 게 소원이었거든요."

"……."

정말 그다운 소원이다 싶었다.

'그거라면 쉽지.'

빙긋 웃은 밀라이아가 말했다.

"그 황금 침대, 만들어 줄까요?"

"헛, 정말이십니까?"

"네. 한 가지 요청만 들어준다면요."

살살 흔드는 미끼를 덥석 문 대신관이 답했다.

"오오, 물론입니다. 말씀만 하십시오. 주신의 교리에 반하는 것만 아니라면 뭐든지 들어드리겠습니다."

"약속한 거예요?"

"물론입니다."

'일단 판은 깔았는데…… 어찌하면 길리안 대법관을 자연스럽게 배제한다?'

왼쪽을 슬쩍 쳐다보는데, 그녀보다 한발 앞서 그쪽을 돌아본 대신관이 말했다.

"사공자, 미안하지만 잠시 자리를 비켜 주겠습니까? 의뢰인의 비밀은 지켜 드려야지요."

"아……. 네. 전하, 잠시 물러감을 허락해 주시겠습니까?"

잠시간의 머뭇거림을 잡아낸 밀라이아가 짧게 답했다.

"그렇게 해요."

"감사합니다."

천천히 자리에서 일어난 청년이 옆방으로 향했다.

그의 기척이 완전히 문 뒤로 사라지는 것을 확인한 대신관이 무어라 기도문을 외웠다.

커다란 손끝에서 하얀 빛 같은 것이 새어 나오는가 싶더니 이내 공기 중으로 산산이 흩어졌다.

잠시 그 모습을 살핀 대신관이 말했다.

"듣는 귀는 확실하게 차단하는 편이 좋겠지요. 이제 이 방에서 나는 소리는 밖으로 새어 나가지 않으니, 뭐든 편안하게 말씀하시면 됩니다."

"오, 신성력으로 그런 것도 가능한가요?"

"그렇습니다. 제 입으로 이런 말을 하기는 좀 그렇지만, 제가 워낙 뛰어난 인재라서요. 원래는 돈 받고 해 드리는 것이나 오늘만큼은 특별히 출혈 서비스해 드리지요. 황금 침대가 걸려 있으니까요."

눈을 찡긋해 보이는 남자를 보며 쿡쿡 웃은 밀라이아가 말했다.

"말은 고맙지만, 여는 확실하게 대가를 지불하는 걸 좋아해서요. 특별히 황금 베개까지 만들어 드리죠."

"오오, 역시 통이 크십니다. 제가 전하를 진심으로 존경한다고 말씀드렸던가요? 마음 같아서는 이곳 루아리아에 뿌리라도 박고 싶군요."

"어머, 나야 좋죠. 그렇게만 해 준다면, 황금 신전도 지어 드릴 용의가 있답니다."

"크흡. 정말 그러고 싶군요. 하나 교리상 불가능한지라 아쉽습니다."

"저런, 안타깝네요."

생글거리는 그녀를 보며 과장된 태도로 가슴을 짚은 대신관이 말했다.

“자, 그럼 이제 조건을 알려 주실 시간이군요. 말씀하십시오, 황금 침대와 베개의 대가가 뭔지 말입니다.”

“음. 그게…….”

‘이대로 말해도 괜찮을까?’

그래도 혹시나 하는 마음에 망설이는데, 어느새 진지한 표정으로 돌아온 대신관이 말했다.

“괜찮습니다. 신의 사랑을 받고 태어난 아이이시여.”

‘뭐라고?’

보랏빛 눈이 크게 뜨였다.

‘어떻게 알았지?’

신의 사랑을 받고 태어난 아이.

그것은 백 년 후의 세상에서 하나 남은 대신관이 제게 했던 것과 상당히 비슷한 말이었다. 또한 몇 년 뒤 그가 주신의 품으로 돌아가고 나자 ‘마지막’이라는 단어와 함께 제게 붙은 수식어이기도 했다. 이제 더는 그런 칭호를 받을 사람도 없다는 의미에서.

한데 그 사실을 어떻게 이쪽 대신관이 알고 있단 말인가.

‘혹시 신탁이라도 내려온 걸까? 아냐. 그랬으면 진즉 내게 보고가 들어왔겠지. 그럼 뭐지? 대신관이 그 얘기를 어떻게 아는 거야?’

생각을 거듭하는 그녀를 향해 부드럽게 웃어 보인 대신관이 말했다.

“많이 놀라셨나 보군요. 하긴 그럴 만도 하지요. 저 역시 전하를 처음 뵈었을 때는 그러했으니 말입니다.”

“무슨 말인지 모르겠네요.”

모르는 척 발뺌하자, 가볍게 혀를 찬 대신관이 말했다.

"걱정 마십시오. 이 안에서 한 이야기가 새어 나갈 일은 없을 테니까요. 그래도 의심스러우시다면, 제 신성력에 걸고 발설하지 않겠다 맹세하겠습니다. 그러면 되겠지요?"

신성력을 걸고 한 맹세를 어길 경우 대가는 힘의 소멸.

그렇다면 충분히 믿을 수 있었다. 아무리 소원의 돌이 대단한 보물이라 해도, 맹세 한 번 어겼다가 신성력을 잃게 된다면 그 좋아하는 돈도 못 벌게 될 것이 아닌가.

"네."

천천히 고개를 끄덕이자, 대신관은 빙긋 웃으며 말했다.

"좋습니다. 저, 주신 비타의 첫 번째 뿌리 프리무스는 오늘 이 자리에서 한 대화를 제삼자에게 발설하지 않을 것을 신성력에 걸고 맹세합니다."

"……고마워요. 한데 어떻게 알았죠? 그 사실 말이에요."

그제야 시인하는 그녀를 보며 눈꼬리를 휜 대신관이 답했다.

"혹 제가 전하를 처음 뵈었을 때를 기억하십니까? 당시 제가 전하께 다소 무례를 저지른 것도요."

"음, 보자마자 오십칠 분이 지났다고 한 것 말인가요, 아니면 바짝 다가와서 얼굴을 빤히 쳐다보던 것 말인가요? 그것도 아니면 다짜고짜 손목을 끌어당긴 것?"

망설임 없이 흘러나오는 말에 헛웃음을 삼킨 대신관이 말했다.

"……그리 말씀하시니 제가 어마어마한 불한당 같지 않습니까. 어쨌든 당시의 일에 대해서는 다시 한번 사죄드립니다."

"뭐, 그건 됐어요. 아무튼 그래서요?"

"그날 제가 그런 결례를 저지른 건 전하의 이마에서 보여서는 안 될 표식이 보였기 때문입니다. 아니, 정확하게는 보이지 않던 것이라고 해야겠군요."

"네? 표식이라고요?"

반사적으로 손이 이마로 향했다.

빙긋 웃은 대신관이 설명했다.

"걱정 마십시오. 그건 주신의 뿌리들에게만 보이는 표식이니까요."

"……그런가요? 한데 이런 게 왜 내게 있죠?"

"음. 그것은 말 그대로 주신의 특별한 사랑을 받는 이들에게만 내려지는 것입니다. 보통은 주신의 뿌리들, 즉 신성력을 타고 나는 자에게 부여됩니다만, 간혹 그렇지 않은 인물에게도 주어지지요. 가령 역사의 흐름을 바꿀 운명을 타고났다든가 하는 사람들에게 말입니다. 솔직히 말해 제 생에 이 표식을 또 보게 될 줄은 몰랐습니다."

'역사의 흐름을 바꾼다고?'

저도 모르게 얼굴이 굳었다.

하지만 밀라이아는 입을 꾹 다문 채 아무 말도 하지 않았다.

아무리 제가 백 년 후의 사람이라 한들, 그저 국정만 조금 정비했을 뿐인데 뭐 그리 큰 것이 바뀌겠나 싶었다. 차라리 원래 살던 시대의 역사를 바꾼다면 모를까.

'하지만…….'

문득 떠오르는 생각을 황급히 지워 버리는데, 대신관이 말했다.

"그러니 편안하게 말씀하십시오. 신께 중요한 의무를 부여받은 분에게 주신의 뿌리로서 도움을 드리는 건 마땅히 해야 할 일. 미리 말씀드렸던 대로, 교리에 반하지 않는 일이라면 무엇이든 들어

드리겠습니다."

단언하듯 떨어지는 말은 꽤나 무거웠다.

밀라이아는 대신관 특유의 투명한 연둣빛 눈동자를 바라보며 크게 심호흡을 했다.

'이 정도라면 믿을 만하겠지?'

신성력을 걸었으니, 복원을 도와주지 않을 수는 있어도 그 존재를 외부에 발설하지는 못할 터였다.

두근거리는 가슴을 달랜 그녀가 천천히 입을 떼었다.

"내가 바라는 것은……."

삼십 분 뒤.

"오오, 그것입니까?"

상자 속을 들여다본 대신관이 탄성을 내뱉었다.

연둣빛 시선이 반투명한 막으로 뒤덮여 있는 꽃 모양의 물체와 그 안에 들어 있는 푸른 보석을 꼼꼼하게 훑고 지나갔다. 활짝 피어오른 세 장의 꽃잎과 뭉툭하게 잘린 채 비어 있는 부분도.

당장에라도 집어 들고 확인하고 싶어 하는 그 눈빛에 슬쩍 미소 지은 밀라이아가 답했다.

"맞아요."

"신성 제국의 보물을 제 눈으로 보게 될 줄은 몰랐습니다. 놀랍군요."

"비밀, 꼭 지켜야 해요."

재차 다짐을 요구하자, 대신관은 진지한 얼굴로 답했다.

"물론입니다. 이 사실이 밝혀지면 한바탕 난리가 날 텐데요. 삼십 년 전 정화 사업으로 큰 타격을 입었다가 이제 겨우 다시 성세를 찾고 있는데, 그런 상황에서 신전과 루아 왕국 사이에 분쟁이 일어나는 건 바라진 않습니다. 게다가."

"게다가?"

"이미 신성력을 걸고 비밀을 지키겠다 맹세하지 않았습니까. 아무리 큰 보물이라 한들 밥줄을 끊을 수는 없지요. 황금 침대도 걸려 있고요."

가볍게 답한 남자가 눈을 찡긋해 보였다.

그제야 좀 마음이 놓여서, 밀라이아는 들고 있던 상자를 조심스레 건넸다.

푸른 보석을 들어 이곳저곳 유심히 살펴본 대신관이 말했다.

"이런. 이건 제가 손댈 수 있는 영역이 아니군요."

"네? 못한다고요?"

가슴이 철렁했다.

'그럼 여기에서 꼼짝없이 살아야 하나? 여왕의 영혼이 다 흩어질 때까지?'

물론 요 몇 달 이곳에 살면서 나름대로 정이 들긴 했지만, 그래도 그것과 이건 다른 문제였다.

최대 삼 년이라 했던 말을 떠올리며 부르르 떠는데, 그게 아니라며 고개를 저은 대신관이 답했다.

"이 세 장의 꽃잎에서는 각기 다른 신성력이 느껴지는군요. 아마 최소 여섯 명의 동의가 있어야만 소원을 이룰 수 있도록 제약이 걸려 있었던 모양입니다. 당시에는 신성력을 쓸 수 있는 신관이 지금보다 많았으니까요."

"그렇다면……."

"네. 제가 복원할 수 있는 건 한 장이 한계입니다. 그래도 하시겠습니까?"

'어쩐지 일이 쉽게 풀린다 했다. 이래서 글로리아가 소원의 돌 자체가 아니라 굳이 네 번째 조각을 복원할 사람 운운한 건가?'

슬쩍 한숨을 내쉰 밀라이아가 고개를 끄덕였다. 그나마 하나라도 가능한 게 어딘가 싶었다. 좀 전까지만 해도 아예 못하는 건가 싶어 가슴이 철렁했는데.

"네, 부탁해요."

"알겠습니다."

천천히 고개를 끄덕인 대신관이 무어라 기도문을 외웠다. 축복과 치유, 그리고 정화의 주문이 합쳐진 듯한 그것은 여태껏 들었던 기도문 중에 가장 길었다.

"……하니, 생명의 아버지, 주신 비타의 이름으로 새로운 생명을 피어 낼지어다."

끝없이 이어지던 기도문의 마지막 문장이 끝나는 순간, 눈부시게 하얀 빛이 터져 나왔다.

"앗!"

밀라이아는 반사적으로 눈을 질끈 감으며 팔로 얼굴을 가렸다.

그럼에도 반응이 아주 빠르지는 못했던지, 순간적으로 눈앞이 회색으로 변하며 시야가 차단되었다.

잠깐 시력을 잃을 정도로 강렬한 흰빛에 걱정이 앞섰다. 혹시 문틈으로 빛이 새어 나갔으면 어쩌나 싶어서.

“괜찮습니다. 이 방에서 발생하는 일은 무엇이든 다 차단되니까요.”

느릿하게 들려오는 목소리에는 어쩐지 힘이 없었다.

“그런가요?”

팔을 내리며 천천히 눈을 깜빡이자, 창백해진 대신관의 얼굴이 보였다. 그의 손에 들려 있는 푸른 보석도.

“아…….”

절로 탄성이 새어 나왔다. 좀 전까지만 해도 뭉툭하기만 했던 세 곳 중 한 군데에 투명한 꽃잎이 돋아나 있는 것이 보였기에.

어느새 세 장의 꽃잎은 네 장이 되어 있었다.

“받으십시오.”

“고마워요.”

조심스럽게 푸른 보석을 받아 드는데, 대신관의 팔이 미미하게 떨리고 있는 것이 느껴졌다.

생기가 넘치던 조금 전까지와는 달리 잔뜩 기운 빠진 얼굴로 등받이에 몸을 기댄 그가 말했다.

“하아. 이 조그만 것이 신성력을 싹 흡수해 가는군요. 모든 기운을 다 쏟고 이리 탈진해 본 것은 거의 십 년 만인 것 같습니다.”

“어, 그렇다면…….”

“적어도 일주일 정도는 아무런 힘도 못 쓸 것 같군요. 겉보기로는 사공자와 비슷해 보인다지만, 실은 제가 나이가 좀 들어서 말입니다.”

목소리에서도 기운이 빠져서 그런가, 분명 농담이랍시고 던졌을 이야기는 생각보다 그리 재미가 없었다.

실소를 머금은 밀라이아는 네 번째 꽃잎을 한번 쓸어 본 뒤 상자에 곱게 넣으며 말했다.

"하면 그 부분에 대해서도 대가를 치러야겠군요. 일주일치 보수를 더 얹어 주겠어요."

"감사합니다, 전하. 한데 거기에 초과수당도 얹어 주셔야 할 것 같습니다만. 이십삼 분 초과했거든요."

눈을 빛내는 그를 보며 픽 웃은 밀라이아가 말했다.

"알겠어요. 그것도 지급할게요."

"좋은 거래 감사드립니다. 하면 넉넉한 보수 지급에 대한 감사의 뜻으로 작은 정보 하나를 드리지요."

"그게 뭔가요?"

고개를 갸웃하자, 상자를 눈짓해 보인 대신관이 말했다.

"이번에 올 제 동료는 꽤 깐깐한 성격이라서 말입니다. 신성 제국 국보의 실존을 알게 되면 신전에 알리려 들지도 모릅니다. 그러니 그에게 의뢰를 하시려거든 신성력을 걸고 맹세부터 하게 하십시오. 신성력을 제 목숨보다 더 아끼는 녀석이니 분명 입을 막을 수 있을 겁니다."

"오, 그렇군요. 조언 고마워요."

새로운 대신관에게 어떻게 그런 맹세를 끌어낼 수 있느냐는 한번 고민해 볼 문제였지만, 그럼에도 이게 어디냐 싶었다.

'깐깐한 성격이라면 이자처럼 돈으로 매수는 안 될 테고. 신전과 꽤 친밀한 것 같으니 그쪽의 이익을 두고 거래를 해야 하려나? 아

니면 신성력을 목숨보다 더 아낀다 하였으니 '그 사실'을 빌미로 거래를 요청해 봐?'

잠시 생각에 잠겨 있는데, 신음을 흘리며 허리를 일으켜 세운 대신관이 말했다.

"그만 돌아가 쉬어야겠군요. 혹 더 부탁하실 일이 있습니까?"

"아뇨. 오늘 고마웠어요."

"제가 감사하지요. 후한 보수를 받은 데다 좋은 구경도 했으니 말입니다."

힘없이 웃어 보인 대신관이 자리에서 일어났다.

"하면 이만 물러가겠습니다. 사공자는 제가 챙겨 갈 터이니 걱정 마십시오. 아, 그리고."

"네?"

"흠, 아닙니다. 다시 뵙는 날까지 생명의 축복이 함께하시기를."

가볍게 고개를 숙여 보인 그가 돌아섰다. 그 움직임을 따라 허리까지 오는 금발이 찬란한 빛을 내뿜었다.

밀라이아는 머리카락을 뱅글뱅글 돌리며 생각에 잠겼다.

'남은 꽃잎은 두 장. 앞으로 두 명의 대신관을 더 데려와야 한단 말이지?'

쉽지 않을 거라는 생각은 하고 있었지만, 예상했던 것보다 난이도가 훨씬 높았다. 대륙에 단 여섯밖에 존재하지 않는 대신관 중에 두 명을 더 섭외해야 하다니. 그것도 비밀이 새어 나가지 않도록 입을 단속시키면서.

'거기다 타국과 귀족들의 이목까지 피해야 하지. 하, 어렵네.'

푹 한숨을 내쉰 그녀는 고개를 붕붕 저으며 자리에서 일어났다.

최악의 경우 삼 년을 기다리면 될 일.

물론 나머지 꽃잎을 완성해 돌아가거나 백 년 후의 자신을 위해 소원의 돌을 봉인해 놓을 수 있다면 좋겠지만, 그것이 힘들다 해서 조바심 낼 필요는 없었다. 다급한 도박사만큼 돈을 잃기 쉬운 사람은 없었으니까.

집무실로 돌아와 소원의 돌을 원래 있던 비밀 장소에 돌려 놓은 밀라이아는 서서히 시들고 있는 꽃다발 두 개를 흘낏 쳐다본 뒤 서류에 집중했다.

한참 동안 업무를 처리하는데, 노크 소리가 들리고 잠시 후 안으로 들어온 시녀가 말했다.

"여왕 전하, 레노아 영윤이 뵙기를 청합니다. 어찌할까요?"

"레노아 영윤이? 알겠다. 지금 가지."

고개를 갸웃한 밀라이아가 서류를 놓고 일어섰다. 그러잖아도 조만간 한번 불러들이려고 생각하고 있었는데 마침 잘됐다 싶었다.

매무시를 다듬은 뒤 방 밖으로 나가자, 벌꿀색 머리카락을 길게 늘어뜨린 화려한 미남이 서 있는 것이 보였다. 클로에와 사스테인 영애를 비롯한 다른 시녀들도.

그녀를 발견한 남자가 깊숙이 허리를 숙여 인사를 건넸다.

"창공의 드높음을 경배하라. 레오나르 수 레노아가 고귀하신 여왕 전하를 뵙습니다."

"오랜만이에요, 레노아 영윤."

희미하게 웃으며 인사를 받자, 부드럽게 눈꼬리를 휜 그가 말했다.

"그래도 그리 여겨 주시니 다행이군요. 신은 또 전하께서 신을 아예 잊어버리신 줄 알았지 뭡니까."

그는 제게 너무 무정한 것 아니냐며 우는 시늉을 했다.

'하여간, 마음도 없으면서 빈말은.'

워낙 화려한 외모를 가진 남자여서일까, 투정에 가까운 말들조차 그저 달콤한 속삭임처럼 들리는 것이 새삼 놀라웠다. 신기하기도 했고.

"아아, 미안해요. 요즘 일이 좀 많았던지라."

변명에 가까운 답에 보란 듯 한숨을 쉰 영윤이 말했다.

"그런 것치고 길리안 대법관은 자주 만나셨다 들었습니다만. 하아, 정말 가슴이 아프군요. 지난번에도 말씀드렸지만 신을 이렇게 막 대한 여성분은 전하가 처음이십니다."

거듭 장난을 걸어오는 남자를 보자 왠지 받아 줘야 할 것 같아서, 밀라이아는 부러 새쭉하게 눈을 치켜뜨고 물었다.

"지금 여 앞에서 대놓고 과거 자랑하는 거예요? 게다가 마음이 아픈 사람치고는 대단히 평온한 표정인데."

"헉, 그럴 리가요. 신은 일편단심 전하뿐입니다. 물론 신의 과거가 좀 복잡했던 건 인정하지만, 예전 일로 의심하시면 섭섭합니다."

"오, 그래요? 그럼 한번 증명해 보든가요."

생글거리며 이야기하자, 레노아 영윤은 으음, 하며 심각한 표정을 지었다. 그 모습마저 한 폭의 그림 같았다.

"이렇게 하지요. 신이 두 살 때부터 모아 온 저금통을 드리겠습니다. 비록 보잘것없는 선물이오나 전하시라면 그 안에 담긴 의미를 이해해 주시리라 믿습니다. 전하께서는 신이 어떤 사람인지 누구보다 잘 아시는 분이시니까요."

'어릴 때부터 소중하게 모아 온 것을 주시겠다? 거기다 자신에

대해 잘 아는 사람은 나뿐이라 어필까지?'

픽 웃음이 나왔다.

왜 그가 그리 여자들의 마음을 잘 얻고 다니는지 알 것 같았다. 저리 화려한 외모로 은근히 감성을 자극하는 말을 늘어놓는데 누군들 약해지지 않을 수가 있겠는가.

'그럼 어디 한번 놀려 볼까?'

장난기 어린 미소를 베어 문 밀라이아가 말했다.

"영윤의 마음이 정 그렇다면 고맙게 받지요. 다음에 만날 때 가져와요."

"네?"

보란 듯 빙긋 웃어 보이자, 오렌지빛이 감도는 금색 눈동자가 살짝 크게 뜨였다. 어찌 나오나 보려고 일부러 덥석 받는다 했는데, 역시나 예상했던 대로인 모양이었다.

"왜요, 아까워요?"

눈을 가늘게 뜨는 그녀를 보며 영윤이 어색하게 웃고는 말했다.

"아닙니다. 그럴 리가요. 다음에 뵐 때 꼭 가지고 오겠습니다."

"어째 목소리가 떨리는 거 같은데……."

"오해십니다. 저는 다만 예의상 거절이라는 것을 모르시는 점이 좀 놀라워서……. 물론 그런 모습이 전하의 매력이기는 합니다만…… 아하하."

"결국 아깝다는 거네요. 그럼 그렇지. 흥, 진심은 무슨."

홱 고개를 돌린 밀라이아가 복도 반대편으로 걸음을 옮겼다.

화들짝 놀란 영윤이 두 발짝 뒤로 따라붙으며 말했다.

"아닙니다! 제가 언제 안 드린다고 했습니까? 그럴 거였으면 애초에 저금통 얘기를 꺼내지도 않았겠지요."

슬쩍 돌아본 남자는 꽤나 울상이었다.

그 모습을 보자 참았던 웃음이 터졌다.

밀라이아는 킥킥 소리 내어 웃고는 말했다.

"됐어요. 그만하면 영윤의 진심은 충분히 알았으니까, 저금통은 그냥 잘 간직하도록 해요."

"정말이십니까?"

정말 다행이라는 듯 활짝 웃는 남자의 얼굴은 대단히 아름다웠다. 뒤를 따르던 시녀들은 물론이거니와 밀라이아마저 잠시 넋을 잃고 바라봤을 정도로.

'와, 진짜, 무슨 남자가 저렇게 생겼지?'

조만간 초상화를 새로 그려야 한다고 하던데, 정말로 저자를 그린 화가와는 작업을 하지 말아야 할 것 같았다. 저 미모의 반의반조차 제대로 못 살리지 않았느냔 말이다.

그때, 탁 하고 벽을 치는 소리와 함께 제법 매서운 호통 소리가 들려왔다. 클로에였다.

"다들 정신 못 차려요? 전하 앞에서 이게 무슨 추탭니까!"

'아, 깜짝이야. 나한테 하는 말인 줄 알았네.'

빠르게 표정을 수습한 밀라이아는 시침을 뚝 뗀 채 클로에가 시녀들을 야단치는 모습을 지켜보았다.

그때, 가만히 그쪽을 바라보던 영윤이 말했다.

"곱게 자란 꽃인 줄만 알았는데, 알고 보니 강인한 장미였군요. 아름답습니다."

'아, 정말.'

"……여가 클로에는 안 된다고 했죠."

이를 악물며 작게 속삭이자, 남자는 보란 듯 눈을 크게 뜨며 말했다.

"어라, 설마 질투하시는 겁니까? 신의 소중한 진심을 꺼내 보여 드린 것이 이렇게 효과적일 줄은 몰랐군요."

"시끄러워요. 어쨌든 여는 두 번이나 경고했어요. 자꾸 이런 식으로 나오면 그동안 보냈던 투자금, 확 다 회수해 버릴 거예요."

밀라이아는 클로에에게 들리지 않도록 목소리를 한층 더 낮추어 경고했다.

그가 누구를 유혹하건 알 바 아니었지만, 그 상대가 클로에라면 얘기가 달랐다. 순진한 그녀가 바람둥이에게 걸렸다가 마음 고생하는 걸 보고 싶지는 않았으니까.

항복이라는 듯 두 손을 들어 보인 남자가 답했다.

"알겠습니다. 주의하지요."

"네. 그리고……."

밀라이아는 클로에 쪽을 힐끔 돌아보다 멈칫했다. 뽀얀 뺨이 붉게 달아오른 것이 보였기 때문이다.

갑자기 한숨이 나왔다. 아무래도 이따가 클로에와도 한번 대화를 해야 할 것 같았다.

"……뭐 해요? 당장 안 따라오고."

하려던 말을 삼키며 부르자, 슬그머니 눈치를 살피던 영윤이 냉큼 답했다.

"네, 갑니다. 한데 지금 어디로 가시는 겁니까? 알현실 방향은 아닌 듯합니다만."

"잠시 산책이나 할까 하고요. 모처럼 비도 갰는데 실내에만 있기 아깝잖아요?"

"그건 그렇지요. 하면 신이 모시겠습니다."

조심스럽게 다가온 영윤이 그녀에게 손을 내밀었다. 그러고는 그녀가 그 위에 손을 얹기를 기다렸다 우아하게 걸음을 옮기며 말했다.

"한데 전하, 신이 그 말씀을 드렸던가요?"

"음? 무슨 얘기요?"

"화내시는 모습마저 눈부시게 아름다우시다고 말입니다. 서늘하게 빛내시던 그 눈빛이 정말 가슴을 두근거리게 만드는군요."

'참나, 누가 바람둥이 아니랄까 봐.'

어이가 없어 피식 웃어 버리자, 영윤은 억울하다는 듯한 얼굴로 말했다.

"왜 그런 표정이십니까? 신은 조금 전 전하의 눈빛을 보고서야 왜 자수정을 달의 눈물이라 부르는지 깨닫게 되었습니다. 그 눈부신 색채와 영롱함, 그리고 심장을 떨리게 하는 서늘함을 표현할 단어가 그것 외에 달리 없다는 걸 알게 되었거든요."

"네에, 네에. 그렇겠죠."

실소를 머금은 밀라이아가 모퉁이를 도는 순간, 시커먼 그림자가 눈앞에 모습을 드러냈다.

그 바람에 호되게 부딪힐 뻔한 밀라이아는 놀란 가슴을 쓸어내리며 진로를 가로막은 인영人影을 올려다보았다.

조금 흐트러진 듯한 검은 머리카락과 평소보다 왠지 더 치켜 올라간 듯한 눈초리, 꽉 다물린 입술.

페르디난드 공작이었다.

"뭐, 뭐예요, 공작? 깜짝 놀랐잖아요!"

두근거리는 심장을 진정하며 소리치자, 굳은 얼굴로 그녀와 레노아 영윤을 한 번씩 훑어본 남자가 천천히 허리를 숙였다. 평소에는 보이지 않는 사뭇 정중한 예였다.

"창공의 드높음을 경배하라. 에르네스토 라 페르디난드가 여왕 전하를 뵙습니다."

"……뭐야, 답지 않게 왜 정중해요? 사람 불안하게시리."

"글쎄요. 그보다……."

그녀에게서 떨어진 시선이 레노아 영윤에게로 향했다.

'뭐, 뭐야, 저 눈빛?'

밀라이아는 영윤을 향한 공작의 시선을 흘낏거리며 가슴 위에 손을 얹었다. 치켜 올라간 눈꼬리하며 싸늘한 입매하며, 이유는 모르겠으나 어쩐지 제가 뭔가를 잘못한 듯한 느낌이 들었던 탓이다.

슬금슬금 눈치를 살피는데, 평소보다 흐트러진 것 같은 잿빛 재킷이 눈에 들어왔다. 너른 가슴팍이 빠르게 오르락내리락하는 것도.

'뭐지? 뛰어오기라도 했나?'

밀라이아는 고개를 갸웃하며 공작을 바라보았다.

바늘 하나 들어가지 않을 것처럼 단정하던 평소와는 달리 어딘가 흐트러진 모습이라 그런가, 오늘따라 왠지 그가 좀 다르게 보였다. 오만하게 치켜 올라간 저 눈꼬리하며 꽉 다물린 입술, 그리고 날렵한 턱 선이 특히나.

워낙 자주 만나는 데다 볼 때마다 말싸움을 벌이느라 잠시 잊고 있었는데, 이리 보니 그도 대단히 잘생겼다 싶었다.

저도 모르게 침을 꼴깍 삼키며 그 모습을 바라보는데, 잿빛 눈동자와 시선이 마주쳤다.

순간 날카롭게 벼려졌던 눈매가 부드럽게 풀리며 입가에 슬쩍 웃음이 걸리는 것이 보였다.

좀 전보다 한결 누그러진 표정으로 돌아온 그가 말했다.

"……뭘 새삼 놀라고 그러십니까? 이런 식으로 전하를 뵙는 게 하루 이틀 일도 아닌데요."

가볍게 핀잔하는 목소리는 평소의 것과 다름이 없었다.

그제야 좀 안심이 되어서, 밀라이아는 몰래 한숨을 내쉬고는 답했다.

"공작이 내 입장이 되어 봐요. 놀라나 안 놀라나."

놀란 기색이 남아 있는 그 목소리에 어깨를 으쓱한 남자가 답했다. 늘 듣던 것과 같은 음성에는 약간의 웃음기마저 어려 있었다.

"신이 매번 찾아다니게끔 만드신 분은 전하이십니다. 평소에 오죽 이곳저곳을 잘 돌아다니셔야지요."

"……뭐래. 누가 들으면 내가 매일 일은 팽개치고 놀러만 다니는 줄 알겠어요."

샐쭉한 답을 들은 공작이 말없이 레노아 영윤 쪽을 바라보았다. 그럼 지금 저자와 하고 있던 것은 뭐였냐는 무언의 지적.

"그건……."

밀라이아는 무어라 반박을 하려다 말고 입을 다물었다. 좀 전의 그 모습을 봐서일까, 오늘의 공작은 왠지 좀 대하기가 어려웠다.

'칫. 그렇게 치면 딱히 할 말은 없는데. 그렇다고 내가 논 건 아니다, 뭐. 정말로 연애 놀음이나 했던 것도 아니고, 이것도 나름대로 일의 연장선이라고.'

억울한 마음에 입술만 삐죽거리자, 공작은 그것 보라는 듯 씨익 웃어 보이고는 그녀의 옆을 돌아보았다.

"오랜만이군, 레노아 영윤."

"네. 오랜만에 뵙습니다, 페르디난드 공작 각하."

"그러게 말일세. 분명 본 공公과 영윤은 이리 오랜만에 봐서는 안 되는 사이였는데 말이지."

'무슨 대화가 저렇지?'

밀라이아는 딱딱하기 그지없는 두 사람의 담화를 들으며 의아한 얼굴을 했다.

같은 계파 소속인 데다 하고 많은 사람 중에 그를 콕 집어 추천한 것으로 보아 사이가 제법 가까울 거라 생각했는데, 의외로 공작은 레노아 영윤과 전혀 친밀해 보이지 않았다.

"어쨌든 그 문제는 나중에 따로 논하도록 하세. 이 자리에서 할 얘기는 아니니. 그보다 전하?"

"네?"

"신에게 시간을 좀 내 주실 수 있겠습니까? 급히 드릴 말씀이 있습니다."

"아, 그러……."

저도 모르게 긍정을 표하려는 순간, 한 발짝 앞으로 움직여 잿빛 시선에서 그녀를 차단한 레노아 영윤이 말했다.

"죄송하지만 그건 안 될 것 같습니다, 각하."

"……안 된다고?"

얼떨결에 영윤의 뒤에 서게 된 밀라이아는 이어지는 대화에 눈을 동그랗게 떴다.

그의 등에 가려서 표정까지 보이지는 않았지만, 황당하다는 듯 되묻는 공작의 목소리에는 냉기가 어려 있었다.

"그렇습니다. 전하께서는 분명 저와 먼저 시간을 보내고 계셨으니까요."

"사적인 용건보다는 공무가 먼저라는 것 모르나?"

"지금 전하께서 저와 보내시는 한때 역시 미래의 국서를 뽑기 위한 공적인 시간입니다. 아무리 각하의 용무가 급하다 한들 순서는 지켜야 하지 않겠습니까."

"……."

어색하게 웃던 일은 옛말이라는 듯, 영윤의 목소리는 대단히 매끄럽게 변해 있었다. 저 공작마저 순간 말문이 막혀 침묵할 정도로.

하지만 그것도 잠시뿐, 공작은 이내 낮게 깔린 목소리로 말했다.

"건방지군. 자네와 본 공 중 누구에게 시간을 내 줄 것인지는 오직 전하께서만이 결정하실 수 있는 문제다. 비켜라. 내 직접 여쭤볼 터이니."

"맞는 말씀이로군요. 하면 저 역시 전하께 여쭤 보지요."

말을 마침과 동시에 그녀를 돌아본 영윤이 말했다.

"전하, 설마 신을 쫓아낼 생각은 아니시지요? 실로 오랜만에 뵙지 않았습니까. 게다가 아직 아름다운 얼굴을 뵌 지 채 십오 분도 되지 않았단 말입니다."

"음. 그건 그러네요."

천천히 고개를 끄덕이자, 영윤은 눈꼬리를 축 늘어뜨린 채 불쌍해 보이는 표정을 지었다.

'어휴, 정말.'

밀라이아는 그 모습을 보며 속으로 혀를 찼다. 분명 의도적으로 짓는 표정이 분명한데, 워낙 아름답게 생겨서 그런지 그 모습마저 연기가 아니라 그저 우수에 찬 미인으로 보였기 때문이다.

"역시 그렇지요? 아무리 전하께서 신을 막 대하신다지만, 그래도 십오 분 만에 쫓아내시는 건 좀 너무하지 않습니까. 더욱이 마음을 증명하라며 이 단심丹心마저 털어 가신 이후에 말입니다."

"으, 그것도 그렇긴 한데……."

그렇다고 네 말이 맞다 순순히 답하기에는 왠지 뒤가 밟혔다.

힐끔 옆을 돌아보자, 언제 부드럽게 풀렸었느냐는 듯 살짝 치켜뜬 눈으로 그녀를 응시하는 남자가 보였다.

짙게 가라앉은 눈동자 안에서 타오르는 색채는 마치 언젠가 보았던 에스페라 공작의 눈빛과 비슷했다. 모 영윤과 춤을 추고 돌아오는 자신을 바라보던, 뭔가 한껏 잔소리를 퍼붓고 싶어 하던 바로 그때의 눈빛과.

움찔하는 그녀를 바라보던 남자가 말했다.

"작일 말씀하시지 않았습니까. 그 문제, 전하께서 직접 확인하셔야겠다고 말입니다."

"어……. 그랬죠. 하지만 그건 내일 아니었나요?"

"무슨 말씀이십니까? 오늘입니다만."

"응? 오늘이라고요?"

"네. 그러니 신이 이리 직접 찾아온 것이 아닙니까."

'어라, 그랬나?'

단호한 대답에 갑자기 혼란스러워져서, 밀라이아는 입술을 오므리며 잠시 생각에 잠겼다.

'이상하다. 분명 내일인 줄 알았는데. 그게 오늘이었나? 그래서 아까 그런 기분이 든 건가? 어쩐지 뭔가 잘못한 것 같은 생각이 자꾸만 들더라니.'

그렇게 생각하면 급하게 달려온 것처럼 보이던 모습도, 평소와는 조금 달라 보이는 태도도 말이 된다. 한 번도 시간을 어겨 본 적 없는 그녀가 말도 없이 나타나질 않아 황당했을 테지.

'아무래도 내가 잘못 알았나 보다.'

겨우 납득한 밀라이아가 사과했다.

"미안해요, 공작. 내가 날짜를 착각했었나 봐요."

"아셨으면 됐습니다. 어서 가시지요."

"어, 하지만……."

난감한 얼굴로 영윤 쪽을 바라보자, 공작은 눈썹을 슬쩍 치켜세우며 말했다.

"일의 경중을 모르십니까? 오늘 못 본다고 영윤이 어떻게 되는 건 아니잖습니까."

"……알았어요."

하릴없이 답한 밀라이아는 머뭇거리며 영윤을 돌아보았다. 그에게는 무척 미안했지만, 이런 상황에서는 어찌할 방법이 없었다.

"레노아 영윤, 미안해서 어쩌죠? 여가 선약이 있던 걸 깜빡했네요."

푹 한숨을 내쉰 남자가 가슴에 손을 얹었다.

"하면 신이 또 밀려나 드려야 하는 겁니까? 정말이지, 여성분께 이리 사정없이 버림받은 건 처음입니다. 가슴이 너무 아프군요."

"정말 미안해요. 오늘 일은 뭐라 할 말이 없네요."

평소였다면 흰소리 좀 그만하라며 가볍게 면박이라도 줬을 테지만, 오늘은 그럴 수가 없었다.

순순히 사과하는 그녀를 보며 어깨를 으쓱해 보인 남자가 말했다.

"괜찮습니다. 전하께서 신을 막 대하신 게 한두 번도 아닌데요, 뭐. 대신 다음에는 길게 데이트해 주시는 겁니다? 물론 단둘이서요."

"물론……."

"시간 없습니다. 서두르시지요."

말을 자르고 들어온 공작이 손을 내밀었다.

오늘따라 유독 서두르는 모습에, 밀라이아는 푹 한숨을 내쉬며 그 위에 손을 얹었다. 평소 조금 제멋대로이긴 해도 어느 정도의 선은 지켜 오던 자가 오늘따라 아슬아슬하게 기준을 넘나드는 것을 보면 정말 급하긴 한 모양이었다.

영윤에게 눈인사를 건네고 돌아선 그녀는 복도 반대편을 향해 걸음을 옮겼다. 성큼성큼 걷는 그에게 속도를 맞추기 위해 다리를 재게 놀리면서.

"그런데요, 공작. 우리 어디로 가는 거예요? 난 궁 밖으로 나가야 하는 건 줄 알았는데. 장소가 어디예요?"

"……."

"혹시 화났어요? 으, 미안해요. 내가 원래 이런 사람이 아닌데, 요새 이것저것 일이 많아서 좀 정신이 없었나 봐요."

슬그머니 사과를 건네 보았지만, 그는 아무런 대답이 없었다. 걷는 속도에도 변함이 없었다.

"공작?"

빠른 걸음에 속도를 맞춘 탓이었을까?

조금 전부터 뒤꿈치가 욱신거리는 것이 느껴졌다. 하필이면 오늘따라 새 구두를 신은 탓에 살갗이 까진 모양이었다.

절로 미간이 확 찡그려졌다.

"아, 아파. 씨이, 하필이면 왜 오늘따라 새 구두를 신어서는."

작게 중얼거리자, 생각에 잠긴 얼굴로 걷던 남자가 그제야 그녀를 돌아보았다.

"새 구두요? 하면 뒤꿈치가 까지신 겁니까?"

"네."

"이런. 많이 아프십니까? 걸으실 수 있겠는지요?"

"음, 네. 좀 절뚝거려야겠지만요."

샐쭉한 대답에 미간을 좁힌 공작이 말했다.

"하는 수 없군요. 감히 전하의 몸에 닿음을 용서하십시오."

"네? 뭘 하려고…… 꺅!"

밀라이아는 저도 모르게 비명을 지르며 팔에 잡히는 것을 움켜쥐었다. 삽시간에 높아진 시야에 눈앞이 아찔했다.

"윽. 신을 목 졸라 죽이실 셈입니까?"

휘청하며 허리를 앞으로 꺾은 남자가 죄어드는 소리를 냈다.

"앗!"

그제야 잿빛 크라바트를 잡아당기고 있었다는 걸 깨달은 그녀는 화들짝 놀라 손을 떼어 냈다. 본능적으로 잡아챈 게 하필이면 그것이었을 줄은 꿈에도 몰랐다.

"미, 미안해요, 공작. 얼른 풀어 줄게요."

허둥지둥하며 꽉 죄어든 크라바트를 풀어 헤친 그녀는 혹시라도 숨이 막힐세라 단단하게 채워진 셔츠의 단추도 풀어냈다.

툭, 툭, 툭.

"흠. 이건 좀 진도가 빠른 것 같습니다만. 신을 아예 벗겨 버릴 작정이십니까?"

"응?"

언제 목 졸린 신음을 냈냐는 듯 멀쩡해진 목소리에는 웃음기가 어려 있었다.

번쩍 고개를 들자, 단추가 풀어진 셔츠 사이로 쇄골이 드러나 있는 것이 보였다. 단단한 가슴골도.

얼굴이 확 달아올랐다.

"헉, 미안해요. 다, 다시 채워 줄게요."

"됐습니다. 별로 먼 거리도 아닌데요, 뭐."

피식거리며 허리를 곧게 세운 공작이 자세를 고쳐 그녀의 등과 무릎 아래를 안정적으로 받쳐 들고는 말했다.

"이제 움직일 것이니, 신의 목에 팔을 두르십시오. 그렇게 계시면 떨어지십니다."

"그래도 단추는 잠가야…… 가 아니라, 지금 뭐 하는 거예요? 왜 날 어린아이처럼……."

자꾸만 시야에 걸리는 속살에서 애써 눈길을 돌리자, 공작은 태연한 얼굴로 답했다.

"뒤꿈치가 까지셨다면서요. 한데 신은 정말로 급하단 말입니다. 그러니 이것밖에는 방법이 없잖습니까."

"그, 그래도……."

어딘가 달콤하기도 하고 봄철의 따스한 햇볕 냄새 같기도 한 살내음이 그가 즐겨 쓰는 시트러스 향에 섞여 코끝을 맴돌았다.

온몸을 부드럽게 감싸는 듯한 그 향에 얼굴이 확 달아올라서, 밀라이아는 고개를 홱 돌리다 말고 눈을 질끈 감았다. 차마 옷깃 사이로 드러난 가슴골을 쳐다볼 수가 없었다.

'으, 기분이 왜 이렇지? 얼굴은 또 왜 이렇게 뜨거운 거람?'

그의 손이 받쳐 든 등과 무릎 아래가 불에 덴 듯 화끈거렸다.

혹시라도 제가 내뱉는 호흡이 그의 목이나 맨살에 닿을까 두려워, 그녀는 이러지도 저러지도 못한 채 최대한 숨을 참았다.

그때, 갑자기 머리 위에서 웃음기 어린 목소리가 들렸다.

"그러다 숨넘어가시겠습니다. 그냥 편하게 쉬십시오."

"그치마안……. 나, 그냥 내려 주면 안 돼요?"

최대한 조심조심 숨을 내쉰 그녀가 애원하듯 물었다.

하지만 공작은 그녀를 오히려 더 당겨 안으며 말했다.

"안 됩니다. 또 어디로 도망가실 줄 알고요."

"내, 내가 어디로 도망간다고 그래요?"

얇은 옷 사이로 전해져 오는 체온에 자꾸만 가슴이 뛰었다.

'오늘따라 정말 왜 이러지? 내가 공작이랑 그렇고 그런 사이도 아닌데.'

몰래 숨을 내쉰 밀라이아는 문득 드는 생각에 물었다.

"근데 안 무거워요? 나, 이 옷 무게만 해도 상당한데."

"무겁습니다. 하나 어쩝니까. 하필 신이 모시는 분이 전하이신데요."

"……."

두근거리던 심장이 확 가라앉았다.

'그럼 그렇지. 흥, 그렇고 그런 사이는 무슨. 공작이 그래 봐야 공작이지, 사람이 어딜 가겠어?'

이를 악문 밀라이아가 공작의 어깨를 콱 꼬집었다.

윽, 하고 신음을 삼킨 남자가 작게 속삭였다.

"그러다 떨어지면 전하께서 손해이실 텐데요."

"나만 손해인가? 공작도 피해는 입을걸요? 그러게 누가 제멋대로 이러래요?"

입술을 삐죽이며 답한 밀라이아가 목을 감은 팔에 힘을 꽉 주었다.

기왕 무겁다고 한 것 실컷 고생이나 해 보라는 생각에서였지만, 공작은 그저 빙그레 웃기만 할 뿐 별로 힘겨운 기색은 없었다.

"자꾸 그렇게 힘주시면 놔 버릴 겁니다."

"흥, 어디 한번 그래 보든가요."

그 순간, 등을 받치고 있던 힘이 사라졌다.

상체가 뒤로 훅 넘어가는 아찔한 느낌에 비명을 지른 밀라이아가 공작의 목을 단단하게 끌어안으며 그 품으로 파고들었다.

어느새 등을 다시 받쳐 든 남자가 웃음기 어린 목소리로 속삭였다.

"그러게 왜 손해 볼 일을 하십니까."

꼴깍.

좀 전보다 훨씬 가까워진 거리에 저도 모르게 마른침이 삼켜졌다.

그때, 누군가가 열어 준 문 안으로 들어선 공작이 그녀를 폭신한 의자 위에 내려놓았다.

팔랑하며 손에서 잿빛 천이 떨어져 내렸다. 화려한 자수가 수놓인 그것은 좀 전에 제 손으로 공작의 목에서 풀어 낸 크라바트 천이었다.

"……."

가만히 그 천을 바라보며 앉아 있는데, 뒤따르던 시녀들에게 무어라 지시한 공작이 문을 닫고는 성큼성큼 다가왔다.

좀 전에 내려 준 모습 그대로, 불편하게 앉아 있는 그녀를 바라본 공작이 눈썹을 치켜세웠다.

"왜 그러고 계십니까?"

"그게……."

"참, 그렇군요. 잠시만 기다리십시오."

뭔가를 깨달았다는 듯 고개를 끄덕인 남자가 그녀 앞에 한쪽 무릎을 꿇고 앉았다.

밀라이아는 난데없이 정례正禮를 취하는 남자를 보며 눈을 크게 떴다. 이제 와 다짜고짜 안아 든 걸 사과하려는 것도 아닐 텐데, 갑자기 왜 이러나 싶었다.

"잠시 실례하겠습니다."

"응? 뭘…… 앗, 뭐, 뭐 하는 거예요, 지금?"

갑자기 치맛자락을 걷는 남자를 보며 펄쩍 뛰어오른 밀라이아가 소리쳤다.

하지만 그녀가 그러거나 말거나, 공작은 움직이지 못하도록 발목을 꽉 움켜쥐고는 답했다.

"뒤꿈치가 까지셨다면서요? 치료는 해야 할 것 아닙니까."

"됐어요, 그건 내가 나중에 알아서……!"

"아닙니다. 신 때문에 다치셨다는데 그럴 수는 없지요."

부드럽게 답한 남자가 발에서 구두를 벗겨 냈다.

"으……."

밀라이아는 치맛자락을 꽉 움켜쥐며 한쪽으로 고개를 돌렸다.

이미 피가 비친 듯한 뒤꿈치는 여전히 욱신거리고 아릿했지만, 평소였다면 그곳에 쏠렸을 신경은 전부 다른 곳에 집중되어 있었다. 느릿느릿하게 벗겨지는 신발의 감촉을 따라 발등에서부터 저릿저릿한 감각이 몸을 타고 올라오고 있었으므로.

그때, 조심스럽게 문이 열리는 것이 보였다. 대야와 수건을 든 채 소리 없이 안으로 들어서던 레티시아 백작 부인이 멈칫하는 모습도.

왠지 잘못을 들킨 듯한 기분에 움찔하며 몸을 굳히자, 그제야 그쪽을 돌아본 공작이 천천히 자리에서 일어났다.

태연하게 셔츠의 단추를 채우는 공작을 잠시 바라보던 백작 부인이 그녀에게 말했다.

"……다치셨다 들었습니다. 새 구두를 신고 나가셨다고요."

"네."

"어찌 그러셨습니까. 구두를 길들일 때는 조심하셨어야지요. 하면 잠시 실례하겠습니다, 전하."

조심조심 다가온 백작 부인이 이미 구두가 사라진 그녀의 발에서 스타킹을 벗겨 냈다. 그런 뒤 상처를 잠시 살피고는, 깨끗한 물이 담긴 대야에 발을 담갔다.

밀라이아는 찰박거리는 물소리를 들으며 몰래 손부채질을 했다.

분명 백작 부인의 몸으로 가려진 데다 공작의 시선도 이쪽을 향해 있지 않았지만, 그럼에도 맨발이어서 그런지 몹시 기분이 이상했다. 마치 속살을 보인 것만 같은 그런 느낌.

'으, 나 오늘 정말 왜 이러지?'

차마 눈을 감지도 못하고 최대한 빨리 치료가 끝나기만을 빌고 있는데, 어느새 단추를 모두 채운 공작이 맞은편에 앉는 것이 보였다.

뒤꿈치에 약을 바르고 붕대까지 감아 준 백작 부인이 조용히 자리에서 일어났다.

입술을 달싹이며 밀라이아와 공작을 바라보던 그녀는 잠시 후 천천히 고개를 숙여 보이고는 방을 나섰다.

결국 그 어색한 침묵을 깨뜨린 사람은 공작이었다.

"……거짓말이었습니다."

"거, 큼, 짓말이요? 갑자기 그게 무슨 말이에요?"

황급히 목을 가다듬으며 묻자, 무덤덤한 표정으로 시선을 마주친 공작이 답했다.

"약속이 오늘이었다는 얘기 말입니다. 실은 내일이 맞습니다."

"……뭐라고요?"

황당한 얼굴로 공작을 바라본 밀라이아가 더듬더듬 물었다.

"그럼 왜, 왜 그런 건데요? 그 확인 작업이 그렇게 급했어요? 혹시 하룻밤 새 무슨 일이 생겼다거나……."

"그런 일은 없습니다."

"그럼 대체 왜……."

"기분 나빴거든요. 레노아 영윤과 함께 계신 모습이 말입니다."

"뭐라고요?"

입이 딱 벌어졌다.

눈썹을 치켜세운 공작이 물었다.

"뭡니까, 그 표정은?"

"아니, 그렇잖아요. 길리안 대법관이라면 모를까, 내가 레노아 영윤이랑 있는 게 왜 기분 나쁜 건데요? 애초에 영윤을 추천한 사람은 공작 아니었어요?"

말을 하다 보니 정말 이상했다.

눈을 가늘게 뜬 밀라이아가 물었다.

"뭐예요, 공작, 혹시 나한테 반하기라도 했어요? 설마 지금 질투하는 거?"

"……."

툭 던져진 질문에 돌아오는 답은 없었다. 무심하게 가라앉은 잿빛 눈동자가 그녀를 향했을 뿐.

침묵하는 남자를 보자 왠지 민망해졌다. 아니면 그냥 아니라고 하면 될 것이지, 왜 사람 무안하게시리 저렇게 빤히 쳐다본단 말인가.

좀 전까지와는 다른 의미로 얼굴이 확 달아올라서, 밀라이아는 손가락으로 팔걸이를 톡톡 치는 남자를 새쭉한 눈으로 노려보았다.

"됐어요. 잊어버려요. 그보다 이제 어쩔 거예요? 지금 나가기라도 할 거예요?"

"아니요."

"그럼 내일 나갈 거예요?"

"네."

"내일 언제요? 오전? 오후?"

"새벽에요."

"왜요? 비공식 일정이어서?"

"멀어서요."

"……."

밀라이아는 단답만 툭툭 던지는 공작을 쏘아보며 잠시 말을 멈췄다.

평소답지 않게 건성인 대답하며 약간 허공을 향한 시선하며, 아무래도 그는 어딘가에 정신이 팔린 것처럼 보였다.

'아까부터 계속 왜 저러는 거야?'

"그럼 대략적으로라도 설명해 봐요. 이번에도 클로에의 도움을 받아야 하나요? 아니면 다른 방법을 쓸 건가요? 대충 어떤 건지는 알고 있어야 나도 준비를 하죠."

"……."

이제는 숫제 답조차 없었다.

"공작? 듣고 있어요?"

"……."

"이봐요, 페르디난드 공작!"

짜증스럽게 부르자, 그제야 손가락을 멈춘 남자가 말했다.

"맞는 것 같습니다."

'뭐라는 거야?'

뜬금없는 소리에 얼굴을 찡그린 밀라이아가 물었다.

"갑자기 그게 무슨 소리예요? 뭐가 맞는데요?"

"질투하는 거냐고 하신 거요. 아무리 생각해도 전하의 말씀이 맞는 것 같습니다."

"……뭐라고요?"

머리가 띵했다. 이게 무슨 맥락 없는 말이란 말인가. 아까 그런 답을 했다면 혹시 설레었을지도 모르겠지만, 실컷 사람을 무안하게 해 놓고 이제 와 무슨 질 나쁜 장난인지 알 수가 없었다.

"그게 무슨 헛소리예요? 갑자기 웬 질투?"

"그게 왜 헛소립니까?"

"아니, 그렇잖아요. 어떻게 사람이 한순간에 변해요? 본인이 뭐가 모자라서 나 같은 여자를 만나냐면서요? 내가 자기 취향이 아니라고도 했었고."

눈을 가늘게 뜨는 그녀를 향해 어깨를 으쓱해 보인 공작이 답했다.

"취향이 아니라고 한 적은 없습니다. 홀아비나 남첩이 될 생각은 없다고 했죠. 그리고 사랑이란 원래 한순간에 찾아오는 겁니다. 마치 번개처럼 말입니다."

버터를 바른 듯한 말에 온몸이 부르르 떨렸다.

"……뭐야, 느끼하게. 혹시 길리안 대법관에게 수업이라도 듣고 왔어요? 이건 영윤보다는 그쪽인데."

눈썹을 꿈틀거린 남자가 되물었다.

"그자는 또 뭐라 한 겁니까?"

"음, 내 손에 들린 깃펜이 되고 싶다고 했었죠, 아마? 내가 자신의 생명이자 빛이라면서요."

대수롭잖게 던져진 대답에 잠시 침묵하던 남자가 '하.' 하며 머리카락을 거칠게 쓸어 넘겼다.

단정하게 정돈했던 머리가 또다시 흐트러지는 모습을 본 밀라이아가 눈을 동그랗게 떴다.

'뭐야? 사람 헷갈리게.'

"이것 참, 제 발등을 제가 찍었군요. 영윤으로도 모자라 그자마저 그러고 있었다니 말입니다."

"……나더러 길리안 대법관을 고르라 한 것도 공작이었거든요?"

"그러니까 말입니다. 신이 어쩌자고 그런 짓을 했는지 모르겠군요. 어차피 이리 될 것, 하루 빨리 인정했으면 좋았을 텐데요."

"……."

'뭐가 이렇게 진지해? 설마 진짜인 거야?'

하지만 그렇다고 하기에는 그동안 그가 보였던 태도가 걸렸다.

좀 전에 공작에게도 말했듯이, 제가 뭐가 모자라 그녀 같은 여자와 만나겠느냐며 질색한 것이 불과 두 달 전 얘기 아니었느냔 말이다.

아니, 따지고 보면 굳이 그때까지 거슬러 올라갈 필요도 없었다. 한 달 전만 해도 혹시 제게 반하면 곤란하다며, 그러잖아도 가장 유력한 국서 후보였기에 그녀와 엮이지 않으려면 극도로 조심해야 한다고 얘기했던 사람이 바로 그였으니까.

어디 그뿐인가? 혹시라도 저와 엮일까 봐 가짜 연인을 만들어 내기까지 했다!

'그런데 이제 와 갑자기 사랑 고백이라고? 흥, 말이 되는 소리를 해야지.'

코웃음을 친 밀라이아가 말했다.

"웃기지 마요. 언제부터 공작이 내게 관심이 있었다고 그런 소리예요? 이제 그런 얘긴 그만해요. 재미없으니까."

"……."

툭 내뱉은 말에 공작은 침묵했다.

꽤 오랜 정적에 불안해졌다.

혹시 제가 또 잘못한 건가 싶어 슬그머니 눈치를 살피는데, 후우, 하고 길게 숨을 내뱉은 그가 말했다.

"뭐, 알겠습니다. 아직은 시간이 있으니까요. 아까 어디까지 물어보셨죠? 어떤 식으로 궁을 빠져나갈 거냐 하셨던가요?"

'뭐지? 이 급격한 화제 전환은?'

좀 전까지 저를 좋아하네 마네 했던 사람치고는 대단히 빠른 태도 변화였다.

그 바람에 더 알쏭달쏭해져서, 밀라이아는 눈을 가늘게 뜬 채 공작을 빤히 바라보았다.

그러나 잿빛 눈동자에서는 아무 것도 읽을 수가 없었다. 늘 그래 왔듯이.

'모르겠다. 설마 진짜 마음이 있는 거겠어? 그냥 장난이겠지.'

"네."

상념을 접으며 가볍게 고개를 까딱해 보이자, 공작은 무덤덤한 얼굴로 말했다.

"요즘 들어 궁의 경계가 점점 강화되고 있는 고로, 지난번과 같은 방법은 쓰기 어려울 것 같습니다. 하니 궁을 빠져나오는 건 전하께서 알아서 해 주셔야겠습니다."

"나더러 알아서 나오라고요?"

"지난번 축제에서의 일을 생각해 보면 충분히 홀로 나오실 수 있을 것 같습니다만. 신의 짐작이 틀렸는지요?"

밀라이아는 그냥 넘어간 줄 알았던 부분을 콕 집어 말하는 남자를 보며 실소를 지었다.

'하여간 방심할 수 없는 자라니까.'

왠지 좀 얄미웠지만, 그렇다고 해서 비밀 통로의 위치를 알고 있다는 걸 직접적으로 인정할 수는 없었다. 그 역시 그것을 알고 있기에 저리 돌려 말한 것이리라.

"하는 수 없죠. 사정이 그렇다면 어떻게든 홀로 나가 보는 수밖에."

어깨를 으쓱하는 그녀를 보며 가볍게 고개를 끄덕인 공작이 말했다.

"이해해 주시니 감사합니다. 하면 방법은 됐고, 왜 새벽에 뵙자 했는지에 대해 말씀드려야 할 것 같군요."

"얘기해 봐요."

허전한 목 부근을 흘낏 쳐다보며 밀라이아가 말했다.

공작은 생각에 잠긴 표정으로 답했다.

“신이 보여 드릴 곳은 수도 근교에 마련해 둔 비밀 장소입니다. 열심히 마차를 몬다 해도 반나절 정도는 걸리지요.”

“수도 근교라고요?”

“그렇습니다. 직접 거동하시기에는 좀 번거로운 위치에 있지요. 하여 그냥 보고서로 말씀드릴까도 생각했는데, 사안이 사안이니만큼 아무래도 그 정도로는 안심을 못하실 것 같더군요. 그러니 어쩌겠습니까? 새벽같이 움직이는 수밖에요.”

느릿하게 수긍한 밀라이아가 물었다.

“그건 그렇군요. 한데 하루 안에 되겠어요? 가는 데만 반나절이라면 자칫 시간이 모자랄 것 같은데.”

“조금 빠듯하지만 하는 수 없죠. 의심을 사지 않으려면 늦어도 모레 새벽까지는 돌아오셔야 하니까요. 전하의 전속 시녀가 늘어나는 바람에, 레티시아 백작 부인과 그 영애가 얼버무릴 수 있는 시간에도 한계가 생겼거든요.”

“아, 그러네요. 알겠어요.”

고개를 끄덕이자, 공작은 검지로 팔걸이를 톡톡 두드리며 말했다.

“그럼 요약 보고는 이 정도면 되겠습니까? 궁금해하시던 점은 얼추 말씀드린 듯합니다만.”

“으음, 네. 나머지는 내일 직접 가서 보면 되겠죠. 그럼 언제 만날까요? 해 뜨기 전에는 출발해야 할 테니 다섯 시쯤 보면 될까요?”

잠시 시간을 가늠해 본 남자가 답했다.

“그 정도면 될 것 같습니다.”

“좋아요. 그럼 내일 다섯 시에 평민 지구 광장 앞에서 만나요. 지난번 축제 때 갔었던. 그럼 되겠죠?”

“네. 하면 필요한 말씀은 다 드린 듯하니 신은 이만 물러가겠습니다. 혹 더 물어보실 것이 있으십니까?”

“음. 아뇨.”

가볍게 고개를 젓자, 공작은 무표정한 얼굴로 자리에서 일어나다 말고 문득 생각났다는 듯 말했다.

“참. 혹시나 해서 드리는 말씀입니다만, 내일을 대비해서 오늘은 미리 쉬어 두시는 편이 좋을 겁니다. 시녀들에게는 발목을 삐었다 하시고 하루 푹 쉬십시오. 공연히 레노아 영윤을 다시 부르거나 할 생각은 하지 마시고요. 아시겠습니까?”

‘뭐야, 또 그 얘기야?’

좀 잊을 만하니까 또 시작인가 싶었다.

살짝 짜증이 났지만, 밀라이아는 뭐라 하는 대신 고개를 끄덕였다. 공연히 들쑤셨다 아까 같은 일을 또 겪고 싶지는 않았다.

“알겠어요.”

“잘 생각하셨습니다. 착하시군요.”

빙긋 웃은 남자가 갑자기 머리 위로 손을 뻗었다.

슥슥.

정수리에 와 닿는 묵직한 느낌에 화들짝 놀란 밀라이아가 몸을 뒤로 빼며 버럭 소리를 질렀다.

“뭐예요, 공작? 감히 누구 머리 위에 손을 얹는 거예요?”

“감히 전하의 머리 위에 손을 얹었습니다만. 그래서, 신의 목이라도 치시렵니까?”

속삭이는 듯한 음성과 부드럽게 풀린 눈매.

왠지 모를 기시감에 가슴이 두근거렸다.

머리를 쓰다듬는 행위, 그리고 그 후에 한 대답. 그것은 모두 이곳에 오기 전 에스페라 공작이 제게 했던 것과 거의 비슷했다.

'어쩜 저렇게 닮았을 수가 있지?'

멍하니 올려다보자, 어느새 오만해 보이는 특유의 무표정한 얼굴로 돌아온 남자가 말했다.

"하면 내일 뵙지요. 늦지 마십시오."

"알겠어요. 내일 봐요."

"네."

고개를 숙여 보인 남자가 돌아섰다.

그가 내려 준 자세 그대로 못 박힌 듯 앉아서, 밀라이아는 멀어지는 남자의 뒷모습을 바라보았다.

어쩐지 그 모습에서 익숙한 그림자가 느껴지는 듯했다.

다음 날.

비밀 통로를 빠져나와 약속 장소로 향한 밀라이아는 아직 해도 뜨지 않아 어둑어둑한 광장을 둘러보았다.

평민 지구에 위치한 이곳은 그녀가 가끔 한밤중의 나들이를 다니던 동북쪽 A구역에서 조금 떨어진 장소로, 상가들이 몰려 있어 꽤

번화한 곳이었다.

어둠을 밝히던 달빛이 사라지고 아직 태양은 떠오르지 않아 어둑어둑한 광장은, 하루를 일찍 시작하는 상인들의 움직임 때문에 인적이 그리 드물지는 않았다. 물론 그렇다고 해서 축제가 벌어졌던 날처럼 붐빈다는 것은 아니었지만.

'이런 점은 백 년 전이어도 여전하네.'

입가에 미소가 걸렸다. 각자 맡은 위치에 성실하게 임하는 그 모습은 그녀가 무척 사랑하는 광경이었으니까.

'그나저나 공작은 어디 있지?'

고개를 빼서 이곳저곳을 살펴보는데, 커다란 동상 아래 서 있는 남자가 눈에 들어왔다.

기다란 로브 차림에 후드를 뒤집어쓰고 있어도 대강 짐작되는 키하며 주위를 돌아다니는 다른 사람들과는 다르게 꼿꼿한 자세하며, 아무래도 그녀가 찾던 사람 같았다.

천천히 다가가자, 그녀 쪽을 돌아본 남자가 말했다.

"오셨군요."

귓가를 울리는 목소리는 익숙한 것이었다.

후드를 슬쩍 들어 얼굴만 확인시켜 준 공작은 그녀에게 따라오라 말하고는 광장 밖으로 걸음을 옮겼다.

밀라이아는 뚜벅뚜벅 걷는 공작을 따라 서둘러 다리를 놀렸다. 그래도 오늘은 제게 속도를 맞춰 주는 그 덕분에 어제와 같은 불상사는 생기지 않았다. 아직 덜 나은 뒤꿈치도 그리 아프지 않았고.

광장을 빠져나가 골목 안쪽으로 들어가자 마차 한 대가 대기하고 있는 것이 보였다.

검은 외벽 위에 새겨진 잿빛 늑대의 문장을 확인한 밀라이아가 눈을 크게 떴다.

"뭐야, 몰래 가는 것 아니었어요? 웬 가문의 마차?"

"그거야 전하께 해당되는 얘기지, 신이야 어딜 가든 상관없지 않습니까. 몰래 수도를 빠져나가는 게 오히려 더 의심을 살 겁니다."

'그건 또 그러네.'

일견 일리가 있는 말에 잠자코 침묵하자, 공작은 어깨를 으쓱하며 말했다.

"일단 오르십시오. 자세한 이야기는 가면서 하지요."

"그래요."

가볍게 수긍한 밀라이아는 마부에게 보이지 않도록 소맷자락으로 얼굴을 가린 채 마차에 올랐다.

맞은편에 앉은 공작이 툭툭 벽을 두드렸다.

소리 없이 마차가 굴러가기 시작하고, 아직 커튼을 치지 않은 창밖으로 어스름에 감싸인 수도의 거리가 조금씩 뒤로 밀려나는 것이 보였다.

밀라이아는 답답하게 얼굴을 가리던 후드를 벗어 내리며 말했다.

"그래도 편안한 거 하나는 좋네요. 공작가의 마차이니 검문도 거의 없을 테고."

"그렇지요. 그래도 수도를 벗어날 때는 조심하십시오. 이러니저러니 해도 수도방위기사단의 장은 피오르 공작이니 말입니다."

"참, 그랬죠. 언젠가 그 지위도 회수해야 하는데. 왕제에게만큼은 헌신적이었다면 또 모르겠지만, 가만 보니 그것도 아니더군요. 하여간, 둘밖에 없는 직계 왕족의 외숙이라는 자들이 왜 다 그 모양인지 원.”

쯧, 하고 혀를 찬 밀라이아가 창밖을 돌아보며 말했다.

“그런데 공작, 혹 지금 가는 장소가 페르디난드가의 사유지인가요? 저택이라든가 별장, 뭐 그런 곳?”

“맞습니다. 눈치가 빠르시군요.”

“이쯤이야 기본이죠. 한데 그렇다면 도착 전에 나한테 뭔가 할 말이 있어야 하는 것 아닌가요?”

눈을 가늘게 뜬 채 쳐다보자, 공작은 의아한 표정으로 물었다.

“그게 무슨 말씀이십니까? 해야 할 말이라뇨?”

“와, 모르는 척하기는. 장소가 페르디난드가의 사유지라면 뻔한 것 아니에요? 지금 날 공작의 연인 자격으로 그곳에 데려가는 것 아니냐고요.”

“아하, 그 말씀이었군요. 맞습니다. 당연한 사실을 새삼스럽게 뭘 물어보십니까?”

뻔뻔하게 답하는 남자를 그녀는 확 째려보며 말했다.

“당연하긴 뭐가 당연해요? 그때 우리, 분명 하루만 위장하기로 합의 본 것 아니었나요? 한데 이제 와 왜 말이 바뀌어요?”

“뭐, 억울하면 진짜 연인이 되시든가요.”

‘아, 정말.’

속으로 중얼거린 밀라이아가 푹 한숨을 내쉬었다. 한동안은 제게 반하지 말라느니 남첩은 되기 싫다느니 하며 속을 뒤집더니, 이제는 아예 저런 얘기를 하는 쪽으로 방향을 선회한 것 같았다.

“하아, 됐어요. 어쨌든 덕분에 편히 가게 됐으니 넘어가죠. 한데 그럴 거면 미리 말이라도 해 주지 그랬어요? 나, 가발도 없이 나왔는데.”

툭 던져진 말에 잠시 멈칫한 남자가 답했다.

“……괜찮을 겁니다. 로브도 걸치고 나오셨고, 최소 인원만 남기고 다 나가라 일러뒀으니까요. 정 찜찜하시면 이따가 신이 먼저 내려 주변을 정리하겠습니다. 그럼 되겠지요?”

“뭐, 그렇다면야.”

어깨를 으쓱한 밀라이아가 말했다.

“한데 그럼 괜히 평민 지구에서 만난 것 아니에요? 간신히 잠재워 놓은 신분 논란에 다시 불이 붙으면 어쩌려고.”

“걱정 마십시오. 그럴 일은 없을 테니까요.”

“뭐야, 되게 당당하네요? 불과 며칠 전만 해도 집안 단속을 외간 여자에게 시켜 놓고는.”

샐쭉한 목소리에 공작이 입술을 달싹였다.

그때, 부드럽게 굴러가던 마차가 멈춰 서는 것이 느껴졌다.

창밖을 내다보자 푸른 제복 차림의 기사가 이쪽으로 다가오는 것이 보였다. 아무래도 검문을 하려는 모양이었다.

‘호. 예상외로 일은 제대로 하고 있네? 여기도 근위기사단처럼 엉망인가 했더니.’

속으로 중얼거리는데, 빠르게 커튼을 친 공작이 말했다.

“하면 잠시 실례하겠습니다.”

“응? 뭘 하려고…… 뭐야, 왜 이리로 와요?”

제 옆으로 옮겨 앉는 남자를 본 밀라이아가 눈을 크게 떴다.

어깨를 으쓱한 공작이 답했다.

“혹 안을 들여다보겠다고 할 수도 있잖습니까. 그렇다고 후드를 쓰고 계실 수도 없고요."

"아, 하긴 그러네요."

그도 그렇다 싶어 고개를 끄덕이는데, 창문을 두드리는 소리가 들렸다.

똑똑.

"허락 없이 닿음을 용서하십시오."

작게 속삭인 공작이 그녀의 어깨를 끌어당겼다.

어어, 할 틈도 없이 제 품에 얼굴을 묻게 한 그는 움찔하는 그녀를 토닥이며 반대쪽 손으로 커튼을 걷었다.

심장이 콩닥콩닥 뛰었다.

"무슨 일인가?"

"독수리에 충성을. 소관은 수도방위기사단 제13분대 소속 란트 빌이라고 합니다. 잠시 검문을 하고자 하니 협조 부탁드립니다."

밀라이아는 창을 타고 넘어오는 낯선 이의 목소리를 들으며 숨을 죽였다. 그래도 페르디난드가의 문장을 봐서일까, 남자의 음성은 꽤나 정중한 느낌이었다.

"왕국에 영광을. 반갑군, 빌 경. 본인은 에르네스토 라 페르디난드, 페르디난드가의 가주다. 가문의 일로 잠시 외출하는 중이지."

"공작 각하셨군요. 뵙게 되어 영광입니다."

경례를 붙이는 듯 부스럭거리는 소리가 들렸다.

'무사히 넘어가려나?'

어깨를 감싼 손이며 옷 사이로 전해져 오는 체온에 자꾸만 신경이 쓰였지만, 밀라이아는 애써 그 느낌을 멀리하며 공작과 빌 경이 주고받는 대화에 집중했다.

"한데 함께 계신 분은 누구신지요? 최근 출입자를 전부 확인하라는 지시가 내려온 터라, 저분 역시 얼굴을 보여 주셔야 합니다."

'윽, 안 돼. 웬만한 기사라면 내 얼굴을 알고 있을 거라고.'

갑작스러운 말에 움찔하는 순간, 그녀를 좀 더 바짝 끌어안은 공작이 어깨를 도닥이며 입을 열었다. 싸늘하면서도 고압적인 목소리가 정수리 위에서 들려왔다.

"란트 빌이라고 했나? 자네는 풍문에 어두운 모양이군. 감히 내 사람에게 얼굴을 보이라 하다니."

낮게 깔리는 음성은 언젠가 네 정체를 밝히라며 귓가에 속삭이던 그때와도 같은 냉기를 품고 있었다.

"하, 하지만……."

"무슨 일인가?"

멈칫하는 남자의 목소리를 뚫고 또 다른 이의 음성이 들려왔다. 실랑이가 벌어진 기색을 눈치챈 듯 꽤나 기민한 행동이었다.

작게 무어라 이야기하는 소리가 들리고, 잠시 후 '어휴.' 하며 한숨을 내쉬는 소리가 들려왔다.

부하를 돌려보낸 또 다른 기사가 말했다.

"수도방위기사단 제13분대장 페이 드뤼스입니다. 실례했습니다, 공작 각하. 이만 통과하셔도 좋습니다. 부하가 결례를 범한 점 사죄드립니다."

"고맙군. 수고하게."

무심하게 답한 공작이 창문을 탁 닫는 소리가 들렸다.

잠시 멈췄던 마차가 다시 굴러가기 시작했다.

'후우. 다행이다.'

무사히 빠져나왔다는 생각에 몸을 떼려는데, 부드러운 힘이 그녀를 다시 잡아당겼다.

어쩐지 다정스럽게 들리는 목소리가 머리 위에서 울렸다.

"조금만 더 이러고 계십시오. 아직 성문을 다 벗어나지 못했습니다."

정수리에 와 닿는 숨결에 오싹 소름이 돋았다. 검문을 통과하는 데 신경 쓰느라 잠시 잊고 있었던 긴장감이 다시금 흐르기 시작했다.

"……아직 멀었어요?"

"네."

겨우 건넨 질문에 돌아오는 답변은 꽤나 단호했다.

덜컹.

출렁이는 마차의 움직임을 따라 두 사람의 몸 역시 흔들렸다. 그 바람에 상큼하면서도 묘하게 달콤한 공작 특유의 시트러스 향이 또다시 코끝을 스치고 지나갔다.

어쩐지 그 안에서 어제 맡았던 살 내음이 느껴지는 듯했다.

두근.

가슴이 뛰었다.

'으으, 정말 어제 오늘 왜 이러지?'

콩닥거리는 심장박동이 들릴까 꼼지락거리며 몸을 뒤로 뺀 밀라이아가 물었다.

"아, 아직도요?"

"네. 숨 참지 마십시오. 오늘은 옷도 제대로 입고 있지 않습니까."

머리 위에서 들려오는 목소리에는 웃음기가 섞여 있었다.

왠지 불길한 기분에 슬쩍 고개를 들어 올려다보자, 얇은 입술이 부드럽게 호선을 그리고 있는 것이 보였다. 잿빛 눈동자에 장난기가 남실거리는 것도.

"……!"

벌떡 일어선 밀라이아가 커튼을 확 걷었다.

보이는 것은 오직 수도와 인근 도시를 잇는 가도街道뿐, 거대한 성벽은 이미 저 멀리 멀어진 상태였다.

"뭐예요, 공작! 또 날 속인……!"

덜커덩.

마차가 거세게 위아래로 출렁였다.

"꺅!"

"전하!"

강한 힘이 허리를 낚아채는 것과 동시에 중심을 잃고 허우적거리던 손이 단단한 무언가를 짚었다.

다행히 험한 꼴을 보지는 않았다며 안도의 한숨을 내쉬는데, 나지막한 목소리가 들려왔다.

"괜찮으십니까?"

"네, 괜찮……."

무심코 답하던 입술이 천천히 움직임을 멈췄다.

그제야 저와 공작의 자세를 확인한 밀라이아가 흡, 하고 급한 숨을 들이켰다.

잿빛 눈동자가 바로 코앞에서 저를 응시하고 있었다.

쿵쿵.

잠시 가라앉았던 심장이 또다시 제 존재를 알리며 빠르게 뛰기 시작했다. 머리끝에서부터 시작된 열기가 발끝까지 삽시간에 번져나갔다.

'뭐, 뭐야, 이 자세는? 마치 내가 공작을 덮치려고 한 것 같잖아?'

중심을 잡느라 저도 모르게 짚어 버린 왼쪽 어깨, 그리고 단단한 가슴팍과 맞닿은 손바닥이 뜨겁게 달아올랐다.

왠지 입 안이 마르는 느낌에, 밀라이아는 저도 모르게 입술을 축이며 공작을 내려다보았다.

늘 제가 올려다보았던 남자가 이제는 거꾸로 저를 올려다보고 있었다.

깜빡.

느릿하게 감겼다 열린 눈꺼풀이 말없이 그녀를 응시했다.

길고 풍성한 속눈썹이 잿빛 눈동자 위로 유혹적인 그림자를 드리웠다. 어쩐지 눈을 감아야 할 것만 같은 느낌.

저도 모르게 스르르 눈꺼풀이 감기려는 순간, 갑자기 찬물을 끼얹은 듯 정신이 돌아왔다.

'내, 내가 무슨 짓을……!'

황급히 공작을 밀쳐 낸 밀라이아가 소리쳤다.

"뭐예요, 공작? 방금 뭘 하려고……!"

채 말을 마치기도 전에 얼굴이 확 달아올랐다.

뺨을 감싸며 맞은편 의자에 주저앉는 그녀를 지그시 바라보던 남자가 말했다.

"갑자기 무슨 말씀이십니까? 가만있는 신을 덮치려 든 건 전하십니다만."

"그, 그건 그냥 중심을 잃어서……!"

"네. 그리고 신은 그저 균형을 잃으신 전하를 잡아 드렸을 뿐이었죠."

말문이 막혔다. 분명 그 이유만 있는 건 아닌데, 뭐가 문제냐고 물어보면 또 차마 입 밖으로 꺼내어 답할 수 없었던 탓이었다.

하지만 아무리 생각해도 그건 분명 입맞춤을 할 것만 같은—.

'악, 됐어. 그렇다고 혹시 내게 그런 짓을 하려고 했던 거냐고 물을 수도 없잖아?'

황급히 상념을 떨쳐 내며 자세를 고쳐 앉은 밀라이아는 왠지 좀 덥다는 생각에 로브를 벗어 옆자리에 내려놓았다. 그에게 닿았던 손바닥이 아직도 뜨끈뜨끈했다.

여전히 빠르게 뛰는 가슴 위에 손을 얹는데, 문득 얇은 옷감을 사이에 두고 전해져 오던 심장박동이 떠올랐다. 제 것만큼이나 속도를 더해 가던 그것이.

갑자기 의문이 들어서, 밀라이아는 잠시 머뭇거리다가 물었다.

"근데 공작, 아까 많이 놀란 거예요? 심장이 되게 빠르게 뛰던데."

"그야 당연하잖습니까. 전하께서 다치실 뻔했는데요. 갑작스러운 상황에 놀라신 건 전하만이 아닙니다."

"……."

또다시 말문이 막혔다.

'내가 헛짚은 건가?'

어차피 그녀도 혹시나 하는 마음에 물어본 말이긴 했지만, 공작의 반박은 타당했다. 만일 그가 제게 다른 마음을 품고 있었다면 지금처럼 저리 태연하게 답하지는 못할 테니까.

밀라이아는 입술을 꾹 다문 채 창밖으로 고개를 돌렸다. 본래 자기애가 강한 편이긴 했어도 이 정도로 자의식 과잉인 적은 없었는데, 요 며칠 제가 왜 이러는지 알 수가 없었다.

"화나셨습니까?"

"……."

얼굴을 마주하면 뭔가 또 실수를 할 것 같았다.

눈을 감은 그녀는 말없이 창틀에 머리를 기댔다. 어쩐지 목적지까지 거리가 꽤 길 것 같았다.

몇 시간 뒤.

"우욱……."

"괜찮으십니까?"

"아뇨, 안 괜찮……. 읍, 우읍."

밀라이아는 손수건으로 황급히 입을 틀어막으며 손을 휘휘 저었다. 대답하는 잠깐의 시간조차 못 참고 올라오는 헛구역질 때문에 미쳐 버릴 것 같았다.

'세상에, 내가 멀미란 걸 하다니.'

가슴을 콩콩 두드리며 메슥거리는 속을 달래 보았지만, 조금 나아진다고 해 봐야 그때뿐 아무런 소용이 없었다.

자꾸만 울렁거리는 가슴 때문에 자칫 속에 든 것이 올라오기라도 할까 그녀는 지금 잔뜩 긴장한 상태였다.

덜컹.

마차가 크게 출렁거렸다. 그 흔들림에 맞추어 그녀의 몸도 다시 한번 거칠게 요동쳤다.

"윽……."

하얗게 질린 얼굴로 괴로워하는 모습을 걱정스럽게 바라보던 공작이 말했다.

"안 되겠습니다. 잠시 쉬었다 가지요."

"하지만 시간이……."

"더는 안 됩니다. 진즉 쉬셔야 할 것을, 바쁘다며 고집을 부리시는 바람에 여기까지 계속 달려온 것 아닙니까. 이러다 도착하기 전에 전하께서 먼저 돌아가시겠습니다."

단호하게 말한 그가 벽을 툭툭 두드렸다.

쉼 없이 달리던 마차의 속력이 점점 느려지기 시작했다.

잠시 후 마차를 완전히 멈춰 세운 마부가 다가와 물었다.

"무슨 일이십니까, 각하?"

"잠깐 멈췄다 가지. 십 분 뒤에 다시 출발할 것이니 그동안 휴식을 취하도록."

"네, 각하."

길이 험해 힘들었던 듯, 힘차게 답하는 마부의 목소리에는 숨기지 못한 기쁨이 담겨 있었다. 멀어지는 걸음 소리가 꽤나 경쾌했다.

그가 완전히 멀어지는 것을 확인한 공작이 말했다.

"잠시 나갔다 오시겠습니까? 비가 오기는 하지만 그리 많은 양도 아니고, 본디 멀미에는 바깥 공기를 쐬는 게 최고라고들 하잖습니까."

"으음, 그럼 그럴까…… 욱."

그의 제안을 받아들이려는 순간, 열린 창 사이로 젖은 흙냄새가 흘러들어 왔다.

황급히 손수건으로 입을 틀어막은 그녀가 손을 휘휘 저었다.

빠르게 창문을 닫은 공작이 말했다.

"안 되겠군요. 그냥 여기서 쉬시는 편이 낫겠습니다."

"윽, 네에. 하아, 죽겠……."

짤막하게 대화를 나누는 동안에도 계속해서 입을 틀어막고 있던 밀라이아는 시간이 흐를수록 치받던 속이 조금씩 진정되는 느낌에 크게 숨을 내쉬었다. 흔들림이 멈춰서 그런가, 좀 전보다는 한결 살 것 같았다.

"좀 어떠십니까?"

"아까보단 나아요. 그래도 죽을 맛이지만."

다 죽어 가는 목소리를 들은 공작이 말했다.

"아마도 길이 험해서 그러시나 봅니다. 이런 곳을 달려 본 경험은 거의 없으실 테니까요."

"그렇긴 한데, 그래도 이렇게까지 괴로웠던 적은 한 번도 없었단 말이에요. 하여간 이놈의 몸뚱이는 약해 빠졌다니까."

며칠씩 밤샘을 해도 말짱하던 본래의 자신을 떠올린 밀라이아는 짜증스럽게 중얼거렸다. 이 몸이 본디 제 것보다 훨씬 약하다는 것은 알고 있었지만, 그래도 이 정도조차 못 견딜 줄은 몰랐다.

'고작 요만한 거리를 달렸다고 멀미를 한다는 게 말이 돼? 대체 얼마나 곱게 자라야 이 지경이 되는 거냐고.'

흐트러진 머리카락을 신경질적으로 정리하는데, 뭔가를 잠시 생각하던 공작이 턱을 만지작거리며 말했다.

"아무리 그래도 그 정도는 아니셨던 것 같은데……. 어쨌든 힘내십시오. 이제 한 시간 정도만 더 가면 됩니다."

"……아직도 그렇게 많이 남았어요?"

"네. 하니 그동안 잠이라도 좀 주무시는 건 어떻습니까? 멀미가 올 때 그리하면 한결 나아진다 합니다."

푹 한숨을 내쉰 밀라이아가 답했다.

"그랬으면 좋겠는데, 너무 흔들려서 그런지 잠도 안 와요. 어디 기댈 만한 곳도 없고요."

"흠. 신에게 방법이 하나 있긴 합니다만……."

"그래요? 어떤 방법인데요?"

반색하며 묻는 그녀를 쳐다본 공작이 말했다.

"오해하실까 봐 미리 말씀드리겠는데, 이건 그냥 전하를 도와드리기 위한 겁니다. 아시겠습니까?"

'무슨 방법이길래 저러지?'

뭔가 좀 의문스러웠지만, 밀라이아는 별말 없이 수긍했다. 뭘 해도 상관없으니 이 지긋지긋한 멀미만 멈춰 줬으면 좋겠다 싶었다.

"알겠어요. 그래서 어떤 방법인데요?"

"우선 이쪽으로 넘어오시겠습니까?"

"음. 네."

순순히 자리에서 일어난 그녀는 머리가 흔들리지 않도록 조심하며 그의 옆자리로 옮겨 앉았다.

본의 아니게 얌전해진 그 모습을 본 남자가 피식 웃었다.

벽에 달린 수납함을 열어 두꺼운 담요를 꺼내 든 그는 그것을 구김 없이 펴 허벅지 위에 깐 뒤 말했다.

"흔들려서 문제라고 하셨지요? 여길 베고 누우십시오. 훨씬 덜할 겁니다."

"네? 하지만 그건……."

난감해하는 그녀를 보며 슬쩍 눈썹을 치켜세운 공작이 말했다.

"그래서 오해하지 마시라고 미리 말씀드렸잖습니까. 전하께서도 그러겠다 하셨고요."

"그래도 이건 좀……."

"가야 할 길이 아직 먼데, 계속 이리 시달리시면 곤란합니다. 게다가 돌아오는 길도 생각하셔야 하지 않습니까."

애써 잊고 있었던 점을 짚는 말에, 밀라이아의 얼굴이 해쓱하게 질렸다. 차라리 저기에 눕고 말지, 돌아올 때까지 계속해서 속이 뒤집히는 건 결단코 사양이었다.

"아, 알겠어요. 그렇게 할게요."

"잘 생각하셨습니다."

빙긋 웃은 남자가 어서 누우라는 듯 다시 한번 담요 위를 툭툭 쳤다.

잠시 머뭇거리던 그녀가 눈을 질끈 감았다. 이제는 정말 어쩔 도리가 없었다.

최대한 닿는 부위가 적도록 몸을 옹송그리며 조심조심 옆으로 눕자, 공작은 벗어 놓았던 로브를 펼쳐 그녀에게 덮어 주고는 말했다.

"그런 자세로는 별로 소용이 없을 겁니다. 똑바로 누우십시오."

"으…… 네."

밀라이아는 머리를 비비지 않도록 주의하며 겨우겨우 자세를 고쳤다. 분명 담요를 사이에 두고 있건만, 그의 체온이 두꺼운 천을 뚫고 머리카락을 쓰다듬는 것만 같았다. 실은 결코 그렇지 않을 것임에도.

어디다 시선을 둬야 할지 몰라 눈만 데굴데굴 굴리자, 위쪽에서 쿡쿡 웃는 소리가 들렸다.

손을 뻗어 그녀의 눈을 가린 공작이 말했다.

"아무 생각 말고 한잠 주무십시오. 도착하면 깨워 드리겠습니다."

"……네."

확실히 그게 덜 어색할 것 같았다.

그녀는 일단 시키는 대로 순순히 눈을 감았다.

그렇지만 예상대로 잠은 오지 않았다. 시각이 차단되어서인지 오히려 다른 감각만 더 예민해졌을 뿐.

규칙적으로 들려오는 희미한 숨소리와 천과 천이 부딪쳐 내는 사각사각 소리, 두툼한 담요에서 올라오는 희미한 비누 냄새, 상큼하면서도 달콤한 시트러스 향, 그리고 뺨을 스치는 빳빳한 셔츠의 촉감—.

'으으, 도저히 안 되겠어.'

입술을 깨문 그녀가 막 몸을 일으키려는 때, 한발 앞서 어깨에 손을 얹은 공작이 말했다.

"혹시나 해서 드리는 말씀입니다만, 도로 일어나겠다는 생각 같은 건 하지 마십시오. 마부가 막 돌아왔거든요."

"……네."

생각을 읽힌 기분에 몸이 굳었다.

그러나 뒤이어 느껴지는 진동은 멀미에 대한 걱정 외의 모든 잡념들을 전부 날려 버리게 만들었다.

밀라이아는 손수건으로 입을 꾹 틀어막은 채 곧 시작될 헛구역질에 대비했다.

하지만 제법 긴 시간이 지났음에도 속은 생각보다 그리 울렁거리지 않았다. 참으로 놀랍게도.

'와, 이러니까 정말 덜하네?'

저도 모르게 눈을 뜨고 올려다보자, 공작은 걱정스러운 얼굴로 물었다.

"어찌 그러십니까? 아직도 많이 불편하십니까?"

늘 보던 각도와는 다른 위치여서일까? 저를 내려다보는 남자의 얼굴이 오늘따라 좀 다르게 보였다.

풍성한 속눈썹이 만들어 낸 검은 그림자가 재색 눈동자 위에 먹빛 그늘을 드리웠다.

그 바람에 한층 더 짙어 보이는 재색 눈동자가 그녀를 응시했다.

그 안에 담긴 제 얼굴 역시 평소와는 묘하게 달라 보이는 모습이었다. 어색해 보이는 표정, 창백하게 질린 두 뺨, 마지막으로 시선을 둘 곳을 찾지 못해 이리저리 흔들리는 눈동자까지.

"아, 아뇨."

서둘러 답하자, 공작은 잘됐다는 듯 빙긋 웃었다.

"다행이군요. 하면 이제 좀 주무십시오. 마부에게 말을 조금 천천히 몰라 이르겠습니다."

"하지만 잠이 안 오는걸요."

뜻밖의 정직한 대답에 눈을 크게 뜬 남자가 웃음기 어린 목소리로 물었다.

"그럼 뭐, 자장가라도 불러 드릴까요?"

"……지금 날 어린아이 취급하는 거예요?"

"그럴 리가요. 그럼 신이 곤란합니다."

"웃겨. 내가 어린아인데 왜 공작이 곤란하다는 거예요?"

뾰족하게 물은 밀라이아는 무어라 답하려는 공작을 저지하며 말을 이었다. 기왕 이렇게 어색한 상황까지 오게 된 것, 그도 한번 난감해져 보라는 생각에서였다.

"어쨌든 한번 불러 봐요."

"네? 자장가를요?"

"네. 왜요, 불러 준다면서요?"

아무렇지도 않게 되받아치자 공작은 잠시 침묵했다.

'흥, 그럼 그렇지.'

피식 웃음이 나왔다.

그때, 부드러운 허밍 소리가 들려오기 시작했다.

음음음—.

'헉, 정말 불러 주는 거야?'

밀라이아는 휘둥그레진 눈으로 공작을 올려다보았다.

그는 살짝 눈을 내리뜬 채 굉장히 익숙한 멜로디를 부르고 있었다.

'어라, 이거…….'

그 멜로디에 붙은 가사를 떠올린 밀라이아가 멈칫했다.

'설마 무슨 뜻인지 모르는 건가?'

어쩐지 얼굴이 달아오르는 기분이 들어서, 그녀는 시선을 슬쩍 바깥쪽으로 돌리며 물었다.

"저기, 공작?"

"음음음…… 왜 그러십니까?"

"그 노래, 어디서 배웠어요?"

"제국에서요."

"네? 제국이요?"

눈길을 피하던 것도 잊고 빤히 올려다보자, 공작은 뭔가 깨달았다는 얼굴로 말했다.

"그러고 보니 전하께서는 모르시겠군요. 이래 봬도 신이 제국에서 몇 년 지내다 온 우수한 인재거든요. 당시 황태자이셨던 현 황제께서 그냥 눌러앉으면 안 되겠느냐 물어보기도 하셨지요."

"……그래요?"

입술 사이로 여전히 의문이 남은 목소리가 흘러나왔다. 다른 때 들었다면 무척 놀라웠을 얘기였지만, 지금 그녀의 관심은 다른 곳에 쏠려 있었기 때문이다.

'이상하다. 내가 알기로 저 노래의 가사는 분명 대륙 최남단에 존재하는 작은 섬나라의 언어로 되어 있었는데.'

"혹시 그 노래, 가사도 있어요?"

"네, 있습니다. 불러 드릴까요?"

당연하다는 듯 고개를 끄덕인 공작이 느릿하게 첫 소절을 불렀다.

[별빛 하나 달빛 한 조각 없는
모두가 어둠 속에 모습 감춘 깊은 밤
나 홀로 커튼을 열고
나무에 피어 있는 눈꽃을 바라봅니다
별밤 달밤
희미한 빛조차 한 조각 없는
모두가 어둠 속에 모습 감춘 깊은 밤]

'마, 맞잖아. 사랑의 세레나데.'

공작이 부르는 것은 그녀가 사는 백 년 후 세상에서 대단히 잘 알려진 노래 중 하나였다.

소국 출신 왕자가 제국의 모 황녀에게 사랑을 고백하면서 불렀던 노래라는 이유로 유명세를 탄 그것은, 대륙 사람들이라면 누구나 한 번씩은 들어본 곡이었다. 물론 그 가사의 뜻도 대부분이 알고 있었다. 비록 그 소국의 언어 자체까지는 모를지라도.

'그런데 이걸 왜 나한테 불러 주는 거야? 설마 뜻을 모르는 건가? 아니면 정말로…….'

문득 그가 어제 했던 이야기가 떠올라, 밀라이아는 달아오르는 볼에 슬쩍 손을 얹으며 그를 올려다보았다.

평소에는 그리 높지도 낮지도 않다 생각했던, 적당한 높이의 목소리가 오늘따라 낮게 가라앉아 귓가를 부드럽게 두드렸다.

[그대여 기억하나요
하얗게 변한 세상 속에서 미소 짓던 그날 밤의 아름다운 추억을
보고 있나요 그대
그날 밤처럼 소복하게 쌓인 눈들을
함께 해 줘요, 앞으로 펼쳐질 수많을 겨울들을
그대가 있어 가혹한 이 계절은 내게 새로운 의미가 되었답니다]

듣기 좋은 목소리가 머리끝부터 발끝까지 저를 부드럽게 쓰다듬는 듯했다. 분명 직접 닿은 곳은 그의 무릎을 베고 누운 머리뿐임에도, 어쩐지 한 치의 틈도 없이 그에게 폭 안겨 있는 듯한 느낌.

이대로는 점점 속도를 더하기 시작한 심장 소리가 그에게도 전해질 것 같아서, 밀라이아는 차마 떼어지지 않는 입술을 열어 겨우겨우 말을 건넸다.

"……거 말고."

"내게 새로운 의미가…… 음? 다시 한번 말씀해 주시겠습니까?"

느릿느릿 되묻는 음성은 왠지 나른하게 풀려 있었다.

"그거 말고, 다른 거 불러 주면 안 돼요?"

"……설마 신을 수면용 오르골이나 뭐, 그런 걸로 생각하시는 건 아니지요?"

반 박자 늦게 되물은 공작은 잠시 그녀를 내려다보고는 의외로 순순히 다른 음을 고르기 시작했다. 아무 생각 말고 한잠 자라 했을 때처럼 손을 뻗어 눈을 가린 채로.

"이거만 불러 드리고 그만할 겁니다. 그러니 이제 잠을 청해 보십시오. 주무시고 나면 한결 나아지실 겁니다."

"……네."

느릿하게 답한 밀라이아가 눈을 감았다. 그래도 계속 다른 곳에 신경을 써서인가, 한창 괴로웠을 때에 비하면 속이 훨씬 편했다.

음음음―.

귓가를 부드럽게 두드리며 들려오는 멜로디는 역시나 무척 익숙한 것이었다. 며칠 전 가면무도회에서 그가 연주해 주었던, 그리고 일과가 끝날 때면 에스페라 공작이 종종 들려주었던 바로 그 곡.

나지막한 허밍 음 위로 해질 무렵의 어느 날 나누었던 대화가 떠올랐다.

―공작은 왜 늘 그 곡만 연주해요?

―저하께서 좋아하시니까요.

들릴 듯 말 듯 하게 속삭이던 목소리 위로 며칠 전 발코니에서 나누었던 또 다른 남자와의 대화 역시 떠올랐다.

―신이 연주했던 그 곡…… 좋아하시는 곡입니까.

―어, 네, 뭐, 그런 편이죠.

외모도 행동도 말투도, 마치 같은 사람처럼 닮은 두 남자의 목소리에 저도 모르게 입매가 스르르 풀렸다.

알게 모르게 경직되어 있던 몸과 정신이 조금씩 나른하게 늘어지기 시작했다.

머리카락을 어루만지는 부드러운 감촉에 보일 듯 말 듯 미소 지은 채, 밀라이아는 조금씩 잠의 세계로 빠져들었다.

잔잔한 허밍 음이 마차 안을 가득 메우고 있었다. 덜컹거리는 소음과 묘하게 어우러진 채로.

"전하!"

"어떻게 좀 해 보십시오, 전하!"

"속히 결단을……!"

쾅쾅쾅.

굳게 닫힌 문 밖에서 아우성이 들려왔다. 어떻게든 살아 보겠다고 저를 버리려는 사람들의 추악한 이기심에 구역질이 났다.

'왜…… 어쩌다가 일이 이렇게 된 거지? 내가 그동안 얼마나…… 얼마나 열심히 노력했는데!'

눈시울이 뜨겁게 달아올랐다.

여왕의 몸에 들어온 이래, 이런 최후를 맞이하지 않으려고 얼마나 노력했는지 모른다. 그런데 결국 돌아온 것은 고작 이런 결과뿐이란 말인가?

"전하!"

"그만 결단을 내리십시오!"

"시간이 얼마 없습니다! 속히……!"

거세게 문을 두들기는 소리를 들으며 이를 악무는데, 곁에 가만히 서 있던 흑발의 공작이 차분한 목소리로 말했다.

"이제 그만 나가 보셔야 합니다."

"……공작."

천천히 옆을 돌아본 그녀가 이를 악물었다. 마주친 눈빛이 너무나도 서늘하게 심장을 찔러 왔기에.

저를 향한 재색 눈동자는 무심하게 가라앉아 있었다.

갑자기 서운함이 왈칵 밀려왔다. 그리 긴 시간은 아니어도 그동안 동고동락하며 나름대로 친밀한 무엇을 쌓아 왔다고 생각했는데, 지금 눈앞에 선 남자의 표정은 그런 것치고는 너무나도 무감정해 보여서.

불식간에 목울대가 뜨거워진다 싶더니, 삽시간에 시야가 흐릿해졌다.

억울함과 분노와 서러움이 섞인 눈물을 뚝뚝 떨구자, 딱딱하게 표정을 굳힌 남자가 말했다.

"눈물을 닦으십시오. 본디 군주란 이럴 때일수록 심지를 굳게 하셔야 하는 법입니다. 하오니 이제 저들에게 군주 된 자로서의 위엄을 보여 주십시오. 결과가 좋지 않다 하여 이리 초라하게 끝내실 겁니까?"

"하, 하지만 난, 억울, 하아, 내가 얼마나, 얼마나……."

"당장 눈물 닦으시라 하였습니다."

주르르 떨어지던 눈물이 순간 얼어붙었다.

눈가를 거칠게 문지르며 저를 노려보는 그녀를 마주 바라본 남자가 말했다.

"가시지요. 마지막 가시는 길까지 에스코트해 드리겠습니다."

"……네."

"너무 억울하다 생각 마십시오. 어차피 여기 있는 모두가 전하를 따라가게 될 테니까요."

냉담하게 위로한 남자가 손을 내밀었다.

떨리는 손을 그 위에 얹은 채, 밀라이아는 천천히 문을 열었다.

그리고—.

"전하? 일어나십시오, 전하."

"난……. 내가 뭘 그렇게……."

"도착했습니다. 이제 그만 일어나셔야지요."

"……억울해. 난……."

"허, 잠을 좀 깨워 드렸기로서니 억울하다 하실 것까진 없잖습니까? 알겠습니다. 하면 신 혼자 가지요."

"……."

좀 전에 들었던 것과 똑 닮은, 그러나 그때와는 달리 온기를 담뿍 머금은 목소리에 서서히 의식이 돌아왔다.

천천히 눈을 뜨자 아롱아롱 고여 있던 눈물이 굴러 떨어지는 것이 느껴졌다.

차츰 또렷해지는 시야에 흑발의 남자가 들어왔다. 그는 슬쩍 눈썹을 찌푸린 채 저를 내려다보고 있었다.

그 모습을 보자 정신이 번쩍 들었다.

"아, 미안해요, 공작. 내가 잠깐……."

서둘러 눈가를 닦으며 몸을 일으키는데, 못 본 척 그녀를 외면하며 자리에서 일어난 공작이 말했다.

"오랫동안 무릎베개를 해 드렸더니 다리가 저리는군요. 먼저 나가서 바깥바람 좀 쐬고 있겠습니다."

묘하게 차가운 듯한, 그래서인지 꿈속에서 봤던 모습과 비슷한 것처럼도 보이는 그 태도에 심장이 철렁했다.

"자, 잠깐만……."

저도 모르게 뻗어나간 손이 검은 로브 자락을 움켜쥐었다. 이유는 알 수 없었지만, 어쩐지 그의 뒷모습을 보고 싶지가 않았다.

어깨를 으쓱한 남자가 말했다.

"……이것 참, 신사답게 못 본 척 넘어가 드리려고 했는데 왜 그리 두질 않으십니까. 하긴 뭐, 어차피 신은 그런 배려심과는 거리가 멀지요. 그냥 원래대로 하겠습니다."

로브 자락을 움켜쥔 손을 부드럽게 떼어 낸 그가 그녀의 앞에 무릎을 꿇고 앉았다.

느릿하게 팔을 뻗어 어느 틈엔가 그녀 옆에 떨어져 있던 손수건을 집어 든 그가 물기가 남아 있는 얼굴을 닦아 주었다. 자유로운 다른 손으로는 어쩔 줄 모르고 배회하는 손을 토닥여 주면서.

"이번에는 또 무슨 꿈을 꾸셨는지 모르겠지만, 너무 심려치 마십시오. 다 괜찮을 겁니다."

"……네."

왠지 좀 부끄러워졌다. 한편으로는 꿈속에서 봤던 것과 전혀 다른 모습에 안심이 되기도 했다.

젖은 눈을 깜빡이며 물끄러미 바라보자, 공작은 물기가 남은 눈가를 톡톡 두들겨 주며 말했다.

“다시는 울지 마십시오. 그런 모습은 전하와 어울리지 않으니까요. 전하께는 그저…….”

“그저?”

“천방지축에다 말괄량이 같은 행동이 딱 어울리십니다. 그러니 맞지도 않는 연약한 흉내는 그만 내십시오.”

“……뭐라고요?”

좋았던 기분이 파삭 깨졌다.

사납게 눈을 치켜뜨는 그녀를 보며 재빠르게 자리에서 일어난 공작이 말했다.

“하면 슬슬 나가 볼까요? 도착한 지 한참인데 아직도 안에 틀어박혀 있으니, 아마도 지금쯤 마부가 이상한 생각을 하고 있을 겁니다.”

“아, 진짜……. 알았어요. 가요, 가.”

푹 한숨을 내쉰 밀라이아가 귀찮다는 듯 손을 휘휘 저었다. 차갑기만 하던 꿈속의 공작 때문에 싱숭생숭하던 마음이 한 번에 날아가는 느낌이었다.

싱글거리는 남자를 노려보며 벗어 두었던 로브를 챙겨 입은 그녀는 후드로 얼굴을 꼼꼼하게 가린 후에야 마차에서 내렸다.

그래도 그의 말이 아예 거짓은 아니었던 듯, 오묘한 표정을 지은 채 이쪽을 흘끗거리는 마부의 모습이 보였다. 그 뒤에 자리한 제법 큰 저택도.

‘여긴 어디지? 수도 인근의 산 같은데.’

주위를 한 번 둘러본 밀라이아가 속으로 중얼거렸다.

저택 뒤로 자리한 울창한 수풀도 그렇고 땅의 높이나 경사진 길도 그렇고, 비록 그리 높은 곳은 아니라 해도 산 속이 아니라면 이런 풍경이 나올 수 없었다.

수도 근처의 지리를 떠올리며 잠시 저택의 위치를 가늠하는데, 손짓으로 마부를 멀찍이 물린 공작이 말했다.

"들어가시죠."

"그래요."

차분하게 고개를 끄덕인 밀라이아가 걸음을 옮겼다. 지긋지긋한 멀미를 견디며 여기까지 온 만큼 확인할 수 있는 것은 다 하고 갈 생각이었다.

한발 앞서 걸어간 공작이 직접 문을 열었다.

오기 전 미리 지시를 내려놨다는 말이 사실인지, 제법 너른 저택은 분명 관리가 잘되어 있음에도 인기척 하나 찾아볼 수가 없었다.

덕분에 한결 편안한 마음이 된 그녀는 천천히 내부를 둘러보며 현관 안으로 발을 들였다.

잿빛 화강암으로 이루어진 저택은 수도에 있는 페르디난드가의 그것과는 상당히 다른 느낌이었다. 수도에 있는 것이 적당히 화려하면서도 고풍스러운 분위기를 잘 살렸다면, 이곳은 본래 휴식처로 쓰이는 건지 어딘가 편안하면서도 아늑한 분위기를 자아낸다고나 할까.

'여기도 꽤 괜찮네.'

가볍게 훑어보기를 마친 밀라이아가 고개를 끄덕였다.

바닥에는 페르디난드가의 문장이 수놓인 진녹색 카펫이 깔려 있고, 밝은 느낌을 내려고 한 듯 벽에 걸린 태피스트리들은 전부 하얗거나 크림색으로 이루어져 있었다. 천장을 가득 메운 천장화가 제법 인상적이었다.

제법 실력 좋은 화가의 작품으로 보이는 그것을 감상하며 천천히 걸어간 그녀는 성큼성큼 이 층으로 향하는 공작을 따라 계단을 올랐다.

기다란 복도를 지나 조금 더 안쪽으로 걸어가자 다른 것들에 비해 훨씬 커 보이는 문 하나가 모습을 드러냈다.

아마도 가주의 침실일 것으로 짐작되는 그곳의 문을 연 공작이 말했다.

"이곳입니다."

"……여기, 침실 아니에요?"

"그렇습니다만. 왜요, 설마 신이 전하를 어찌할까 봐 그러십니까?"

"……."

지그시 노려보자, 공작은 아차 하는 얼굴로 이야기했다.

"죄송합니다. 농담이 과했군요."

"알면 됐어요."

샐쭉한 표정으로 턱을 들어 올린 밀라이아가 안으로 들어섰다.

그 뒤를 따라 들어온 공작이 문을 닫고는 물었다.

"우선 차부터 한잔하시겠습니까? 속도 달래실 겸, 그동안 준비한 걸 보여 드리기 전에 간단히 설명도 드릴 겸 말입니다."

"그래요."

천천히 고개를 끄덕이자, 공작은 로브를 벗어 침실 한쪽에 있는 의자에 걸쳐둔 뒤 탁자 위에 놓인 찻주전자의 안을 확인했다.

무심한 태도로 은 스푼을 담가 색깔을 살핀 그는 아무 이상이 없다는 것을 확인한 후에야 작은 초에 불을 붙이고는 그 위에 찻주전자를 올려 두었다. 그런 뒤 받침접시 위에 거꾸로 놓인 은 찻잔을 바로 돌려놓으며 말했다.

"어찌 그러고 계십니까? 앉으십시오. 그 로브도 이제 벗으시고요."

"아, 네."

밀라이아는 거추장스러운 로브를 벗어 공작이 했던 것처럼 의자에 걸쳐 두고는 자리에 앉았다. 낯선 공간에 들어와서일까, 어쩐지 기분이 영 어색했다.

"물을 데우는 동안 잠시 설명을 드리겠습니다. 그제 오전 식량 관련 문제로 부르셨을 때, 신은 분명 따로 대책을 세우고 있다 말씀드렸습니다. 그리고 전하께 여러 번 그 모습을 보여 드린 적도 있다고 했지요. 기억하십니까?"

"네."

"그렇다면 간단한 문제 아닌지요? 신이 전하께 보여 드린 모습은 오직 두 가지뿐이니까요. 하나는 지금 이 모습이고, 다른 하나는……."

"신체루스 백작이었죠. 하지만 그 모습으로 딱히 뭘 하는 걸 보여 준 적은 없었잖아요?"

일 이야기가 나와서일까. 어색하던 기분이 조금 사라졌다.

알맞게 데워진 물을 찻잎에 붓던 공작이 되물었다.

"왜 한 게 없습니까? 돈을 그렇게 펑펑 쓰면서 돌아다녔는데요."

"……뭐야, 그런 거였어요?"

허탈한 웃음이 나왔다. 보석 가게며 옷 가게, 차茶 가게, 심지어는 애완동물용품점까지 돌아다니며 종업원들과 실없는 대화를 나누고 물건들을 쓸어 오던 행동에 그런 의미가 숨어 있는지는 미처 몰랐다.

"아니, 그걸 가지고 보여 준 거라고 하면 곤란하죠. 나는 그냥 물품 대금이라며 주머니 던져 주는 것만 봤는걸요. 그럼 그들이 전부 연락책이었어요? 그건 식량 구매용 자금이었고?"

"그렇습니다."

"……그럼 그렇지. 어쩐지 답지 않게 친절히 수도 구경을 시켜 주더라 했네. 그럼 나, 아주 제대로 이용당했던 거네요? 가짜 연인으로 소문낼 겸 데려간 걸로도 모자라 본인 할 일은 다 하고 있었던 거니까요."

기가 막혀 작게 중얼거리자, 공작은 황급히 손사래를 치며 말했다.

"아니 뭐, 꼭 그런 건 아닙니다. 신은 그저……."

"시끄러워요."

매섭게 그를 노려본 밀라이아가 말했다.

무어라 더 말을 하려던 공작이 조용히 입을 다물었다.

'흥, 그래도 잘못한 건 아는가 보지?'

따지고 보면 그때 두 사람은 그저 필요에 의해 서로를 이용하는 관계일 뿐이었으므로 딱히 뭐라 할 이유도 없었지만, 그럼에도 왠지 좀 기분이 나빴다. 그래도 딴에는 저를 조금 생각해 주나 보다 했는데 전혀 아니었다니.

'웃겨, 정말. 그렇게 실컷 이용해 먹을 때는 언제고 이제 와 사람 헷갈리게……. 아냐, 잊어버리자.'

밀라이아는 고개를 붕붕 저으며 상념을 떨쳐 버렸다. 아무리 불쾌하다 한들 비이성적으로 사고가 흐르게 두지는 말아야 했다.

그가 건네는 찻잔을 묵묵히 받아 든 그녀는 따뜻한 찻물을 한 모금 마시고는 말했다.

"뭐, 어쨌든 상황은 알았어요. 하면 여기까지 나를 데리고 온 이유는 뭔가요? 그제 물어봤을 때 지금처럼 답했더라면 간단하게 끝났을 문제인데 말이죠."

"아, 실은 전하께 긴히 드려야 할 말씀이 있어서 말입니다."

"긴히 할 말이 있다고요?"

"그렇습니다."

"그게 뭐기에 여기까지 데려온 거예요? 난 또 식량 창고라도 보여 주려나 했더니."

고개를 갸웃하자, 공작은 진지한 얼굴로 답했다.

"물론 그 이유도 있습니다만, 실은 그보다 더 중요한 문제가 있어서요. 아마 이 얘기를 듣고 나시면 신의 목을 치겠다고 하실지도 모르겠습니다."

'목을 친다 할지도 모른다고?'

얼굴이 확 찌푸려졌다.

"일단 쭉 얘기해 봐요. 경청할 테니까."

"감사합니다. 하면 우선 궁금해하시는 부분부터 말씀드리겠습니다. 사실 오늘 전하를 이리로 모시고 나온 건, 신이 앤트워스 후작과 함께 벌인 일종의 작전이었습니다. 미리 말씀드리지 못해 죄송합니다."

"앤트워스 후작? 그가 갑자기 왜 나와요? 그리고 작전이라니요? 무슨 작전?"

"그것이, 독수리 은닉 작전입니다."

"……뭐라고요?"
보랏빛 눈이 크게 뜨였다. 파르르 흔들리던 눈빛이 무섭도록 가라앉은 건 그 직후였다.
"하면 지금 공작이 날 납치했다는 말을 하고 싶은 건가요?"
싸늘하게 얼어붙은 목소리가 입술 밖으로 흘러나갔다.
석 달 전 왕제 납치 사건을 계획하며 두 사람이 붙였던 이름이 바로 '새끼 독수리 은닉 작전'이었다. 한데 독수리 은닉 작전이라니. 그건 곧 그녀 자신을 납치하겠다는 말이 아닌가.
서둘러 손사래를 친 남자가 말했다.
"아닙니다! 신이 전하께 그런 짓을 할 리가 없잖습니까!"
"한데 작전명이 왜 그렇죠? 그거, 석 달 전에 공작과 내가 짰던 계획의 이름과 굉장히 닮은 것 같은데."
"이건 그냥 편의상 그리 붙인 거라……. 후우. 일단 그냥 좀 들어주시면 안 되겠습니까?"
한숨 섞인 목소리에 팔짱을 낀 밀라이아가 답했다.
"좋아요. 어디 한번 얘기해 봐요."
"감사합니다. 신이 이런 일을 벌인 이유는 얼마 전에 불온한 소문을 들었기 때문입니다. 바로 전하를 해하려는 무리가 있다는 이야기였죠."
'뭐라고?'
전혀 예상치 못했던 이야기에 눈썹을 치켜세운 밀라이아가 물었다.
"그게 정말인가요?"
"신이 들은 바로는 그렇습니다. 하여 어찌할까 고민을 좀 하다가 앤트워스 후작에게 전갈을 보냈죠."

공작의 이야기는 이러했다.

사실 그는 얼마 전부터 불온한 무리가 있다는 소문을 듣고 밀라이아를 보호할 방법을 강구하는 중이었다. 물론 한낱 뜬소문일 확률도 있었으나, 최근의 대대적인 '청소' 작업으로 인해 그녀에게 원한을 품은 사람이 상당히 많았기에 진실일 가능성이 꽤 높다고 보았던 것.

하나 그녀를 보호하는 것은 생각보다 쉽지 않았다. 온전히 믿을 수 있는 조력자가 있다면 좀 더 수월했겠지만, 그런 사람이 쉽사리 떠오르지 않았기 때문이다.

예전의 습격 사건이나 향초 사건을 떠올려 보면 그녀를 노리는 무리가 최측근 중에 숨어 있을지도 모르는 터였기에 더 그랬다. 자칫 조력자를 잘못 구했다가 돌이킬 수 없는 일이 벌어질지도 모르는 일이었으니까.

가만히 그의 이야기를 듣던 밀라이아가 물었다.

"흠, 그래서요?"

"하여 어찌하면 좋을까 방법을 강구 중이었는데, 때마침 앤트워스 후작이 두 번째 거절 편지를 보냈다는 걸 알게 된 겁니다."

잠시 찻잔을 들어 입술을 축인 공작이 계속해서 말했다.

그는 앤트워스 후작이라면 신뢰할 수 있겠다고 판단했다. 본래 지독한 원리원칙주의자에 '왕실의 개'라 불릴 정도로 충성심이 강한 자이기도 한 데다, 밀라이아가 불러 준 덕분에 수도에 귀환하게 된 그가 구태여 그녀를 해하려 들 이유는 없을 테니까.

하여 그는 밀라이아가 세 번째로 근위기사단장직을 내리겠다는 왕명을 보낼 때, 자칫 그녀가 위험할 수 있음을 암시하는 편지를 함께 보냈다. 그러니 되도록 빨리 올라오라는 내용을 덧붙여서.

"그래서요?"

"아직 절차를 다 거치지 않았다며 고집을 피우면 어쩌나 걱정했는데, 다행히 그는 신의 이야기를 심각하게 받아들였던 모양입니다. 세 번째로 거절하는 것도 생략하고 곧바로 수도에 올라온 걸 보면 말입니다."

"아, 그건 아닐 거예요. 내가 세 번째랑 네 번째 왕명을 같이 보냈거든요. 거절하면 바로 마지막 명령서를 주라고 했죠."

담담한 대답에 '호, 그랬군요. 어쩐지 순순히 올라왔다 했습니다.'라 말한 공작이 계속해서 설명했다.

그의 요청대로 일단 신분을 위장해 수도에 입성한 앤트워스 후작은 자세한 사정을 듣기 위해 곧장 페르디난드 공작저를 방문했다고 한다.

전하께서 위험하시다니 그게 무슨 이야기냐 묻는 그에게 공작은 다짜고짜 소문부터 이야기해 주었다. 그러고는 이미 지난 두 사건을 전해 들은 후작이 아직도 그런 무리가 있느냐며 펄펄 뛰는 틈을 타서 한 가지 제안을 건넸다고 했다.

"제안이라고요?"

"네. 제가 전하를 모시고 수도를 떠나 있는 동안, 전하의 승인을 받아 이미 합법적으로 근위기사단장 지위에 오른 그가 궁을 대대적으로 뒤엎는 일이었죠."

묵묵히 설명을 듣던 밀라이아가 불현듯 눈썹을 치켜세웠다. 그의 말에서 굉장히 거슬리는 한 가지를 발견한 탓이었다.

"뭐라고요? 하면 내 허락도 없이 지금 궁을 뒤집고 있단 말이에요?"

“설마 그럴 리가 있겠습니까? 신과 후작은 그저 무대만을 꾸며 놓았을 뿐, 모든 결정권은 당연히 전하께 있습니다.”

“흠, 그래요?”

그게 무슨 말도 안 되는 소리냐는 듯 펄쩍 뛰어오르는 공작을 보자 기분이 조금 나아졌다. 혹시 저를 배제하고 이 큰일을 추진한 건가 싶어 불쾌했던 건데, 사정이 그렇다면 얘기가 달랐다.

“그럼 됐어요. 계속 얘기해 봐요.”

여유롭게 찻잔을 들어 올리는 그녀를 향해 어깨를 으쓱해 보인 공작이 말했다.

“말씀드릴 건 이게 다입니다. 남은 건 전하의 결정뿐이지요. 어찌하시겠습니까? 이대로 추진할까요, 아니면 그냥 덮을까요? 어느 쪽이든 간에, 전하께서 결정을 내리는 즉시 궁으로 전서구를 보낼 겁니다.”

“음, 이대로 덮으면 공작이랑 후작이 위험해지는 것 아니에요? 그냥 묻었다가 말이 새 나가기라도 하면 큰일 날 텐데.”

걱정스러운 물음에 단호하게 고개를 저은 공작이 답했다.

“그럴 리는 없습니다. 아직 이 일을 아는 사람은 후작과 신 둘뿐인데, 스스로 목숨을 끊고 싶은 생각이 있는 게 아니고서야 그런 일을 발설할 리는 없잖습니까?”

고개를 한쪽으로 기울인 밀라이아가 물었다.

“하지만 후작은 몰래 수도에 들어왔다면서요? 아무리 명령을 기다리고 있다 한들 지금쯤 근위기사단은 휘어잡았을 테고요. 한데 아무도 이상한 걸 눈치채지 못할까요?”

“괜찮습니다. 후작의 유난스러움은 모두가 알고 있는 사실이니,

그 정도 일쯤은 다들 그러려니 할 겁니다."

"그렇군요. 음."

찻잔을 탁자 위에 내려놓은 밀라이아는 팔걸이를 톡톡 두드리며 잠시 생각에 잠겼다.

처음부터 제게 미리 상의를 하고 일을 추진했다면 더 좋았을 테지만, 어쨌거나 이번 일은 그녀에게도 꽤 괜찮은 기회였다.

만일 공작의 말대로 정말 그런 무리가 있다면, 이번 기회에 확실하게 색출해 내어 귀족들에게 더는 왕실이 만만하지 않음을 보여 줄 수 있다.

그리고 혹시 그게 사실이 아니다 하더라도, 이 일을 통해 적당한 명분 하나를 따내는 것쯤이야 앉아서 식은 스프 마시기나 다름없었다. 털어서 먼지 하나 나오지 않는 사람 없다는데, 하물며 궁 전체를 뒤집었는데도 아무것도 발견하지 못할 리가 없잖은가.

'마침 잘됐군. 그러잖아도 나를 지지하는 세력이랍시고 시건방지게 구는 자들을 좀 눌러 둘 필요가 있었는데 말이지.'

생각을 마친 밀라이아가 말했다.

"기왕 이렇게 된 것, 솔직하게 얘기해 봐요. 혹시 미리 좀 묻어 둔 거 있어요? 누군가를 옭아맬 증거라든가."

"당연하지요."

'그럼 그렇지.'

씩 웃는 공작을 보며 슬쩍 입꼬리를 끌어 올린 그녀가 말했다.

"슬슬 일어납시다. 후작이 궁을 청소하는 동안 우리는 식량 창고 구경이나 하지요."

"탁월한 선택이십니다."

"대신 공작의 방 역시 청소 구역에 포함되어야 할 거예요. 말 안 해도 잘 알고 있겠지만요."

"물론입니다."

자리에서 벌떡 일어난 공작이 침실 한쪽에 있던 새장으로 다가갔다.

쪽지를 적어 비둘기의 발목에 매단 그가 창문을 열고 새를 날려 보내는 모습을, 밀라이아는 짙게 미소 띤 얼굴로 바라보았다.

돌아가면 어떤 일이 펼쳐져 있을지 몹시 기대되었다. 사납게 일그러질 길리안 공작의 표정도.

삼십 분 뒤.

"오, 생각했던 것보다 훨씬 많은데요? 이 많은 걸 몇 달 새 몰래 모았단 말이에요? 정말로?"

밀라이아는 창고를 한번 쭉 둘러보며 연신 감탄을 날렸다.

벽난로 뒤에 있던 비밀 통로로 들어와 비스듬히 내려오기를 한참, 마침내 모습을 드러낸 페르디난드가의 비밀 창고는 상상보다 훨씬 규모가 컸다.

아마도 저택의 크기보다 더 클 것 같은 지하창고는 전부 곡물과 건조식량, 그 외 말린 약초와 유사시를 대비한 것으로 보이는 귀금속들로 꽉 차 있었다.

'이 정도면 왕국에서 직접 관리하는 창고들과도 충분히 견줄 수 있겠는데? 아니, 정확하게 말하면 그 이상이려나.'

"이걸 어떻게 다 모았어요?"

놀랍다는 표정으로 바라보자, 공작은 슬쩍 미소 띤 얼굴로 답했다.

"그동안 고생 좀 했습니다. 사실 몇 달 새 이만큼 모은 건 아니고, 가문의 비축분까지 가져온 것이기는 합니다만."

"그래도 대단한데요? 이 정도면 왕실에서 관리하는 창고의 규모를 상회할 것 같은데. 어디 보자……. 이런 창고가 왕국 곳곳에 열 개 정도 있다고 했죠? 그럼 왕국에서 각 영지마다 지어 둔 창고에다가, 왕실직할령에 지어 놓은 창고들이 또 있으니까……."

부왕의 명으로 왕국령을 순회하며 살펴보았던 창고의 규모와 비축량을 떠올린 밀라이아가 가볍게 고개를 끄덕였다.

"맞네요. 이 정도면 최악의 경우라도 일 년 정도는 간당간당하게 버틸 수 있겠어요."

그나마 급한 불은 끌 수 있겠다는 생각에 활짝 웃으며 돌아보자, 묘한 표정으로 저를 응시하는 남자가 눈에 들어왔다.

"……왜 그런 눈으로 봐요?"

의아해하는 그녀에게 공작은 몹시 흥미롭다는 얼굴로 되물었다.

"그건 어찌 아셨습니까? 왕국과 왕실에서 각각 관리하는 창고의 숫자와 규모 말입니다."

'앗, 그러고 보니 아직 식량 비축분에 대한 보고서를 안 받았잖아?'

아차 싶었지만, 밀라이아는 이내 태연한 얼굴로 말했다.

"뭐야, 날 너무 띄엄띄엄 보는 거 아니에요? 그거야 서류만 봐도 알 수 있는 거잖아요. 본격적으로 정무를 보기 시작한 게 몇 달인데 아직도 그것조차 모를까 봐요?"

"흠, 글쎄요. 그럴 수도 있겠지만, 신은 서류만 몇 번 보신 분이 내부를 쓱 둘러보자마자 전체 규모를 추산해 내는 것이 정녕 가능한지 의문이 들어서요."

재색 눈동자를 스치고 지나가는 이채를 발견한 밀라이아가 속으로 혀를 찼다. 요즘 들어 머릿속에서 꽤 많은 비중을 차지하고 있던 일을 조금이나마 해결했다는 생각에 너무 마음을 놓았던 것 같다.

"그런 게 뭐가 중요해요? 여기서만 잘 하면 되는 거지."

"그야 인간은 원래 호기심을 참지 못하는 법이니까요. 뭐, 전하께서 바라지 않으시는 것 같으니 더 여쭙지는 않겠습니다. 그보다……."

어깨를 으쓱한 공작이 주위를 한번 쓱 둘러보고는 말했다.

"하면 이제 신을 믿어 주시는 겁니까? 이렇게 실체도 직접 확인하셨으니 말입니다."

"언제는 안 믿었나요? 이번 일이야 공작이 먼저 숨겼으니 그런 거죠. 그러고 보면 공작이야말로 나를 못 믿는 거 아니에요? 이 일도 그렇고 아까 위에서 한 얘기도 그렇고, 전부 나 몰래 추진했잖아요."

새쭉한 표정으로 올려다보자, 공작은 진지한 얼굴로 말했다.

"그럴 리가요. 만일 신이 전하를 믿지 못했다면 무엇 때문에 이런 이야기를 털어놓았겠습니까? 말씀하신 두 건 모두 자칫 목이 날아갈지도 모르는 일들인데요."

'그건 또 그러네.'

그리 생각하자 어쩐지 기분이 좋아져서, 밀라이아는 생긋 미소 짓고는 말했다.

"뭐, 그렇다고 해 두죠. 그보다 이제 어쩔 셈이에요? 슬슬 정무회의에 안건을 올려야 하는 것 아니에요?"

"그래야지요. 한데 전하께서도 아시다시피 변수가 하나 생겨서, 이 일에 어떻게 작용할지 모르겠습니다. 뒤로 확 미뤄지거나 예상 밖으로 수월하게 통과되거나, 둘 중 하나일 듯싶습니다만."

곧장 수긍한 밀라이아가 말했다.
“아, 하긴 그러네요. 궁 청소가 끝나면 길리안 공작과의 공조가 깨질 수도 있으니 말이죠.”
“네. 그래도 아직은 그자의 조력이 필요하니, 일단은 좋은 방향으로 유도해 보겠습니다. 정 안 되면 빵 하나 쥐여 주면서 살살 달래 봐야죠.”
“풋. 그래요. 잘 달래 봐요.”
저보다 한참 나이가 많은 자를 귀찮은 아이 취급하는 발언에 웃음이 나왔다.
피식거리는 그녀를 보며 슬그머니 미소 지은 공작이 말했다.
“어쨌든 정무 회의가 정상적으로 이뤄질 경우를 가정하고 말씀드리자면, 각 영지에 비상식량 비축을 명하는 한편 제국에 식량 판매를 요청하는 사절단을 보내는 것이 어떨까 생각 중입니다. 그쪽이야 늘 곡물이 넘치는 나라이니 여유분을 구매하는 정도야 그리 어렵지 않겠죠.”
“그야 그렇지만, 괜히 그것 때문에 무연탄 지대 협상에서 밑지고 들어가는 거 아니에요? 그건 좀 곤란한데.”
슬며시 눈썹을 찌푸리자, 공작은 그럴 줄 알았다는 듯 즉각 답했다.
“괜찮습니다. 그 부분에 대해서는 신이 따로 생각해 둔 게 있어서요.”
“흠, 그래요?”
“네. 자세한 내용은 좀 더 구체적으로 계획을 짜 본 뒤에 말씀드리겠습니다.”
“좋아요. 그럼 나중에 얘기해 줘요.”

"그리하겠습니다."

가볍게 고개를 숙여 보인 남자가 말했다.

"하면 이만 올라가시겠습니까? 아니면 더 확인하실 것이 있으신지요?"

"올라가죠. 확인은 이만하면 충분하니까. 그동안 고생 많았어요."

"감사합니다."

빙긋 웃은 그가 손을 내밀었다.

그 위에 가볍게 손을 얹고서, 밀라이아는 비밀 통로 안으로 천천히 발을 들였다.

반 시간 후.

"와, 이거, 왔다 갔다 하는 시간만 해도 꽤 걸리네요. 산을 가로질러야 해서 그런가?"

공작의 침실로 이어지는 문 앞에 선 밀라이아는 가쁜 숨을 고르며 말했다. 갈 때만 해도 얕은 내리막이라 피로감이 덜했는데, 돌아올 때는 반대로 약간 경사진 오르막을 계속 올라야 했기에 생각보다 꽤 힘이 들었다.

천천히 호흡을 고르는 그녀를 이채 어린 눈빛으로 바라본 공작이 물었다.

"그새 그런 것까지 파악하신 겁니까?"

"저만큼의 식량을 옮기려면 아무리 비밀 창고라고 해도 접근성은 있어야 할 것 아니에요. 그럼 답은 뻔하죠, 뭐."

대수롭지 않은 대답에 공작은 눈매를 슬쩍 좁히며 그녀를 가늠하듯 바라보았다.

어쩐지 또다시 제 정체를 캐내려는 듯한 조짐이 보여서, 밀라이아는 재빨리 비밀 통로의 문을 열며 말했다.

"한데 우리 그럼 이제 뭐 해요? 궁으로 돌아가려면 아직 시간이 좀 더 필요할 것 같고, 그렇다고 해서 사람 하나 없는 이곳에서 마냥 시간을 죽일 수도 없잖……!"

무심코 침실 안으로 들어서던 그녀가 눈을 크게 떴다.

일제히 한쪽 무릎을 꿇어 보인 사람들이 가슴 위에 손을 얹으며 외쳤다.

"고귀하신 여왕 전하를 뵙습니다."

"여왕 전하를 뵙습니다!"

'뭐라고?'

홱 소리가 날 정도로 빠르게 뒤를 돌아보자, 통로 밖으로 나오던 공작이 이마를 짚는 모습이 보였다.

푹 한숨을 내쉰 그가 말했다.

"하아, 숙부님. 정말 때를 못 맞추는 데 재능이 있으십니다."

"……설마 이번에도 미리 말씀을 못 드린 겁니까?"

"이제 드리려고 했습니다만, 덕분에 다 망쳤잖습니까."

왔다 갔다 하는 대화를 듣던 밀라이아의 눈이 점점 가늘어졌다.

저 말인즉슨 공작은 저들이 제 정체를 눈치챘다는 것을 이미 알고 있었다는 이야기가 아닌가. 거기다가 태연하게 대화를 주고받는 걸로 보아 그들이 이곳에 있다는 사실도 알고 있었던 것이 분명했다.

'어쩐지 가발이 없다는데도 태연하더라. 어차피 소용없을 거다 이거였구만? 와, 이런 식으로 사람 뒤통수를 친다 이거지?'

이를 아득 깨무는데, 심상치 않은 기색을 눈치챈 듯 다시 한번 고개를 숙여 보인 중년 남자가 말했다.

"우선 인사부터 제대로 올려야겠군요. 다시 뵙게 되어 영광입니다, 전하. 올라프 란 페르디난드입니다. 일전에는 정식으로 인사를 드리지 못해 송구합니다."

"……일단 일어나도록 해요."

"네, 전하."

그제야 허리를 편 사람들이 하나둘 자리에서 일어났다.

밀라이아는 올라프라 저를 소개한 남자를 바라보며 잠시 말을 골랐다. 아무리 저를 속인 공작이 괘씸하다 한들, 페르디난드가의 가신들 앞에서 그의 체면을 깎을 수는 없었다.

"환영해 주어 고마워요, 페르디난드 백작. 좀 전에는 이런 곳에서 만나게 될 줄 몰라 여가 다소 결례를 범했네요. 넓은 마음으로 이해해 주길 바라요."

"어인 말씀이십니까. 본의 아니게 놀래 드려 송구할 따름입니다."

"괜찮아요. 그보다 잠시 자리를 비켜 주겠어요? 공작과 긴히 할 얘기가 있어서요."

빙긋 웃어 보이자, 공작을 힐끔 쳐다본 남자는 즉각 답했다.

"네, 전하. 하면 신들은 이만 물러나겠습니다."

"고마워요."

황황히 고개를 숙인 사람들이 방을 떠났다.

그들이 전부 방을 나설 때까지 웃는 낯을 유지하던 밀라이아는 인기척이 모두 사라진 후에야 사납게 눈을 치켜뜨며 공작을 돌아보았다.

"어디 한번 변명해 봐요. 어차피 안 들어 줄 거지만."

"음, 그게 말입니다."

난처한 얼굴로 입가를 만지작거린 공작이 말했다.

"전하께서 워낙 미모와 지성이 넘치는 분이시다 보니, 쉽게 정체를……."

"흰소리 그만하고 사실만 얘기해요. 언제부터 들킨 거예요? 역시 가면무도회인가요? 아니면 혹시 그보다 전?"

푹 한숨을 내쉰 남자가 말했다.

"그보다 전입니다."

"뭐라고요? 그럼 대체 언제 들킨 건데요?"

"왜, 일전에 축제날 거리에서 뵌 적이 있지 않습니까? 그 일이 있고 얼마 지나지 않아 숙부가 신을 찾아와 묻더군요. 소문의 그 여성이 여왕 전하가 맞느냐고요. 아무래도 이런저런 정황을 통해 끼워 맞춘 모양입니다. 물론 신이 ……지만 말이지요."

마지막 말은 너무 작아 잘 들리지가 않았다.

하지만 밀라이아의 관심은 이미 거기에 있지 않았다. 그녀의 신경은 온통 다른 곳에 쏠려 있었다.

"그럼 가면무도회 전부터 다들 내 정체를 알고 있었단 얘기네요?"

"음, 네."

"그럼 난처하다느니 어쩌느니 하면서 도와 달라고 한 것도 다 거짓이었던 거네요. 애초에 가면무도회 자체를 열 필요가 없었던 거니까. 그렇죠?"

"뭐, 그런 셈이지요."

태연자약하게 답하는 모습에 울화가 치밀었다. 뭘 믿고 저리 뻔뻔하게 나온단 말인가? 지금 이게 얼마나 큰 사달인데!

"뭐, 그런 셈이지요오오? 지금 그 말이 입 밖으로 나와……!"

"그래도 덕분에 본가의 절대적인 지지를 얻게 되셨잖습니까."

"……그게 무슨 소리예요? 절대적인 지지라니?"

잠시 화를 삭이며 묻자, 공작은 즉각 답했다.

"실은 그동안 요즘 들어 왜 그리 여왕 전하의 편을 드느냐고, 혹시 정치 노선을 바꾼 거냐 항의를 많이 들었거든요. 하나 가면무도회 이후로는 그런 말이 쏙 들어갔지 뭡니까. 전하의 영민하신 모습을 보고 모두 감탄한 게지요."

"감탄은 무슨. 그럼 그 아인트인지 뭔지 하는 사람은 뭔데요? 공작의 사촌이라는 그자 말이에요."

까칠한 대답에 멈칫한 그가 말했다.

"그 아이는…… 저희 사이에서는 눈새로 통해서요. 죄송합니다."

"눈새? 그게 뭔데요?"

"눈치 없는 새끼의 준말입니다."

저도 모르게 웃음이 터져 나왔다.

'진짜 적절한 은어잖아?'

정말 그에게 딱 맞는 별명이다 싶었다. 모두가 자신이 여왕인 것을 알고 있는 상황에서 그리 간 큰 행동을 했다니. 아마 모르긴 몰라도 다들 식은땀 좀 흘렸으리라.

'아차, 내가 이럴 때가 아니지. 속은 건 나도 마찬가지라고.'

황급히 정색해 보았지만, 이미 때는 늦은 후였다. 한번 웃음이 터져서인지 화가 이미 반 이상 사라진 뒤였으니까.

'아, 정말. 이제는 화도 제대로 못 내게 하네.'

속으로 투덜거린 밀라이아가 말했다.

"그래서 이제 어쩔 거예요? 저 사람들 입, 어떻게 전부 단속할 거냐고요. 지금 상황이 어떤 상황인데."

"어쩌긴 뭘 어쩝니까. 기왕 이렇게 된 것, 그냥 공표해 버리시지요. 신과 연인 사이라고 말입니다."

"하. 그게 지금 말이나 된다고 생각해요?"

코웃음을 치자, 눈썹을 찌푸린 공작이 되물었다.

"왜 말이 안 됩니까? 두 국서 후보보다는 신이 훨씬 낫다 생각되는데요."

"당연히 말이 안 되죠. 생각해 봐요. 내가 갑자기 공작이랑 연인이라고 발표하면, 길리안 공작이 가만있겠어요? 모르긴 몰라도 그동안 속았던 것에 대한 분노까지 합쳐서 뼈째 씹어 먹으려고 할걸요."

할 말 있으면 해 보라는 눈길로 바라보자, 공작은 잠시 침묵하다 말했다.

"그건 그렇군요. 하면 이 문제는 그자를 치운 뒤에 다시 말씀드리겠습니다."

"뭐, 그러든가요. 그럼 이제 슬슬 돌아갈까요? 시간도 꽤 지난 것 같은데."

어깨를 으쓱한 밀라이아가 문고리를 잡았다.

생각에 잠긴 공작이 그 뒤를 따랐다.

쿵.

문이 무거운 소리를 내며 닫혔다.

“창공의 드높음을 경배하라. 라스피토 세 앤트워스가 창공의 제왕이자 무리를 선도하는 자, 가장 높이 나는 분이자 찬연한 광휘의 대리자이신 여왕 전하를 뵙습니다.”

“……오랜만이에요, 앤트워스 후작. 그동안 잘 지냈나요?”

밀라이아는 제게 정례를 취하는 노老기사를 향해 살짝 질린 얼굴로 인사를 건넸다.

지독한 원리원칙주의자라는 건 그간의 편지 왕래로 잘 알고 있었지만, 설마하니 이제는 사장되다시피 한 저 문구마저 그대로 다 읊을 줄은 몰랐다. 아무리 예의를 차리는 자들조차 고작 한두 개 정도 말하고 마는 게 대부분인데.

“죄인의 몸으로 어찌 편하게 지낼 수 있었겠느냐마는, 전하의 은혜에 힘입어 목숨만은 이어 오던 참입니다. 한데 죄를 사하여 주신 것으로도 모자라 이런 막중한 책임을 맡겨 주시다니요. 실로 무어라 감사의 말씀을 올려야 할지 모르겠습니다.”

“뭘요. 여야말로 후작이 와서 몹시 든든한걸요. 앞으로 잘 부탁해요.”

“물론입니다, 전하. 베풀어 주신 은혜에 보답하기에는 한참 부족하나, 전하와 왕실의 안녕을 위해 한 목숨 바치겠나이다.”

가슴에 손을 얹은 노기사가 다시 한번 무릎을 꿇었다.

그 모습을 보자 저도 모르게 흡족한 미소가 지어졌다.

'오랜만에 느껴 보는 기분이네.'

어딘가 계산적인 면모가 느껴지는 일반 귀족들의 그것과는 달리, 같은 내용이라고는 해도 기사들이 보여 주는 충성 맹세는 어쩐지 받는 이의 가슴을 찡하게 만드는 부분이 있었다. 비록 좀 더 거칠고 투박하게 느껴질지라도 왠지 심금을 울리는 그런 느낌이.

한때는 숨 쉬듯 당연하게 여겼던 것이었지만, 여왕의 몸을 입게 된 이래로 밀라이아는 한 번도 그 기분을 제대로 느껴 보지 못했다. 한데 이리 뜻하지 않은 상황에서 맞닥뜨리게 될 줄이야.

"여가 자리를 비운 동안 벌어진 일에 대해서 설명해 주겠어요? 자초지종은 여기 페르디난드 공작에게 들었으니 생략해도 좋아요."

"네, 전하."

절도 있게 고개를 숙여 보인 후작이 설명을 시작했다.

"공작이 전하를 모시고 궁을 빠져나가는 동안, 신은 우선 근위기사단을 장악했습니다. 오 년의 공백이 있긴 했어도 아직 신을 아는 이들이 많았기에 가능한 일이었지요. 이미 근위기사단장으로 임명받은 사실을 모두가 알고 있다는 점도 크게 작용했습니다."

그의 이야기는 이러했다.

페르디난드 공작과 각자의 역할을 분담한 후, 그는 곧장 근위기사단으로 직행해 근위기사들을 장악, 그녀의 지시가 내려오기만을 기다렸다. 그러고는 전서구를 통해 속행하라는 명령서를 받자마자 곧바로 훈련 상황을 가장, 근위기사들을 시켜 궁의 출입문을 봉쇄했다.

그제야 뭔가 이상하다는 것을 깨달은 사람들은 당혹스러워하며 항의했지만, 후작은 여왕을 만나게 해 달라는 궁인들의 주장을 그녀의 안전을 이유로 간단하게 묵살했다. 그런 뒤 내궁과 외궁을 비롯한 모든 처소들을 샅샅이 뒤지기 시작했다고.

"……그러니까, 사람들을 가둬 놓은 상태에서 다짜고짜 온 궁을 뒤집었다고요?"

"그렇습니다."

"그러다 후작에게 화살이 날아가면 어찌하려고요? 그 정도였다면 설사 쓸 만한 증거가 나온다 한들 귀족들이 가만히 있지 않을 것 같은데. 게다가 그건 사실 원칙에 어긋나는 일이잖아요?"

"전하의 안위는 그 모든 원칙에 우선합니다."

"아, 네……."

밀라이아는 말끝을 흐리며 눈앞에 서 있는 노기사를 바라보았다.

그녀에게는 참으로 고마운 일이었지만, 정말이지 '왕실의 개'라는 별명이 딱 어울리는 사람이다 싶었다. 제 안전마저 도외시하고 외골수적인 충심을 바치는 모습이.

"그래서…… 수상한 자들은 잡았나요? 증거는 확보했고요?"

저도 모르게 더듬거리는 목소리가 흘러나갔지만, 충직한 노기사는 아무런 의심도 의문도 없는 얼굴로 답했다.

"네, 전하. 수상한 낌새가 조금이라도 보이는 자는 총 스물한 명으로, 전부 체포한 뒤 따로 구금해 두었습니다. 증거는 일단 페르디난드 공작이 신에게 공조를 요청하며 넘겨준 것이 하나 있습니다."

"그렇군요. 다른 증거는요?"

"아직 확보 중입니다. 각 부처에서 압수한 서류들은 워낙 양이 많아 아직 검토를 다 끝내지는 못하였으나, 조금이라도 의심스러운 부분이 보이는 것들은 따로 분류하여 전하께 올리라 명을 내려

두었습니다. 다만 문제는 기밀서류들인데, 이 부분에 대한 왕명을 받들고자 합니다."

잠시 고민한 밀라이아가 답했다.

"여에게 가져와요. 기밀서류라면 아무한테나 맡길 수도 없으니."

"그리하겠습니다."

"하면 그 일은 그렇게 처리하도록 하고, 후작은 이만 가서 쉬도록 해요. 수도에 온 첫날부터 정말 고생이 많았어요."

"명을 받듭니다."

깊숙이 허리를 숙여 보인 후작이 돌아섰다.

그때, 갑자기 쾅 소리를 내며 문이 열렸다.

열린 문 밖에 서 있는 사람들은 길리안 공작과 지스 백작이었다. 당혹스러운 얼굴을 한 근위기사들이 두 사람 뒤로 보였다.

밀라이아는 앤트워스 후작의 눈썹이 꿈틀거리는 모습을 보며 속으로 웃었다.

'이제 근위기사단은 후작에게 맡겨 두면 되겠군. 굳이 내가 나서지 않아도 알아서 기강을 잡아 줄 테니. 그럼 난 저쪽만 처리하면 되려나?'

무심한 얼굴로 두 명의 침입자를 돌아본 그녀가 물었다.

"길리안 공작, 지스 백작, 이게 무슨 무례……."

"무사하셨군요, 전하! 실로 다행입니다."

'호오, 일단 명분부터 확보하시겠다?'

밀라이아는 십년감수했다는 듯 가슴을 쓸어내리는 남자를 바라보며 의아한 양 눈을 크게 떴다. 그들에게는 애석한 일이지만, 그녀는 이런 식의 진흙탕 싸움에 이미 이골이 난 사람이었다.

"그게 무슨 소리죠? 하면 여에게 무슨 일이라도 일어났어야 한단 말인가요?"

"허, 설마 저 악독한 자가 감히 전하를 감금한 것으로도 모자라 눈과 귀마저 전부 가렸단 말입니까?"

"네에? 감금이요?"

정말 놀랐다는 듯 두 손을 가슴 위로 모아 쥔 밀라이아가 말했다.

"어찌 그런 무시무시한 말을! 대체 누가 여를 감금한단 말이에요?"

"저기 저 앤트워스 후작 말입니다. 전하께서 자리를 비우신 사이 저자가 무슨 일을 벌였는지 알고는 계십니까? 온 궁을 발칵……!"

"어머나, 뭔가 오해가 있었나 보네요. 감금이라니, 그럴 리가 없잖아요? 여는 하루 종일 침실에서 쉬고 있었는걸요."

고개를 갸웃해 보이며 답하자, 길리안 공작은 화를 참는 듯 숨을 크게 들이쉬고는 말했다.

"그게 말이나 되는 소립니까? 궁이 그리 발칵 뒤집혔는데 하루 종일 침실에 계셨다니요?"

"하지만 그럴 이유가 있었는걸요. 그제 새 구두를 신고 급히 걷다 뒤꿈치가 심하게 까진 터라, 침대 밖으로 나가기엔 발이 너무 아팠단 말이에요."

순간 길리안 공작의 얼굴이 황당함으로 짙게 물들었다. 부러 맹하게 답한 것이 직격으로 먹힌 듯했다.

'어때, 기가 막혀 죽을 것 같지?'

손으로 입가를 가린 밀라이아의 얼굴에 희미한 미소가 맺혔다.

무심한 표정으로 앉아 있던 페르디난드 공작의 눈에도 순간 웃음기가 스치고 지나갔다.

침묵이 흐르는 틈을 타서 한 발 앞으로 나선 앤트워스 후작이 말했다.

"이보시오, 길리안 공작! 사람에게 죄를 뒤집어씌워도 유분수지, 이 무슨 천인공노할 소리란 말이오? 본후侯가 전하를 감금했다니!"

사납게 쏟아지는 일갈에 길리안 공작이 이를 악물었다.

하나 이미 밀라이아가 감금당한 바 없다 확언한 이상 둘 사이의 우위는 후작에게 있었다.

결국 그가 선택한 건 일보 후퇴였다.

"……그 점에 대해서는 미안하게 되었소. 아무래도 뭔가 오해가 있었던 모양이오. 하나 궁이 발칵 뒤집힌 상황에서 전하와 연락이 닿지 않아 속이 타들어 간 본공의 심정도 이해해 주길 바라오."

"마음 같아서는 결투를 청하고 싶은 심정이나, 전하의 안전을 염려해 그리하였다니 하는 수 없군. 내 이번만은 그냥 넘어가 드리리다."

"착각하지 마시오, 후작. 사소한 점에서 오해가 있었다 하여 그대가 저지른 일을 전부 덮어 주겠다는 것은 아니니."

거기까지 말한 길리안 공작이 밀라이아를 돌아보았다.

"전하, 잠시 주위를 비워 주시겠습니까? 긴히 드릴 말씀이 있습니다."

"미안하지만 그건 안 될 것 같습니다, 길리안 공작. 보다시피 본인도 전하께 급히 올릴 말씀이 있어 찾아온 터라서요. 순서를 지키시지요. 아니면 여기서 그냥 말씀드리든가요."

"하."

불쑥 끼어드는 페르디난드 공작을 보며 주먹을 꽉 움켜쥔 길리안 공작이 말했다.

"좋소. 그냥 말씀드리지. 여왕 전하, 전하께서 뒤꿈치가 아파 쉬시는 동안 저자가 무슨 일들을 벌인 줄 아십니까? 전하를 해하려는 무리가 있다며 궁문을 봉쇄하고 모든 문서를 싹 쓸어갔단 말입니다."

"그게 왜요? 뭔가 문제라도 있나요?"

한층 더 맹하게 대답하자, 길리안 공작은 짓눌린 목소리로 물었다.

"문제가 있냐니, 정녕 뭐가 문제인지 모르셔서 하시는 말씀입니까?"

"여를 해하려는 무리가 있다면서요? 범인을 색출하려면 확실히 해야 할 것 같아 그리하라 명하였어요. 공작은 알잖아요? 여가 얼마나…… 그 일들 때문에 괴로워했는지."

살고 싶다며 매달리는 연기를 선보였던 그날의 일을 상기시키자, 길리안 공작은 한참 동안 입을 벙긋거리다 말했다.

"어찌 그리 경솔한 짓을 하셨습니까? 이게 얼마나 큰일인지 알고 그리하신 겁니까?"

"그렇지만 이미 의심스러운 자들도 잡혔다 하던걸요. 그럼 문제 될 것 없지 않나요?"

"지금 그 의심스러운 자로 잡힌 사람 중에 누가 있는지 아십니까? 지스 영애입니다. 얼마 전에 전하의 전속 시녀가 된 바로 그 영애 말입니다."

"네에? 지스 영애요?"

'아하, 미리 묻어 둔 게 이거였군. 지스 영애라. 괜찮은데?'

빠르게 상황을 판단한 밀라이아는 정말 놀랐다는 양 손으로 입을 틀어막으며 한 걸음 물러섰다.

짜증스럽게 얼굴을 일그러뜨린 길리안 공작이 말했다.

"지스가는 신의 가문과 마찬가지로 오래도록 전하께 충성을 바쳐온 곳입니다. 그런 가문의 영애가 전하께 불온한 마음을 품었을 리가 없지 않습니까? 누군가가 누명을 씌운 것이 분명합니다."

"네? 누명이라고요?"

그게 사실이냐는 듯 돌아보자, 앤트워스 후작은 즉각 부인했다.

"아닙니다. 분명 그녀가 이 일에 연루되었다는 확실한 증거가 있습니다. 증인도 있고요."

"증기요? 그게 뭐죠?"

품속에서 자그마한 노트를 꺼낸 후작이 정중하게 내밀었다.

"지스 영애의 일기장입니다. 외람된 말씀이오나, 신이 살펴본 바에 따르면 '내 님을 앗아간 여왕을 가만두지 않겠다.'라는 내용이 적혀 있었습니다. 그것도 한 번이 아니라 서너 번씩이나요."

"내 님…… 이라고요?"

길리안 공작이 등장한 이래 처음으로 진심이 담긴 목소리가 흘러나갔다. 의아해하는 마음이 가득 담긴 음성이.

'갑자기 웬 내 님? 그게 누군데?'

"그렇습니다, 전하. 아무래도 길리안 대법관을 가리키는 듯합니다."

'오호라, 그렇게 엮이는 거였어?'

속으로 몰래 웃은 밀라이아가 일기장을 받아 들었다.

"뭐라! 이제는 엉뚱한 영애에게 누명을 씌운 것으로도 모자라 내 자식까지 옭아맬 참이오?"

노성을 지르는 길리안 공작을 일별한 후작이 말했다.

"감정사들에게 지급至急으로 필적 감정을 맡긴 결과, 지스 영애의 친필이 확실하다는 결론이 나왔습니다. 전하의 전속 시녀인 사스테인 영애의 증언도 있고요."

노트를 펼친 밀라이아가 종이를 한 장 한 장 넘겨 보며 말했다.

"계속해요."

"네, 전하. 사스테인 영애가 말하기를, 며칠 전 전하를 모시고 재판 참관을 갔다가 지스 영애가 하는 얘기를 들었다 하였습니다. 길리안 대법관을 몹시 칭찬하며 전하를 무척 부러워했다 하더군요."

'허, 그 얘기가 이런 식으로 활용되는구나. 와, 공작, 이건 또 어떻게 알고 여기다가 갖다 붙일 생각을 한 거야?'

소리 없이 감탄한 그녀는 막 떠올랐다는 얼굴로 말했다.

"아, 기억나요. 그를 사모하는 영애가 본인이 아는 것만 해도 세 명이나 된다며, 여에게 저런 분의 마음을 얻다니 정말 좋겠다 했었죠."

'이쯤에서 저 둘을 한번 갈라놓는 것도 좋겠지?'

분노한 양 종이 모서리를 꽉 움켜쥐어 보인 그녀가 사색이 된 지스 백작을 힐끗 쳐다보고는 말했다.

"한데 그녀가 감히 루시어스를 마음에 품고 있었단 말인가요? 하여 여에 대해 불손한 생각을 가졌고요?"

"그런 것으로 짐작됩니다."

"길리안 공작, 이런데도 공작은 그녀가 누명을 썼다 할 건가요? 이리 명확한 증거가 있는데도요?"

"진정하십시오, 전하. 아직 확실한 것은 아무것도 없습니다."

영애를 두둔하는 그 말에 섭섭하다는 듯 눈물을 글썽인 밀라이아가 소리쳤다. 문제의 문구가 적힌 부분을 그에게 보이도록 활짝 펼친 채로.

"이것보다 더 확실한 증거가 어디 있다고 그래요? 필체도 그녀의 것이 맞는다고 하잖아요! 그럼 설마 그녀를 시기하는 누군가가 필체를 흉내 내어 적기라도 했단 말인가요? 궁에 들어온 지 얼마 되지도 않는 사람에게 뭐 그리 대단한 원한이 있어서?"

"그건 그리 함부로 하실 말씀이 아닙……."

"정말 너무한 것 아니에요? 그렇게 열성적으로 영애의 편을 드는 이유가 뭐죠? 왜요, 나보다 그녀가 루시어스의 짝으로 더 마음에 들던가요? 아니면 설마 루시어스도 그녀를……!"

"전하!"

버럭 고함을 질러 말을 잘라 낸 길리안 공작이 말했다.

"아무래도 오늘은 아니 되겠군요. 일단 물러가겠습니다."

"공작!"

"다른 날 다시 찾아뵙지요. 그럼."

'쳇. 좀 더 이간질할 수 있었는데.'

밀라이아는 속으로 몰래 입맛을 다시며 알현실을 나서는 두 사람을 바라보았다. 마무리가 조금 덜 된 것이 영 아쉽긴 했지만, 그래도 즉흥적으로 연기한 것치고 이만하면 꽤 선방했다 싶었다. 어쨌거나 앤트워스 후작에게 화살이 날아가는 것은 막았으니까.

'후, 오랜만에 혼신의 힘을 다했더니 좀 피곤하네.'

의자에 몸을 묻는 그녀를 후작이 감탄 어린 눈길로 쳐다보며 말했다.

"못 본 새 많이 달라지셨군요. 훌륭하게 성장하신 모습을 뵙게 되니 감격스럽습니다."

"뭐, 그새 많은 일이 있었으니까요."

"한데 어찌 그리 위험한 말씀을 하셨습니까? 신을 감싸 주신 점은 실로 감읍하나, 그러다 자칫 전하께 해가 가면 어찌하시려고요?"

강직한 그 목소리에는 진심 어린 염려가 한가득 담겨 있었다.

오랜만에 받아 보는 올곧은 충정에 왠지 기분이 좋아져서, 밀라이아는 나긋나긋한 목소리로 답했다.

"그야 후작은 여의 사람이니까요. 자기 사람 하나 챙기지 못하는 군주가 무슨 군주라 할 수 있겠어요?"

순간 노기사의 눈에 감동이 어리는 것이 보였다.

"그…… 감사합니다, 전하. 신은……."

쾅!

요란한 소리를 내며 문이 열렸다.

왠지 모를 기시감에 문가를 돌아보자 피오르 공작을 위시한 왕제파 귀족들과 근위기사들이 쏟아질 듯 밀려들어 오는 모습이 눈에 들어왔다. 아마도 앞을 막아서는 기사들을 귀족들이 억지로 밀고 들어온 모양이었다.

어쩔 줄 몰라 하는 기사들을 밀치며 한 발 앞으로 나선 피오르 공작이 말했다.

"전하, 무사하셨군요! 다행입니다. 신들이 얼마나 걱정을 했는지 아십니까?"

'쯧, 늦어도 한참 늦었잖아. 그나저나 웬일로 길리안 공작이랑 같은 생각을 했네?'

속으로 중얼거리며 그 모습을 뚱하니 바라보는데, 마찬가지로 그쪽을 어이없다는 듯 바라보던 앤트워스 후작이 말했다.

"소식이 많이 늦으시군. 그 얘기는 페르디난드 공작과 길리안 공작이 이미 전하께 한 번씩 드렸소."

한심하다는 속내가 뚝뚝 묻어나오는 목소리에 피오르 공작이 버럭 소리를 질렀다.

"앤트워스 후작! 근위기사단의 장이라는 자가 감히 전하를 감금하다니, 이 무슨 천인공노할……!"

"그것도 이미 들었소. 두 번씩이나."

"이익! 감히 왕명을 사칭해 놓고도 뭘 잘했다고 큰소리요!"

"역시 들은 얘기군. 참으로 창의력이 없으시오. 다른 사람들이 한 것 외에는 아무 말도 못하다니."

말을 죄다 가로막으며 받아치는 모습을 보자 갑자기 참고 있었던 웃음이 터져 나왔다.

마냥 고지식한 인물인 줄로만 알았는데, 후작은 의외로 이런 쪽의 말재주가 꽤 있는 모양이었다. 페르디난드 공작을 이 일과 연관 짓지 못하도록 은근슬쩍 돌려 치는 것으로 보아 눈치도 제법 있는 듯하고.

'하긴, 아무리 그래도 명색이 후작씩이나 되는 자가 마냥 순진할 리는 없지.'

앞으로 손발을 맞추려면 그게 훨씬 편할 터. 오히려 더 잘됐다 싶었다.

쿡쿡 웃는 그녀를 향해 이를 드러낸 피오르 공작이 물었다.

"무엇이 그리 즐거우십니까? 전하가 걱정되어 달려온 신들의 모습이 우스워 보이시는 겁니까?"

"설마요. 그냥, 갑자기 그새 참 많은 것이 바뀌었다는 생각이 들어서요. 고작 하루 쉬었을 뿐인데 이렇게 세 공작이 번갈아 가며 달려와서는 친절하게 안부를 물어주다니. 불과 몇 달 전만 해도 왕궁의 하나 없이 쓸쓸한 침대를 지켜야 했는데 말이죠."

은근히 뼈를 담은 말에 피오르 공작은 침묵했다. 그 뒤에 서 있던 왕제파의 다른 귀족들 역시 마찬가지였다.

"조금 적극적으로 움직이자마자 이리 성과가 나는 걸 보니 앞으로 더 열심히 해야겠다는 생각이 드네요. 고마워요, 피오르 공작. 요즘 공작에게서 참 많은 가르침을 받네요."

연신 생글거리며 말하자, 피오르 공작은 말문이 막히는 듯 볼을 씰룩이다 한참 뒤에야 입을 열었다.

"저자가 궁을 뒤집은 이유가 불민한 마음을 품은 무리를 색출해내기 위해서라고 들었습니다. 한데 지스가의 여식이 그중에 포함되어 있다고요?"

"그렇다고 하더군요."

"좋습니다. 전하께서 에라스 후작을 비롯한 많은 이들에게 보여주셨던 엄정한 잣대를 과연 그녀에게도 적용하실지, 앞으로 두 눈 똑똑히 뜨고 지켜볼 겁니다."

"그렇게 해요."

보란 듯 입꼬리를 뒤틀자, 피오르 공작은 하얗게 이를 드러내 보이고는 문을 박찼다. 기세 좋게 달려들어 온 것치고는 참 빠른 퇴장이었다.

"허 참. 저러려면 뭐 하려고 나타난 건지 모르겠습니다."

"후작이 다 틀어막아서 그렇죠, 뭐. 아무튼 오늘 정말 수고가 많았어요."

부드럽게 웃어 보인 밀라이아가 계속해서 말을 이었다.

"앞으로 근위기사단은 후작에게 맡기겠어요. 서임권과 해임권을 제외한 모든 권한을 위임할 테니, 부디 여의 방패주: 근위기사단의 별칭들을 잘 이끌어 주기 바라요."

"여부가 있겠습니까. 목숨을 다해 전하를 지키겠나이다."

"고마워요, 후작. 이제야 좀 편안한 밤을 보낼 수 있을 것 같네요."

그 말에서 그동안의 사건들을 떠올린 듯, 후작의 얼굴에 미미한 분노가 떠올랐다.

딱딱하게 굳은 표정으로 그녀를 바라본 그가 한 자 한 자를 신중하게 내뱉었다.

"아닙니다, 전하. 다시는 불편하시는 일이 없도록, 신이 성심을 다해 보필하겠습니다."

"고마워요. 마음이 든든하네요. 그나저나 여가 고생한 사람을 너무 오래 붙들었네요. 도착하자마자 모든 일을 처리하느라 무척 피곤했을 텐데."

"괜찮습니다. 이 정도쯤은 아직 거뜬합니다."

"그래도 힘든 일을 한 사람을 계속 잡아 두면 곤란하지요. 이만 가서 쉬어요. 못다 한 얘기는 차차 하면 되니까요."

"네. 하면 신은 그만 물러가겠습니다. 가장 높이 나는 분께 창공의 무궁함이 함께하시기를."

정중하게 허리를 숙여 보인 후작이 돌아섰다.

그가 완전히 사라진 걸 확인한 밀라이아는 그제야 무표정한 얼굴로 흑발의 공작을 돌아보았다.

그는 무심한 얼굴로 그녀를 바라보고 있었다.

"후작이 갔네요."

"네, 갔습니다."

"그럼 우리 둘뿐이군요."

"네, 전하와 신 둘뿐입니다."

"하면 이제 좀 웃어도 되겠죠?"

"얼마든지요."

주거니 받거니 하던 대화가 끝나는 순간, 두 사람의 입가가 동시에 씰룩이며 무표정하던 얼굴에 금이 갔다.

폭소가 터져 나온 건 그다음이었다.

"아하하, 아까 길리안 공작 표정 봤어요? 진짜 웃겼는데."

"봤습니다. 피오르 공작의 표정은 보셨습니까? 얼굴이 아주 종잇장처럼 구겨지던데요."

"당연하죠. 그것 때문에 너무 웃겨서 순간 가면이 깨질 뻔했잖아요."

"맞습니다. 좀 위험하셨지요. 사실 신도 그때 표정 관리하느라 힘들었습니다."

중간중간 웃음을 터트리면서도 꼬박꼬박 답하는 공작을 보며 다시 한번 소리 내어 웃은 밀라이아가 말했다.

"그럼 지스 백작 표정은 봤어요? 사색이 다 됐던데."

"왜 안 그렇겠습니까? 이제 겨우 제몫을 챙기나 싶은 찰나에 뒷덜미를 잡혔는데요."

"흥, 그러게 누가 줄을 잘못 서랬나?"

여전히 웃음기 남은 얼굴로 코웃음을 친 그녀가 물었다.

"한데 그런 식으로 엮을 생각은 대체 어떻게 한 거예요? 들킬까 봐 내색은 못했지만, 아까 얼마나 감탄한지 알아요?"

"아, 사실 그건 원래 있던 진실에 소스만 조금 더 뿌린 것뿐입니다. 실제로 일기장에 적힌 내용 중 하나는 그녀가 직접 작성한 것이기도 하고요."

예상 밖의 말에 밀라이아의 눈이 동그래졌다.

"그래요? 그럼 지스 영애가 정말 길리안 대법관을 좋아했단 말이에요?"

"네. 사교계에 데뷔한 지 얼마 되지 않아 속마음까지 나눴던 사람은 없었던 듯하나 아무래도 길리안 대법관을 마음에 품었던 것 같습니다. 실은 만약의 경우를 대비해 좀 엮어 둘 생각으로 뒷조사 중이었습니다만, 덕분에 일이 훨씬 수월해졌지요."

'아하. 그래서 그를 좋아하는 영애들의 숫자까지 파악하고 있었던 건가?'

당시에는 그저 제게 루시어스에 대한 호감을 심어 주기 위해 좋은 말만 늘어놓는 거라 생각했는데, 그런 속사정이 있는 줄은 미처 몰랐다.

'하긴, 길리안 대법관 정도면 충분히 인기가 많을 법도 하지.'

내심 수긍한 밀라이아가 고개를 끄덕였다.

"그랬군요. 어쨌든 잘됐네요. 그러잖아도 일거수일투족을 감시당하는 느낌이라 영 피곤했는데."

생긋 미소 짓자, 공작은 이채 어린 눈으로 그녀를 바라보았다.

어쩐지 오늘따라 자주 마주하는 눈빛에 움찔한 밀라이아가 물었다.

"왜 또 그렇게 봐요?"

"마음에 들어서요. 너무 착한 상관은 피곤하거든요."

"뭐야, 그럼 나는 못됐다는 소리예요?"

눈썹을 확 치켜세우자, 공작이 빙긋 웃었다.

"설마요. 쓸데없이 인정에 넘어가지 않으셔서 좋다는 이야깁니다."

"어차피 내 사람도 아니고 정치적 이해관계로 묶인 사이에 인정을 운운하는 게 더 우습죠. 그래 봐야 뒤통수밖에 더 맞을까."

왠지 제가 나쁜 사람이 된 듯한 느낌이 들어서, 밀라이아는 저도 모르게 변명하듯 말을 늘어놓았다.

항복하듯 두 손을 들어 보인 공작이 말했다.

"화내지 마십시오. 신이 잘못했습니다. 전하만큼 자비롭고 마음씨 고우신 분이 또 어디 있다고 그런 망언을 했는지 모르겠군요."

"……됐거든요?"

가볍게 눈을 흘긴 밀라이아가 말했다.

"뭐, 그건 그렇고……. 어쨌든 덕분에 좀 편하게 됐네요. 이 정도면 제아무리 길리안 공작이라 해도 당분간은 자파 영애를 밀어 넣을 생각은 못할 테니까요."

"그러시라고 그쪽부터 파헤쳐 본 겁니다. 사실 그래야 신도 출입하기가 좀 더 수월하고요."

씩 웃은 공작이 이어서 말했다.

"일단 여기까지는 꽤 순조롭게 왔습니다만, 앞으로가 문제로군요. 길리안 공작도 슬슬 전하와 신의 밀월관계를 눈치챌 때가 되었으니까요. 아마 지금쯤 뭔가 이상하다 생각하고 있을 겁니다."

"어차피 오래 속일 수 있을 거라고는 생각 안 했어요. 그래도 일단 버틸 수 있는 데까지는 최대한 버텨 봐야지요. 어차피 그쪽에도 길리안 대법관이 있으니 너무 심하게는 못 굴지 않겠어요?"

"이것 참, 그러지 마시라 할 수도 없고……. 여러모로 신이 스스로 발등을 찍었군요."

투덜거리는 남자의 얼굴은 살짝 찌푸려져 있었다.

못마땅해하는 기색을 못 알아챈 척 밀라이아가 머리카락을 만지작거리고는 말했다.

"어쨌든 이번 일로 주도권을 가져온 건 확실하니 최대한 그 점을 활용해 봐야겠네요. 아, 그 전에 이것부터 물어봐야겠군요. 혹시 더 파묻어 둔 거 있어요? 엮을 만한 사람이라거나?"

손가락으로 팔걸이를 톡톡 두드린 공작이 답했다.

"글쎄요. 아네스 백작 정도일까요?"

"아네스 백작이라. 흠, 나쁘지 않네요. 아네스가와 지스가라면 길리안 공작의 손발이 다 잘리는 셈이니까요. 하면 일단 그 두 가문을 기본으로 두고, 나머지는 이따가 후작이 가져오는 서류들을 살펴보면서 엮어 보지요. 어쩐지 그게 노다지일 것 같네요."

"하긴, 불시에 모든 걸 털어 왔는데 아무것도 나오지 않으면 그게 오히려 더 이상하겠지요. 그렇다고 해서 저들이 본디 깨끗했던 인물들도 아니고 말입니다."

무심코 답하던 공작이 갑자기 뭔가가 떠올랐다는 듯 눈썹을 찡그리며 물었다.

"한데 정말로 혼자서 다 살펴보실 생각이십니까? 기밀서류 말입니다."

"네."

"어째서요? 전하께서는 툭하면 신에게 일감을 던져 주시던 분이잖습니까? 한데 왜 이번에는 신에게 맡기지 않으시는 겁니까?"

툭 던지듯 묻는 남자의 눈빛은 왜인지 조금 가라앉아 있었다.

'뭐야, 설마 내가 자기를 못 믿는다고 생각하는 건가?'

한쪽으로 슬쩍 고개를 기울인 밀라이아가 답했다.

"그거야 공작이 맡은 일이 너무 많으니 그렇죠. 보나마나 이번 일의 뒷수습도 하려고 할 것 아니에요? 레티시아 백작 모녀까지 의심한 사람이 앤트워스 후작에게 모든 일을 맡기지는 않을 테니까요."

"그야 그렇지요. 하면 신을 못 믿어서 그러시는 건 아니라는 말씀이시군요."

"당연한 것 아니에요? 내가 공작이 아니면 누굴 믿는다고."

어깨를 으쓱하자, 공작은 그제야 누그러진 얼굴로 말했다.

"몸도 안 좋으신 분이 서류는 무슨 서류입니까. 신이 살펴볼 터이니 전하께서는 그냥 쉬십시오."

"몸이 안 좋다고요? 내가요?"

"네. 오며 가며 내내 멀미로 고생하시지 않으셨습니까. 그런 분이 무슨 서류를 보겠다고 그러십니까?"

무표정한 얼굴로 타박한 그가 말했다.

"정 찜찜하시다면 내일부터 같이 보시지요. 오늘은 그냥 푹 쉬시고요."

"어…… 그럴게요. 고마워요."

"별말씀을."

까칠하게 고개를 까딱해 보인 그가 돌아섰다.

'그러고 보면 공작, 정말 많이 바뀌었구나. 처음 꿈속에서 봤을 때만 해도 무척 싸늘하던 남자였는데.'

지난 반년간 꾸었던 것이나 마차 안에서 꾸었던 꿈속의 그와는 달리, 쌀쌀맞게 돌아서는 남자의 뒷모습에는 왠지 모를 온기가 담겨 있었다. 다시는 울지 말라며 은근히 걱정하던 아까 전처럼.

슬며시 웃음이 나왔다.

어쩐지 오늘 밤은 행복한 꿈을 꿀 수 있을 것 같았다.

다음 날.

상쾌한 기분으로 눈을 뜬 밀라이아는 머리맡에 물잔을 내려놓는 클로에를 보며 빙긋 미소 지었다. 오랜만에 꿈도 꾸지 않고 푹 자서 그런가 몸이 몹시 개운했다.

"좋은 아침이에요, 클로에."

"좋은 아침이에요, 전하!"

쪼르르 달려온 클로에가 등에 베개를 괴어 주며 종알거렸다.

"한데 일찍 일어나셨네요? 피곤하진 않으세요? 원행을 다녀오신 터라 몹시 곤하셨을 텐데."

"괜찮아요. 어제는 오랜만에 푹 잠이 들었거든요. 게다가 상황이 상황이니만큼 잠만 자고 있을 수는 없지요. 하루 자리를 비운 사이에 정말 많은 일이 있었잖아요?"

차분하게 말을 받은 밀라이아는 미지근한 물로 입을 헹궜다.

깨끗한 수건으로 입가를 닦아 내자, 젖은 천을 자연스럽게 받아 든 클로에가 답했다.

"하긴 그렇죠. 하필 전하께서 자리를 비우신 사이에 그런 일이 생겨서 얼마나 놀랐는지 몰라요."

"혹시 어제 어떤 일이 있었는지 자세하게 얘기해 줄 수 있어요? 일과를 시작하기 전에 그것부터 좀 알아야 할 것 같네요."

흐트러진 머리카락을 한쪽으로 가지런히 정리하며 묻자, 수건을 한쪽에 치운 클로에가 답했다.

"네, 전하. 어제 아침 평소보다 일찍 전하의 침실로 가고 있었는데, 갑자기 종이 막 울리는 게 아니겠어요? 그것도 한두 번이 아니라 불규칙한 간격을 두고 계속 그러는 거 있죠."

"오, 그래서요?"

"처음에는 다들 깜짝 놀랐는데, 오래 일한 궁인들의 말로는 그게 기사단 소집령이라고 하더라고요. 최근에는 그런 일이 없었지만, 몇 년 전까지만 해도 가끔 들렸다나요?"

잠시 말을 끊은 클로에가 은 대야를 가져와 적당한 높이로 받쳐 들었다.

밀라이아가 세안을 마치고 깨끗한 수건으로 얼굴을 닦을 때까지 침묵하던 그녀는 조심스러운 손길로 잠옷을 벗겨 주며 말했다.

"아무튼 그래서 간신히 진정하고 침실을 지키던 중이었는데, 오후쯤 되었을까요? 갑자기 기사분들이 들이닥치는 거예요. 이 시간부로 아무도 궁을 나갈 수 없다 그러면서 처소도 막 뒤지고……."

"처소를 뒤졌다고요?"

멈칫하며 뒤를 돌아보자, 새 슈미즈를 가져온 클로에가 밀라이아에게 입혀 주며 답했다.

"네에. 물론 그렇다고 감히 전하의 공간까지 건드린 건 아니었지만요."

"아아, 그렇군요."

'놀래라. 난 또 내 방까지 뒤졌다는 얘기인 줄 알았네.'

침실과 집무실의 비밀 장소에 각각 숨겨 둔 일기장과 소원의 돌을 떠올린 밀라이아가 몰래 가슴을 쓸어내렸다. 물론 비밀 장소들이야 범인凡人들이 쉽게 발견할 수 없도록 잘 숨겨져 있지만, 그래도 만에 하나라는 경우가 있는 법이니까.

하늘하늘한 슈미즈 위에 새 가운을 걸쳐 준 클로에가 말했다.

"만일 그랬으면 더 난리가 났을걸요? 전하의 부재를 들켰을 테니까요. 듣자 하니 이미 한바탕 난리가 났다면서요? 실종되셨다느니 감금당하셨다느니 하면서요."

"그랬죠. 미안해요, 클로에. 워낙 기밀을 요하는 사안이었던지라 미처 귀띔해 주지 못했어요. 섭섭했다면 사과할게요."

나긋나긋하게 말을 건네자, 황급히 손사래를 친 클로에가 답했다.

"아니에요, 전하. 원래 그런 일은 아는 사람을 최대한 줄여야 하는 거잖아요? 그리고 저는 연기를 잘 못해서요. 알려 주셨으면 괜히 티만 났을 거예요."

'정말일까?'

밀라이아는 슬쩍 눈매를 좁히며 클로에를 바라보았다.

이제 겨우 신뢰할 만하다 여기기 시작했는데, 혹시 이 일로 관계가 틀어지기라도 하면 곤란했다. 어젯밤 몰래 살펴본 자료에 따르면 레티시아 백작 모녀는 깨끗했기에 더 그랬다.

그렇지만 아무리 바라봐도 다갈색 눈에는 오직 진심만 담겨 있을 뿐 섭섭한 빛이라곤 한 점도 없었다. 오히려 당연한 일을 사과하는 밀라이아를 의아하게 생각하는 기색이었다.

"그렇군요. 음……."

뭐라 답해 줘야 좋을까 생각하며 조심스레 말을 고르는데, 화장대 앞으로 그녀를 안내한 클로에가 도톰한 브러시를 집어 들며 말했다.

"신경 써 주셔서 감사해요, 전하. 하지만 저와 어머니는 정말 다행이라고 생각했어요. 물론 처소 수색까지 당한 건 조금 당황스러웠지만, 어쨌든 덕분에 전하께 나쁜 마음을 품은 사람들을 빠르게 색출해 낼 수 있었으니까요."

"……그런가요?"

"그럼요. 제 부주의 때문에 이미 한 번 그런 일을 겪으셨는데, 혹시라도 제가 무심코 넘긴 일이 전하께 또 해를 끼치면 어떡해요? 그것보단 차라리 방 수색을 백 번 당하는 게 나아요."

거울에 비친 다갈색 눈에 눈물방울이 글썽글썽 맺히는 것이 보였다.

그 모습을 보자 당혹스럽기도 하고 한편으로는 안심도 되어서, 밀라이아는 황급히 몸을 돌려 클로에의 손을 토닥여 주었다.

"클로에의 탓이 아니라고 했잖아요. 그건 그만 잊어버려요."

"하지만……."

"놀라게 해서 미안해요. 나쁜 기억을 떠올리게 한 것도요. 다음부터는 이런 일 없도록 할게요."

부드럽게 손등을 토닥이자, 클로에는 눈물이 그렁그렁한 얼굴로 배시시 웃었다.

"감사해요, 전하. 하지만 그런 확언은 하지 마세요. 전 괜찮으니까요."

슬그머니 눈가를 훔친 클로에가 브러시를 고쳐 쥐었다.

사락사락 머리카락을 빗어 내리는 느낌을 음미하며 스르르 눈을 감는데, 소리 없이 제 할 일에 열중하던 클로에가 말했다.

"그런데요, 전하."

"네."

"듣자 하니 사스테인 영애가 꽤 큰 활약을 했다던데, 그게 사실인가요?"

"네. 그랬죠."

설마 아직도 서열 싸움을 벌이는 건가 싶어서, 밀라이아는 천천히 눈을 떠서 거울 속에 비치는 클로에의 얼굴을 바라보았다.

묵묵히 다음 말을 기다리자, 클로에는 잠시 머뭇거리다 물었다.

"그럼 지스 영애가 길리안 대법관을 좋아했다는 것도 사실인가요?"

"그렇다고 하더군요."

"하지만 그분은 국서 후보인데……. 명색이 전속 시녀면서 어떻게 감히 전하의 남자를……."

'이런.'

이제야 그녀가 왜 사스테인 영애와 지스 영애의 일을 물었는지 알 것 같았다.

소리 없이 한숨을 내쉬는데, 노크 소리가 들리고 잠시 후 한 사람이 안으로 들어섰다. 좀 전에 클로에가 입에 올렸던 사스테인 영애였다.

"여왕 전하를 뵙습니다. 밤새 무탈하셨는지요?"

"어서 와요, 사스테인 영애. 여는 무탈하였답니다. 영애는 어떠한가요?"

"신 역시 전하의 은혜에 힘입어 무탈하였습니다. 한데 어찌 레티시아 영애만 전하를 시중들고 있는지요? 다른 시녀들은요?"

순간 멈칫하는 클로에를 대신해서 빙긋 웃은 밀라이아가 답했다.

"어제의 일로 아직 어수선한 터라, 여가 클로에만 있으면 된다 하였답니다. 이제 둘이 되었으니 일손을 조금 나누면 되겠네요."

"그러셨군요. 레티시아 영애, 제가 뭘 도와드리면 될까요?"

조곤조곤 답한 사스테인 영애가 클로에의 옆에 붙어 섰다.

두 사람이 역할을 분담하는 모습을 지켜보던 밀라이아가 말했다.

"그러고 보니 어제 영애가 대단한 활약을 하였다지요? 영애의 증언 덕분에 불온한 마음을 품은 자를 잡을 수 있었다 하던데."

"전하의 시녀로서 마땅히 해야 할 일을 했을 뿐입니다."

"하나 그 마땅한 일조차 제대로 해내지 못하는 사람이 너무 많지요. 수고가 많았어요, 사스테인 영애. 오자마자 큰일을 해 주어 고맙군요."

"감사합니다, 전하."

얌전하게 감사를 표한 사스테인 영애는 잠시 자리를 뜬 클로에를 대신해서 밀라이아를 단장시켜 주는 일에 몰두했다. 늘 쉴 틈 없이 종알거리는 클로에와는 달리 계속 침묵하면서.

결국 그녀가 입을 연 것은 단장을 마친 밀라이아가 거울 앞에서 매무시를 확인할 때가 되어서였다.

"전하."

"얘기해요."

"혹 제게 시간을 좀 내 주실 수 있으신지요? 꼭 지금이 아니어도 괜찮습니다."

"혹시 지금 독대獨對를 청하는 건가요?"

"그렇습니다."

차분하게 답하는 그녀를 거울을 통해 가만히 바라본 밀라이아가 말했다.

"독대라. 뭐, 좋아요. 내일 중으로 한번 시간을 비워 보죠."

"감사합니다."

가슴에 손을 얹은 그녀가 깊숙이 허리를 숙였다.

그때, 노크 소리가 들렸다.

잠시 후 아침 식사를 담은 쟁반과 웬 편지 하나를 손에 든 클로에가 안으로 들어서는 것이 보였다.

"늦어서 죄송합니다. 요 앞에서 구름궁 시종을 만나서요. 왕제 저하께서 진하께 서찰을 보내셨다고 합니다."

"왕제가 서찰을 보냈다고요? 여에게?"

"네. 어차피 오는 길이라 제가 받아왔습니다. 여기요."

"아, 네. 고마워요."

밀라이아는 조금 놀란 얼굴로 클로에가 내미는 봉투를 받아 들었다. 왕제가 직접 보내온 서신이라니 뭔가 신기했다. 편지는커녕 밥 먹자는 연락조차 결코 먼저 하지 않던 아이였는데.

봉인을 뜯은 그녀는 금빛 펄이 촘촘히 뿌려진 크림색 편지지를 펼쳐 들었다. 그 안에는 엉망진창인 글씨가 빼곡하게 적혀 있었다.

창공의 제왕이자 무리를 선도하는 자, 가장 높이 나는 분이자 찬연한 광휘의 대리자이신 누님 전하께.

작일 궁을 한바탕 뒤덮은 방패 그늘로 인해 많은 이들이 두려움에 떨었다 들었습니다.

아무리 방패가 크고 넓다 한들 감히 독수리의 날개에 범접할 수 있겠느냐마는, 아직 날갯짓조차 제대로 하지 못하는 어린 새는 혹시라도 방패 그림자에 누이의 깃이 상했을까 염려가 되는군요.

그 날개가 꺾여 방패 그늘 아래 갇히신 것이 아니라면, 잠시 날아올라 구름을 감상하심이 어떠하신지요?

날지 못하는 새끼 독수리가 고개를 빼고 하늘을 궁금해하고 있습니다.

에드워드 데 루아

'정말 오랜만에 보는 궁중 언어네. 뭔가 새로운 기분이야.'

피식거리며 내용을 다시 한번 살핀 그녀는 편지지를 곱게 접어 봉투 안에 넣었다.

원래 악필인 건지 아니면 급하게 쓰느라 그런 건지 내용을 알아보기가 조금 힘들었지만, 그 안에 담긴 뜻은 간단했다. 어제 일이 궁금하니 당장 찾아오라는 것.

'그래도 장족의 발전인걸. 당당하게 이런 요구까지 받게 되고 말이지.'

갑자기 웃음이 나왔다.

밀라이아는 두 영애를 돌아보며 말했다.

"일정을 좀 바꿔야겠어요. 구름궁부터 갑니다."

"네, 전하."

"사스테인 영애는 궁내부장에게 가서 오전 일정을 조정한다고 얘기해 주겠어요? 클로에는 날 따라오고요."

"그리하겠습니다."

"네, 전하."

얌전하게 고개를 숙여 보인 두 사람이 즉각 답했다.

밀라이아는 흡족한 마음으로 방을 나섰다. 고작 지스 영애 한 명

사라졌을 뿐인데 운신이 훨씬 편해진 것이 꽤나 마음에 들었다.

너른 정원을 가로질러 구름궁에 들어선 그녀는 반기는 기색이 역력한 시종장의 안내를 받으며 왕제의 방으로 향했다.

안으로 들어서자 안절부절못하며 방 안을 서성거리던 소년이 문가를 홱 돌아보는 모습이 눈에 들어왔다. 잠시 반가움에 물들었던 초록색 눈이 이내 날카롭게 번뜩이며 저를 훑어 내리는 것도.

"……뭐야, 멀쩡하네. 난 또 나처럼 감금이라도 당해서 꼼짝 못하나 했더니."

작게 투덜거리는 왕제를 바라보던 밀라이아의 입가에 웃음이 걸렸다.

"어머나, 그새 우리 사이가 많이 편해지긴 했나 보군요. 왕제가 내게 반말도 다 쓰고. 어쩐지 한결 가까워진 느낌이 들어 기분이 좋네요."

"……혼잣말이었습니다. 그보다 뭡니까? 이렇게 이른 시간에."

"그야 편지를 받자마자 달려왔으니까 그렇죠. 나더러 빨리 튀어 오라면서요?"

눈썹을 확 찡그린 왕제가 말했다.

"튀어 오라니, 그건 또 어디서 배운 천박한 단어입니까?"

"천박하다니요? 백성들도 많이 쓰는 말인걸요."

"그러니까 그런 말을 어떻게 누님이 아시냐고요. 혹시 그 바람둥이 자식이 가르쳐 준 겁니까? 아니면 침착하게 미친놈이?"

제법 매섭게 노려보는 소년을 향해 생글거리며 웃어 보인 밀라이아가 답했다.

"둘 다 아닌데요. 그리고 왕제?"

“네.”

“자식이라거나 놈이라는 단어는 속어이니 사용하지 않는 게 좋겠어요.”

언젠가 에스페라 공작에게 들었던 말을 응용하여 그대로 들려주자, 왕제는 할 말을 잃은 듯 입만 벙긋거리다 팩 짜증을 부렸다.

“지금 그게 중요한 게 아니잖습니까! 하여튼 누님은……!”

“저는, 뭐요?”

“……사람이 대체 왜 그럽니까! 때가 어느 땐데 자꾸 놀려 먹기나 하고! 어제는 대체 무슨 짓을 하신 겁니까, 예? 이번에는 또 뭘 하셨길래 근위기사들이 궁을 온통 뒤집어요?”

‘찔리니까 화내는 것 좀 봐. 하여간 귀여운 조상님이라니까.’

소리 없이 키득거린 밀라이아가 답했다.

“그냥, 겸사겸사 집 안 청소를 좀 했답니다. 한동안 좀 괜찮나 싶더니, 요즘 들어 흙발로 집을 돌아다니는 사람들이 다시 늘어나는 것 같아서요.”

“……뭐, 지스가의 영애가 잡혔단 얘기를 듣긴 했습니다. 듣자하니 그 미친 노…… 아무튼 그자에게 마음을 품었다고요.”

놀랍다는 듯 눈을 크게 떠 보인 그녀가 말했다.

“어머, 날지 못하는 어린 독수리라더니 소식은 빠르네요?”

“그럼 뭐, 저는 수족 하나 없는 줄 아셨습니까? 그 정도 소식을 알아 올 귀 정도는 있습니다.”

툴툴거리며 답한 왕제가 그제야 생각났다는 듯 소파를 가리켰다.

“일단 앉으십시오. 경황이 없어 누님을 세워 두었군요.”

“고마워요. 왕제도 앉아요.”

자박자박 걸어간 밀라이아가 상석에 앉았다.

느릿하게 맞은편에 자리한 소년이 물었다.

"대체 어떻게 된 겁니까? 갑자기 기사들이 들이닥치는 바람에 제가 얼마나 놀랐는지 아십니까? 들리는 소문마저 흉흉해서 더 그랬단 말입니다."

"그랬어요? 대체 무슨 소문이 돌았길래요?"

"앤드워스 후작이 역심을 품어 누님을 감금했다는 얘기도 돌고, 또 그 반대로 역도의 무리가 누님을 암습하는 바람에 사경을 헤매시는 중이란 소문도 있었지요. 궁에서 실종되셨단 소리도 들렸고요. 제가 얼마나 놀랐는지 아십……."

감정이 복받친 듯 잠시 말을 끊은 소년이 신경질적으로 말했다.

"하여튼! 누님은 대체 사람이 왜 그럽니까? 정황을 보아 하니 굉장히 극비리에 추진했다는 건 알겠습니다만, 그럼 적어도 일이 다 끝난 다음에는 전갈이라도 한 통 보내 주셔야 하는 것 아닙니까? 뭔가 급박하게 돌아가는 것 같은데 누님에게서는 연락도 없고, 제가 이곳에 발이 묶여 얼마나 안절부절못했는지 아십니까? 왜 매번 저만 걱정하게 만드느냐고요!"

버럭 화를 내는 소년의 눈은 붉게 달아올라 있었다. 아무래도 어제 하루 종일 마음고생이 심했던 모양이었다.

그 모습을 보자 몹시 미안해져서, 밀라이아는 무어라 변명하는 대신 순순히 사과했다. 고의로 그런 건 아니었다 해도 어쨌거나 그의 마음을 상하게 한 건 사실이었으니까.

"미안해요. 내가 왕제에게 너무 소홀했네요. 앞으로는 잊지 않고 먼저 연락할게요."

"흥, 보나마나 또 말로만 그러시겠지요. 이제 안 믿습니다. 하긴 뭐, 한창 단꿈에 젖어 계신 누님께서 궁에 처박혀 있는 제가 눈에 들어오기나 하겠습니까?"

고개를 홱 돌리는 소년을 보며 의아한 표정을 지은 밀라이아가 물었다.

"그게 무슨 소리예요? 단꿈에 젖어 있다뇨?"

"왜 또 모르는 척이십니까? 뭐, 그건 됐습니다. 그보다 집 안 청소를 했다 말씀하신 걸 보면 누님이 이번 사태를 주도하신 것 같은데, 대체 무엇 때문에 이런 일을 벌이신 겁니까? 길리안가를 목표로 잡으신 이유는 또 뭐고요?"

"그야 당연하잖아요? 왕제를 위해서죠."

대수롭지 않게 답하자 눈썹을 찡그린 그가 물었다.

"그런 식으로 말 돌리지 마십시오. 진짜 이유가 뭡니까? 길리안 공작은 어쨌든 누님의 세력인데, 그의 지지를 받고 있는 누님께서 굳이 길리안가의 손발을 끊어 내실 이유가 없잖습니까. 자칫 더 피곤해질 것까지 감수해 가면서 말입니다."

"호오, 그런 것도 알아요?"

"당연한 거 아닙니까? 저도 왕실의 일원입니다. 앞뒤 정황을 맞춰 보면 누님께서 지금 구舊귀족파 세력들을 걸러 내고 있다는 사실쯤은 파악할 수 있습니다. 단지 제가 이해가 안 가는 건 그래서 누님께서 얻으실 만한 이익이 뭐가 있냐는 겁니다."

잠시 숨을 고른 왕제가 계속해서 말했다.

"누님의 권한 강화는 이미 제 사람들을 잘라 낸 시점에서 끝난 것 아니었습니까? 물론 길리안 공작이 통제하기 어려운 자라는 건 저도 알고 있지만, 자칫 그를 견제하다 실패하기라도 하는 날에는 겨우 잡아 둔 우위가 단번에 날아갈 텐데요."

"그러니 실패 없이 잘해야지요. 왕제에게 튼튼한 왕권을 물려주려면 열심히 해야 하지 않겠어요? 이번이 아니면 언제 또 이런 기회가 올지도 모르는데."

순간 소년의 얼굴이 딱딱하게 굳는 것이 보였다.

"……그럼 정말이란 말입니까? 진짜로 저를 위해서 그러셨다고요?"

"네. 그렇다고 했잖아요?"

"왜요? 누님께서 절 위해 그렇게까지 하실 이유가 있습니까?"

"왕이 되고 싶다면서요? 그러려면 왕제의 지지 세력이 너무 축소되어 있는 것도 곤란하지요."

어깨를 으쓱하며 답하자, 그녀를 관찰하듯 바라보던 왕제는 이내 바람 빠지는 소리를 내며 웃었다.

"그래 봤자 어차피 누님이 국혼을 치르시면 끝 아닙니까. 듣자하니 요즘 연애하느라 바쁘시다면서요? 아까도 들어오실 때 보니 얼굴이 활짝 피셨던데요, 뭘."

"네? 연…… 애요?"

불현듯 떠오르는 한 남자의 얼굴에, 밀라이아는 저도 모르게 말을 늘어뜨리며 물었다.

잠깐의 머뭇거림을 놓치지 않고 잡아 낸 소년이 하, 하며 머리카락을 쓸어 올렸다.

"누굽니까? 누님의 마음을 앗아 간 놈이? 설마 그 호사바치豪奢 — 몸치장을 호화롭고 사치스럽게 하는 사람. 비슷한 단어로 기생오라비가 있다…… 아니지, 둘 다 호사바치잖아. 그럼 파란 놈입니까, 아니면 노란 놈입니까?"

밀라이아의 눈이 크게 뜨였다.

'뭐야, 설마 지금 질투하는 거?'

깨달음이 머릿속을 스치고 지나가는 순간, 저도 모르게 벌떡 몸을 일으킨 그녀가 왕제를 덥석 끌어안았다. 생각할수록 귀여워서 도저히 견딜 수가 없었다.

"큭, 뭐, 뭡……!"

"아우, 귀여워라. 어쩜 이렇게 귀여울 수가 있지? 뭘 먹고 이렇게 귀여운 거예요, 대체?"

아직 덜 자라서일까, 품에 안긴 소년의 몸은 생각보다 말랑말랑했다. 아마도 그가 쓰는 향수인 듯 청량한 풀 내음이 코끝을 상쾌하게 감돌았다.

결 좋은 머리카락에 얼굴을 푹 파묻은 밀라이아는 볼을 연신 비비며 중얼거렸다.

"아, 정말. 인간적으로 너무 귀여운 거 아니에요, 에드워드? 호사바치도 모자라서 '파란 놈 노란 놈'이래. 파란 놈 노란 놈…… 아하하하."

졸지에 봉변을 당한 왕제가 질색하며 소리쳤다.

"지금 뭐 하시는 겁니까? 당장 놓으십시오!"

"싫은데요? 정 불쾌하면 직접 밀어내든가요."

웃음기 어린 목소리에 왕제는 이익, 하며 그녀의 어깨를 밀쳤다.

그렇지만 그 손에서 힘이라고는 하나도 느껴지지 않았다.

소년의 귓불이 시뻘겋게 물들어 있는 것을 확인한 밀라이아가 소리 내어 웃으며 물었다.

"우리 귀여운 동생님, 파란 놈 노란 놈에게 누나를 뺏길까 봐 질투한 거예요?"

"무무무무슨!"

펄쩍 뛰어오른 왕제가 그녀에게서 황급히 몸을 떼며 소리쳤다.

"지, 질투라니, 누가 그딴 걸 한다고 그러십니까? 저는 그냥……!"

"그냥?"

"그냥 누님이 걱, 아니 한심해서 그런 겁니다! 말이야 바른 말이지, 지금이 한가롭게 연애나 할 땝니까? 그러다 두 공작이 눈치라도 채면 어쩌려고요?"

걱정하는 것이 역력하게 드러나는 그 말에 재차 웃음이 터져서, 밀라이아는 왕제의 머리카락을 다시 한번 흐트러뜨리며 말했다.

"괜찮아요. 그런 거 안 하니까."

"그것 봐, 역시 그럴 줄 알았…… 응? 안 하신다고요?"

"네. 왕제의 말마따나, 지금이 한가롭게 연애나 할 시기는 아니잖아요?"

빙긋 웃어 보이자, 순간 말문을 잃은 듯하던 소년은 잠시 후 다시 입을 열었다. 누가 봐도 조금 전보다 훨씬 환해진 얼굴이었다.

"그야 그렇죠. 잘 생각하셨습니다. 그런 놈팡…… 아니, 남자들과 연애해 봐야 누님께 이로울 것 하나 없습니다."

"명심할게요. 걱정해 줘서 고마워요."

"걱정은 무슨. 착각하지 마십시오. 저는 그냥 제 안위가 염려되어 그런 것뿐이니까요."

"네에, 네에. 당연히 그렇겠죠."

밀라이아는 붉게 물든 소년의 얼굴을 보며 속으로 몰래 웃었다.

'어째 하는 짓이 점점 귀여워진단 말이야.'

보들보들한 머리카락의 촉감을 되새기며 빤히 쳐다보자, 낌새를 눈치챈 듯 슬쩍 몸을 뺀 왕제가 물었다. 진지하게 가라앉은 눈동자가 그녀를 응시하고 있었다.

"한데 누님."

"네?"

"혹 어디가 미령하시거나 한 건 아니지요? 말씀하시는 것들이 어째 좀 싸한 느낌이 들어서요."

"……어머, 이제는 이 누나의 건강까지도 걱정해 주는 거예요? 고마워라."

잠시 멈칫한 밀라이아는 이내 아무렇지도 않은 얼굴로 빙긋 웃었다.

언제까지고 숨길 수는 없었지만, 그래도 아직은 이 어린 소년에게 누이의 죽음을 알리고 싶지 않았다. 자신이 곧 떠날 거라는 사실도.

그러나 그 짧은 망설임을 기민하게 잡아낸 왕제는 곧바로 눈매를 좁히며 물어왔다.

"말 돌리지 말고 똑바로 답해 주십시오. 정말 괜찮으신 것 맞습니까? 혹 암습이나 독살 기도를 당하신 여파가 아직 남아 있는 건 아니지요?"

'에이, 안 통하네.'

속으로 혀를 찬 밀라이아가 손을 저었다.

"아니에요. 왕궁의가 괜찮다고 했는걸요. 그리고 왕제도 알 것 아니에요? 대신관이 왔었다는 거."

"참, 그랬지요."

그제야 꼿꼿하던 눈매에서 힘이 풀리는 것이 보였다.

슬쩍 한숨을 내쉰 왕제가 말했다.

"그래도 사람의 일이란 혹시 모르는 법이니, 어디가 미령하시거든 즉시 왕궁의를 부르십시오. 아셨습니까?"

"네, 그럴게요. 신경 써 줘서 고마워요."

부드럽게 웃어 보이자, 왕제는 슬그머니 시선을 피하며 다른 말을 꺼냈다.

"그보다 예전에 내주신 그 과제 말입니다. 한 가지 방법을 생각해 봤습니다만, 들어 보시렵니까?"

"물론이죠. 어서 얘기해 봐요."

"오직 왕실에만 충성하는 기사를 충원할 방법을 생각하라 하셨죠? 그러니 이건 어떻습니까? 기사 양성 학교를 만드는 겁니다."

예상치 못한 대답에 고개를 갸웃한 밀라이아가 물었다.

"기사 양성 학교라고요?"

"네. 어차피 지금도 근위기사단에 들어가는 비용은 전부 왕실에서 대고 있지 않습니까. 그걸 시기만 조금 앞당기는 겁니다. 숙식도 제공하고 적절한 사상 교육도 곁들여서, 어린 시절부터 왕실에 충성하는 기사로 양성하는 거죠. 어떻습니까?"

'호오, 발상 자체는 나쁘지 않은데……. 어디 한번 시험해 볼까?'

그동안 배웠던 가르침들을 상기한 밀라이아가 빙긋 미소 지었다.

"확실히 그런 게 있다면 지금보다 왕실에 충성하는 기사들을 훨씬 더 수월하게 양성할 수 있겠군요. 뭐든 어려서부터 주입된 사상이 오래가는 법이니까요. 거기다 꾸준히 졸업생이 생길 테니, 지속적인 인원 충원도 가능할 테고요."

"네, 바로 그걸 노린 겁니다."

"그렇군요. 좋은 생각이네요."

우선 감탄해 주자, 왕제는 뿌듯해 보이는 표정으로 그녀를 바라보았다. 툭하면 왕재王才임을 증명해 보라던 그녀에게 드디어 인정받았다고 생각한 모양이었다.

밀라이아의 얼굴에 짓궂은 미소가 걸렸다. 그에게는 안타깝게도 '검증'은 이제부터가 시작이었다.

"그럼 귀족들의 반발은 어떻게 무마할 생각이죠? 예산이야 왕실재산에서 편성한다고 쳐도, 대놓고 그리 왕권을 강화하겠다는 뜻을 보이면 분명 반발이 만만치 않을 텐데요."

"어, 그건……."

"아직 생각해 둔 게 없나요?"

"……네. 그렇습니다."

"좋아요. 그럼 다른 걸 묻죠. 만일 기사 양성 학교를 짓는다면 그 위치는 어디쯤으로 할 건가요? 학생들을 가르칠 사람들은 어떻게 구할 거고요?"

답하지 못하는 왕제를 보며 눈을 빛낸 밀라이아가 계속해서 질문을 퍼부었다.

"선생들의 선발 기준과 학생들의 입학 조건은 어떻게 되죠? 정원과 학사 과정은? 졸업 후에는 무조건 근위기사로 선발해 주는 건가요?"

"그건……."

"만일 저 안이 실현될 경우, 근위기사의 수가 지속적으로 증가함으로써 발생할 수 있는 문제점들에 대해 생각해 본 적은 있나요? 늘어나는 예산의 부담에 대해서는?"

"……."

끝없이 쏟아지는 질문을 들은 왕제의 얼굴이 점점 곤혹스럽게 변했다. 어떤 방법이 좋을지에 대해서만 고민해 봤을 뿐 그렇게까지 구체적으로 생각해 보지는 않은 듯했다.

'그래, 내가 그 기분 잘 알지.'

보일 듯 말 듯 하게 미소를 지은 그녀가 물었다.

"왜 답이 없어요? 설마 그런 것들에 대해서는 생각해 보지 않은 건가요?"

"하, 하지만 누님께선 근위기사들을 충원할 방법을 물어보셨지, 그 모든 것에 대해 고려하라고 하신 적은 없잖습니까?"

"그럼 에드워드는 왕이 되어서도 그럴싸한 정책 하나만 떠올리면 그대로 통과시킬 거예요? 실무적인 내용이나 실현 가능성에 대한 고려 없이?"

푸른 눈동자가 시무룩하게 가라앉았다.

"……아닙니다."

"자고로 국왕이란 항상 멀리 보고 또 깊게 생각해야 하는 법입니다. 그 어깨에 왕국의 미래를 짊어지고 있기 때문이지요. 그러니 에드워드, 앞으로는 어떠한 안건을 내기 전에 좀 더 깊게 고민하고 신중하게 생각해 보도록 해요. 알겠어요?"

고개를 푹 떨군 왕제가 작은 목소리로 답했다.

"네, 누님."

잔뜩 풀이 죽은 소년을 보자 왠지 웃음이 나왔다.

'아, 옛날 생각나네. 그때 날 보던 르뮈엔 후작도 이런 기분이었으려나?'

처음 제왕학 수업을 들었을 때가 떠올랐다. 방금 왕제가 그랬던 것처럼 잔뜩 들떠서 이상적인 말을 늘어놓다가, 좀 전에 제가 했던 것과 같은 이야기들을 듣고 의기소침해졌던 기억이.

천천히 손을 뻗어 머리카락을 흐트러뜨리자, 왕제는 그제야 고개를 들어 의아한 표정으로 그녀를 바라보았다.

"그래도 첫 시도치고는 정말 좋은 생각이었어요. 아주 허황된 의견도 아니었고요."

무언가를 곰곰이 생각하던 왕제가 물었다.

"그 말씀인즉, 아까 물어보셨던 사항들을 전부 해결해 올 경우 제 의견이 현실로 실현될 가능성도 있다는 얘기입니까?"

'호오, 제법인데? 그새 그런 것까지 유추해 내다니.'

속으로 감탄을 삼킨 밀라이아가 답했다.

"물론이죠. 그 경우 왕제의 이름으로 정무 회의에 안건을 올려주겠어요. 직접 참여해 귀족들의 의견을 참관할 수 있는 기회도 주지요."

"하지만 저는 근신 중인데요?"

"뭐, 예외는 어디든 있는 법이니까요."

"정말이시지요? 약속하신 겁니다?"

"네."

빙긋 웃으며 고개를 끄덕이자, 왕제는 의욕에 활활 불타오르는 눈으로 허공을 노려보았다. 아마도 그녀가 퍼부었던 질문들을 곰곰이 곱씹어 보는 모양이었다.

'저리 적극적인 걸 보면 한번 맡겨 봐도 괜찮겠군. 근신령을 받아 밖에 나가지도 못하는 데다 제게도 이익이 되는 일이니 다른 마음은 먹지 않겠지.'

본래는 좀 더 나중에야 참여시키려 했는데, 생각보다 머리가 잘 굴러가는 것으로 보아 슬슬 이런 방면도 가르쳐도 될 것 같았다.

"그럼 그 일은 그렇게 하고, 온 김에 두 번째 과제를 내주겠어요. 어렵다면 거절해도 좋아요."

천천히 운을 떼자, 왕제의 눈이 흥미로움으로 반짝이는 것이 보였다.

"일단 듣겠습니다. 그게 뭡니까?"

"모레 오전까지 길리안 공작의 세를 최대한 꺾을 수 있는 방법을 궁리해 봐요. 단, 양 계파 간의 균형을 유지할 수 있는 선에서. 들어 보고 괜찮다 싶으면 이것 역시 채택해 주겠어요."

"어…… 정말이십니까? 그러려면 제게 관련 내용을 꽤 많이 알려 주셔야 할 텐데요?"

슬쩍 입꼬리를 끌어 올린 밀라이아가 답했다.

"어차피 언젠가는 알게 될 일인데요, 뭐. 하나 이것만은 명심하도록 해요. 명분 없는 숙청은 안 된다는 것, 그리고 어떤 일이 있어도 백성들에게 해를 끼치는 방법은 용납할 수 없다는 것. 위 두 가지 조건만 충족된다면 어떤 수단과 방법을 써도 상관없어요."

"알겠습니다. 기회를 주셔서 감사합니다, 누님."

"좋아요. 그럼 나는 바빠서 이만 가 보겠어요. 서류는 이따가 사람을 시켜 보내 주지요."

천천히 자리에서 일어나자, 그녀를 따라 벌떡 일어선 왕제가 답했다.

"네, 누님. 조심해서 가십시오."

"그래요. 그럼 모레 봅시다. 누나 없다고 울지 말고, 과제하면서 잘 지내고 있어요. 알겠죠?"

장난기 어린 목소리로 이야기한 밀라이아는 그게 무슨 말도 안 되는 소리냐며 펄쩍 뛰어오르는 왕제를 향해 눈을 찡긋 해 보이고는 밖으로 향했다. 오랜만에 귀염둥이를 봐서인가, 기분이 몹시 상쾌했다.

'그럼 주변 정리는 얼추 끝냈고……. 슬슬 행정부로 가 볼까? 기밀서류도 살필 겸, 에드워드에게 줄 서류도 챙길 겸 말이지.'

시종장의 배웅을 받으면서 구름궁을 빠져나온 밀라이아는 곧장 외궁으로 향했다. 어느새 유월 말이라 그런지 날씨가 제법 더웠다.

"여왕 전하를 뵙습니다."

"여왕 전하를 뵙습니다!"

깊숙이 허리를 숙여 보이는 궁인들을 보자 피식 웃음이 나왔다.

독살 미수 사건을 빌미로 기존 인원의 삼 할 가까이를 해고한 이후, 엉망진창이던 궁내의 기강은 예전에 비하면 제법 엄정해졌다.

하나 많이 나아졌다고는 해도 여전히 어딘가 좀 미진하다 느꼈었는데, 이제는 거의 제가 살던 시대만큼 그 수준이 올라온 것 같았다.

'하긴 그럴 만도 하지. 나약한 줄만 알았던 여왕이 이제 좀 다르게 보일 테니.'

입가에 흡족한 미소가 걸렸다.

이만하면 근위기사단과 궁내부는 완전히 장악했다 할 수 있을 터. 궁내의 문제는 얼추 해소시켰으니, 이제 정계만 깔끔하게 정리하면 일단 에드워드를 위한 최소한의 기틀은 마련했다 말할 수 있을 듯했다.

'아, 힘들었다. 그래도 좀 뿌듯하긴 하네. 어쨌거나 내 세상에서

는 이렇게 최악인 상황부터 시작해 본 적이 없으니까.'

흐뭇한 마음으로 걷는데, 어느새 눈앞에 행정부 건물이 보였다.

밀라이아는 백 년 후와 크게 다를 바 없는 회백색 건물을 흘끗 쳐다보고는 안으로 들어섰다.

생각해 보면 원래 세상에서는 수없이 드나들었던 건물인데, 이곳에 온 뒤로는 간혹 지나가다 보긴 했어도 직접 들어온 적은 한 번도 없는 것 같았다.

'하긴 뭐, 정무에는 관심 없는 여왕을 연기해야 했으니 어쩔 수 없지.'

그러나 앞으로는 달라질 터였다. 지금보다 조금 더 왕권이 강화되고 나면, 그녀가 정무에 관심을 갖는다 하여 누구도 뭐라 할 수 없을 테니까.

'그때가 기대되는군.'

소리 없이 중얼거린 그녀는 황황히 예를 갖추는 사람들을 지나 목적지로 향했다.

일 층 정중앙에 자리한 재상의 집무실 문은 기억대로 무척이나 컸다.

밀라이아는 그녀의 방문을 알리려는 시종을 저지하고 조용히 안으로 들어섰다. 한창 바쁠 텐데 굳이 등장을 알려 일의 흐름을 끊고 싶지는 않았다.

"그럼 이 건은 어찌할까요?"

"그건 지급至急 사항이 아니잖나. 일단 뒤로 미뤄 두도록."

"하면 이 건은 어찌하시겠습니까?"

"모레까지 결재를 받아야 하는 사안이었지? 일단 내 방에 가져다 두도록. 전하를 뵈러 갈 때 한꺼번에 받아 올 터이니.”

책상과 서류가 빼곡하게 들어찬 방 한가운데, 어림잡아도 열 명은 넘어 보이는 보좌관들에게 둘러싸여 있는 남자가 보였다.

밀라이아는 가만히 방 한쪽에 선 채 공작을 물끄러미 바라보았다.

전날 밤을 새우기라도 한 것일까? 그는 평소보다 창백한 얼굴로 쏟아지는 질문에 하나하나 답을 내려 주고 있었다. 늘 오만하게 치켜 올라가 있던 눈매도 왠지 힘이 풀린 느낌이었다.

‘내가 그동안 공작을 너무 혹사했나?’

늘 바쁘다는 말을 입에 달고 살았어도 항상 기한을 딱딱 맞춰 결과물을 가져오기에 이 정도인지는 몰랐는데, 그가 맡은 일이 정말 많기는 한 모양이었다. 보좌관만 해도 저리 다수인 것을 보면.

“그럼 이 건은 어찌할까요, 각하? 며칠 전 아네스 백작이 올린 안건입니다만…….”

“폐기하도록. 그자는 지금 때가 어느 땐데 한가롭게 이런 소리나 올리고 있단 말인가?”

짜증스럽게 답한 공작이 손가락으로 눈가를 꾹꾹 눌렀다.

일이 많이 고됐던 탓일까?

늘 완벽하던 옷차림이 오늘따라 조금 흐트러져 있는 것이 눈에 들어왔다. 가령 크라바트가 느슨하게 묶여 있다거나 셔츠 소매의 커프스단추가 반쯤 풀어져 있다거나 하는.

‘아무래도 일을 좀 줄여 줘야겠다.’

어쩐지 찔리는 기분에 슬그머니 딴청을 피우는데, 무심코 고개를 돌리던 보좌관 중 한 명과 시선이 마주쳤다.

놀란 듯 눈을 크게 뜬 그가 황급히 허리를 숙이며 예를 갖췄다.

"여왕 전하를 뵙습니다."

"헛! 여왕 전하를 뵙습니다!"

서둘러 몸을 돌린 보좌관들이 일제히 허리를 숙였다.

눈가를 지압하던 공작이 그녀 쪽을 돌아보며 허리를 숙였다.

"여왕 전하를 뵙습니다. 이곳까진 어인 일로 찾아오셨는지요?"

"어제의 일로 많이 어수선할 것 같아 독려차 들렀습니다. 불온한 무리 때문에 급하게 일을 처리하느라 본의 아니게 많은 사람을 놀라게 한 듯해서요."

자분자분하게 이야기한 밀라이아는 '아닙니다, 전하!'라고 서둘러 답하는 보좌관들에게 미소를 지어 보이고는 공작을 돌아보았다.

잠깐 얘기 좀 하자는 무언의 눈빛에 보일 듯 말 듯 하게 고개를 끄덕여 보인 그가 말했다.

"전하를 잠시 안으로 모실 터이니, 각자 하던 일부터 처리하고 있도록. 나머지 얘기는 이따가 마저 하도록 하지."

"네, 각하."

"안으로 드시지요, 전하. 신이 모시겠습니다."

"네."

차분하게 답한 밀라이아는 그의 안내를 받아 너른 집무실 안쪽에 있는 또 다른 방으로 향했다.

백 년 후의 기억에 따르면 그곳은 재상의 개인 집무실로, 보좌관들과 함께 쓰는 바깥 공간과는 격리되어 있어 기밀을 요하는 사안을 처리해야 할 때나 홀로 조용하게 일을 하고 싶을 때 주로 사용하는 공간이었다.

'여긴 또 어떤 분위기이려나?'

왠지 기대되는 마음으로 문을 열자, 본래 그녀가 알던 것과는 전혀 다른 공간이 모습을 드러냈다.

바닥에는 은실로 테두리를 수놓은 보라색 카펫이 깔려 있었다. 창에 달린 두꺼운 커튼 역시 짙은 보랏빛이고, 벽면을 꽉 채운 책상이며 책장들은 전부 검은색으로 이루어져 있어 전체적으로 몹시 강렬한 인상이었다.

물론 그렇다고 해서 촌스럽거나 칙칙해 보이는 것은 아니었지만, 안으로 들어서는 사람으로 하여금 왠지 모르게 위축되는 기분을 느끼게 만드는 곳이었다, 그 방은.

"어찌 그러십니까?"

"아, 분위기가 어마어마하다 싶어서요. 일부러 이렇게 꾸민 건가요?"

수도에 있는 페르디난드가의 저택이나 어제 다녀온 산속의 별저를 떠올리며 묻자, 공작은 가벼운 어조로 긍정했다.

"네. 이른 나이에 재상의 지위에 오른 터라, 얕보이지 않으려면 이런 걸로라도 위압감을 줘야 했거든요."

"그렇군요. 어쩐지 다른 곳들과는 전혀 다른 느낌이다 했어요."

생각해 보면 그도 꽤나 고생을 했겠다 싶었다.

밀라이아는 왠지 모를 동질감을 느끼며 커다란 책상 앞에 앉았다. 그녀 역시 그와 비슷한 경험이 다분했으니까.

의자를 가져와 그녀와 마주 보고 앉은 공작이 물었다.

"한데 이곳까진 어쩐 일이십니까? 어제 그 기밀서류들 때문인가요?"

"네, 뭐. 공작도 볼 겸, 겸사겸사?"

무심코 한 대답에 빙그레 웃은 공작이 말했다.

"푹 쉬시라고 부러 안 찾아뵈었으니 이런 행운이 찾아오는군요.

어제는 잘 주무셨습니까? 또 악몽 같은 걸 꾸신 건 아니지요?"

"네. 꿈도 안 꾸고 잤어요. 피곤한 사람을 앞에 두고 이런 얘길 하려니까 민망하네요."

"괜찮습니다. 전하께서 편히 쉬셨다면 된 거지요, 뭐."

답지 않게 부드러운 말에 왠지 좀 어색해져서, 밀라이아는 그에게서 시선을 떼어 멀쩡한 책상 위를 괜히 한번 훑어보았다.

주인의 성격을 보여 주듯 널찍한 책상은 꼭 필요한 것들을 제외하고는 말끔하게 치워져 있었다. 그 위에 놓여 있는 것이라고는 오직 서류와 깃펜, 잉크병, 밀랍과 초, 그리고 작은 상자 하나뿐—.

'저건 뭐지?'

밀라이아는 왠지 이곳의 분위기와는 전혀 어울리지 않는 상자를 보며 눈을 가늘게 떴다.

진회색 바탕에 보라색 리본으로 묶인 그것은 아무리 봐도 여성에게 선물받았거나 혹은 할 법한 크기의 선물 상자로 보였다. 그것도 한 번 풀었다 다시 묶은 듯 구겨진 리본의 모양새가 어쩐지 전자에 가까워 보이는.

'누가 공작에게 이런 선물을 한 거지?'

확 불쾌해지는 기분에 가만히 상자를 노려보는데, 그녀가 빤히 바라보는 곳을 따라 시선을 옮기던 공작이 멈칫하는 것이 보였다.

'뭐야, 정말 수상하잖아.'

눈썹을 꿈틀한 그녀가 물었다.

"저거, 뭐예요?"

"별것 아닙니다."

"아니긴 뭐가 아니에요? 척 봐도 선물처럼 보이는데. 집무실에 둔 걸 보면 대단히 소중한 건가 봐요?"

순간 공작의 눈에 무언가 깨달음의 빛이 스치고 지나간다 싶더니, 이내 웃음기 어린 목소리가 들려왔다.

"그리 궁금하시면 한번 열어 보십시오. 신이 왜 여기다 두었는지 단박에 알게 되실 겁니다."

"어…… 그래도 돼요?"

"괜찮습니다. 다른 분도 아니고 전하께서 보시겠다는데 누가 감히 뭐라 하겠습니까?"

남의 선물을 열어 보는 건 분명 예의가 아니라는 걸 알 텐데, 공작은 왜인지 무척 적극적인 태도로 계속해서 열어 보라 권유했다. 나중에는 숫제 상자를 그녀의 손에 쥐여 주기까지 했다.

'괜찮겠지? 공작이 저렇게까지 얘기하는데 뭐.'

솔직히 내용물이 궁금했던 것도 사실이라서, 밀라이아는 못 이기는 척 보라색 리본을 조심조심 풀었다.

그러고는 상자의 뚜껑을 열자—.

"어라, 이거……."

"이제 아시겠습니까? 왜 단박에 아실 거라고 했는지 말입니다."

웃음기 어린 음성에 얼굴이 확 달아올랐다.

잿빛 상자 안에 든 것은 다름 아닌 자수정 머리 장식이었다. 그것도 백금으로 틀을 만든 것이나 그 위에 투명한 다이아몬드를 알알이 박은 점으로 보아 분명 가면무도회 때 걸었던 목걸이와 한 쌍으로 보이는.

"이거…… 그때 그거 맞아요? 목걸이랑 쌍을 맞춰서 구입했던?"

"맞습니다. 전하의 것이지요."

느긋하게 자세를 고쳐 앉은 남자가 계속해서 말했다.

"혹시라도 알아보는 사람이 있을까 싶어 드릴까 말까 망설이던 건데, 아무래도 주인을 찾아갈 운명이었나 봅니다. 결국 이렇게 전하의 눈에 띈 것을 보면 말이지요."

"……."

"기왕 이렇게 된 것, 가져가시지요. 한낱 머리끈보다야 그게 훨씬 나을 겁니다. 잘 어울리시기도 하고요."

싱글거리며 권유한 공작이 손가락으로 책상을 톡톡 두드리며 물었다.

"한데 전하."

"네?"

"방금 그것, 질투하신 거 맞지요? 신이 누군가에게 선물을 받았거나 하려는 건 줄 알고 말입니다."

"무, 무슨!"

펄쩍 뛰어오른 밀라이아가 서둘러 고개를 저었다.

"지, 질투라니, 누가 그딴 걸 한다고 그래요? 나는 그냥……!"

"그냥?"

"그냥, 이 집무실에 왜 안 어울리는 게 있나 궁금해서 그런 것뿐이라고요. 따, 딱 봐도 눈에 띄잖아요? 온통 일감뿐인데 저런 게 있다는 게……. 어라, 잠깐만."

열심히 변명하던 밀라이아는 문득 지금 제가 공작에게 보이는 행동이 이곳에 오기 전 왕제가 제게 보였던 모습과 똑 닮았다는 생각에 푹 한숨을 내쉬며 말했다.

"아, 모르겠다. 맘대로 생각해요. 질투든 아니든."

"그러겠습니다."

슬쩍 미소 지은 남자가 상자의 뚜껑을 닫아 그녀에게 다시 내밀었다.

"받으십시오. 전하의 것입니다."

"……고마워요."

마음대로 생각하랬다고 정말로 그래 버린 듯한 모습에 몹시 신경이 쓰였지만, 밀라이아는 애써 그에게서 관심을 끊어 내며 상자를 한쪽에 잘 갈무리했다. 그런 뒤 여전히 창백해 보이는 공작을 돌아보며 물었다.

"그보다 사후 처리는 잘되어 가고 있어요? 할 일이 꽤 많을 텐데."

"그럭저럭 하고 있습니다. 단지 원래 맡은 일과 병행해야 하는 탓에 진도가 좀 느리지만요. 그보다는 기밀서류들이 문제입니다. 이건 누구에게 보여 줄 수도 없는 것들이니까요."

"어휴, 정말. 그럴 줄 알았어요."

가볍게 혀를 찬 밀라이아가 말했다.

"그 많은 걸 어떻게 다 봐요? 그러지 말고 내게도 넘겨요. 일단 기밀서류부터 처리한 다음에 바로 시작할게요."

"됐습니다. 그쯤이야 혼자서 해도 충분합니다."

"나 그렇게 허약한 사람 아니거든요? 어제는 멀미 때문에 그랬던 거지, 평소에는 쌩쌩하다고요. 그러니 마음 변하기 전에 얼른 나눠 주는 게 좋을 거예요."

딱 잘라 말하자, 공작은 생각에 잠긴 얼굴로 잠시 서류 더미를 바라보다 제안했다.

"좋습니다. 대신 둘 다 여기서 살펴보고 가십시오. 전하께서 무리하시나 안 하시나 직접 지켜봐야겠으니까요."

"……뭐야, 멀미 한번 했다고 갑자기 왜 이렇게 약골 취급이에요? 언제는 안 어울리니 다시는 약한 척하지 말라고 해 놓고선. 어쨌든 알겠어요. 뭐부터 보면 돼요?"

어깨를 으쓱하자, 공작은 빙긋 웃으며 한쪽에 쌓아둔 서류 묶음을 가리켰다. 각 서류를 한 겹씩 둘러싼 종이 위에는 전부 밀랍으로 봉인이 되어 있었다.

"근위기사단 인장으로 봉인된 것들이 전부 기밀서류입니다. 우선 그것부터 처리해 주십시오. 나머지는 상황을 봐서 드릴 테니까요."

"알겠어요. 그럼 펜이나 하나 줘 봐요. 빈 종이랑."

하나밖에 없는 깃펜을 눈짓하자, 제 몫의 서류를 펼친 공작이 답했다.

"좌측 첫 번째 서랍을 열어 보시면 새 깃펜과 잉크병이 있을 겁니다. 종이는 거기 우측 책꽂이 두 번째 칸에 쌓여 있으니 뽑아서 쓰시면 되고요."

"어디 보자……. 아, 여기 있네. 그럼 시작할게요."

새 깃펜과 잉크병을 꺼낸 밀라이아가 서류 더미를 끌어당겼다. 공작 역시 제 깃펜을 손에 쥐고 작업을 시작했다.

'어디 보자. 어딜 살펴봐야 그럴싸한 게 나올까?'

얼핏 봐도 서른 가지가 훌쩍 넘는 목록을 빠르게 살펴본 그녀는 그중에서도 특히 눈에 들어오는 것 너덧 개를 먼저 뽑아냈다.

상반기 귀족평의회 추가 예산 집행 사항 — 왕국력 357년 6월, 버나드수 아네스

바르크 영지의 철광 소유권 분쟁에 대한 분석 — 왕국력 357년 2월, 리오나스 수 웨스트우드

왕실 전용 사냥터 관리 현황 — 왕국력 357년 4월, 리오나스 수 웨스트우드

왕국력 357년 2분기 최고법원 재판일지 — 루시어스 라 길리안

왕국력 357년 1분기 왕실직할령 재정 보고

'이건 왜 작성자 이름이 없지?'

눈썹을 찡그린 밀라이아가 문제의 서류 묶음을 찾아 봉인을 뜯었다.

궁을 다 뒤집었으니 왕실직할령에 대한 문서가 이곳에 있는 것까지는 이해할 수 있다 하나, 앞서 본 것들은 전부 기획자나 책임자의 이름이 적혀 있는 데 반해 이것만은 아무것도 적혀 있지 않는 점이 마음에 걸렸다.

밀라이아는 글씨가 빼곡한 종이를 휙휙 넘겨 가며 혹시 내용 중에 뭔가 이상한 부분이나 얼마 전 제가 받았던 보고서와 다른 점이 없나 확인했다.

그러나 아무리 살펴봐도 별다른 특이점은 발견할 수가 없었다.

'별거 아니었나?'

하긴 겉표지만 가지고 의심하기에는 가진 자료가 너무 적다 싶었다. 뭔가 다른 것이 추가로 나온다면 모를까.

'에이, 괜히 시간만 버렸네.'

하릴없이 재정 보고서를 내려놓은 밀라이아는 예산 집행서의 봉인을 뜯어 혹시 이상한 점이 있나 꼼꼼하게 살펴보기 시작했다.

아니나 다를까, 장부상으로는 딱 떨어지는 내역이나 왠지 모르게

미심쩍은 구석들이 곳곳에 숨겨져 있는 것이 보였다.

"공작?"

"네, 전하."

"이것 좀 한번 살펴보겠어요? 내가 보기에는 내역을 꽤 부풀린 것 같은데."

따로 적은 종이와 함께 서류를 넘겨주자, 가장 앞 페이지로 돌아가 겉표지를 확인한 그가 고개를 끄덕였다.

"부풀린 것 맞습니다. 얼마 전에 확인했던 기억이 나는군요."

"응? 그럼 알면서도 내버려 둔 거예요?"

"네. 해서 어제 말씀드렸지 않습니까? 아네스 백작 정도는 엮을 수 있다고요."

"아, 그게 이거였군요. 아깝다. 한 건 찾았나 했더니."

아쉬워하는 그녀를 보며 빙긋 미소 지은 공작이 말했다.

"그러잖아도 어디 있나 찾고 있던 자료였습니다. 감사합니다, 전하."

"됐어요, 옆구리 찔러 인사받는 건. 그보다 공작은 뭐 좀 찾은 거 있어요?"

"아직 이렇다 할 건 없습니다. 좀 더 살펴봐야지요."

"그래요. 그럼 나도 다시 살펴볼게요."

밀라이아는 문제의 서류를 한쪽에 잘 분류해 둔 뒤 다른 것을 뽑아 들었다. 철광 소유권 분쟁에 대한 문건이었다.

'본래 이런 문제에서 비리가 잔뜩 터져 나오는 법이지.'

이백 페이지가 넘는 서류를 바라보는 그녀의 눈빛이 반짝 빛났다.

한 시간 뒤.

'아무래도 이건 당장 쓸 수는 없겠군. 아깝다. 뭔가 나올 줄 알고 시간을 꽤 투자했더니만.'

문제의 서류는 인근 영주들의 개입 정황을 군데군데 숨겨서 서술해 둔 점이 굉장히 매력적이기는 했으나, 길리안가를 끌어내릴 명분으로 삼기에는 뭔가 좀 애매했다.

서류를 덮은 밀라이아는 맨 앞장을 넘겨 겉표지에 적힌 이름을 확인했다.

'리오나스 수 웨스트우드라. 어느 계파의 사람이지? 예전에 공작이 줬던 자료에서는 못 본 것 같은데.'

누군지는 몰라도 꽤나 대범한 자다 싶었다. 비록 지금은 왕제파의 기가 조금 꺾였다지만, 그래도 기본적으로 세 개의 계파가 첨예하게 대립하는 이런 시기에 어느 한쪽을 가리지 않고 죄다 고발한 문건이라니.

물론 그렇기에 그도 직설적으로 작성하는 대신 이런 식으로 장황한 서술 속에 단서를 숨겨 둔 것이겠지만, 그렇다고 해서 그 대담성이 어디로 가는 건 아니었다.

'나중에 이자를 한번 만나 봐야겠군.'

속으로 생각하며 다음 서류의 봉인을 뜯는데, 갑자기 팔랑하고 종이 한 장이 떨어졌다.

무심코 그것을 집어 든 밀라이아는 고개를 갸웃했다. 그 안에 적힌 내용이 상당히 뜻밖이었기 때문이다.

크라우스 라 길리안에 대한 감시 지침

'크라우스라면 대공자잖아. 이 종이, 분명 재판일지 속에서 떨어졌지? 그럼 그동안 길리안 대법관이 그를 몰래 살피고 있었단 말이야?'

어차피 길리안가의 주인 자리를 놓고 대립하는 사이이니 그가 제형을 감시하고 있었다 하여 딱히 이상할 건 없었지만, 그럼에도 왠지 모르게 기분이 좀 싸했다.

'감시 지침이라…….'

꽤나 꼼꼼하게 적혀 있는 그것들을 샅샅이 훑어본 밀라이아는 잠시 종이를 내려놓고는 손가락에 머리카락을 뱅뱅 휘감았다.

이것 역시 왕실직할령 재정 보고서를 봤을 때처럼 딱 이거다 싶은 점은 없었지만, 왠지 모르게 영 찜찜한 기분을 지울 수가 없었다. 그동안 지켜본 길리안 대법관은 그런 일을 벌일 만한 성격으로는 보이지 않았으니까. 게다가 앵무새의 일로 그에게 한 조각 의심을 품은 것도 있었다.

"저기, 공……."

의견을 물으려 고개를 들어 올린 순간, 남자의 얼굴이 눈에 들어왔다.

그는 서류를 살펴보던 모습 그대로 잠이 들어 있었다.

곧고 풍성한 속눈썹이 굳게 닫힌 눈꺼풀 아래 검은 그림자를 드리우고, 높게 뻗은 콧대가 살짝 기울어진 얼굴에 짙은 음영을 만들어 냈다.

감긴 눈과 살짝 열린 입술 덕에 평소의 날카로운 인상이 반 이상 사라진 그 얼굴은 마치 한 폭의 그림과도 같았다. 당장에라도 화가를 불러 이 모습을 초상화로 남기라 하고 싶을 정도로.

'이렇게 보니 또 다른 느낌이네.'

어쩐지 그 모습에서 눈을 뗄 수가 없어서, 밀라이아는 한참 동안 잠든 그를 빤히 바라보았다.

언제부턴가 그 상대를 바꾼 심장이 기분 좋은 울림을 품은 채 뛰는 것이 느껴졌다. 입가에 스르르 웃음이 걸리는 것도.

'저대로 자면 불편할 텐데 어쩌지? 깨워야 하나?'

잠시 고민하던 그녀는 이내 생각을 접었다. 편히 자라고 깨웠다가는 저 남자의 성격상 다시 일에 매달릴 것이 분명했다.

천천히 그에게서 눈을 뗀 밀라이아는 다시 서류 뭉치로 손을 뻗었다.

왕실 전용 사냥터 관리 현황 — 왕국력 357년 4월, 리오나스 수 웨스트우드

'이것도 작성자가 웨스트우드네? 그럼 여기에서도 뭔가가 좀 나오려나?'

눈을 반짝 빛낸 그녀는 서둘러 두꺼운 서류의 봉인을 뜯었다.

이백 페이지가 넘는 종이를 한 장씩 넘길 때마다 얼굴이 점점 심각하게 변했다. 그 안에 담긴 것은 분노와 반가움이 뒤죽박죽 섞인 감정이었다.

'이것 봐라? 누구 맘대로 내 것을 사용하는 거야?'

입바람으로 머리카락을 훅 분 그녀가 깃펜을 집어 들었다. 화가 나는 건 나는 거고, 엮을 수 있을 만한 건 일단 전부 표시해 둬야 했다.

한 시간이 넘도록 두꺼운 서류를 뒤적이며 이것저것을 끼적이는데, 갑자기 똑똑 하고 노크 소리가 들렸다.

곧이어 안으로 들어선 보좌관 하나가 고개를 숙여 보이고는 말했다.

"결례를 용서하십시오, 전하. 잠시 각하에게 드릴 말씀이 있어……."

"쉿!"

황급히 손가락을 입술에 갖다 댔지만, 때는 이미 늦은 후였다. 어느새 인기척을 느낀 듯 굳게 닫혔던 눈꺼풀이 열리고 있었다.

천천히 눈을 뜬 공작이 뒤를 돌아보았다.

"무슨 일인가?"

겨우 한두 시간 남짓 잤을 뿐인데도, 그의 목소리는 푹 자고 일어난 사람처럼 잠겨 있었다.

가라앉은 음성으로 묻는 그에게 고개를 숙여 보인 보좌관이 답했다.

"각하, 당장 결재해 주셔야 할 서류가 있습니다. 잠시 시간을 내주실 수 있으신지요?"

"알겠네. 전하, 잠깐 자리 비움을 허락해 주시겠습니까?"

"그렇게 해요."

선선히 승낙하자, 공작은 가볍게 고개를 숙여 보이고는 보좌관과 함께 자리를 떴다.

'일이 많긴 정말 많나 보구나. 그 몇 시간도 못 참고 저리 불러 대는 걸 보니.'

혀를 차며 닫힌 문 쪽을 바라본 밀라이아는 깃펜을 들어 흐름이 끊겼던 부분부터 이어서 다시 정리하기 시작했다.

'여기도 있네, 왕실 전용 사냥터의 무단 이용. 몰이꾼들을 강제로 징발하고 허가 없이 사병을 동원한 것으로도 모자라 숙식은 왕실 직할령에 부담시켰다 이거지? 왕실을 업신여기는 것도 유분수지,

정말 해도 해도 너무하는군.'

하긴 보는 앞에서도 대놓고 무시하던 작자들이 뒤에서는 오죽하랴 싶었다.

'그나저나 찾은 것 같네, 명분.'

천천히 깃펜을 내려놓은 밀라이아가 눈을 날카롭게 빛냈다.

왕실 소유 땅에 무단으로 '침입'했으니 그 자체로도 이미 충분한 구실이 되겠지만, 그녀가 발견한 건 고작 그 정도가 아니었다.

왕실직할령 재정 보고서를 다시 펼쳐 든 그녀는 그것을 다시 한 번 휘리릭 넘겨 보며 날카롭게 눈을 빛냈다.

'어쩐지 영 찜찜하더라니, 이런 데서 조각이 맞춰질 줄은 몰랐네. 그래서 작성자 이름을 일부러 누락한 건가?'

이만하면 충분히 길리안가를 엮을 수 있겠다 싶었다.

미소를 베어 문 채 두 개의 서류를 한데 모아 둔 밀라이아는 허리를 쭉 펴며 크게 기지개를 켰다. 장시간 일을 해서 그런지 온몸이 찌뿌듯했다.

뻐근한 목 뒤며 어깨를 콩콩 두드리는데, 문득 옆에 챙겨 두었던 잿빛 상자가 눈에 들어왔다.

달칵.

뚜껑을 열자 백금으로 만든 자수정 머리 장식이 눈에 들어왔다.

그녀의 눈동자 색과 똑 닮은 보랏빛 보석이 촘촘히 박힌 다이아몬드 사이에서 영롱하게 빛나는 모습을, 밀라이아는 잠깐 동안 말없이 바라보았다.

—이거…… 그때 그거 맞아요? 목걸이랑 쌍을 맞춰서 구입했던?

—맞습니다. 전하의 것이지요.

나지막한 목소리가 귓가에서 들려오는 듯했다.

어쩐지 가슴이 간질간질해져서, 그녀는 얕은 한숨을 내쉬며 상자의 뚜껑을 도로 닫았다. 아니, 닫으려고 했다. 갑자기 머리 위에 그림자가 드리워지지만 않았더라면.

"뭘 그리 보십니까?"

"깜짝이야. 언제 왔어요?"

놀란 가슴을 쓸어내리며 돌아보자 공작은 웃음기 어린 목소리로 말했다.

"방금요. 그보다 뭘 그리 놀라고 그러십니까? 사람이 선물 좀 몰래 열어 볼 수도 있지요."

"……몰래 본 거 아니거든요? 그냥 본 거지."

"네네, 그러시겠지요. 그보다 기왕 열어 보신 것, 한번 해 보시렵니까? 보통 이런 류의 선물은 받은 즉시 착용해 보는 거라면서요?"

"하지만 여긴 거울도 없는데요? 그렇다고 시녀를 부를 수 있는 것도 아니고."

고개를 갸웃하자, 그는 뭐가 문제냐는 듯 답했다.

"신이 해 드리면 되지요."

"어…… 공작이요?"

"네. 왜요, 싫으십니까?"

"아뇨, 그런 건 아니지만……."

"그럼 됐군요. 잠시 실례하겠습니다."

무어라 더 말할 틈도 주지 않고 어깨 너머로 팔을 뻗은 공작이 머리 장식을 집어 들었다.

흠칫하며 몸을 굳히는 순간, 허리를 일으켜 세운 남자가 그녀의 머리카락을 모아 쥐고는 원래 하고 왔던 머리 장식을 조심조심 빼냈다. 닿을 듯 말 듯 두피를 스치는 손길에 자꾸만 몸이 움찔거렸다.

가빠오는 호흡을 다스리며 겨우 숨을 내쉬는데, 두어 번의 실패 끝에 겨우 머리 장식을 꽂아 준 공작이 말했다.

"이만하면 된 것 같군요. 잘 어울리십니다."

"……고마워요, 공작. 잘 간직할게요."

아침에 사스테인 영애가 만져 줬을 때보다는 머리카락이 덜 고정되는 느낌이었지만, 밀라이아는 그냥 고맙다 말했다.

만사에 능숙해 보이는 그가 이런 일에는 서투르다는 점이 마음에 들었다. 단번에 머리 장식을 꽂아 주었더라면 오히려 화가 났을 텐데.

"그보다 볼일은 다 봤어요? 아까 올 때 보니까 저쪽도 꽤 바빠 보이던데."

"네. 급한 건 얼추 처리하고 왔습니다. 그 김에 간단한 요깃거리도 좀 가져오라 일렀고요. 한데 벌써 이만큼이나 처리하신 겁니까? 송구합니다. 같이 해 드렸어야 했는데 깜빡 잠이 들었군요."

핏기가 돌아온 얼굴을 확인한 밀라이아가 어깨를 으쓱했다.

"그러게 잠은 좀 자 가면서 하지 그랬어요. 하루 이틀 사이에 끝날 일도 아닌데."

"괜찮습니다. 길리안 공작을 한시바삐 치워 내려면 서둘러야지요."

담백하게 대답한 남자가 서류 묶음을 한 움큼 집어 들었다.

제자리로 돌아가려는 그를 '잠깐만요.' 하고 저지한 그녀가 말했다.

"이리 와서 허리 좀 숙여 봐요."

"어찌 그러십니까?"

"일단 해 봐요, 좀. 조금만 더. 응. 이제 됐어요."

손을 뻗어 흰색 크라바트를 잡은 밀라이아가 느슨하게 풀린 그것을 말끔하게 고쳐 주며 말했다.

"봐요, 차림새도 흐트러졌잖아요. 거기 왼쪽 소매 커프스단추도 그렇고. 아무리 피곤해도 그렇지, 늘 단정하던 사람이 이러고 다니면 다들 이상하게 생각한다고요."

순간 잿빛 눈동자가 크게 뜨이는 것이 보였다. 놀란 기색이 역력하던 얼굴이 부드럽게 풀리며 환한 미소가 걸린 것은 그다음이었다.

"감사합니다, 전하."

언젠가 노을 속에서 봤던 것과 똑 닮은, 너무 순식간에 사라져 버려 아쉬움을 남겼던 그때처럼 환한 웃음에 절로 입이 벌어졌다.

'뭐야, 저 웃음. 반칙이잖아.'

황급히 시선을 그에게서 뗀 밀라이아가 애써 새침하게 답했다.

"머리 장식에 대한 보답이에요."

"그렇군요. 감사합니다."

가볍게 고개를 숙여 보인 남자가 맞은편에 앉았다.

소매의 단추를 고쳐 잠그는 그를 힐끗 돌아본 그녀는 흠흠, 하고 헛기침을 삼키고는 말했다.

"이것 좀 봐 줄래요? 내 생각에는 충분히 엮을 수 있는 사안으로 보이는데."

"호오, 벌써 한 건 해내신 겁니까?"

눈을 반짝인 공작이 그녀가 내미는 서류 묶음을 받아 들었다. 좀 전까지 파악한 내용들을 적어 두었던 종이도.

종이와 서류의 내용을 꼼꼼히 대조하며 살펴보던 그는 한참 뒤 후우, 하며 긴 숨을 토해 냈다.

"맞는군요. 이거면 길리안 공작을 충분히 엮어 낼 수 있겠습니다."

"그렇죠? 사실 길리안 공작이라면 직접적으로 드러난 이공자만 잘라 내고 끝낼 것 같기는 한데, 그래도 이런 게 있으면 확실히 좀 위축될 것 같아요. 아, 그 전에 한 가지. 웨스트우드라는 이자, 믿을 만한 사람인가요?"

"웨스트우드 백작 말씀이십니까. 흠."

손가락으로 책상을 톡톡 두드린 공작이 답했다.

"신이 알기로는 구왕당파 세력 중 하나인 사람입니다. 낙향하지 않고 정계에 남아 있다는 얘기는 들었는데, 이런 보고서를 올린 줄은 몰랐군요. 아무래도 중간에서 차단된 모양입니다."

"왜 그랬을까요? 공작에게 직접 얘길 했으면 됐을 텐데."

"그야 그들이 보기에는 신 역시 배신자니까요."

"아."

할 말을 잃고 머뭇거리는 그녀를 향해 공작이 빙긋 웃어 보이고는 말했다.

"괜찮습니다. 전하를 뵙기 전까지는 양쪽 사이에서 저울질이나 하며 살던 게 사실인데요, 뭐. 만일 본가가 재상직을 맡을 차례가 아니었다면 신 역시 낙향했을지도 모릅니다."

"그렇군요."

무겁게 고개를 끄덕이자, 공작은 그녀를 빤히 바라보며 말했다.

"전하를 만나 뵙게 되어 참으로 다행입니다. 오래도록 꿈속에서 그리기만 했는데, 그런 분과 이리 마주하는 날이 오게 될 줄은…… 정말 몰랐습니다."

왠지 얼굴이 붉어졌다. 분명 일 이야기에 불과할 텐데도, 그 말이 마치 오래도록 기다려 온 연인을 드디어 만났다는 것처럼 들려서.

슬그머니 볼에 손을 가져다 대는 그녀를 보며 다시 한번 미소 지은 공작이 말했다.

"어쨌든 이 보고서의 진위 여부는 다시 한번 확인해 보겠습니다. 잘하면 길리안 공작의 세력들을 상당수 몰아낼 수 있겠군요."

"역시 그렇죠?"

"물론입니다. 명백한 장부 누락이 발견되었으니까요. 그것도 왕실직할령에서 말입니다."

단호한 대답을 들은 밀라이아가 빙긋 웃었다.

그녀가 찾아낸 것은 길리안가의 둘째 공자가 왕실 전용 사냥터를 무단 이용했다는 고발이 교묘하게 숨겨진 문서였다. 그것도 한 번이 아니라 여러 번이나 계속되었다는 내용이 담긴.

국왕의 허락 없이 왕실 전용 사냥터를 이용했다는 것만으로도 이미 왕실모독죄에 해당되는데 —경우에 따라서는 최대 반역죄까지도 거론될 수 있는 사안이었다— 해당 문건에 따르면 그는 몰이꾼이며 사병까지 데려와 왕실직할령에서 비용을 부담하도록 시켰다고 한다.

그럼에도 재정보고서에 그런 내용이 기록되지 않은 이유는 충분히 예측 가능했다.

아마도 왕실직할령을 관리하는 자들이 대부분 길리안가에 연줄을 대고 있다는 것이 첫째요, 길리안가의 세가 왕실의 그것보다 크다 생각한 게 둘째일 터다. 설사 여왕이 알아차린다 한들 아무 말도 못할 거라 생각했으니 이런 대담한 짓들을 벌였을 테지.

'그동안 글로리아가 얕보인 게 이런 데서도 드러나는군. 게다가

나 역시 중요 정책을 논하기 전에는 전부 길리안 공작의 사전 동의를 구하는 형식을 취했으니 더 기세등등했을 테고.'

보랏빛 눈이 서늘하게 빛났다.

입꼬리를 슬쩍 비트는 그녀를 물끄러미 바라보던 공작이 말했다.

"즉시 해당 직할령에 사람을 보내겠습니다. 돌아오는 연락은 전서구를 활용하면 되니, 넉넉잡아 사흘이면 진위 여부를 알 수 있을 겁니다."

"좋아요. 그럼 그때까지 정무 회의를 미뤄야겠군요. 식량 문제도 그때 묶어서 처리하지요. 시간이 촉박하긴 하지만, 어차피 지금 정무 회의를 열어 봐야 급한 사안들을 처리하기는커녕 궁을 뒤집은 일로 꼬투리나 잡을 테니까요."

"그리하겠습니다. 그때는 어제의 그 표정들을 꼭 한번 다시 봤으면 좋겠군요."

"그러게요. 정말 볼만했는데 말이죠."

두 사람의 입가에 의미심장한 미소가 걸렸다.

"이번에는 화가를 불러 두는 게 어떻겠습니까? 정말 놓치기 힘든 광경일 것 같은데 말입니다."

"좋은 생각이네요. 그러잖아도 슬슬 초상화를 다시 그려야 할 것 같던데, 겸사겸사 괜찮은 화가를 한번 섭외해 볼까……."

쿡쿡 웃으며 답하는데, 노크 소리가 들렸다.

잠시 후 안으로 들어온 보좌관은 빵과 샐러드, 각종 과자류, 그리고 찻주전자와 찻잔 등으로 가득한 은쟁반을 들고 있었다.

"결례를 용서하십시오. 분부하신 요깃거리를 가져왔습니다."

"고맙군. 가서 일 보게."

"네, 각하."

두 사람을 향해 가볍게 고개를 숙여 보인 보좌관이 방을 나갔다.

그제야 점심도 굶은 채 일만 하고 있었다는 게 생각나서, 밀라이아는 제 몫의 접시에 빵을 하나 덜며 말했다.

"그러고 보니 끼니를 챙기는 것도 잊었네요. 한데 나야 그렇다 치고, 공작은 이 정도로 되겠어요? 뭔가 제대로 된 걸 들어야 하는 것 아니에요?"

"괜찮습니다. 일상인데요, 뭘. 한데 오늘따라 인심이 너무 후하신 것 아닙니까? 이러다가 심장이 터져 버릴까 두렵군요."

"……뭐래. 걱정해 줘도 난리야."

슬쩍 눈을 흘긴 밀라이아가 문득 생각났다는 듯 말했다.

"참, 아까 그 서류들 말이에요. 에드워드에게도 좀 가져다주겠어요? 쓸모없는 것들이랑 섞어서요."

"네? 저하께 말입니까?"

"네. 정 찜찜하다 싶으면 사냥터 관련 문건은 빼도 좋아요. 대신 철광 소유권 분쟁 건은 꼭 포함해 줘요."

대수롭지 않게 답한 그녀는 빵을 작게 잘라 입에 넣었다.

소리 없이 빵을 오물거리는 그녀를 보며 책상을 톡톡 두드린 공작이 물었다.

"무슨 뜻으로 그러시는지는 알겠지만, 너무 많이 보여 주시는 것 아닙니까? 시기도 이르고요."

"정상적인 상황이라면 그렇겠죠. 하지만 말이에요, 공작."

두 개의 찻잔을 각각 채운 밀라이아가 그중 하나를 공작에게 내밀며 말했다.

"내게는 시간이 별로 없어요. 난 언제 떠날지 모르는 사람이니까요. 공작도 알잖아요?"

그 순간, 잿빛 눈동자가 딱딱하게 굳는 것이 보였다.

밀라이아는 침묵하는 그를 곧게 응시하며 말했다. 원래는 지금 이 자리에서 얘기할 생각이 없었지만, 일단 말이 나온 이상 한번 짚고 넘어가야겠다 싶었다.

"나는요, 에드워드가 가능한 한 평온하게 왕위를 잇기를 바라요. 솔직히 처음에는 그렇게까지 해 줄 생각이 없었는데, 시간이 지날수록 그런 마음이 점점 더 커지더군요. 공작도 알다시피 꽤 쓸 만한 왕재잖아요?"

"……."

그는 아무런 답이 없었다. 그저 굳은 얼굴로 그녀의 이야기를 묵묵히 경청할 뿐.

묵언하는 그를 보며 희미하게 미소 지은 밀라이아가 말했다.

"언제 이곳을 뜨게 될지는 모르겠지만, 나는 그날이 오기 전에 집 안 청소를 말끔하게 다 해 놓고 가고 싶어요. 한동안 먹을 수 있는 잔칫상도 성대하게 차려 놓고, 엉뚱한 도둑이 들지 않도록 뾰족뾰족한 유리 담까지 세워 두는 게 내 목표예요. 그 아이만큼은 나처럼 고생하지 않았으면 좋겠거든요."

언제부턴가 에드워드를 보면 앨런이 떠올랐다. 나이도 외모도 성격도, 공통점이라고는 하나도 없는 그들이었지만 그냥 그런 생각이 들었다. 앨런이 건강하게 자랐다면 에드워드와 비슷하지 않았을까, 무작정 저를 따르는 게 아니라 그 아이처럼 때로는 퉁명스럽게 굴고 때로는 걱정해 주며 사이좋게 지내지 않았을까…… 하는 그런 상념들이.

물론 정말 그랬다면 왕위계승권을 놓고 어떤 일이 벌어졌을지 모르지만, 한 번 그런 생각이 들어서인지 앨런을 닮은 에드워드만큼은 힘들게 하고 싶지 않았다.

궁을 뒤엎자는 페르디난드 공작의 의견에 찬성한 것도 일부는 그 때문이었다. 물론 가장 큰 이유는 감히 왕실과 왕국민을 기만하고 날뛰는 자들을 더는 두고 볼 수 없었기 때문이었지만, 그 안에는 그런 마음도 조금은 포함되어 있었다.

말을 마친 밀라이아가 천천히 입을 다물자, 그제야 그녀에게서 시선을 뗀 공작이 말했다.

"전하께서는 욕심쟁이시군요. 시간이 얼마 없다면서 그리 많은 것을 바라시다니 말입니다."

느릿하게 떨어지는 말은 어쩐지 무거운 울림을 담고 있었다.

밀라이아는 부러 가벼운 어조로 답했다.

"몰랐어요? 난 원래 욕심이 많아요. 그러니 지금 공작과도 이런 관계가 된 거죠. 안 그랬음 이렇게 고생할 것 없이 죽은 듯이 살다가 돌아갔을걸요?"

"뭐, 그건 그렇습니다만. 알겠습니다. 하면 신이 직접 가져다드려야겠지요? 전하께서 바라시는 것이 그것일 테니 말입니다."

가라앉은 목소리로 답한 공작이 몇 가지 서류를 챙겨 자리에서 일어났다.

"다녀오겠습니다."

"그래요. 나는 그동안 이거나 마저 보고 있을게요."

"네. 그럼."

두꺼운 종이 뭉치를 옆구리에 낀 남자가 돌아섰다.

밀라이아는 그의 자리에 얌전히 놓인 접시를 발견하고 쓴웃음을 지었다.

'뭐라도 좀 들고 가지. 하나도 손 안 댔네.'

어깨를 으쓱하며 서류 더미로 손을 뻗는데, 문득 홀로 남은 방 안이 꽤 넓다는 생각이 들었다. 분명 좀 전까지만 해도 그런 느낌을 전혀 받지 못했음에도.

보랏빛 시선이 너른 바닥에 깔린 카펫에서 벽면을 꽉 채운 책장으로, 창에 달린 커튼으로, 그리고 마지막으로 굳게 닫힌 문으로 향했다.

어쩐지 한숨이 나왔다. 이제 더는 이곳을 편하게 찾을 수 없을 것 같다는 생각이 들어서. 이미 그녀는 백 년 뒤 이 방의 풍경이 어떤지 잘 알고 있기에 더 그랬다.

'백 년 뒤……. 내가 돌아가야 할 곳. 그때가 되면 나는…….'

마음이 무거워졌다.

멍하니 허공을 바라보던 밀라이아가 볼을 짝짝 두들겼다.

'일하자, 일. 비록 공작에게는 그렇게 말했다지만, 아직 내게는 최소 반년이 넘는 시간이 남아 있어. 그러니 그 문제보다는 당면한 과제가 먼저야.'

후우.

길게 숨을 내쉰 밀라이아가 두꺼운 서류를 펼쳤다. 두 눈에 결의를 가득 품은 채.

❖❖❖

그날 저녁.

거의 한나절을 꼬박 공작의 집무실에서 보낸 밀라이아는 물 먹은 드레스처럼 축 늘어진 몸으로 하늘궁에 돌아왔다. 오랜만에 강도 높게 업무를 본 탓에 몹시 피곤했다.

무거운 발걸음을 이끌며 침실로 향하는데, 그녀가 온다는 전갈을 미리 받은 듯 대기하고 있던 레티시아 백작 부인이 다가와 허리를 숙였다.

"이제 오십니까, 전하?"

"네. 그제 보고 처음이네요, 유모. 잘 있었어요?"

뒤따르는 시녀들이 들을세라 작은 소리로 묻자, 백작 부인은 차분한 얼굴로 답했다.

"신이야 늘 그만하지요. 그러잖아도 클로에에게 이야기는 들었답니다. 신경 써 주셔서 감사합니다, 전하."

"그래요. 자세한 얘기는 들어가서 하지요."

고개를 끄덕여 보인 밀라이아는 잠시 멈췄던 걸음을 다시 옮겼다.

침실로 들어와 소파에 털썩 몸을 묻자, 가만히 문을 닫은 백작 부인이 말했다.

"많이 곤하신가 봅니다."

"네. 오늘은 일이 좀 많아서요."

"너무 무리하지는 마십시오. 그러다 건강을 해치실까 염려됩니다."

"그럴게요. 염려해 줘서 고마워요."

희미하게 미소 지은 밀라이아가 물었다.

"어제는 많이 놀라지 않았나요? 클로에에게 이야기는 들었지만, 그래도 직접 확인을 받아야 안심이 될 것 같네요."

"괜찮습니다. 신에게는 전하의 안전이 가장 중요하니까요."

딱 잘라 대답한 백작 부인이 고개를 숙이며 사죄했다.

"송구합니다, 전하. 좀 더 철저하게 검증을 했어야 했는데, 신이 미거하여 지스 영애의 속내를 찾아내지 못하였습니다."

"괜찮아요. 유모도 알고 있잖아요? 어차피 진실은 중요하지 않다는 걸."

순간 백작 부인의 얼굴이 딱딱하게 굳었다.

잠시 침묵하던 그녀는 반 박자 늦게 답했다.

"……네, 알고 있습니다."

"그래요. 그럼 굳이 책임 운운할 필요가 없다는 것도 알겠군요."

"네. 감사합니다, 전하."

다시 한번 고개를 숙여 보인 백작 부인이 곧바로 화제를 전환했다. 더는 그 일을 언급하기 싫다는 밀라이아의 뜻을 알아들은 듯했다.

"한데 지난번에 하문하셨던 앵무새 말입니다."

"아, 네. 어떻게 되었나요? 정말로 주인이 있는 새던가요?"

"아니요. 이리저리 수소문해 봐도 어느 날 길리안 대법관이 안고 가는 걸 보았다는 것 외에는 딱히 나오는 이야기가 없습니다."

"흠. 그래요?"

"네. 하여 살짝 방향을 바꿔 혹시 궁에 새를 키우는 자가 있는지 찾아보았는데, 그런 사실도 없었습니다. 아무래도 야생 앵무새가 맞는 게 아닐까요?"

"그렇군요."

보랏빛 눈동자가 미미하게 굳었다.

'주인이 없다……. 그럼 남은 사람은 이제 둘인가?'

백작 부인의 말이 맞는다면, 앵무새에게 말을 가르친 것으로 짐작되는 사람은 오직 두 명뿐이었다. 길리안 대법관과 클로에.

그중에서도 그녀가 심증을 두는 쪽은 전자였다. 물론 그 말의 의미를 어떻게 해석하느냐에 따라 클로에일 가능성도 내려놓을 수는 없겠지만, 정황으로 보나 글로리아와의 관계로 보나 루시어스에게 무게가 쏠리는 건 어쩔 수가 없었다.

애초에 아무리 똑똑한 새라 한들 한낱 미물에 불과한데, 앵무새가 그런 단어를 익힐 정도라면 그 앞에서 같은 말을 얼마나 많이 반복했겠는가.

그러니 기껏해야 상처나 돌봐 주고 모이를 챙겨 주는 정도일 클로에가 그랬을 확률은 상대적으로 적을 것 같았다. 게다가 그녀가 앵무새를 보살핀 기간은 다 해 봐야 고작 열흘도 되지 않았다.

'아무래도 조만간 길리안 대법관을 만나 봐야겠군.'

속으로 생각을 정리한 밀라이아가 빙긋 웃었다.

"그렇다면 다행이네요. 혹시 주인이 있는 아이면 어찌하나 걱정했는데, 이제 마음 놓고 예뻐해도 되겠군요."

"네. 그리하셔도 될 듯합니다."

"그래요. 그럼 오늘은 좀 피곤하니까, 내일부터 그 아일 좀 보러 가야겠네요. 얼마나 나았나 궁금하기도 하고."

"그리하십시오."

마주 미소 지은 백작 부인이 말했다.

"한데 전하, 대단히 외람된 말씀입니다만……. 음……."

머뭇거리는 그녀를 보며 한쪽으로 고개를 기울인 밀라이아가 물었다. 늘 침착하던 백작 부인이 갑자기 왜 이런 태도를 보이나 싶었다.

"왜 그래요? 무슨 일 있어요?"

"저어, 그것이……."

"괜찮으니까 말해 봐요. 어떤 일인데 유모가 그리 망설이는 거예요?"

거듭되는 물음에 후우, 하고 긴 숨을 내쉰 백작 부인이 말했다.

"결례를 용서하십시오. 혹 페르디난드 공작 각하를 국서로 삼으실 생각이신지요?"

"뭐라고요? 누굴 국서로 삼아요?"

저도 모르게 날 선 물음이 튀어 나갔다.

고개를 푹 숙인 백작 부인이 답했다.

"실은 전하를 모시는 시녀들을 중심으로 조금씩 그런 소문이 돌고 있습니다. 아무래도 그제 발을 다치시는 바람에 각하와 그……러셨던 일도 있는 데다, 오늘도 하루 종일 행정부에 계시다 오셨기에 그러는 것 같습니다."

"흠, 그래요?"

"네. 하여 여쭙는 것입니다. 우선 단단히 입단속을 시켜 놓기는 했습니다만, 전하의 의중을 알아야 제대로 대처할 수 있을 것 같아서요."

"그렇군요."

그제야 눈꼬리에서 힘을 푼 밀라이아는 손가락으로 팔걸이를 톡톡 두드리며 잠시 생각에 잠겼다.

만일 이 소문을 길리안 공작이 듣게 된다면 보나마나 한바탕 난리가 날 것이 분명했다. 루시어스의 경쟁 상대로 보았을 때, 레노아 영윤과 페르디난드 공작은 그 무게감이 확연하게 달랐으니까.

'이 참에 국혼 문제도 정리해 버릴까?'

잠시 고민한 그녀는 이내 고개를 저었다.

'아냐. 아무리 슬슬 의심받을 때가 왔다 해도, 벌써부터 그를 적으로 돌리는 건 곤란해. 그러다 자칫 에드워드의 목숨이라도 노리는 날에는 몹시 피곤해진다고.'

이제는 그녀 역시 왕제를 지켜야 하는 입장이 되었으므로, 길리안 공작을 지나치게 자극하는 일은 피해야 했다. 그녀가 루시어스에게 관심이 있는 것처럼 굴었기에 잠시 눈길을 거두었을 뿐 기본적으로 그는 에드워드를 눈엣가시처럼 여기는 사람이니까.

생각에 잠긴 그녀를 묵묵히 바라보던 백작 부인이 말했다.

"아무래도 신이 공연한 이야기를 꺼냈나 봅니다. 송구합니다, 전하."

"아니에요. 그냥 잠깐 뭘 좀 생각하느라고요. 어쨌든 나와 공작은……."

순간 떠오른 얼굴을 빠르게 머릿속에서 지워 버린 밀라이아가 말을 이었다.

"그냥 정치적 동반자일 뿐이에요. 요즘 들어 중요한 일이 겹쳐 만남이 잦았더니 그새를 못 참고 그런 소문이 도나 보네요. 하여튼 궁이란."

부러 가볍게 말하며 어깨를 으쓱해 보이자, 백작 부인은 뭔가 할 말이 남은 얼굴로 입술을 달싹이다 조용히 입을 다물었다.

그때, 노크 소리가 들리고 잠시 후 손에 쟁반을 든 시녀가 안으로 들어서는 것이 보였다. 클로에였다.

"여왕 전하를 뵙습니다."

"어서 와요, 클로에. 오늘 하루도 잘 지냈나요?"

"저야 늘 그렇죠, 뭐. 듣자 하니 하루 종일 행정부에 계셨다면서요? 그래서 간단하게 드실 만한 것을 좀 가져왔습니다. 제대로 끼니를 못 챙기신 것 같아서요."

"오, 고마워요. 그러잖아도 꽤 허기지던 참이었거든요."

결국 제대로 먹지도 못했던 점심 식사를 떠올린 밀라이아가 활짝 미소 지었다. 사실 그녀는 지금 상당히 배가 고픈 상태였으니까.

구름궁으로 향한 공작은 거의 한 시간 정도가 지난 뒤에야 돌아와서는 일에만 몰두했다.

쫓기는 사람처럼 서류 분석에 매달리는 남자를 앞에 두고 혼자만 배를 채우기에는 왠지 좀 그랬던 터라, 그녀는 결국 아무것도 들지 못한 채 해가 저물 때까지 일만 했다.

덕분에 기밀서류는 전부 검토를 마쳤지만, 먼저 가 보겠노라며 그녀가 일어날 때까지도 공작은 결국 아무것도 입에 대지 않은 상태였다.

'뭘 좀 먹기는 했을까? 어쩐지 오늘도 밤을 새우려는 것처럼 보였는데.'

오직 서류에만 고정되어 있던 잿빛 눈동자를 떠올린 밀라이아는 쓴웃음을 지으며 포크를 집어 들었다.

그녀가 식사를 하는 동안 방 안을 점검하고 목욕 준비를 지시하는 등 분주하게 움직이던 백작 부인이 빈 그릇을 들고 나가자, 클로에는 갈아입을 속옷이며 잠옷 등을 챙겨 와 말했다.

"일이 많이 고되셨나 봐요. 어쩐지 영 피곤해 보이세요."

"네. 좀 그러네요."

"하면 목욕을 하러 가시겠어요? 뜨거운 물에 몸을 담그시면 한결 피로가 풀리실 거예요."

"그래요."

밀라이아는 자리에서 일어나 클로에의 손에 몸을 맡겼다.

하나둘 아래로 떨어지는 옷을 내려다보는데, 코르셋의 끈을 풀던 클로에가 작게 중얼거리는 것이 들렸다.

"어라, 이상하네……."

"네? 뭐가요?"

"그게, 머리 장식이 바뀐 것 같아서요. 아침에 해 드린 건 이게 아니었거든요, 거기다 분명 못 보던 건데……."

'앗.'

반사적으로 손이 머리카락으로 향했다. 그제야 공작이 꽂아 주었던 자수정 머리 장식을 아직까지 하고 있었다는 사실을 깨달았기 때문이다.

"맞아요. 그럴 일이 좀 있었거든요."

"아아, 그럼 바뀐 건 맞는 거군요. 전 또 제가 잘못 알았나 했어요. 하긴 최상급 달의 눈물이 있었다면 제가 못 알아볼 리가 없죠."

헤헤 웃은 클로에가 조심조심 머리 장식을 뽑았다. 처음부터 허술하게 묶여 있었기 때문인지, 그것은 그리 힘을 주지 않았음에도 수월하게 머리에서 떨어져 나갔다.

왠지 허전해졌다. 마치 공작이 나가고 없는 집무실을 둘러봤을 때처럼.

"그럼 이건 잘 보관해 두겠습니다."

"그렇게…… 아니, 그냥 내가 갖고 있을게요."

"그러시겠어요? 하면 침대맡에 두면 될까요?"

"네."

느릿하게 고개를 끄덕인 밀라이아가 옆방으로 향했다.

하지만 따뜻한 물에 몸을 담그고 머리를 감고, 목욕을 마친 뒤 축축하게 젖은 머리카락을 말릴 때까지도 그녀의 신경은 온통 머리 장식에 쏠려 있는 상태였다. 정확히는 그것을 선물한 사람에게.

—한 가지만 여쭙겠습니다. 아까 전에 남겨진 시간이 얼마 없다고 하셨지요? 하면 신에게 할애하실 시간도 없는 겁니까?

—그건……. 그러니까…….

—알겠습니다. 일이나 마저 하지요.

돌아와서 내내 일만 하던 공작이 유일하게 던졌던 한마디.

평소보다 온기가 많이 사라져 있던, 마치 꿈속에서의 그를 연상시키던 그 목소리를 떠올린 밀라이아가 가만히 가슴에 손을 얹었다. 어쩐지 심장께가 선득했다.

'하지만 어쩔 수 없는걸.'

한숨이 나왔다.

제게 주어진 시간은 길어야 삼 년. 이 몸에 잔존한 글로리아의 영혼이 다 흩어지게 되면, 설사 스스로 남기를 원한다 한들 떠날 수밖에 없는 것이 그녀의 운명이 아닌가.

'그래서 정도 안 주려고 했는데, 어쩌다가 일이 이렇게 된 거지?'

다시 한번 푹 한숨을 내쉬는데, 머리카락에서 젖은 수건을 떼어낸 클로에가 말했다.

“다 됐습니다! 하면 저는 이만 물러갈게요. 좋은 꿈꾸세요, 전하.”

“고마워요, 클로에. 내일 봐요.”

“네에.”

생글거리며 인사를 건넨 클로에가 방을 나섰다.

침대맡에 얌전히 놓인 머리 장식을 바라보다가, 밀라이아는 천천히 불을 끄고는 침대에 몸을 뉘었다.

달에 비친 자수정이 반짝이며 보랏빛 눈물을 흘리고 있었다.

제3곡

sequéntĭa

속송

10부

te nihilōminus amo

그럼에도 당신을 사랑합니다

te nihilōminus amo

그럼에도 당신을 사랑합니다

후둑, 후둑, 후두두둑.

잿빛 하늘에서 굵직한 빗줄기가 연신 쏟아져 내렸다. 땅바닥을 두드리는 시원한 빗소리와 우산에 빗방울이 부딪치며 내는 선율이 기분 좋은 화음을 만들어 내며 귓가를 맴돌았다.

푸스스스.

초록빛 잎사귀들이 쏟아지는 비의 무게를 이기지 못해 허리를 한껏 뒤로 젖혔다. 활짝 핀 꽃들이 알록달록한 옷자락을 축 늘어뜨리고, 땅바닥에 고인 웅덩이마다 찰박거리는 소리와 함께 뽀얀 물안개가 피어났다.

밀라이아는 시녀들이 겹겹이 둘러친 새하얀 우산 아래, 느릿하게 발을 옮겼다.

비 오는 날 특유의 음악 덕분일까?

분명 스물이 넘는 사람이 걷고 있건만, 잿빛으로 물든 세상은 그

속에서 오직 홀로 존재하는 듯한 적요寂寥를 자아내고 있었다. 마치 무리의 선두에 자리한 그녀의 마음처럼.

투둑, 투둑, 주르르르.

우산 아래로 빗물이 투명한 물줄기를 그려 내며 낙하했다. 발끝에서 튀어 오른 물방울이 연분홍 치맛자락을 적셨다.

점점이 짙게 물들어 가는 빗물 자국을 무심히 내려다본 그녀가 고개를 갸웃했다.

아무리 여름이라고는 해도 이렇게 세차게 퍼붓는 비라면 제법 서늘할 법도 하련만, 발목을 휘감는 젖은 천은 생각보다 훨씬 더 온기를 머금고 있었다.

'올해 들어 유독 덥다는 얘기는 들었지만, 정말 좀 이상하네. 얼마 전에는 남쪽 지방에서만 맺히던 열매가 중부의 영지에서도 열렸다고 하질 않나, 이렇게 세차게 비가 내리는데도 시원하기는커녕 무덥질 않나.'

그러고 보면 한동안 안 오나 싶던 비도 슬슬 다시 내리고 있었다.

'더위에 비……. 정말 좋지 않은데. 그래도 충분히 대비해 놨으니 큰 피해는 없겠지만, 어쩐지 느낌이 영 별로란 말이지.'

혹시 빠뜨린 것은 없나 그동안 세워 놨던 대비책들을 떠올리며 걷는데, 물안개가 드리워진 미로 정원이 눈앞에 불쑥 모습을 드러냈다.

이리저리 뻗어 있는 허리 높이의 관목들을 보자 문득 한 가지 기억이 떠올랐다. 지금처럼 잿빛으로 흐릿하게 물든 게 아니라, 모든 것이 금빛으로 반짝이던 어느 화창한 오후의 대화가.

—그럼 현재 만나는 여인은 정말로 없단 얘긴 거죠? 마음에 둔

사람도?

—이미 말씀드렸잖습니까. 그게 전하라고요.

어쩐지 가슴 한쪽이 허전해졌다.

저도 모르게 외궁 쪽을 힐끗 쳐다본 밀라이아는 미로 정원으로 들어가는 대신 말없이 그 반대쪽으로 발걸음을 옮겼다.

'공작은 아직도 서류만 들여다보고 있을까.'

어제 그런 대화를 나누지 않았더라면 오늘도 찾아갔을지 모르지만, 지금은 그럴 수가 없었다. 그 얘기 이후로 그에게서는 분명 한동안 느끼지 못했던 거리감이 전해져 오고 있었으니까.

'뭐, 사실 그게 맞는 거지. 어차피 그와 나는 시한부 계약관계인걸. 요즘 들어 지나치게 가까워졌던 거지, 원래는 이 정도 거리가 적당해.'

후두두두. 쏴아아아.

복잡한 마음을 대변하듯 우산을 두드리는 빗줄기가 조금씩 더 거세졌다. 무거운 발걸음에 밟힌 빗방울들이 비명을 지르며 이리저리 흩어졌다.

촤악!

채 피하지 못하고 밟은 웅덩이에서 흙탕물이 튀어 올랐다. 삽시간에 연분홍 치맛자락이 얼룩덜룩하게 물들었다.

흙 얼룩이 진 치맛자락을 걱정스럽게 내려다보며 사스테인 영애가 말했다.

"전하, 이제 그만 들어가시는 게 어떠신지요? 비도 점점 더 많이 내리는데, 이러다 옥체 상하실까 염려됩니다."

"아뇨, 조금만 더……."

무심코 뒤를 돌아본 밀라이아가 천천히 입을 다물었다.

자신이야 시녀들이 씌워 준 우산 덕분에 그리 심하게 젖지는 않았다지만, 그녀를 뒤따르던 궁인들의 몰골은 마치 물에 빠진 생쥐와도 같았던 것.

모두 엉망이었지만, 그중에서도 우산을 쓸 수 없는 근위기사들의 상태는 몹시 심각했다. 머리끝에서 똑똑 흘러내리는 빗방울이 정말 빗물인지 아니면 더는 흡수하지 못해 떨어뜨린 물방울인지조차 알아볼 수 없는 상황이었으니까.

"……걸을 수는 없겠군요. 미안해요, 이것저것 생각을 좀 하느라 시간 가는 줄 몰랐네요. 그만 들어가죠."

"네, 전하."

차분하게 답한 영애가 한 발짝 옆으로 비켜섰다. 뒤따르던 시녀들 역시 우산으로 길을 만들며 양옆으로 갈라섰다.

그 사이로 천천히 빠져나온 밀라이아는 시녀와 기사들이 대강 제자리를 찾은 것을 확인한 후에야 하늘궁 쪽으로 걸음을 옮겼다. 이제 살았다는 표정들을 보자 왠지 양심이 좀 찔렸다.

'빨리 돌아가야겠네.'

우르릉. 쏴아아아.

잿빛 먹구름이 세차게 몸을 뒤틀며 깊은 신음을 냈다. 쏟아지는 빗줄기가 멀어지는 사람들의 발자국을 지워 내고 있었다.

한 시간 뒤.

"다 됐습니다, 전하."

"수고했어요, 사스테인 영애."

밀라이아는 산책을 나가기 전처럼 말끔하게 돌아온 제 모습을 보며 빙긋 미소 지었다.

느긋하게 차림새를 살핀 그녀는 가만히 보석함이며 화장 도구들을 정리하는 영애에게 말했다.

"오늘 독대를 하기로 했었죠? 오후에는 일정이 빠듯한 터라, 영애만 괜찮다면 지금 할까 하는데."

"네, 전하. 잊지 않고 챙겨 주시니 감사드립니다."

"그래요, 그럼 앉아요. 함께 차나 한잔하지요."

"영광입니다."

얌전하게 답한 영애는 줄을 당겨 시녀에게 다과를 내오라 일렀다. 그러고는 금세 돌아온 시녀에게서 쟁반을 받아 든 뒤에야 조심스럽게 우측 소파에 앉았다.

찻잔 하나를 제 쪽으로 가져온 밀라이아가 물었다.

"그래, 무슨 얘기이기에 여에게 독대를 청한 건가요?"

"실은 본가를 대표해 전하께 감사 인사를 드리고자 따로 뵙기를 청하였습니다. 삼 년 전 전하의 기대를 저버리고 왕실을 외면했던 저희에게 이렇듯 다시 기회를 주신 점, 사스테인가의 모두가 진심으로 감사히 여기고 있습니다."

'서론이 거창한데. 무슨 얘기를 꺼내려고 이러지?'

보일 듯 말 듯 하게 고개를 기울인 밀라이아가 말했다.

"여야말로 고맙지요. 영애도 와서 봤으니 알겠지만, 믿을 만한 시녀가 없어 괴롭던 상황이었거든요."

"믿어 주신다니 감사드립니다. 한데 전하, 외람된 말씀이오나 한 가지만 여쭈어도 되겠습니까?"

"얘기해요."

"본가를 비롯한 구왕당파 가문들에게 갑자기 손을 내미신 이유가 무엇이온지요? 삼 년 전 저희가 그토록 바랐을 때는 결코 힘을 실어 주지 않던 전하가 아니십니까."

'호오, 꽤나 세게 나오네.'

분명 제가 궁을 뒤엎는 모습까지 봤을 것임에도, 자칫 위험해질 수 있는 이야기를 아무렇지 않게 꺼낸다 싶었다.

'아니지, 그렇기 때문에 오히려 더 쉽게 꺼낸 건가? 지스가를 완벽하게 옭아매기 위해서는 아직 그녀의 증언이 필요하니까 말이지.'

"그때는 그게 옳은 일이라 생각했으니까요."

"하면 이제는 아니라는 말씀이십니까?"

"글쎄요, 그건 좀 전에 했던 대답으로 충분하다 생각하는데요."

보란 듯 어깨를 으쓱한 밀라이아가 찻잔을 들어 올렸다.

일전에 에스페라 공작에게 들었던 내용에 따르면 여왕과 구왕당파가 갈라서게 된 이유는 글로리아의 잘못된 인재 기용과 어설픈 균형 정책 때문.

하나 페르디난드 공작은 처음 동맹을 맺을 때부터 지금까지도 구왕당파 세력이 대거 낙향을 결심한 이유를 알려 주지 않았으므로 최대한 말을 조심할 필요가 있었다. 혹시라도 제가 배운 것이 실제 사실과 다르다면 큰일이었으니까.

'어쨌든 다행이다. 그때 그렇게 열심히 배우지 않았다면 뭉뚱그려서나마 대답도 못했을 거 아냐?'

몰래 안도의 한숨을 내쉬는데, 문득 한 가지 생각이 머릿속을 스치고 지나갔다.

'한데 에스페라 공작은 어쩜 이렇게 필요한 지식만 쏙쏙 골라서 가르칠 수가 있었던 거지? 마치 내가 이곳에 올 줄 알고 있었던 것처럼……. 어라?'

순간 눈이 크게 뜨였다가 이내 원래의 크기로 돌아갔다.

'아냐. 그건 말이 안 돼.'

미래를 예지하는 능력이 있는 것도 아니고, 에스페라 공작이 그걸 어찌 알 수 있단 말인가. 그녀가 이따금씩 악몽을 꾼다는 사실만 알 뿐 그게 여왕에 대한 꿈이라는 것조차 모르던 사람인데.

"그렇군요. 감사합니다, 전하. 덕분에 마음이 한결 가벼워졌습니다."

"……그런가요?"

머릿속을 뱅뱅 맴도는 상념을 지워 내며 무심코 답한 밀라이아는 이내 놀란 눈으로 사스테인 영애를 바라보았다. 천천히 자리에서 일어난 그녀가 제게 정례를 취하는 것이 아닌가.

"달리아 수 사스테인, 사스테인가를 대표하여 여왕 전하께 충성을 다할 것을 맹세합니다. 찬연한 광휘의 대리자께 창공의 무궁함이 영원토록 함께하시기를."

'뭐야? 갑자기 웬 충성 맹세?'

전혀 예기치 못한 상황에 고개를 갸웃한 밀라이아가 물었다. 속내를 보여 줄 듯 말 듯 거리를 둘 때는 언제고, 이 무슨 급작스러운 태세 전환인가 싶었다.

"대단히 고마운 이야기이긴 합니다만, 갑자기 이런 말을 꺼내는 이유가 뭐죠? 수도에 막 올라온 시점도 아니고, 어째서 시일이 한참 지난 이제 와서야 충성을 말하는지 이해가 잘 가질 않는군요."

일견 차가운 말에 다시 한번 고개를 숙여 보인 영애가 말했다.

"저희 사스테인가는 요즘 들어 전하께서 보여 주시는 강인한 면모에 반해 다시 한번 왕실의 깃발 아래 투신하고자 합니다. 부디 지난 과오를 용서하시고 신들의 충정을 받아 주십시오."

"충정이라……."

부러 말끝을 늘어뜨리며 차를 한 모금 들이켜자, 영애는 조금 전보다 한결 더 공손해진 말투로 말했다.

"솔직히 말씀드려 삼 년 전 가문의 마음이 왕실에서 떠났던 것은 사실입니다. 하나 그렇다고 해서 저희가 왕실에 등을 돌리고 귀족파 무리에 합세했던 것은 아니지 않습니까. 비록 길리안 공작을 위시한 자들이 전하의 지지자를 자처하고 있으나 그들의 본질은 귀족파입니다. 처음부터 왕실을 따르던 저희 가문과는 다르지요."

차분하게 말을 마친 그녀는 잠시 밀라이아의 눈치를 살피다 첨언했다.

"물론 이런 모습이 심히 계산적으로 보일 것은 아오나, 전하께서 허락만 해 주신다면 저희 까마귀주: 사스테인 가문의 문장 겸 상징는 다시 한 번 독수리의 날개 아래서 함께 뜻을 펼쳐 보고 싶습니다. 하오니 부디 괘씸타 여기지 마시고 한 번만 더 기회를 주십시오."

"기회를 달라?"

가만히 사스테인 영애가 한 말을 되뇌던 밀라이아의 입가에 짙은 미소가 걸렸다.

좀 전에는 부러 튕기는 척 분위기를 조성하긴 했지만, 사실 이런 제안이라면 얼마든지 환영이었다. 자발적으로 제 사람이 되겠다는데 왜 말린단 말인가? 그러잖아도 늘 인력난에 시달리는 상황에서.

"여의 날개는 그리 작지 않습니다. 원한다면 얼마든지 그늘 아래로 들어와도 좋아요."

"하면 받아 주시는 겁니까?"

고개를 번쩍 든 사스테인 영애가 놀람 가득한 목소리로 물었다. 아마도 그녀가 이렇게 단번에, 그리고 흔쾌히 저희를 받아들일 거라고는 미처 생각지 못한 듯했다.

픽 웃음이 나왔다.

'변한 모습에 반해 찾아왔다면서, 아직도 나를 글로리아로 보는 모양이군.'

이성만큼이나 감정을 중요하게 여겼던 글로리아였다면 혹시 다른 대답을 내놓았을지도 모르나, 자신은 그녀가 아니었다. 어제의 적이 오늘의 동지가 되고 또다시 미래의 적이 되는 일쯤은 이미 숱하게 겪어 온 바였다.

"물론이죠. 함께 날기로 한 결정, 결코 후회하지 않도록 해 주겠어요."

"감사합니다, 전하. 모두 대단히 기뻐할 겁니다."

"앞으로 잘 부탁해요, 사스테인 영애. 그대의 가문도. 아, 여가 이름으로 불러도 될까요?"

"영광입니다."

깊숙이 허리를 숙이는 영애를 향해 빙긋 웃어 보인 밀라이아가 말했다.

"좋아요, 달리아. 이제 편하게 앉아요. 차가 다 식겠군요."

"감사합니다, 전하."

그제야 몸을 일으킨 영애가 조심스레 자리에 앉았다.

이미 온기가 반 이상 사라져 버린 찻잔을 들어 올린 그녀는 소리

없이 차를 한 모금 마신 뒤 말했다.

"저, 전하. 한 가지만 여쭈어도 되겠습니까?"

"얘기해요."

"혹 저희 가문에 대해 얼마나 알고 계시는지요? 성향이라든가 수입원, 영지의 상태 등에 대해서 말입니다."

"흠. 정치적 성향에 대해서는 굳이 더 언급할 필요가 없을 테고, 영지라면 글쎄요. 주로 목재와 정교한 목공예품 등을 생산하고, 두 개의 철광과 한 개의 구리 광산을 보유하고 있다고 알고 있어요. 세율은 그리 높지도 낮지도 않은 중간 정도고 영지는 평범한 백작령의 크기, 재력도 다른 백작가들과 비슷한 수준?"

곰곰이 기억을 더듬으며 답하자, 달리아는 조용히 찻잔을 내려놓으며 말했다.

"맞습니다. 거기에 겉으로는 알려지지 않은 가업이 하나 더 있지요."

"가업? 그게 뭔가요?"

"말로 설명해 드리기에는 조금 복잡한 일인지라……. 혹 근시일 내에 시간을 좀 내 주실 수 있으신지요? 전하께서만 괜찮으시다면 직접 보여 드리고 싶습니다."

'요즘 들어 왜 이렇게 어딘가를 같이 가자는 사람이 많담?'

갑자기 헛웃음이 나와서, 밀라이아는 황급히 찻잔을 들어 입가를 가리며 말했다.

"언제쯤 말인가요? 당분간은 오후 늦게까지 일정이 빽빽하게 차 있어서 곤란한데."

"괜찮습니다. 어차피 제가 내 주십사 하는 시간은 해가 진 다음이어서요. 사실 이걸 보여 드려야 하나 말아야 하나 아직도 좀 고민스럽습니다만, 그래도 전하를 섬기기로 맹세한 이상 한 번은 모시고 가는 게 맞을 듯합니다."

'뭘 보여 주려고 그러는 거지?'

고개를 갸웃한 밀라이아가 잔을 내려놓으며 답했다.

"알겠어요. 당장 확답을 주긴 어렵고, 정무 회의가 끝난 후에 한 번 시간을 내 보도록 하죠."

"감사합니다, 전하."

"하면……."

그때, 노크 소리가 들렸다.

잠시 후 안으로 들어선 시녀가 말했다.

"전하, 대신관이 알현실에 들었습니다."

"대신관이? 알겠다. 곧 가지."

"저, 하온데 당장 뵐 필요는 없노라고, 한 시간쯤 후에 찾아주시면 된다는 말을 하였습니다."

'이건 또 무슨 소리야?'

보랏빛 눈이 가늘게 뜨였다.

일단 알현실에 들었으면 만날 준비가 끝난 거지, 한 시간 뒤에 찾아오라는 건 또 무슨 소리란 말인가. 그럴 거면 처음부터 그때를 맞춰서 찾아오든가.

'시간을 금처럼 여기는 사람이 웬일이지? 설마하니 한 시간을 기다렸으니 초과 요금을 내라고 그러려는 건 아닐 테고.'

"이유가 뭐라던가?"

"그건 잘 모르겠습니다."

"흠. 알았다. 일단 나가 보도록."

"네, 전하."

공손하게 허리를 숙여 보인 시녀가 방을 나섰다.

팔걸이를 톡톡 두드린 밀라이아는 달리아를 돌아보며 말했다.

"잠시 얘기가 끊겼는데, 어쨌든 그 문제는 정무 회의가 끝난 뒤 앤트워스 후작과 상의해 보고 답변을 주죠. 혹 그 가업이라는 것이 후작이 봐서는 안 되는 일인가요?"

"그렇지는 않습니다. 별로 좋아하지는 않을 테지만요."

"그럼 됐어요. 날짜가 정해지는 대로 다시 얘기하죠."

"네, 전하."

밀라이아는 가만히 고개를 숙여 보이는 달리아를 향해 빙긋 미소 지었다.

그동안이야 경비 태세가 다소 허술한 것을 이용해 자유롭게 궁을 드나들었다지만, 후작이 등장한 이상 앞으로는 그러기가 쉽지 않을 터였다.

하지만 그렇다고 해서 아직 신뢰도 제대로 쌓이지 않은 달리아에게 비밀 통로의 존재를 알려 줄 수는 없는 노릇이었으므로, 방법은 후작에게 미리 이야기한 뒤 호위 기사들을 매단 채 암행을 나가는 수밖에 없었다. 게다가 그래야 자칫 사스테인가가 그녀를 유인하려 거짓 맹세를 한 것일 때를 대비할 수 있었다.

"그럼 그 일은 됐고…… 혹 더 할 말이 있나요?"

"아니요, 없습니다."

"좋아요. 하면 여는 이만 알현실로 가 봐야겠군요."

"네, 전하."

즉각 답한 영애가 자리에서 일어났다.

밀라이아는 서둘러 문을 여는 그녀를 뒤로한 채 방을 나섰다. 여기서 딱히 더 할 일도 없겠다, 그냥 알현실에서 기다리고 있을 대신관을 만나러 갈 생각이었다. 어차피 그도 당장 올 필요는 없다 했을 뿐 오지 말라고 한 건 아니잖은가.

그리 멀지 않은 거리를 걸어 알현실에 도착하자 상석을 비워 둔 채 마주 보고 앉아 있는 두 사람이 눈에 들어왔다. 그중 한 명의 뒤에는 아마도 그를 섬기는 자처럼 보이는 소년 하나가 서 있었다.

'뭐야, 오늘도 길리안 대법관을 달고 온 건가?'

무심코 소파 쪽을 바라보던 밀라이아의 눈에 이채가 어렸다. 금발의 대신관, 프리무스와 마주 보고 앉은 사람의 머리카락이 눈처럼 새하얬기 때문이다. 어디 그뿐인가? 멍하니 허공을 응시하는 투명한 연둣빛 눈동자는 프리무스와 똑 닮은 색이었다.

'대신관이구나. 조만간 동료가 도착할 거라더니, 또 다른 대신관을 데리고 온 거였나 보네. 근데 왜 한 시간 뒤에 오라고 한 거지?'

고개를 갸웃하는데, 느릿하게 자리에서 일어난 프리무스가 말했다.

"생명의 축복이 함께하시기를. 좋은 아침입니다, 전하."

"좋은 아침이에요, 대신관. 비록 밖에는 천둥 번개가 치고 있지만 말이에요. 한데 이쪽은 누구죠? 얼핏 보기에는 대신관 같은데."

"맞습니다. 주신의 세 번째 뿌리인 테르티우스Tertius, 세 번째라고 합니다. 지난번에 말씀드렸던 동료지요. 물론 엄밀히 따지면 그때 언급했던 자는 아닙니다만."

"그래요?"

가볍게 말을 받자, 금발의 대신관은 슬쩍 눈썹을 일그러뜨리며 답했다.

"네. 글쎄, 그 작자가 갑자기 리사 왕국에서 율법을 어긴 정황을 발견했다며 방향을 틀었다지 뭡니까. 하여 부랴부랴 가장 가까운 곳에 있던 다른 동료를 불렀습니다."

"그렇군요. 뭐, 어느 분이든 약속대로 왕국을 방문해 주었으면 된 거죠. 만나서 반가워요, 대신관 테르티우스."

부드럽게 건넨 인사에 돌아오는 답은 없었다.

처음 봤던 모습 그대로, 그는 여전히 멍하니 허공을 올려다보고 있었다. 마치 아무것도 듣지 못한 사람처럼.

'뭐야, 나 지금 무시당한 건가? 그러고 보니 아직 자리에서 일어나지도 않았네?'

황당한 얼굴로 내려다보자, 어색하게 웃은 프리무스가 말했다.

"그게, 실은 사연이 좀 있어서 말입니다. 조금 있으면 답이 돌아올 것이니 너무 불쾌히 여기지는 마십시오. 그보다 소문은 들었습니다. 전하를 해하려던 무리가 있었다지요?"

"아, 네."

"무사하셔서 다행입니다. 저는 또 황금 침대가 날아간 줄 알고 무척 놀랐지 뭡니까. 전하께서도 아시다시피 그게 제 일생일대의 소원이었는데 말입니다."

가벼운 어조로 말한 그가 눈을 찡긋해 보였다. 아무래도 그녀의 기분을 풀어 주기 위해 농담을 던진 모양이었다.

하릴없이 웃은 밀라이아가 말했다.

"절대 잊지 않을 테니 걱정 마요. 그보다 일단 앉아요. 다과를 좀 내오라 하지요."

'오늘만 벌써 두 번째 차네. 별로 즐기지도 않는데.'

속으로 중얼거리며 줄을 당긴 그녀는 잠시 후 들어온 시녀에게 말했다.

"클로 차를 내오도록. 꿀에 절인 시로 열매도 좀 가져오고."

"네, 전하."

정중하게 고개를 숙여 보인 시녀가 방을 나섰다.

밀라이아는 내심 기대 섞인 마음으로 프리무스를 돌아보았다. 지난번에는 얼떨결에 돈을 쥐여 주고 해결을 봤다지만, 이번에는 새로 등장한 대신관에 대해서도 알아볼 겸 에스페라 공작에게 들었던 말을 한번 시험해 볼 생각이었다.

그때, 갑자기 허공으로 흩어질 듯 희미한 목소리가 들려왔다.

"생명의 축복이 함께하시기를. 뵙게 되어 영광입니다, 여왕 전하. 주신의 세 번째 뿌리 테르티우스입니다."

'뭐야, 이건? 무시할 땐 언제고 이 시점에 웬 인사?'

밀라이아의 얼굴이 황당함으로 물들었다.

하지만 아무리 어이가 없다 한들 어쨌든 아쉬운 건 이쪽이었으므로, 그녀는 빠르게 표정을 수습하며 미소를 지었다.

"반갑습니다, 대신관 테르티우스. 예정에 없는 길을 재촉하느라 고생 많았겠네요. 오느라 힘들지는 않았나요?"

"……."

속내를 숨기며 건넨 인사에 돌아오는 대답은 또 없었다.

'뭐야, 이 작자는? 지금 나랑 장난하자는 건가?'

절로 눈썹이 찌푸려졌다.

불쾌한 기색을 애써 숨기는 그녀를 보며 한숨을 내쉰 금발의 대신관이 말했다.

"이럴까 봐 한 시간 뒤에 뵙자 했던 건데, 결국 일이 이렇게 되는군요. 일단 더 오해하시기 전에 간단하게 설명부터 해 드리겠습니다."

"……그렇게 해요."

억지로 표정을 펴며 답하자, 프리무스는 손가락으로 턱을 쓰다듬었다.

"사실 저를 비롯한 대신관들에게는 공통적인 특징이 하나 있습니다. 바로 뭔가 한 가지에 지나칠 정도로 깊게 몰두하는 경향이 있다는 겁니다."

"한 가지에 깊게 몰두한다고요?"

"그렇습니다. 저야 말하지 않아도 아실 테고, 이번에 오다가 샛길로 빠진 녀석은 율법에, 제게 그 따위 축복을 가르친 전임자는 여성들의 마음을 사로잡는 것에 흠뻑 빠져 있었지요. 그리고 여기 테르티우스는……."

똑똑.

그때, 겨우 시작된 대화의 흐름을 깨며 노크 소리가 들려왔다.

'하아, 이제야 좀 듣나 했더니.'

푹 한숨을 내쉬자, 안으로 들어선 시녀는 불편한 심기를 눈치챈 듯 서둘러 탁자 위에 찻주전자와 찻잔, 그리고 꿀에 절인 시로 열매 접시를 내려놓고는 허둥지둥 나갔다.

그때, 왼쪽에서 서서히 사그라지는 듯한 목소리가 들려왔다.

"달콤한 냄새."

옆을 홱 돌아보자 멍하니 허공을 바라보던 남자가 어느새 눈길을 아래로 내려 탁자를 응시하고 있는 것이 보였다.

황급히 테르티우스 옆으로 다가간 소년이 그의 손에 찻잔을 쥐여 주었다.

느릿느릿, 보고만 있어도 답답할 정도로 천천히 찻잔을 입가로 가져간 그가 차를 한 모금 들이켰다.

순간 텅 비어 있던 투명한 연두색 눈동자에 반짝하고 빛이 돌아오는 것이 보였다. 한군데에 고정되지 못하고 어딘가를 배회하던 초점도.

"하아……."

만족감 가득한 한숨을 내쉰 테르티우스가 좀 전과는 다르게 번개와도 같은 속도로 찻잔을 들어 올려 단숨에 들이켰다.

'뭐, 뭐야, 갑자기 왜 저래?'

내내 굼뜨게 움직이던 사람이 갑자기 돌변한 것도 그렇고 아직 갓 우려내 몹시 뜨거울 차를 저렇게 단숨에 들이켜는 것도 그렇고, 보여 주는 행동 하나하나가 몹시 당혹스러웠다.

'안 뜨겁나? 저러면 입 안이 다 델 텐데?'

황당한 눈초리로 쳐다보자, 그제야 말끔하게 비운 잔을 내려놓은 남자가 말했다.

"전혀 힘들지 않았습니다. 말씀하신대로 예정에 없던 길인 데다 하필이면 호출한 사람이 첫 번째 뿌리라 좀 찜찜하긴 했지만요. 그나저나 이 차는 정말이지 천상의 맛이로군요. 그러잖아도 루아 왕실에서만 맛볼 수 있다기에 궁금해하던 참이었는데 덕분에 드디어 경험해 보게 되었습니다. 진심으로 감사드립니다."

"……아, 네."

좀 전과는 전혀 다른 사람을 보는 듯한 느낌에 순간 말문이 막혀서, 밀라이아는 간신히 한마디만을 입 밖으로 꺼내고는 소리 없이 입술을 벙긋거렸다.

'뭐야, 사람이 아예 바뀌어 버렸잖아? 게다가 무슨 말이 이렇게 빨라? 아까는 그렇게 느릿느릿 대답하더니.'

당황한 표정이 역력한 그녀를 보며 빙긋 웃은 테르티우스가 말했다.

"놀라셨나 보군요. 하긴 저를 처음 보는 분들은 전부 지금 전하와 같은 반응을 보이시곤 하지요. 그나저나 좀 전에는 결례가 많았습니다. 용서하십시오. 하지만 제가 일부러 무시한 것은 아니라는 점을 알아주셨으면 합니다. 여기 첫 번째 뿌리도 말씀드렸지만 평소에는 다른 것에 몰두하고 있어서요. 하나 단지 답이 느릴 뿐 부러 그러는 것은 아니랍니다."

숨 쉴 틈도 없이 쏟아지는 말에 질린 얼굴을 하자, 그럴 줄 알았다는 듯 다시 한번 웃은 그가 말했다.

"어쨌거나 첫 번째 뿌리에게서 전하에 대한 이야기를 전해 듣고 무척 기대 중이었는데, 그게 사실이었군요. 말로만 전해 들었던 주신의 표식을 이렇게 두 눈으로 확인하게 될 줄은 몰랐습니다. 신의 특별한 사랑을 받고 태어나신 분을 직접 마주할 수 있게 되어 영광입니다."

"아, 네. 여도 반갑……."

무심코 답하던 밀라이아가 아차하며 말끝을 흐렸다. 테르티우스의 옆에 얌전히 서 있는 소년이 눈에 들어와서였다.

"얘기를 좀 삼가는 게 좋겠네요."

"왜요? 혹시 이 아이 때문입니까? 괜찮습니다. 비밀을 밖에 떠벌릴 만한 성정도 아닌 데다, 주신께서 다른 재능을 주신 대신 소리를 허락지 않으신 아이라서요. 그러니 여기서 하신 말씀이 밖으로 새어 나갈 걱정은 하지 않으셔도 됩니다."

빠르게 말을 쏟아 낸 남자가 차분한 손놀림으로 꿀에 절인 열매를 입에 집어넣었다.

눈까지 감은 채 맛을 음미한 그는 이내 감탄 섞인 한숨을 내쉬며 말했다.

"정말 훌륭하군요. 아까 그 차도 그렇고, 이토록 달콤한 열매 절임은 처음 먹어 봅니다. 마음 같아서는 제발 루아 왕국에 살게 해 달라고 주신께 기도라도 드리고 싶은 심정이군요. 그분의 사랑을 받는 대가가 끝없는 방황이라는 건 가끔 이렇게 슬픈 결과를 만들어 내곤 하지요. 생각해 보면 주신의 뿌리라 불리는 저희들이 정작 한곳에 뿌리박지 못하고 전 대륙을 떠돌아다니는 건 대단히 모순 같은……."

"여왕 전하, 지금입니다. 시간이 없으니 물어보실 게 있으면 빨리 물어보십시오."

낮고 빠르게 들려오는 목소리에 눈을 한번 깜빡인 밀라이아가 입을 열었다. 프리무스가 저리 말한다면 뭔가 이유가 있을 터, 자세한 얘기는 나중에 듣더라도 당장은 따르는 게 나을 듯했다.

"그보다 대신관 테르티우스, 혹 첫 번째 뿌리에게 이야기는 전해 들었나요? 자꾸만 내리는 비 때문에 전염병이 돌까 걱정이라, 가능하다면 왕국에 좀 머물러 줄 수 없겠느냐 청했습니다만."

"네, 들었습니다."

"어때요, 가능한가요? 원한다면 이깟 차와 열매 절임쯤 매일 제공해 줄 수 있어요. 다른 대가를 바란다면 그 역시 최대한 맞춰 주지요."

저 못지않게 빠르게 쏟아지는 제안을 들은 테르티우스가 안타까운 얼굴을 했다.

"저도 그러고 싶지만 율법상 일정 기간 이상은 머무를 수가 없어서 말입니다. 그래도 신의 축복을 받으신 분께서 직접 부탁하시는 일인 데다 주신의 아이들을 챙기는 모습이 가히 아름다우시니 율법이 허용하는 한도까지는 이곳에 머무르도록 하겠습니다. 솔직히 이 훌륭한 차를 가능한 한 오래 맛보고 싶기도 하고요. 다른 대가는 필요 없습니다. 대신 제가 이곳에 머무르는 동안 말씀하신 대로 이 차와 열매를 계속 공급해 주시면 감사하겠습니다."

"그렇게 하죠. 고마워요, 대신관."

왠지 제가 숨이 찬 기분에 호흡을 한 번 고른 밀라이아는 문득 떠오른 생각에 슬쩍 말을 돌려서 물었다.

"하면 전염병 관련 이야기 외에 다른 것을 더 부탁하고 싶으면 어찌해야 하나요?"

"글쎄요. 그건 사안의 중요성에 따라 다를 것 같군요. 사실 신의 특별한 축복을 받으신 분께서 하시는 부탁이라면 다 들어드려야겠으나, 그래도 주신의 교리나 신전의 율법에 어긋나는 사안은 좀 곤란해서요. 여기 첫 번째 뿌리야 지위도 있으니 그런 것 따위 아랑곳하지 않겠지만 아직 저 같은 경우는 그런 일이 생기면 대단히 피곤해지거든요. 한데 무슨 일이기에 그러십니까? 일단 들어 봐야 경중을 알 수 있을 듯싶습니다만."

'주신의 교리나 신전의 율법에 어긋나는 일은 안 된단 말이지? 흠. 애매하네. 소원의 돌의 존재를 신전에 보고하지 않는 게 과연 저 '곤란한' 일에 속하는지 아닌지 확신할 방법이 없으니.'

아무래도 아직은 말하지 않는 게 좋겠다 싶었다.

프리무스처럼 신성력을 걸고 맹세하게끔 할 만한 무언가를 알아낸다면 모를까, 공연히 말을 잘못 꺼냈다가 자칫 일이 어그러지기라도 하면 어쩐단 말인가. 게다가 워낙 빠르게 말을 몰아치는 바람에 자신마저 덩달아 급해진 것 같다는 생각도 들었다. 시일을 두고 신중을 기해서 진행해야 할 일인데도.

"별것 아니에요. 그냥 그런 일이 생겼을 때를 대비해서 미리 물어본 것뿐이랍니다."

아무렇지도 않게 답하자, 테르티우스는 알았다는 듯 선선히 고개를 끄덕이고는 말했다.

"알겠습니다. 그럼 추가 요청 건은 그럴 만한 일이 생겼을 때 다시 말씀해 주십시오. 제가 도울 수 있는 일이라면 얼마든지 해 드리겠습니다. 첫 번째 뿌리도 말씀드렸겠지만 신의 특별한 축복을 받은 분께 도움을 드리는 것은 주신의 뿌리로서 마땅히 해야 할 일이니까요."

"고마워요."

생긋 웃는 그녀를 향해 '별말씀을.'이라고 답한 남자가 말했다.

"한데 그 전염병 말입니다. 물론 그것도 대단히 중요한 사안이지만, 전하께서는 그보다 더 우선시해야 할 문제가 있지 않습니까? 사실 전염병을 걱정하는 근본적인 이유는 예년에 비해서 비가 자주 내린다는 거잖습니까. 별다른 원인도 없이 말입니다."

마치 저는 원인을 안다는 듯한 말투에 눈을 동그랗게 뜬 밀라이아가 물었다.

"맞아요. 하면 대신관은 혹시 비가 계속 내리는 이유를 아나요?"

"네. 오래도록 생각해 본 결과 일단 비가 자주 내리는 이유까지는 얼추 알아냈습니다."

"그, 그게 뭔가요?"

"그건……."

그때, 연둣빛 눈동자의 초점이 풀리며 뿌옇게 흐려지기 시작했다. 조금 전까지만 해도 그녀를 향하던 시선이 스르르 허공으로 올라갔다.

"대신관?"

황급히 불렀지만, 그는 언제 폭포수처럼 말을 쏟아 냈었느냐는 듯 처음 보았던 모습 그대로 변해 있었다. 몹시 당혹스럽게도.

"대신관 테르티우스? 갑자기 왜 그래요?"

"……."

돌아오는 답은 없었다. 그토록 쏟아지던 말이 무색할 정도로 완벽한 무시였다.

슬쩍 옆을 돌아보았지만, 당황한 사람은 오직 그녀뿐인 듯 다른 둘은 몹시 태연한 얼굴이었다.

좀 전에 그에게 찻잔을 쥐여 주었던 소년이 아무렇지도 않은 표정으로 그의 손에서 포크를 빼 내려놓은 뒤 손수건으로 입가를 꼼꼼하게 닦아 주는 것이 보였다. 헛웃음을 흘리며 고개를 절레절레 젓는 프리무스도.

'뭐야, 다들 왜 이렇게 태연해?'

눈썹을 찡그리자, 찻잔을 내려놓은 프리무스가 말했다.

"쯧, 오늘은 좀 오래 가나 했더니 결국 이렇게 되는군요. 그래도 일단 답을 하나 얻으셨으니 다행입니다. 아무래도 전하께서 내주신 다과가 꽤 마음에 들었던 모양이군요."

느긋하게 들려오는 목소리에 오른쪽을 돌아본 밀라이아가 물었다.

"……설명을 좀 부탁해도 될까요? 대체 왜 저러는 건지 궁금하네요."

"그러지요."

가볍게 고개를 끄덕인 프리무스가 말했다.

"아까 저를 비롯한 동료들은 뭔가 한 가지씩 깊게 몰두하는 것이 있다는 것까지 말씀드렸던가요? 테르티우스의 경우는 그것이 바로 '생각'입니다."

"네? 생각이요?"

"그렇습니다. 항상 생각에 빠져 있기에 외부의 자극에 대한 반응이 느리다고 언젠가 스스로 말하더군요."

"……."

갑자기 말문이 막혔다. 항상 생각에 빠져 있어 반응이 느리다니, 이게 무슨 말도 안 되는 소리란 말인가.

'그럼 좀 전까지 미친 듯이 말을 쏟아 낸 건 뭔데?'

문득 떠오르는 의문에 눈썹을 찡그린 밀라이아가 말했다.

"그럼 방금 전 그건 뭔데요? 분명 멀쩡하게 대화를 나누었잖……."

"기온의 변화입니다."

"네? 그건 또 무…… 하아."

무심코 되묻던 그녀가 손으로 이마를 짚었다. 답이 들려온 쪽이 프리무스가 앉아 있는 오른쪽이 아니라 테르티우스 쪽이었던 탓이다.

'설마 아까 끊긴 말을 이제야 맺은 거야?'

돌아가는 꼴을 보아 하니 방금 한 질문에 대한 답을 들으려면 또 한참이 걸릴 터. 상상만 해도 답답해 죽을 것만 같았다.

'허 참, 살다 살다 별 희한한 꼴을 다 보네. 대신관의 말이니 거짓

은 아닐 테고, 대체 무슨 생각에 그리도 몰두하길래 사람이 저 지경이지?'

푹 한숨을 내쉬자, 이해한다는 듯 가볍게 몸짓을 해 보인 프리무스가 말했다.

"답답하시지요? 저도 압니다. 하여 보통 그가 대화 가능한 상태가 되었을 때를 노려 몰아서 이야기하곤 하지요."

"……언제 대화 가능한 상태가 되는데요?"

"좀 전에 보셨잖습니까? 하루에 한 번, 단것을 먹었을 때입니다. 당분을 충분히 보충해 줘야 머리가 잘 돌아간다나요?"

"허……."

또다시 말문이 막히는 느낌에, 밀라이아는 저도 모르게 헛웃음을 터트렸다. 정계에 투신한 이후로 이렇게 연속해서 할 말을 잃었던 건 처음이다 싶었다.

'와, 돈 밝히는 대신관도 되게 어이없다 생각했는데, 이쪽이야말로 진정한 또라이였잖아? 평소에는 멍하다가 단 것을 먹었을 때만 잠시 정상으로 돌아오는 대신관이라니.'

사실 폭포수처럼 말을 쏟아 내던 모습도 그리 정상적이라고 볼 수는 없었지만, 그래도 지금처럼 저리 허공만 바라보고 있는 것보다는 훨씬 나았다.

황당한 얼굴로 돌아보는 그녀를 향해 예의 그 허공에 흩어지는 듯한 목소리가 또다시 들려왔다.

"기온의 변화라고요. 비가 자주 내리는 원인 말입니다."

"네에, 네에."

대충 대답하던 밀라이아가 멈칫했다.

'잠깐만. 기온의 변화라고? 어째서 그렇게 되지? 보통 날씨가 지나치게 더워지면 비가 오는 게 아니라 가물어야 하는 것 아닌가?'

게다가 애초에 기온과 날씨 사이에 정말 상관관계가 있는지조차 알 수가 없었다.

황급히 그게 무슨 말이냐고 물으려던 밀라이아는 멍하니 풀린 눈빛을 보고는 한숨을 내쉬었다. 좀 더 듣고 싶은 마음은 컸지만, 그랬다가는 궁금증을 해소하기도 전에 답답해서 숨이 넘어갈 것 같았다.

"……그렇군요. 고마워요, 대신관 테르티우스."

더 질문을 던지는 대신 어렵사리 말을 맺은 그녀는 문득 떠오르는 생각에 프리무스를 돌아보며 물었다.

"한데 그럼 계속 단것을 먹게 하면 되는 것 아닌가요? 그때는 제대로 말한다면서요."

"그러면 얼마나 좋겠습니까? 하나 정해진 시간에, 그것도 스스로 원할 때에야 겨우 손을 댄다는 게 문제지요. 계속 단것을 입에 달게 되면 생각을 할 시간이 줄어들어서 안 된다나요?"

"……그렇군요."

하긴 그리 쉽게 해결될 문제였다면 진즉에 신전 쪽 인물들이 어떻게든 방법을 마련했을 터였다.

하릴없이 테르티우스와의 대화를 포기한 밀라이아가 말했다.

"그러고 보니 정신이 없어 안부도 제대로 못 물었네요. 그날은 잘 들어갔나요? 힘이 영 없어 보여서 좀 걱정했거든요."

"네, 잘 들어갔습니다. 길리안 대법관이 어찌나 걱정을 하던지, 아주 저를 업고 갈 기세더군요. 뭐, 들어갈 때는 멀쩡하던 사람이 갑자기 지쳐서 나왔으니 놀랐을 법도 하지요. 사실 그것보다는…….”

“아닙니다, 전하. 그리 대단한 것도 아닌데요.”

“……안에서 무슨 일이 있었는지 궁금해하는 것 같았지만 말입니다.”

옆에서 들려오는 테르티우스의 목소리를 무시하며 말을 맺은 프리무스는 문득 생각났다는 양 얘기했다.

“참, 그러고 보니 길리안 대법관에 대해 재미있는 소문 하나를 들었습니다. 전하께서도 분명 흥미로워하실 것 같은데, 말씀해 드릴까요?”

“재미있는 소문이요? 그게 뭔가요?”

고개를 슬쩍 기울이며 묻자, 프리무스는 짓궂은 웃음을 지으며 답했다.

“글쎄, 길리안 대법관이 요즘 들어 건축 기술자들을 수소문하고 있다지 뭡니까. 수도 근처에 작은 별장을 하나 지을 계획이라던데, 그 바람에 귀족들 사이에서 꽤나 달콤한 소문이 돌고 있다는군요. 아무래도 전하께 선사하려는 것이 아니냐고 말입니다.”

“네?”

보랏빛 눈이 동그래졌다.

“아니, 얘기가 왜 그리로 튀어요? 길리안 대법관이 별장을 지으면 짓는 거지, 그게 여랑 무슨 상관이 있다고.”

황당해하는 그녀에게 어깨를 으쓱해 보인 대신관이 답했다.

“그 정도로 놀라시면 곤란합니다. 어제 들은 최신 소식 중에는 전하께서 그를 빼앗길까 봐 전전긍긍하고 계신다는 얘기도 있던걸요. 갑자기 궁을 뒤엎으신 이유가 그와 지스 영애의 관계를 의심하셨기 때문이란 소문도 있고요."

"뭐라고요?"

고작 이틀 만에 참 어마어마한 소문이 퍼졌다 싶었다.

'참나, 대체 누가 누굴 빼앗길까 봐 전전긍긍한다는 거야? 페르디난드 공작이라면 또 모를까, 길리안 대법관을 내가 왜…….'

문득 드는 생각에 멈칫한 밀라이아가 서둘러 상념을 몰아내며 말했다.

"아니 그런데, 대신관은 대체 그런 얘기를 어디서 듣는 거예요?"

"저야 워낙 이곳저곳을 많이 다니니까요. 왕궁부터 빈민가까지, 전 대륙을 가리는 곳 없이 다니다 보면 자연스럽게 많은 걸 듣게 되는 법이랍니다."

싱글거리며 답한 그가 눈을 찡긋했다.

"어떻습니까? 저도 아직 꽤 쓸 만하지요?"

"갑자기 그건 또 무슨 말이에요?"

"새로운 동료가 왔으니 이제 너는 필요 없다 하실까 봐 미리 드리는 말씀입니다. 그러잖아도 제국 황제 폐하께 버림받은 판국인데 전하에게까지 그리되면 슬퍼서 못 살 것 같거든요."

"아하."

피식 웃음이 나왔다. 어쩐지 지난번에 제국 황제의 이야기를 물었을 때는 잘만 빠져나가던 자가 자발적으로 소문을 얘기해 준다 싶었다. 물론 그것과 이것은 경중이 전혀 다르기는 했지만 그래도.

'어쨌든 잘됐네. 안 그래도 그를 방패 삼아 길리안 공작을 좀 더 붙들고 있으려고 했는데, 그런 소문까지 돌고 있다면 나야 좋지.'

지난번에 지스 영애를 질투하는 척 연기를 펼친 바 있으니, 잘만

구슬리면 제대로 통하겠다 싶었다. 그러잖아도 글로리아에 대해 갖고 있던 편견들 때문에 여왕이 제 손아귀에서 서서히 벗어나고 있다는 사실을 아직까지도 인지하지 못하고 있지 않던가.

예상보다 일이 더 수월하게 풀린다는 생각에 기분이 좋아졌다.

밀라이아는 방긋 웃으며 답했다.

"난 또 뭐라고. 그럴 리가 있겠어요? 여의 창고는 아직도 금으로 꽉 차 있답니다."

"오오, 역시 전하가 최고십니다. 명석한 두뇌로도 모자라 대범한 마음까지, 하나하나가 명군의 자질이 흘러넘치시는 것 같습니다."

"칭찬 고마워요."

피식거리며 답하자, 대신관은 테르티우스 쪽을 한번 돌아보고는 말했다.

"어찌하시겠습니까? 이대로 두어도 답을 들으실 수는 있겠지만, 그건 너무 비효율적이지 않겠습니까?"

"그야 그렇죠. 아무래도 세 번째 뿌리가 당분을 섭취하는 시간에 맞춰 다시 만나는 게 낫겠네요."

"제 생각도 그렇습니다. 하면 일주일 정도 뒤에 다시 찾아뵈어도 되겠습니까? 지난번 의뢰의 여파도 아직 남아 있고 신전의 일도 제법 많은지라, 당분간은 만일을 대비해 그를 여유롭게 두어야 할 것 같아서요."

"사정이 그렇다면 어쩔 수 없지요. 그렇게 해요."

선선한 대답에 대신관은 시계를 한번 들여다보고는 말했다.

"감사합니다, 전하. 하면 슬슬 물러가도 되겠습니까? 테르티우스의 뒤치다꺼리까지 하다 보니 할일이 꽤 밀려서 말입니다."

"어머, 시간이 곧 금인데 그러면 안 되지요. 조심히 가요, 대신관 프리무스. 대신관 테르티우스? 만나서 반가웠어요. 다음에 봐요."

"네, 다음에 뵙겠습니다. 생명의 축복이 함께하시기를."

"……."

예상했던 대로 돌아오는 답은 하나뿐이었다.

여전히 멍한 백발의 대신관을 보자 픽 웃음이 나왔다.

'오늘 이 말에 대한 대답은 다음에 얼굴을 마주하면 돌아오는 건가? 아니면 내가 자리를 뜬 뒤에?'

자리를 뜨는 사람들을 바라보는 밀라이아의 입가에 웃음이 걸렸다. 어쩐지 다음 만남이 몹시 기대됐다.

다음 날.

목욕을 마친 뒤 오랜만에 찌뿌듯한 몸을 풀어 줄 겸 마사지를 받고 있는데, 조심스럽게 등장한 시녀 하나가 말했다.

"여왕 전하, 길리안 대법관이 뵙기를 청합니다. 어찌할까요?"

"뭐? 길리안 대법관이?"

미리 알현 요청을 넣지도 않았는데 웬일인가 싶었지만, 밀라이아는 마침 잘됐다는 생각에 선선히 승낙했다.

"일단 기다리라 전하도록. 차도 먼저 내주고."

"네, 전하."

공손하게 허리를 숙여 보인 시녀가 방을 나서자, 잠시 손을 멈췄던 마사지사가 다시 안마를 시작했다.

밀라이아는 뭉친 근육을 꾹꾹 풀어 주는 손길에 몸을 맡긴 채 스르르 눈을 감았다.

그때, 가만히 한쪽에 시립하고 섰던 클로에가 미미하게 불쾌감이 묻어나는 음성으로 말했다.

"나짜고짜 찾아와 알현 요청이라니, 너무 무례한 것 아닌가요? 모처럼 휴식 중이신데 이게 무슨……."

"일이 급하면 그럴 수도 있죠. 다른 신료들도 가끔 그러곤 하잖아요?"

"하지만 그런 추문에 전하의 이름이 거론되게 해 놓은 것도 모자라 이제는 휴식마저 방해를 하다니 좀 너무하잖……. 죄송합니다, 전하. 주제넘은 말씀을 드렸네요."

거듭 불만을 토로하던 그녀는 뒤늦게 아차 싶었는지 서둘러 입을 다물었다. 루시어스와 얽힐 때마다 매번 그러는 걸 보면 정말 어지간히도 그가 싫은 모양이었다.

"괜찮아요. 하지만 앞으로는 조금만 주의해 주길 바라요."

"네, 전하."

시무룩한 대답을 대강 흘려들은 밀라이아는 어깨를 꽉꽉 누르는 손길에 낮게 신음을 뱉으며 생각에 잠겼다.

'그러잖아도 한 번쯤 불러들이려고 했는데 수고를 덜게 됐네. 그나저나 어떻게 떠 봐야 그가 앵무새에게 말을 가르친 자인지 아닌지를 알 수 있을까? 아무리 생각해도 쉽게 넘어올 인물은 아닌데……. 맞다, 앵무새!'

고민을 거듭하던 그녀가 벌떡 몸을 일으켰다.

그 바람에 화들짝 놀란 마사지사가 황급히 허리를 조아렸다.

눈을 동그랗게 뜬 클로에가 물었다.

"갑자기 왜 그러세요, 전하? 혹시 마사지사가 무슨 잘못이라도 했나요?"

"아뇨. 아무래도 알현실에 가 봐야 할 것 같아서요. 되었으니 이만 물러가도록."

밀라이아는 슬금슬금 눈치를 살피는 여자에게 가볍게 손짓을 해 보인 뒤 침대 아래로 내려섰다.

'그러고 보면 분명 세 시간 뒤에 있을 정기 알현을 대비해 새장을 알현실에 가져다 두라 했었지.'

루시어스에게 선사받은 새를 애지중지하더라는 소문을 퍼뜨리기 위해 부러 명령해 뒀던 건데, 난데없이 그 당사자가 들이닥칠 줄은 몰랐다.

'에이, 아깝다. 정말로 길리안 대법관이 주인이었다면 오랜만에 딱 마주쳤을 때 새가 뭔가 평소와는 다른 반응을 보였을지도 모르는데.'

아쉬운 마음에 입맛을 다시는 사이, 서둘러 다가온 클로에가 보드라운 수건으로 향유를 닦아 낸 뒤 그녀에게 옷을 입혀 주었다.

밀라이아는 서둘러 단장을 마친 뒤 알현실로 향했다.

커다란 문을 열자 황급히 새장의 문을 닫는 청년이 보였다. 설마 그녀가 이리 빨리 올 것이라고는 미처 생각지 못한 듯 분홍색 눈동자는 당혹감에 짙게 물들어 있었다.

'저기서 뭘 하고 있었던 거지? 얼굴만 보는 거면 굳이 새장 문까

지 열 필요는 없을 텐데.'

고개를 갸웃하는데, 천천히 허리를 숙여 보인 남자가 말했다.

"루시어스 라 길리안이 여왕 전하를 뵙습니다."

"늦어서 미안해요, 길리안 대법관. 많이 기다렸나요?"

"아닙니다. 미리 신청을 넣지도 않고 찾아온 결례를 용서하십시오."

차분하게 답하는 그를 잠깐 동안 말없이 바라본 밀라이아가 물었다.

"한데 거기서 뭘 하고 있던 건가요? 얼핏 보니 새장 문을 열었던 것 같은데."

"그것이, 오랜만에 봤더니 반갑기도 하고 그때 부러졌던 날개는 다 나았나 궁금하기도 해서 그만……. 송구합니다, 전하. 감히 전하의 새에 손을 대려 한 점을 용서하여 주십시오."

"아니에요. 길리안 대법관이 구한 아이이니 당연히 궁금할 만도 하지요."

자분자분 답한 그녀는 알현실 중앙에 놓인 소파로 향했다.

자리에 앉는 그녀를 보며 그제야 가까이 다가온 청년이 조심조심 맞은편에 앉았다.

"한데 저 아이 말이에요, 혹시 길리안 대법관이 키우던 아이인가요?"

아무래도 정공법이 낫겠다는 생각에 직설적으로 묻자, 분홍색 눈동자가 흔들리는 것이 보였다. 너무 순식간이었던 터라 확신할 수는 없었지만.

"아닙니다. 지난번에도 말씀드렸지 않습니까? 입궁하는 길에 풀숲에 떨어져 있는 것을 발견해서 데려왔다고요."

차분하게 부인하는 그를 보며 보일 듯 말 듯 하게 눈매를 좁힌 밀라이아가 말했다.

"그렇다면 다행이네요. 여는 또 원래 길리안 대법관이 키우던 아이를 눈치 없이 빼앗아 온 건 아닐까 걱정했거든요."

"아닙니다. 그럴 리가요. 그리고 설사 저 앵무새가 신이 키우던 것이라 한들, 어찌 전하께서 거두신 일을 두고 빼앗으셨다 표현할 수 있겠습니까?"

"그런가요?"

"물론입니다."

"그렇다면 안심하고 예뻐해도 되겠네요. 혹시 주인이 있는 새라면 돌려줘야 하는 것 아닌가 고민 중이었거든요."

빙긋 웃으며 이야기하는 순간, 담담하던 청년의 얼굴에 잠시 균열이 일어나는 것이 보였다.

그 모습을 놓치지 않고 확인한 밀라이아가 눈을 빛냈다.

'아무래도 그가 맞는 것 같지?'

그렇지 않고서야 평소 늘 무덤덤한 얼굴을 유지하던 자가 별것도 아닌 이야기에 두 번씩이나 평정을 잃을 리가 없었다.

'그렇다면 무슨 의미에서 그런 말들을 가르친 건지가 문제인데…….'

속으로 잠시 고민하던 그녀는 일단 웃으며 화제를 돌렸다. 일단은 그가 앵무새의 주인이었을 가능성이 대단히 높다는 걸 확인한 것만으로도 충분했다.

"그나저나 며칠 전에는 잘 들어갔나요? 생각해 보니 잠시 자리를 비워 달라 해 놓고는 그대로 보내 버린 게 영 마음에 걸려서요. 기분 상했다면 미안해요."

"아닙니다. 워낙 공사다망하시니 그러실 수도 있지요."

차분하게 답한 남자는 그녀의 반응을 예측해 보려는 듯 짧게 침묵하다 물었다.

"한데 전하, 그날 예하와 무슨 일이라도 있으셨는지요? 여쭈어서는 안 된다는 걸 알고 있습니다만, 자리를 비워 달라 할 때만 해도 말짱하던 분이 갑자기 잔뜩 지친 얼굴로 나온 것이 무척 궁금해서요."

'대신관의 이야기가 맞네. 평소 같으면 안 그럴 사람이 이리 대놓고 물어오는 걸 보면 말이야.'

문득 떠오르는 생각에 눈을 반짝인 밀라이아가 태연한 표정으로 답했다.

"별일 없었어요. 그저 한 가지 부탁을 했을 뿐이랍니다."

"부탁이요? 그게 뭡……."

황급히 되묻던 그는 그제야 저를 빤히 바라보는 눈길을 눈치챈 듯 천천히 입을 다물었다. 그러고는 잠시 시간이 흐른 뒤에야 다시 입술을 뗐다.

"송구합니다, 전하. 궁금증이 앞서 그만 결례를 범했습니다."

원하는 답이 나오지 않아서일까, 사과를 건네는 목소리에는 채 숨기지 못한 아쉬움이 배어 있었다.

모르는 척 그 음성을 외면한 밀라이아가 말했다.

"괜찮아요. 여가 대신관과 길리안 대법관의 친분을 모르는 것도 아니고. 아, 그러고 보니 두 사람은 어떻게 아는 사이인가요? 지난번부터 묻고 싶었는데 깜빡했네요."

"신이 말씀드리지 않았던가요?"

"네. 그냥 보통 사람들의 생각과는 조금 다른 인물이라 생각보다 쉽게 연을 맺을 수 있었다고만 했죠."

고개를 끄덕인 청년이 말했다.

"그랬군요. 사실 뭐 그리 대단한 인연이 있는 것은 아닙니다. 그냥 일 년쯤 전에 대신관의 조력이 꼭 필요한 일이 생겨 각각의 위치를 수소문했었는데, 당시 그분이 왕국에서 가장 가까운 거리에 계셨거든요. 하여 찾아갔더니 다짜고짜 금을 내놓으라 하시지 뭡니까."

어쩐지 그 모습이 눈앞에서 선명하게 그려지는 것만 같았다.

소리 없이 웃은 밀라이아가 말했다.

"알 만하네요. 그래서 그 일은 해결했나요?"

"아니요. 아직 진행 중입니다."

"그래요? 무슨 일인지는 모르겠지만, 부디 잘 해결되길 바라요."

"감사합니다, 전하."

고개를 숙여 보이는 남자를 가만히 내려다보던 밀라이아가 보일 듯 말 듯 하게 눈썹을 치켜세웠다.

'아직 진행 중이라고? 어떻게 그럴 수가 있지? 대신관을 찾을 정도의 일이면 보통 누군가의 생명이 걸린 것 아닌가?'

뭔가 좀 이상했다.

'생명력을 극대화하는 것이 신성치유의 특징인 이상, 일 년이나 시간이 지났다면 이미 치유 기도를 받고 말끔하게 나았거나 아니면 진즉 기력이 쇠해 죽었어야 정상 아닌가? 어떻게 해야 아직도 진행 중일 수가 있지? 전염병 대책 같은 국가적인 계획이나 소원의 돌 복원 같은 사안이 아니고서야 그게 가능하기나 한가?'

아무리 생각해도 영 이해가 되질 않았다.

하지만 그렇다고 해서 사적인 비밀을 털어놓으라고 강요할 수는 없는 노릇이었으므로, 밀라이아는 하릴없이 다른 화제를 꺼냈다.

"참, 그러고 보니 여가 소문을 하나 들었는데 말이에요, 듣자 하니 길리안 대법관이 수도 근교에 별장을 하나 지을 거라던데, 그게 사실인가요?"

"네, 사실입니다. 한데 전하께서 어찌 그런 소문까지 알고 계시는지요?"

"원래 궁이란 온갖 소문이 떠도는 곳이니까요. 게다가 길리안 대법관은 국서 후보 중 한 사람이잖아요? 이목이 더 집중될 수밖에요."

어깨를 으쓱해 보이자, 길리안 대법관은 '그건 그렇군요.'라고 답하며 고개를 끄덕였다.

잠시 말을 고른 밀라이아가 이야기했다.

"한데 그 별장의 용도 말이에요. 듣자 하니 그것과 관련해서도 소문이 돌고 있던데……. 그러니까 음, 선물 용도라고 말이에요. 알고 있나요?"

"그렇습니까?"

짧게 되물은 그가 잠시 침묵하다 답했다.

"쯧. 벌써 소문이 다 돌았다니 하는 수 없군요. 맞습니다."

"……뭐라고요?"

눈이 동그랗게 뜨였다.

'뭐야, 그럼 소문이 진짜였단 말이야? 내게 선사하기 위해 별장을 짓는다고?'

물론 왕실의 재산이 느는 것은 환영할 만한 일이었지만, 그보다는 부담감이 먼저 들었다. 언젠가 저를 위해 지었다는 자작시를 받았을 때처럼.

할 말을 잃고 침묵하는 그녀를 똑바로 응시한 청년이 말했다.

"언젠가 그런 작은 집에서 살아 보고 싶다 하지 않으셨습니까. 하여 소리 소문 없이 만들려 하였는데, 그새 이야기가 그리 많이 퍼졌을 줄은 몰랐습니다."

"그, 그렇군요."

몹시 혼란스러워졌다.

'하, 글로리아, 대체 무슨 얘기를 그렇게 많이 했던 거야? 말 한마디 못해 본 줄 알았더니, 이 정도면 거의 뭐 고백한 셈 아닌가? 아주 대놓고 마음을 다 보여 줬구만 뭘.'

조금 전까지만 해도 어딘가 미심쩍은 구석이 있다 확신하고 있었는데, 이렇게 보면 또 그냥 글로리아에 대한 열정이 끓어 넘치는 사내 같기도 했다.

딱딱하게 얼굴을 굳힌 루시어스가 말했다.

"뵙자마자 이 말씀부터 드리려고 했는데, 어쩌다 보니 일의 순서가 꼬였군요. 송구합니다, 전하. 국서 후보로서 추문에 휘말린 점, 입이 열 개라도 드릴 말씀이 없습니다. 하나 이것만은 알아주십시오. 일전에도 말씀드렸지만, 난생처음 만나는 사촌들이 두려워 떨고 계시던 그 모습을 보았을 때부터 신에게는 오직 전하뿐이었다는 것을요. 그러니 이 일로 신을 밀어내지는 말아 주셨으면 합니다."

"……."

갑자기 쏟아진 열렬한 고백에 머리가 띵했다.

'역시 그냥 열렬한 쪽인가? 하지만 대공자에 대한 감시 지침이며 앵무새며, 수상한 점도 한두 가지가 아닌데.'

생각을 거듭할수록 더 혼란스러워져서, 밀라이아는 머리카락을 뱅글뱅글 돌리며 답했다.

"걱정 말아요. 그 일로 길리안 대법관을 오해한 적은 없으니까."

"감사합니다, 전하."

천천히 고개를 숙여 보인 청년의 눈길이 백금색 머리카락을 휘감은 손가락에 잠시 닿았다 이내 떨어졌다.

다행이라는 듯 한숨을 내쉰 그는 그제야 품에서 서류 묶음 하나를 꺼내 내밀었다.

왕국력 357년 2분기 최고법원 재판일지 — 루시어스 라 길리안

'어라, 이건 그저께 공작의 집무실에서 봤던 그거잖아?'

의아한 얼굴로 바라보자, 그는 곧장 설명했다.

"웬만한 문서들은 전부 압수당하는 바람에 오늘 아침에야 겨우 돌려받은 일지입니다. 원래 좀 더 일찍 보여 드렸어야 했는데, 사정이 사정이다 보니 조금 늦었습니다. 죄송합니다."

"아아, 그랬군요. 사정이 그랬다면 어쩔 수 없지요. 하면 이건 정무 회의가 끝난 다음 돌려줘도 될까요? 당장은 살펴볼 시간이 안 날 듯하네요."

"그리하십시오."

"고마워요."

빙긋 웃으며 일지를 챙긴 밀라이아는 문득 떠오르는 생각에 물었다.

"한데 그때 그 광인狂人 말이에요, 그자는 어떻게 되었나요?"

"아직 수감 중입니다. 날이 갈수록 정신을 더 놓는 자를 무작정 추방해 버릴 수도 없고, 그렇다고 해서 그냥 가둬 두자니 예산만 축나는지라 모두 고뇌가 이만저만이 아닙니다."

"음, 그렇다는 말은 사형할 정도의 죄질은 아니라는 거네요."
"그렇습니다. 그래서 더 문제지요."
'마침 잘됐군. 레드드래곤의 분노의 날짜를 미리 알게 될 일말의 가능성이라도 놓치긴 아깝지.'
소리 없이 중얼거린 밀라이아가 말했다.
"하는 수 없죠. 그렇다고 해서 없는 죄를 덮어씌워 죽일 수는 없는 노릇이니, 그냥 계속 수감해 두는 수밖에."
"네, 전하. 하면 그 일은 동료들에게 그리 전달하겠습니다."
"그렇게 해 줘요. 고마워요, 길리안 대법관."
부드럽게 이야기하자, 그는 아니라며 겸양을 표하고는 말했다.
"귀중한 시간을 내 주셔서 감사합니다. 하면 이만 물러감을 허락해 주시겠습니까? 더 머무르고 싶은 마음은 굴뚝같으나, 바쁘신 분의 시간을 더 앗을 수는 없을 듯합니다."
'어라, 웬일이지? 지스 영애의 일도 있겠다, 추문을 덮기 위해서라도 어떻게든 더 있으려 할 줄 알았는데.'
조금 의아했지만, 어차피 더 캐낼 것도 없는데 그와 이 이상 시간을 보낼 이유도 없었다.
"그렇게 해요."
"네. 하면 이만 물러가겠습니다. 창공의 무궁함이 함께하시기를."
정중하게 예를 갖춘 청년이 자리에서 일어났다.
밀라이아는 인기척이 문밖으로 완전히 사라진 걸 확인한 뒤 서둘러 새장 쪽으로 향했다.
어찌 생각해 보면 그가 있을 때 아무 소리도 안 낸 것이 다행이다 싶었지만, 또 어찌 생각해 보면 그때 뭐라도 말을 했다면 반응을 직접 살펴볼 수 있을 텐데 아쉽다 싶었다.

"아까 뭐라도 말을 해 보지 그랬어. 그랬으면 저자가 네게 말을 가르친 사람인지 아닌지 알 수 있었을 텐데."

부드럽게 말을 붙이며 새장 안을 들여다본 그녀가 고개를 갸웃했다.

분명 며칠 전에 봤을 때만 해도 훨씬 상태가 호전된 것처럼 보였는데, 자그마한 앵무새는 어쩐지 영 기운이 없어 보였다.

'얘가 왜 이러지?'

길게 뻗은 꽁지깃을 살살 건드려 보았지만, 얼마 전까지만 해도 반갑다는 듯 손바닥을 쪼던 아기 새는 그녀에게 다가오기는커녕 바들바들 몸을 떨며 새장 안쪽으로 도망쳤다.

영 심상치 않아 보이는 그 모습에 눈이 가늘게 뜨였다.

'그러고 보니 목 깃도 엉망이네? 대체 무슨 일이 있었던 거야?'

곧바로 줄을 당겨 클로에를 호출한 밀라이아는 금세 안으로 들어서는 그녀에게 물었다.

"이 아이를 관리하는 사람이 클로에라고 했죠? 얘가 영 기운이 없어 보이는데, 혹시 상처가 덧나거나 한 건 아닌가요?"

"네에? 그럴 리가요. 오늘 아침만 해도 멀쩡했는걸요?"

"그래요? 이상하다. 자꾸 손을 피하려는 것도 그렇고, 아무래도 상태가 썩 좋지 않아 보이는데."

"정말요?"

서둘러 새장 앞으로 다가온 클로에가 앵무새의 상태를 살피고는 눈을 동그랗게 떴다.

"어머나, 목 깃을 또 엉망으로 뽑아놨네요. 왜 그랬지? 요즘에는 별로 스트레스받을 일이 없었을 텐데."

'그럼 갑자기 뭔가에 스트레스를 잔뜩 받았단 얘긴가?'

문득 서둘러 새장 문을 닫던 남자의 얼굴이 떠올라, 밀라이아는 눈을 가늘게 뜬 채 자그마한 새를 바라보았다. 어쩐지 유쾌하지 못한 상상이 자꾸만 드는 것이, 기분이 영 좋지가 않았다.

"그렇군요. 일단 잘 좀 치료해 줘요. 더는 스트레스받지 않게 관리도 잘 해주고요."

"네, 전하. 어라, 그러고 보니 오늘은 말도 안 하네요? 가끔 전하를 부르던데 말이에요. 뭘 찾아야 한단 소리도 하고요."

순간 움찔한 밀라이아가 물었다.

"……들었어요?"

앵무새를 전담해서 관리하는 사람이니 그럴 가능성이 높다 생각은 했지만, 이렇게 직접적으로 그녀 앞에서 언급할 줄은 몰랐다.

대수롭잖게 고개를 끄덕인 클로에가 말했다.

"네에. 말하는 새라니 엄청 신기하더라고요. 물론 앵무새가 말을 할 줄 안다는 건 저도 알고 있었지만, 그래도 직접 듣게 될 줄은 몰랐거든요. 한데 그런 말은 대체 누가 가르친 걸까요? 저는 아무리 해도 안 되던데 말이에요."

"……말을 가르쳐 보려 했다고요?"

"네. '안녕하세요'를 오십 번쯤 반복해서 들려줘 봤는데 못 따라 하더라고요. 너무 길었나……? 아무래도 다음에는 두 글자나 네 글자 단어를 가르쳐 봐야 할까 봐요."

고개를 갸웃하며 앵무새를 이리저리 살피던 클로에가 갑자기 손뼉을 짝 하고 쳤다.

"아! '안녕!'이라고 하면 되겠다."

"……."

"앗, 죄송해요, 전하! 전하께 반말한 건 아니었어요. 그냥, 갑자기 그러면 되겠다는 생각이 떠올라서요."

'아무리 봐도 클로에는 아닌 거 같군. 만일 제가 그 말을 가르친 사람이었다면 내 앞에서 저렇게 해맑게 얘기할 리가 없겠지.'

그래도 혹시 모르니 시험은 좀 해 봐야겠다 싶어서, 밀라이아는 일단 클로에를 내보낸 뒤 새장 앞에 섰다.

'우선 클로에가 시도했던 대로 다섯 글자부터 해 보는 게 낫겠지? 뭘 가르치는 게 좋을까? '안녕하세요'는 안 되고, 반갑습니다? 고맙습니다? 보고 싶어요?'

곰곰이 생각하던 밀라이아가 앵무새를 바라보며 말했다.

"고맙습니다."

"……."

"고맙습니다."

"……."

"고맙습니다."

"삐이!"

"고맙습니다."

"삐이!"

"하……."

클로에의 말마따나, 앵무새에게 말을 가르치는 건 생각보다 몹시 어려웠다.

목이 점점 말라 가는 걸 불사하고 '고맙습니다'를 오십 번 반복한 밀라이아는 여전히 '삐이—' 하고 울거나 '여왕' 혹은 '찾아야 해'만

반복하는 앵무새를 보며 한숨을 쉬었다.

"뭔가 대단히 바보 같은 짓을 하고 있는 기분이야……."

어쩐지 스스로가 굉장히 한심스러워졌지만, 그렇다고 해서 한 번 시작한 일을 포기할 수도 없었다.

'어쨌든 클로에의 말대로 다섯 글자로 이루어진 단어는 오십 번 정도로 안 된다는 걸 확인했고, 두 글자나 네 글자 단어는 뭐가 좋을까?'

어떤 말을 가르쳐야 할까 잠시 고민하는데, 입술 사이에서 단어 하나가 불쑥 튀어나갔다.

"공작."

"삐이!"

무슨 소리를 하는 거냐는 듯 부리로 새장을 콕콕 쪼는 앵무새를 보자 얼굴이 달아올랐다.

"으, 하필이면 왜 이런 단어가 튀어나가고 그런담?"

손바닥으로 볼을 가볍게 두드린 밀라이아는 입술을 잘근잘근 깨물다 다시 말문을 열었다.

'에이, 모르겠다. 어차피 누가 들을 것도 아닌데 무슨 상관이야?'

"공작."

"삐이!"

"공작."

"……."

"공작."

"삐이이잇!"

"……뭘 또 그렇게까지 열렬하게 부르고 그러십니까. 어쩐지 귀가 계속 간지럽다 했더니, 전하께서 이리도 열심히 신을 찾으셨던 탓인 줄은 몰랐군요."

"헉?"

갑자기 들려오는 목소리에 파드득 몸이 튀어 올랐다.

'설마 아니겠지? 아닐 거야. 아니어야 해.'

떨리는 눈으로 뒤를 돌아본 밀라이아의 얼굴이 확 달아올랐다.

그곳에는 좀 전까지 그녀가 반복해서 부르던 '공작'이 서 있었다. 입가에 희미한 웃음을 매단 채.

황급히 새장에서 한 발짝 물러난 밀라이아가 더듬거리며 물었다.

"고, 공작, 어…… 언제 왔어요? 노크도 없이."

"전하가 앵무새 앞에서 신을 열렬하게 부르실 때부터요. 그리고 노크는 당연히 했습니다만."

태연한 대답에 절로 말문이 막혔다.

입술만 벙긋거리는 그녀를 보며 보란 듯 입꼬리를 끌어 올린 남자가 말했다.

"아니, 그렇게 신이 보고 싶으셨으면 직접 찾아오시지 그랬습니까. 이렇게 몰래 숨어서 부르실 게 아니라요."

'흥, 말도 못 붙이게끔 온갖 무게를 다 잡을 땐 언제고 이제 와 저런 반응이야?'

뭔가 억울했다.

갑자기 쌀쌀맞은 반응을 보여서 사람을 심란하게 만든 게 누군데 저런 식으로 얘기한단 말인가. 막말로 제가 속였던 것도 아니고, 너는 언젠가 떠날 사람이니 멀쩡한 남자 홀아비 만들 생각은 하지도 말라며 먼저 주의까지 줬던 것도 그였으면서.

머리카락을 위로 훅 불어 올린 밀라이아가 말했다.

"누가 공작을 불렀다고 그래요? 게다가 그 공작이 꼭 본인이라는 보장이라도 있나, 뭐?"

"그럼 누굴 부르셨단 말씀이십니까?"

웃음기 어린 재색 눈동자가 그녀를 향했다.

어디 다른 이를 대 볼 테면 대 보라는 듯한 그 눈빛에 좀 전에 그가 했던 것처럼 보란 듯 입꼬리를 끌어 올린 밀라이아가 답했다.

"있어요, 대단히 화려한 미모를 자랑하는 데다 만인의 사랑까지 받는 그런 존재가."

"화려한 미모요?"

순간 남자의 얼굴이 딱딱하게 굳었다.

"그게 누굽니까? 길리안 대법관은 화려한 쪽과는 거리가 멀고, 다른 공작가에는 분명 그럴 만한 인물이 없는……."

"뭐래, 공작새 말이에요. 공작은 깃을 활짝 편 공작을 본 적도 없어요? 알록달록 화려한 것이 얼마나 아름답다고요."

"……."

입술을 꾹 다문 남자가 물끄러미 저를 바라보는 것이 보였다.

'왜, 뭐. 어차피 그 공작이나 이 공작이나, 둘 다 공작인 건 사실이잖아?'

솔직히 아무렇게나 말을 끼워 맞춰 버린 바람에 상당히 민망한 건 사실이었지만, 그래도 막상 저런 눈빛을 받으니 왠지 모를 오기가 솟구쳤다.

어디 한번 반박할 테면 해 보라는 표정으로 뻔뻔스럽게 바라보자, 공작은 이내 헛웃음을 흘리며 말했다.

"그냥 그렇다고 해 드리겠습니다. 하여간 한 번도 그냥 져 주는 법이 없으시군요."

"흥, 누가 할 소리를. 그리고 그럼 뭐, 사람이 하루 사이에 바뀌기라도 할 줄 알았어요?"

코웃음 치는 그녀를 보며 피식 웃은 남자가 소파로 다가가 앉았다.

"뭐, 그건 됐고, 일단 일부터 좀 하시지요. 정무 회의가 코앞이잖습니까."

"그야 그렇죠. 날짜는 모레로 확실히 정해진 건가요?"

"네. 그러니 이렇게 노닥거리실 시간이 없습니다. 내일 하루는 직할령에서 보내올 증거들을 정리해야 한다 치면, 나머지 일들은 오늘 안에 검토를 마쳐 둬야 시간을 맞출 수 있을 테니까요."

"노닥거리긴 누가 노닥거렸다고 그래요? 알겠으니 서류부터 줘 봐요."

밀라이아는 공작의 맞은편에 털썩 주저앉으며 손을 내밀었다.

그럴 줄 알았다는 듯 탁자 위로 팔을 뻗은 남자가 어느 틈엔가 잔뜩 쌓아 놓은 서류 뭉치를 그녀 쪽으로 밀었다.

"이것만 보시면 됩니다."

"헉, 뭐가 이리 많아요?"

그래 봐야 이미 머릿속으로 여러 번 정리를 마친 내용이기에 전체를 검토하는 데 그리 오랜 시간이 걸리지는 않을 테지만, 분명 가장 핵심적인 자료만 뽑아왔을 텐데도 양이 상당하다 싶었다.

"이 정도면 약과지 뭘 그러십니까. 처음에는 저것의 배도 넘었는데요."

"끄응, 알았어요. 빨리 검토하고 넘겨줄게요."

하릴없이 답한 그녀가 가장 위에 있는 것을 집어 겉표지를 넘겼다.

그때, 가만히 탁자 위를 살핀 공작이 말했다.

"한데 오늘은 차 같은 건 안 주십니까? 설마 신더러 남이 마시다 남은 걸 들라는 말씀은 아니실 테고, 손님 대접이 너무 박하신 것 같습니다만."

"아, 치우라고 말하는 걸 깜빡했네요. 한데 저게 아니어도 안 줄 거니까 꿈 깨요."

찬바람이 쌩쌩 도는 대답에 의아한 표정을 지은 남자가 물었다.

"왭니까?"

"그럼 날 그렇게 굶겨 놓고 차를 얻어 마실 수 있을 줄 알았어요? 절대로 안 줄 거니까 꿈도 꾸지 마요."

남자의 표정이 어안이벙벙해졌다.

"그게 무슨 말씀이십니까? 신이 전하를 굶겼다니요?"

"몰라서 물어요? 그날 이렇게, 봐 봐요, 이렇게 눈썹도 막 찡그리고 인상도 팍팍 쓰면서 제대로 먹지도 못하게 했잖아요. 내가 말을 못해서 그렇지 얼마나 서러웠는데."

그날 제가 봤던 것처럼 표정을 잔뜩 일그러뜨려 보이자, 공작은 큭큭 소리 내어 웃고는 말했다.

"이런, 죄송합니다. 그날은 신이 생각할 게 좀 있었거든요. 그래서 본의 아니게 무게를 잡았던가 봅니다."

"……칫. 그래서 그날 공작은 뭐 좀 들었어요? 생각은 다 끝냈고요?"

"아뇨, 굶었습니다. 생각은 아직도 하는 중이고요. 그러니 그걸로 너그러이 용서해 주시면 안 되겠습니까? 자비를 베푸시어 차를 내주시면 더 감사드리겠습니다. 이상하게 오늘따라 자꾸만 목이 타는군요.”
“흠, 그래요? 날이 더워서 그런가?”
고개를 갸웃한 밀라이아가 줄을 당기고는 말했다.
“이제 됐죠? 난 이따 정기 알현 시간에도 잔뜩 마셔야 할 테니까, 공작이 원하는 차로 주문하도록 해요. 이제부터 정말로 서류 볼 거니까 방해하지 말고요.”
“그리하겠습니다. 감사합니다, 전하.”
고개를 숙여 보이는 남자를 흘낏 쳐다본 밀라이아는 잠시 내려놓았던 문서를 도로 들어 펼쳤다.
‘어디 보자. 식량 건은 문제없고, 지스가와 아네스가에 대한 것도 됐고, 스물한 명에 대한 자료도 완벽하니까……. 더 살펴볼 필욘 없겠네.’
대략 한 시간에 걸쳐 혹 그새 바뀐 내용이 있는지만 살핀 그녀는 마지막 페이지까지 검토를 마친 뒤 서류를 덮었다.
“이상 없네요. 이대로 진행하면 되겠어요.”
“그렇습니까? 다행이군요. 하면 여기다 내일 올 자료만 보태면 되겠습니다.”
“네. 그동안 정말 고생이 많았어요. 며칠 제대로 잠도 못 잤을 것 같은데, 오늘은 가서 푹 쉬어요.”
부드럽게 이야기하자, 공작은 찻잔을 내려놓고는 슬쩍 한숨을 내쉬었다.
“신도 그러고 싶지만, 이것 말고도 당장 처리해야 할 게 쌓여 있어서 말입니다. 아무래도 며칠은 더 지금처럼 일해야 할 듯합니다.”
‘그러고 보면 오늘따라 안색도 꽤 창백해 보이네. 그저께 찾아갔

을 때만 해도 저 정도는 아니었는데.'

피로가 녹아 있는 얼굴과 목소리에 왠지 찔리는 기분이 들었다.

밀라이아는 슬그머니 공작의 눈치를 살피며 제안했다.

"아직도 할 게 그렇게 많아요? 내가 좀 나눠 줄까요?"

"아닙니다. 지난번이야 기밀서류도 검토하셔야 하니 그랬다지만, 아직까지는 조심하셔야 할 시기잖습니까. 신이 편하자고 전하를 위험에 빠뜨릴 수는 없지요."

"그렇긴 한데…… 오늘따라 정말 피곤해 보여요. 진짜 괜찮은 것 맞아요? 그냥 쉬는 게 나을 거 같은데."

"조절해 가면서 하겠습니다. 흠, 기분이 영 이상하군요. 전하께서 이리도 신을 챙겨 주시다니 말입니다."

슬쩍 눈을 흘긴 그녀가 말했다.

"하여간 생각을 해 줘도 난리야. 그래서 싫어요?"

"그럴 리가요. 지난번에도 말씀드렸지만, 심장이 터져 죽을 것만 같습니다."

피식거리며 답한 남자가 서류 하나를 더 내려놓았다.

"이건 왕제 저하께서 제출하신 과제입니다. 듣자 하니 오늘 오전까지 내라 하셨다면서요?"

"네, 그랬죠. 한데 이걸 왜 공작이 가져와요?"

"왜요, 신이 저하와 친해지길 바라신 것 아니었습니까? 당장에라도 사라져 버리실 것처럼 겁까지 줘 가면서 말입니다."

곧장 되묻는 남자의 얼굴은 어느새 무표정하게 바뀌어 있었다.

묘하게 냉기를 품은 그 대답에 절로 몸이 움찔하며 굳었다. 만약을 대비해 다소 강하게 얘기하긴 했지만, 그리고 그가 차후 왕제의 든든한 버팀목이 되어 주길 바란 것도 맞았지만, 그럼에도 오랜만에 풀렸던 분위기에서 이런 식으로 예상치 못하게 공격을 받을 줄은 몰랐다.

'뭐야, 원래 공작으로 돌아왔나 했더니 아직도 그저께 공작이 남아 있었잖아?'

몰래 입술을 삐죽이는 그녀를 보며 희미하게 미소 지은 남자가 말했다.

"신더러도 한번 봐 달라 말씀하시기에 살짝 들춰 봤습니다만, 처음 구상하신 것치고는 꽤 괜찮더군요. 물론 한참 더 다듬기는 해야겠지만 말입니다."

"……그래요? 그럼 이번 정무 회의에 참석시킬 정도는 되려나요?"

"흠. 반발이 아예 없지는 않겠지만, 그날 올라갈 안건이 안건이니만큼 길리안 공작도 그리 쉽게 걸고넘어지지는 못할 겁니다. 제 코가 석 자인데 그런 데 신경 쓸 겨를이 어디 있겠습니까?"

"하긴 그러네요. 좋아요. 그럼 견학시키는 셈치고 왕제도 참석시키도록 하죠."

"그리하십시오."

찻잔을 들어 마지막 남은 찻물을 모두 들이켠 공작이 말했다.

"하면 이만 물러감을 허락해 주시겠습니까? 할 일이 산더미라, 슬슬 돌아가 봐야 할 듯합니다."

"어…… 네. 그렇게 해요."

어쩐지 당혹스러운 기분에, 밀라이아는 저도 모르게 말끝을 흐리며 답했다. 평소에는 조금이라도 더 있으려고 하던 사람들이 오늘따라 왜 이리 빨리 일어나지 못해 안달인지 알 수가 없었다.

가볍게 고개를 숙여 보인 남자가 서류를 챙겨 일어섰다.

조금씩 멀어지는 뒷모습을 바라보는데, 평소보다 조금 느린 속도로 걸어가던 그가 휘청하는 것이 보였다.

"공작!"

화들짝 놀란 그녀가 벌떡 몸을 일으켰다.

한 손으로 이마를 짚은 그가 뒤를 돌아보며 말했다.

"괜찮습니다. 그냥 잠시 피로감이 몰려 왔던 것뿐입니다."

"그게 안 괜찮은 거잖아요! 어쩐지 아까부터 엄청 피곤해 보이더라니. 일이고 뭐고 필요 없으니까 오늘은 가서 쉬어요, 알겠어요? 하루쯤 밀린다고 왕국이 망하는 것도 아니고."

화를 내는 그녀를 물끄러미 바라보던 공작이 빙긋 웃었다.

"가끔씩 과로하는 것도 좋군요. 이렇게 전하의 걱정도 다 받아 보고 말입니다."

"흰소리는 그만하고 당장 돌아가요. 이따가 행정부에 사람을 보내 확인해 볼 거예요. 알겠어요?"

"네. 염려해 주셔서 감사드립니다, 전하."

사뭇 정중하게 허리를 숙여 보인 그가 다시 돌아섰다.

'이렇게까지 해 놨으니 돌아가겠지?'

영 찜찜하긴 했지만, 딱히 허언虛言을 하는 사람은 아니니 괜찮을 듯했다.

밀라이아는 한숨을 내쉬며 왕제의 과제를 펼쳤다.

아무리 참석시키기로 결정했다 해도, 그가 어떤 식으로 과제를 수행했는지는 확인해 둘 필요가 있었다.

이틀 뒤.

"정말 저랑 같이 가셔도 되는 겁니까, 누님? 괜히 저 때문에 무리하시는 건 아니고요?"

걱정스레 묻는 소년을 향해 빙긋 웃은 밀라이아가 말했다.

"괜찮다고 여러 번 말했잖아요? 에드워드는 내가 위험을 무릅쓰면서까지 본인을 회의에 데려갈 사람으로 보여요?"

"네."

"거 봐요, 아니잖……. 응? 뭐라고요?"

눈을 동그랗게 뜨자, 왕제는 혀를 쯧쯧 찼다.

"그렇다고 했습니다. 예전이라면 당연히 아니라고 했겠지만, 지금의 누님은 충분히 그럴 만한 사람으로 보여서요. 애초에 길리안 공작을…… 아, 또 뭡니까?"

질색한 그가 머리카락을 비비적거리는 그녀에게 소리쳤다.

밀라이아는 다시 한번 그의 머리카락을 흐트러뜨리며 답했다.

"기특해서요. 우리 에드워드, 이제 다 컸네요? 누나 마음도 헤아릴 줄 알고."

"……자꾸 그렇게 아이 취급하지 마십시오. 저도 이제 열다섯이란 말입니다."

"하지만 이 누나의 눈에는 아직도 아기인걸요. 억울하면 일단 키부터 더 커지고서 얘기하든가요. 아직도 나랑 눈높이가 비슷하면서 무슨?"

생글거리며 놀리자, 왕제는 그녀를 확 째려보고는 문 앞에 섰다.

그가 심호흡하는 모습을 잠시 지켜본 밀라이아가 기사들에게 손으로 신호를 보냈다.

쿵.

거대한 문이 좌우로 크게 벌어지며 내부의 모습을 밖으로 드러냈다. 이제 막 시작하려고 했던 듯, 착석을 끝낸 귀족들이 서기관들에게서 안건이 적힌 목록을 하나씩 나누어 받고 있었다.

안을 쭉 훑어보자 각양각색의 표정들이 눈에 들어왔다.

길리안 공작은 대강 벌어질 일을 짐작한 듯 잔뜩 찌푸린 표정이었고, 요즘 들어 기가 꺾였던 피오르 공작은 반대로 상당히 피어난 얼굴이었다. 그리고 페르디난드 공작은—.

'어라, 오늘도 안색이 영 별로네. 어제도 기어이 나와 자료를 정리했다더니 그 때문인가?'

고개를 갸웃한 밀라이아가 상석으로 향했다.

그제야 그녀의 등장을 알아챈 귀족들이 웅성거리는 것이 들려왔다. 아마도 말없이 그녀를 따르는 왕제를 발견해서인 듯했다.

"창공의 드높음을 경배하라. 여왕 전하를 뵙습니다."

"여왕 전하를 뵙습니다!"

페르디난드 공작의 선창에 맞춰 일제히 예를 갖춘 귀족들은 그녀와 왕제가 각각 자리를 잡자마자 곧바로 발언권을 요청하기 시작했다.

결국 가장 먼저 말할 권리를 얻은 사람은 예상했던 대로 길리안 공작이었다.

"전하, 이게 어찌 된 일입니까? 반년간 처소에 유폐될 것을 명받은 왕제께서 어찌하여 회의장에 나타나실 수 있는지요?"

"여가 참석하라 하였소. 왕국의 안녕이 달린 중대 사안이 상정될 예정이니, 장차 여를 보좌해야 할 왕제도 와서 경험을 쌓으라고 말이오."

태연한 대답에 눈을 번뜩인 길리안 공작이 왕제를 돌아보았다.

"장차 전하를 '보좌할' 분이라. 정녕 그러합니까, 저하?"

소년이 움찔했다.

그것은 자칫 왕위계승권을 포기하는 것으로 해석될 수도 있는 표현이었으니까.

그때, 한 발 앞으로 나선 페르디난드 공작이 말했다.

"길리안 공작, 아직 갈 길이 먼데 꼭 그런 사소한 일로 기운을 빼야겠습니까? 적당히 하고 넘어가십시오. 그리고 왕제 저하."

"네."

"송구하나 길리안 공작의 말에도 일리가 있으므로, 금일 저하께는 발언권이나 결정권을 드리지 않겠습니다. 인정하십니까?"

"네, 인정합니다."

'오, 공작, 굉장히 시기적절한 개입이었어.'

밀라이아는 순식간에 상황을 정리하는 남자를 보며 보일 듯 말 듯 한 미소를 지었다. 확실히 머리 회전이 빠른 자와 손을 잡으니 여러모로 수월하다 싶었다.

"그럼 슬슬 시작합시다. 페르디난드 공작?"

"네, 전하. 금일 첫 번째 안건은 며칠 전 대대적으로 색출해 낸 불온 세력의 처분 문제입니다. 자세한 내용은 미리 나누어 준 자료를 참고하기 바랍니다."

여기저기서 종이 넘기는 소리가 들려왔다.

"나누어 준 자료들에 따르면, 지스가의 차녀를 비롯한 총 이십일 인이 전하를 해할 음모를 획책하였음을 알 수 있습니다. 오 페이지 이하부터 증거들이 첨부되어 있으니 확인 바랍니다."

'다들 과연 어떤 반응을 보일까?'

밀라이아는 대단히 즐거운 기분으로 모두가 문건을 살피는 모습을 내려다보았다.

내용을 확인한 길리안 공작이 얼굴을 팍 일그러뜨리는 모습이 보였다. 지스가를 구하기는 어렵겠다는 사실을 드디어 깨달은 모양이었다.

'기다려. 그게 시작이니까.'

저를 향한 적색 눈동자가 사납게 번뜩이는 것을 잡아낸 밀라이아가 속으로 중얼거렸다.

열심히 자료를 훑어보는 왕제를 흐뭇하게 바라보는데, 발언권을 요청한 왕제파 귀족 케네스 백작이 말했다.

"더 볼 필요가 뭐가 있습니까? 감히 여왕 전하를 해하려는 음모를 꾸민 자들입니다. 에라스 후작 등의 선례에 따라 처벌하면 될 일입니다."

서둘러 발언권을 요청한 아네스 백작이 말했다. 곧 제게 벌어질 일을 아직 모르기 때문인지 나름대로 자파 보호에 열심인 얼굴이었다.

"그 일과 이 일은 성질이 좀 다르지 않습니까? 물론 전하께 불민한 마음을 품은 것 자체가 씻을 수 없는 중죄이긴 하나, 에라스 후작 등은 이미 직접 실행에까지 옮겼던 것에 반해 이번 건은 한낱 음모에 불과하니까요. 그러니 선례에 따라야 한다는 말은 옳지 않다 봅니다."

"한낱 음모? 전하를 해하려 했는데 한낱 음모라는 표현이 가당키나 합니까? 이거야 원, 그동안 전하를 지지한다며 보여 왔던 언행들이 부끄러운 소리로군요."

빈정거리는 남지를 향해 슬쩍 이를 드러낸 아네스 백작이 말했다.

"그게 무슨 소리요? 전하에 대한 본 백의 충심에는 변함이 없소이다. 본인은 다만 사리에 맞게 일을 분별할 필요가 있다고 주장하는 것뿐이오."

"사리에 맞게? 방금 한 발언이 진정 사리에 맞는 소리라고 생각하시오?"

날카로운 공방을 가만히 바라보던 밀라이아가 책상을 탁 내리쳤다.

"두 백작 모두 그만하오. 이대로는 대화가 계속 평행선을 달리겠군. 페르디난드 공작?"

"네, 전하."

"이 경우 왕국법에선 어찌 처리하라 되어 있소? 아네스 백작의 말처럼, 단순히 음모만 꾸몄다면 처벌이 경감되는 것이오?"

"그렇지는 않습니다. 정확하게는 음모죄에 대해 따로 규정한 바가 없다 해야겠지요."

"흠, 그렇소?"

밀라이아는 부러 생각에 잠긴 표정으로 탁자를 톡톡 두드렸다.

아무래도 상황이 불리한 걸 눈치챈 듯, 서둘러 발언권을 요청한 아네스 백작이 말했다.

"전하, 지스 영애는 이제 갓 열여섯입니다. 치기에 저지른 일 때문에 오래도록 충성해 온 가문을 내치시는 것은 지나치신 처사로 생각됩니다."

"흥, 웃기는군. 하면 이제 연치 열다섯이신 왕제 저하께 끝끝내 책임을 물었던 일은 어찌 설명할 것이오?"

'오, 형평성. 그거 좋지.'

속으로 회심의 미소를 지은 밀라이아가 말했다.

"케네스 백작의 말이 맞소. 아무리 왕족과 귀족의 무게가 다르다고는 하나, 이미 선례가 있는 일에 어설프게 예외를 적용하는 것은 자칫 형평성에 어긋나는 처분이 될 수 있는 바. 지스가라 하여 무작정 눈감아 줄 수는 없을 것이오."

"하오나 전하!"

"하나 그 전에, 지난번처럼 모두의 의견을 들어 보도록 하겠소. 길리안 공작?"

"신은 아네스 백작과 생각이 같습니다."

짤막하게 답한 남자가 곧장 입을 다물었다. 더 길게 얘기해 봐야 꼴만 우스워진다는 것을 알고 있는 모양이었다.

"피오르 공작?"

"케네스 백작의 의견에 동의합니다. 부디 공평한 처분을 내려 주십시오."

"페르디난드 공작?"

"신의 의견은 그때나 지금이나 같습니다. 당시 왕제 저하께 책임을 물어야 한다 말씀드렸던 것처럼, 신은 이번 일 역시 지스가에게 그 책임을 물어야 한다 생각합니다. 이유야 어쨌든 지스가의 영애가 전하께 불민한 마음을 품었던 건 사실이니까요. 더욱이 그녀는 전하의 전속 시녀가 아니었습니까."

"흠. 그래서요?"

"그러니 이건 어떠하십니까? 지스가에 책임을 물으시되, 왕제 저하께 했던 것처럼 정상을 참작하시어 관대한 처분을 내리시는 겁니다."

"관대한 처분이라……."

생각에 잠긴 척 의도적으로 말꼬리를 흐린 밀라이아는 제게 집중된 시선을 느끼며 속으로 셋을 센 뒤 말했다.

"지스가는 여에게 그동안 변함없는 충정을 보여 준 가문이오. 하여 이번 일로 온전히 내치는 것도 너무하다 싶었는데, 그 정도면 괜찮겠다는 생각이 드는군. 좋소. 그리합시다."

"하오나 전하!"

"현명한 판단이십니다. 하면 어찌 처분을 내리시겠습니까?"

서둘러 소리치는 길리안 공작을 무시한 페르디난드 공작이 물었다.

밀라이아는 고민하는 척 침묵하다 잠시 후 결연한 목소리로 말했다.

"나 글로리아 데 루아는 왕명으로써, 지스가에게 향후 삼 년간 정계 진출을 금하는 바요. 충신을 내치는 것은 가슴 아프나 만사에 공평을 기해야 하는 여의 마음도 이해해 주길 바라오."

말을 마치는 순간, 사납게 노려보는 길리안 공작과 눈이 마주쳤다.

붉은 눈동자는 짙은 의심을 품은 채 그녀를 응시하고 있었다.

'여기서 연기를 잘해야겠군.'

밀라이아는 속으로 혀를 차며 생각을 정리했다.

'뭐, 해 보고 영 아니다 싶으면 두 번째 계획으로 가면 되겠지.'

혹시라도 일이 어그러질 때를 대비해 짜 두었던 차선책을 떠올린 그녀는 집요하리만큼 따라붙는 시선을 피하며 페르디난드 공작에게로 슬쩍 눈길을 돌렸다.

그는 어느새 지스가 관련 안건을 말끔하게 정리한 뒤 다음 자료를 꺼내 들고 있었다.

"이번 안건은 좀 전에 다뤘던 내용과도 연관이 있습니다. 모두 며칠 전 앤트워스 후작이 전 궁을 상대로 수색 작전을 벌인 사실을 잘 알고 있을 겁니다."

"커험!"

"크흠!"

여기저기서 불편한 기색이 역력한 소리가 흘러나왔다.

좌중의 반응을 한번 훑어본 페르디난드 공작이 어깨를 으쓱했다.

"뭐, 그 심정은 본인도 잘 압니다. 가문의 일로 하루 수도를 비운 사이 집무실이 싹 털린 걸 보고 어찌나 황당하던지요."

처음에는 도둑이라도 든 줄 알았다며 농담조로 말한 그는 분위기가 조금 가벼워졌을 때에야 슬그머니 운을 띄웠다.

"아무튼 그 결과, 안타깝게도 불편한 진실이 몇 가지 발견되었습니다. 대부분은 자잘한 문제들이었기에 정무 회의 시작 직전 법원에 전달하는 선에서 처리되었습니다만, 그중 한 가지는 대단히 중대한 사안이었으므로 부득이하게 두 번째 안건으로 채택하게 되었습니다."

회의장의 공기가 순간 싸해졌다.

'보아하니 찔리는 사람들이 꽤 많은 것 같네.'

밀라이아는 불편한 기색이 역력한 사람들을 보며 속으로 웃었다.

계파를 막론하고 얼굴이 핼쑥해진 것으로 보아 정도의 차이만 있을 뿐 대부분 뭔가 구린 구석들이 있는 모양이었다.

'하긴, 별로 중요하지도 않은 일을 붙들고 멍멍 왈왈하던 자들이 몇 달 새 어디 가겠어?'

개중에서도 유독 불안해 보이는 자들의 얼굴을 하나씩 머릿속에 새기고 있는데, 그녀와 같은 생각인 듯 회의장을 다시 한번 찬찬히 훑어본 공작이 말했다.

"여기 있는 모두가 알다시피, 수도에서 이틀 거리에는 왕실 전용 사냥터가 있습니다. 그 이름에서 알 수 있듯 오직 왕족과 사전에 허락을 받은 일부 귀족들만이 사용할 수 있는 곳이지요. 한데 이 사냥터를 여왕 전하의 윤허도 없이 무단으로 사용한 건이 적발되었습니다. 뿐만 아니라 해당 비용을 왕실직할령의 부담으로 돌린 뒤, 장부 조작을 통해 은폐하기까지 했지요."

밀라이아는 차분하게 이어지는 목소리를 들으며 길리안 공작 쪽을 흘낏 쳐다보았다.

제 아들의 얘기인 줄 모르는 건지 아니면 그저 표정 관리를 잘 하는 건지, 그는 무심한 얼굴로 페르디난드 공작의 이야기를 듣고 있었다.

'좀 더 지켜봐야겠군.'

잠시 그의 얼굴을 훑은 시선이 그 뒤에 앉은 아네스 백작에게로 향했다.

그 역시 제게 닥쳐 올 위기를 모르는 듯 아직은 말짱한 얼굴이었다. 물론 조만간 법원의 소환장을 받고 나면 달라지겠지만.

'아쉽긴 하네. 저자의 이야기도 이 자리에서 다루었으면 좋았을

텐데.'

하지만 길리안 공작의 의심을 줄이려면 자신은 되도록 이런 일에서 배제되어 있는 편이 좋았으므로, 굳이 이 자리에서 아네스 백작 건까지 꺼내 경계심을 바짝 세워 줄 필요는 없었다. 거기에는 어차피 최고법원은 오직 왕실의 뜻만을 따른다고 확언을 받은 데다, 만일을 대비해 길리안 대법관의 관여를 배제할 작정이기에 일이 어그러질 위험이 거의 없다는 이유도 있었다.

"재상의 말이 사실이라면 대단히 죄질이 나쁜 자로군요. 그자의 이름이 뭡니까? 얼마나 무도한 작자길래 겁도 없이 그런 짓을 벌인 건지 알고 싶습니다."

뒤쪽에서 들려오는 말에 길리안 공작 쪽을 슬쩍 돌아본 페르디난드 공작이 말했다.

"길리안가의 이공자, 파비우스 라 길리안입니다."

"뭐라고!"

순간 길리안 공작이 분노하며 벌떡 일어나는 것이 보였다.

"그게 무슨 소리요, 페르디난드 공작! 방금 내 아들이 어쨌다고 했소?"

"왕실 전용 사냥터의 무단 이용 및 왕실직할령에 비용 전가, 그리고 관련 내역 은폐 등의 죄를 범하였다 했습니다."

"말도 안 되는 소리! 내 아들은 그럴 만한 아이가 아니오!"

"하나 증거가 그리 나온 걸 어찌합니까. 있는 사실을 없다 할 수도 없고요."

태연자약한 대답에 이어 웃음기 가득한 목소리가 들려왔다.

"이런, 이런. 고작 어린 영애 하나 관리를 못해 이 사달을 일으키나 했더니, 그 정도는 그리 큰 문제도 아니었군. 아무래도 길리안 공작은 집안 단속부터 하셔야겠소. 지난번에는 대공자가 모두가 지켜보는 앞에서 전하께 행패를 부리더니, 이번에는 이공자요?"

지난 사건 이후로 내내 밀리다 이제야 겨우 반등할 기회를 잡았다고 생각한 듯, 피오르 공작은 무척 즐거워 보이는 얼굴로 말을 이었다.

"이쯤 되면 그 아들들만이 아니라 공작 본인의 충심도 의심해 봐야 할 듯한데. 가만 보면 전하를 위하는 척하면서 실은 가장 능멸하질 않소."

"말조심하시오, 피오르 공작!"

"아니, 그렇잖소? 그럼 이 일에 대해서 어디 한번 변명이라도 해 보시든가."

조롱에 가까운 목소리에 길리안 공작이 주먹을 꽉 움켜쥐었다.

"……일단 그 증거라는 것부터 좀 봅시다. 정말 아들 녀석이 그런 짓을 저지른 건지 내 직접 살펴봐야겠소."

"물론입니다."

냉랭하게 답한 페르디난드 공작이 책상 앞에 놓인 서류 뭉치 중 하나를 뽑아 서기관에게 건넸다.

조심스럽게 걸어간 서기관이 서류를 내밀자, 길리안 공작은 빼앗듯 그것을 잡아채 빠른 속도로 읽어 가기 시작했다.

그가 그러는 동안 대부분의 사람들은 입을 꾹 다문 채 표정을 관리했지만, 피오르 공작을 위시한 왕제파 귀족들만은 묘한 비웃음을 입가에 건 채 그 모습을 바라보고 있었다. 심지어는 중립파 귀족들의 일부 역시 그랬다.

'백날 봐 봐라. 내용이 바뀌나.'

밀라이아는 보란 듯이 걱정스러운 표정을 지으며 아래쪽을 내려다보았다.

무엇이 그리 즐거운지, 에드워드는 초롱초롱하게 눈을 빛내며 자료를 읽고 있었다. 난생처음 겪어 보는 일에 잔뜩 신나고 흥분한 감정이 역력하게 드러나 있는 모습.

'하긴, 나도 처음으로 정무 회의에 참석했을 때는 저랬지.'

과거의 추억에 잠겨 그 모습을 바라보는데, '탁' 하고 서류를 덮는 소리가 들려왔다.

어느새 검토를 모두 마친 길리안 공작이 저를 바라보고 있었다.

매서운 그 눈빛은 의심 대신 분명한 의미를 품고 있었다. 바로 이 사태를 해결할 수 있는 가장 간단한 방법, 실은 그녀가 허락했던 일이라고 어서 말하라는 뜻을.

'누가 그렇게 해 줄 줄 알고?'

밀라이아는 손으로 입가를 가린 채 삐뚜름한 미소를 지었다. 물론 겉으로는 왜 저를 그리 보는지 모르겠다는 듯 의아한 눈빛을 한 채였다.

계속 그렇게 모르는 척을 하자, 길리안 공작은 결국 주위의 소리 없는 압박을 더는 버티지 못하고 입을 열었다.

"여왕 전하."

"어찌 그러오?"

"……아무래도 신이 아들을 잘못 가르쳤나 봅니다. 감히 왕실의 권위를 침범한 점, 입이 열 개라도 드릴 말씀이 없습니다. 다시는 이런 일이 없도록 엄히 다스릴 터이니, 부디 하해와 같은 자비를 베푸시어 한 번만 용서하여 주십시오."

"그건 이공자가 잘못을 저지른 것이 맞는다는 소리요?"

아무것도 모르는 척 인정을 종용하는 순간, 길리안 공작의 얼굴에 극심한 짜증이 어리는 것이 보였다. 잠시 품었던 의심이 사라지고 또다시 짙은 편견이 자리 잡는 것도.

"……아마 그런 듯합니다. 송구합니다, 전하. 아직 철이 없어 저지른 일인 듯하니, 부디 신의 얼굴을 보시어 관대한 처분을 내려주십시오."

"무슨 소리! 어찌 그 정도의 중죄를 쉽게 용서받은 수 있단 말이오? 더욱이 이공자는 보통 귀족이었다면 이미 관직을 받고도 남았을 나이. 철없음을 이유로 용서를 구하는 것은 너무 뻔뻔하지 않소?"

잔뜩 가라앉은 길리안 공작의 목소리와는 대조적으로 피오르 공작의 음성은 몹시 득의양양했다.

오랜만에 잡은 꼬투리에 잔뜩 고무된 듯 그는 사나운 길리안 공작의 눈초리를 웃음기 가득한 표정으로 받아치며 말했다.

"전하, 이 일은 그리 간단하게 넘어가셔도 되는 사안이 아닙니다. 왕실 사유지를 무단으로 침범하고 그 재산까지 축냈다는 것은 곧 저를 왕족과 동급이라 생각했다는 것과 다름없기 때문입니다. 즉, 사실상 반역죄에 준한다고 볼 수 있지요."

"피오르 공작! 말이 너무 심하지 않소! 반역죄라니!"

"하면 어찌 그런 무도한 짓을 저지를 수 있단 말이오? 보통의 귀족이라면 차마 상상조차 할 수 없는 일이거늘, 이는 필시 여왕 전하와 인척임을 이유로 평소 그런 생각을 갖고 있었던 것이 분명하외다."

빙글거리는 남자를 보며 시퍼렇게 눈을 치켜뜬 길리안 공작이 말했다.

"억지 부리지 마시오. 아무리 그래 봐야 전하께서 이날까지 본가가 바쳤던 충정을 오해하실 리는 없으니."

'물론 오해할 리가 없지. 처음부터 없었으니까.'

밀라이아는 터져 나오는 실소를 걱정스러운 표정 뒤로 감추며 답했다.

"그야 물론이오. 다른 곳도 아니고 길리안가의 충정을 내 어찌 의심할 수 있겠소? 하니 그간의 공로를 생각해서라도 이번 일만큼은……."

"아니 됩니다! 정녕 사사로운 인연에 얽매여 대의를 외면할 생각이십니까!"

'오, 역시 피오르 공작이야.'

밀라이아는 버럭 소리를 지르는 남자를 보며 짐짓 놀란 표정을 지었다.

그녀가 그냥 넘어가 줄 거라 생각한 듯 그는 꽤 열성적인 태도였다.

"지금 정에 이끌려 길리안가를 용서하신다면, 차후 왕실을 능멸하는 이들이 더 활개를 치고 다닐 것은 불 보듯 뻔합니다. 한데도 정녕 그리하실 생각입니까?"

"하나 오랜 충신이 저리 이야기하는데 여가 어찌 관용을 베풀지 않을 수 있단 말이오?"

"글쎄요. 신은 진정한 충신이라면 오히려 이럴 때 스스로 나서서 죄를 청해야 한다 생각합니다만."

악착 같이 물고 늘어지는 피오르 공작을 질린다는 얼굴로 쳐다본 밀라이아가 한숨을 쉬었다.

"하아, 알겠소. 하면 내 일단 다른 쪽에도 의견을 물어보리다. 페르디난드 공작, 그대는 어찌 생각하오?"

"어…… 신 말씀이십니까?"

대단히 당혹스럽다는 듯 반문한 페르디난드 공작은 잠시 생각을 정리하는 척 침묵하다 말했다.

"길리안가는 왕실에 오래도록 충성을 바쳐 온 가문입니다. 그러니 이번 일 역시 무도한 마음으로 그랬다 볼 수는 없을 것입니다."

무난하게 시작된 이야기에 두 공작의 시선이 그에게로 쏠렸다. 어떤 답을 내릴지 두고 보겠다는 듯 양쪽 모두 꽤나 기세등등한 눈빛들이었다.

"하오나 귀족의 정점이면서도 모범이 되기는커녕 추태를 보인 점, 전하의 인척이라는 지위를 남용한 정황이 보인다는 점 등을 고려해 볼 때 이 일을 그냥 덮어 주셔서는 안 된다고 생각합니다."

"페르디난드 공작!"

"……그렇군. 의견 잘 들었소."

노호를 내지르는 길리안 공작을 안타깝다는 듯 바라본 밀라이아가 한숨을 내쉬었다.

"두 공작이 그렇게 나온다면 여로서도 어찌할 도리가 없군. 알겠소. 내 그대들의 의견을 받아들여 길리안가에 죄를 물으리다."

"현명하신 판단입니다."

싱글벙글하는 피오르 공작을 차갑게 노려본 밀라이아가 말했다.

"하나 길리안가가 그간 보여 준 충정을 외면할 수도 없는 노릇. 파비우스 라 길리안에게 일 년 동안 영지에서 근신할 것을 명하고, 길리안가에 그가 그동안 왕실에 끼친 손해의 세 배에 해당하는 벌금을 물리는 선에서 이 일을 마무리하겠소. 이의가 있는 자는 지금 발언하시오."

"없습니다."

"없습니다."

"……감사합니다, 전하."

그녀와 길리안가 사이에 균열을 만든 것만으로도 일단 되었다 느낀 것인지, 피오르 공작은 그리 기세등등하게 나오던 것에 비해 의외로 별말이 없었다.

페르디난드 공작이야 당연했고, 길리안 공작 역시 못마땅한 기색이 역력하나 그냥저냥 납득한 얼굴이었다. 그를 구하기 위해 최선을 다하는 척했던 연기가 나름대로 먹힌 모양이었다.

'하나 벌금 액수를 통보받고도 그런 표정을 지을 수 있을까?'

'왕실에 끼친 손해'라는 건 해석하기에 따라 얼마든지 액수에 차이가 날 수 있었으므로, 밀라이아는 이참에 길리안가의 재산을 상당히 앗아 올 생각이었다.

'이만하면 대신관에게 퍼 줬던 돈 정도는 충분히 만회하고도 남겠군.'

속으로 몰래 웃은 그녀는 파비우스 건 때문인지 의욕을 잃은 두 공작이 정작 가장 중요한 식량 문제를 아무 반대 없이 넘기는 것을 보며 다시 한번 실소를 지었다.

각 영지에 평년보다 오 할 이상을 더 비축할 것을 명하자는 제안이나 제국에 사절단을 보내자는 이야기, 심지어는 곡가를 일정 금액 이상 올리지 못하도록 규제하자는 것까지도 수월하게 넘어가는 바람에 막판에는 오히려 그녀가 놀랄 지경이었다.

'웬일이래? 금액 상한제까지 이리 쉽게 통과되고?'

분명 사재기해 둔 자들이 대거 반대할 줄 알았는데 의외였다.

'혹 그 남작이 받은 처분이 소문이라도 났나? 아니면 아까 공작이 얘기한 '몇 가지 불편한 진실' 때문?'

잠시 고민하던 그녀는 이내 상념을 접었다. 이유야 어쨌든 목표를 이뤘으니 상관없었다.

덕분에 생각보다 일찍 정무 회의를 마친 그녀는 지친 자신과는 달리 쌩쌩하기 그지없는 왕제와 함께 회의장을 나섰다. 그러고는 하늘궁을 벗어나 정원으로 들어선 후에야 말을 걸었다.

"그래, 오늘 하루는 어땠나요? 발언권이 없어 무료하진 않았어요?"

기다렸다는 듯 입을 연 소년이 빠르게 말을 쏟아 냈다.

"무료하긴요, 너무 흥미진진해서 시간 가는 줄 몰랐습니다. 역시 말로 듣는 것과 실제로 겪어 보는 건 엄청난 차이가 있더군요. 솔직히 말씀드려 그제 제출한 과제는 나름대로 잘 썼다고 생각했는데, 지금 보니 대단히 허접스러웠다는 생각이 듭니다."

"그 정도는 아니었어요. 첫 시도치고는 훌륭하던데요, 뭘."

"아닙니다. 실무를 한번 지켜보니 왜 누님께서 그토록 많은 자료를 보게 하셨는지, 또 제 과제 중 어디가 부족했던 건지 등에 대해 생생하게 깨닫게 되더군요. 이런 기회를 주셔서 정말 감사드립니다."

빙긋 웃은 밀라이아가 말했다.

"깨달은 게 있다니 다행이네요. 앞으로도 지금처럼 열심히 해 봐요. 종종 데리고 와 줄 테니까."

"정말이시지요? 약속하신 겁니다?"

"네."

고개를 까딱하자, 왕제는 잔뜩 신이 난 얼굴로 싱글거리다 불쑥 말했다.

"한데 누님."

"얘기해요."

"직접 겪어 보지 못해 미처 몰랐습니다만, 그간 고충이 어마어마하셨겠군요. 틈만 나면 서로 잡아먹으려 드는 것이, 아주 장난이 아니던데요."

"……어머, 알아주는 거예요?"

순간 말문이 막혀서, 밀라이아는 간신히 장난기 어린 한마디를 내뱉으며 소년의 머리카락을 흐트러뜨렸다. 글로리아가 지금 이 말을 들었다면 무척 좋아했겠다 싶었다.

슬쩍 고개를 뺀 소년이 말했다.

"이건 좀 그만하시면 안 됩니까? 이러다가 누님 때문에 제 머리카락이 남아나질 않겠습니다."

"하지만 오늘따라 기특한 소리만 계속하니까 그렇죠. 그러게 누가 그렇게 귀여우래요?"

일부러 가벼운 어조로 답하자, 왕제는 한숨을 푹 쉬었다.

"아, 진짜, 무슨 진지한 얘기를 못하게 해. 됐습니다. 그보다 웨스트우드 백작을 한번 만나 보고 싶은데, 허락해 주시겠습니까?"

"네? 웨스트우드 백작이라면, 이번 일에 큰 공로를 세운 그자 말인가요? 광산과 사냥터 관련 보고서를 쓴?"

"네. 오늘 회의장에서 누님을 보다 문득 깨달았거든요. 숨은 조력자의 중요성을 말입니다."

'요 꼬맹이가 그새 또 무엇을 간파한 거지?'

놀란 마음을 감추며 한쪽으로 고개를 기울인 밀라이아가 물었다.

"숨은 조력자의 중요성이라니요?"

"모르는 척하셔 봐야 소용없습니다. 이미 파악했으니까요. 어쩐지 요즘 들어 페르디난드 공작을 자주 추천해 주신다 했습니다."

의미심장하게 웃은 소년이 계속해서 말했다.

"그나저나 대단하신데요? 저도 누님과 공작에게 미리 들은 얘기가 없었다면 그냥 중립파라 그러시는 줄 알았을 겁니다. 어쩐지 길리안가를 쉽게 내치신다 했더니, 이런 배경이 숨어 있을 줄은 몰랐군요."

'와, 눈치가 빠르다 했지만 이 정도일 줄은 몰랐네.'

밀라이아는 어쩐지 뿌듯해 보이는 왕제를 바라보며 잠시 생각에 잠겼다.

물론 제 말마따나 힌트가 몇 개 더 주어졌으니 다른 이들보다 빨리 알아차릴 수 있던 거겠지만, 이제 막 정계에 입문한 그가 깨달을 정도라면 다른 자들도 금세 알게 될 터였다.

아무래도 조만간 페르디난드 공작과의 관계가 수면 위로 드러나는 건 각오해야 할 듯했다.

"흠, 그래서요?"

긍정도 부정도 아닌 애매한 반응에 어깨를 으쓱한 소년이 말했다.

"그래서 저도 그런 자를 한번 만들어 볼까 하고요. 실은 페르디난드 공작이 더 탐나지만 그는 누님의 사람이니까, 일단은 온전한 제 사람부터 얻고 싶습니다. 아, 첨언하지요. 왕국과 왕실에 도움이 되면서도 온전하게 저를 따르는 사람 말입니다."

제법 진지한 모습에 흐뭇한 미소가 지어졌다. 그러잖아도 그자의 됨됨이를 한번 살펴본 뒤 왕제에게 붙여 줄까 생각하고 있었는데 마침 잘됐다 싶었다.

"그렇게 해요. 그리고 페르디난드 공작은 걱정 마요. 때가 되면 굳이 청하지 않아도 에드워드의 사람이 되어 줄 테니까요."

"그렇습니까?"

무심코 반문하던 왕제가 고개를 갸웃했다.

"한데 누님, 요즘 들어 왜 자꾸 어딘가로 떠날 사람처럼 말씀하십니까? 설마 진짜로 어디가 편찮으신 건 아니지요?"

"……아니라고 했잖아요? 왕제는 내가 아파 보여요?"

"흐음. 그래도 뭔가 이상한데……."

'아, 정말 눈치 하나는 기가 막히게 빠르다니까.'

뜨끔한 마음을 애써 감추는데, 다시 한번 고개를 갸웃한 소년이 석연치 않은 표정으로 말했다.

"뭐, 일단 알겠습니다. 그보다 슬슬 외궁에 가 보셔야 하는 것 아닙니까? 나머지 일을 정리하려면 재상을 만나 보셔야 할 테니까요."

'하, 요 꼬맹이가?'

픽 웃음 지은 밀라이아가 답했다.

"이해가 빨라서 좋군요."

"칭찬 감사합니다. 그럼 어서 가 보십시오. 어차피 구름궁은 조금만 더 가면 나오는데요, 뭐."

"아니에요. 그리 급한 일도 아니고, 혹시 모를 구설은 되도록 피하는 게 낫죠. 구름궁까지 확실하게 에스코트해 줄 테니 걱정 마요. 아, 그 전에 오랜만에 나왔으니 바깥바람도 실컷 쐬는 게 좋겠네요. 누가 뭐라 하거든 내가 끌고 다녀서 어쩔 수 없었다고 해요."

"어…… 감사합니다, 누님."

그토록 당당했던 것은 언제고, 소년은 금세 벌게진 얼굴로 작게 중얼거렸다. 말을 안 해서 그렇지 내내 갇혀 사느라 꽤 답답했던 모양이었다.

빙긋 웃은 밀라이아가 숙녀에게 에스코트를 청하는 신사처럼 손을 내밀었다.

"그럼 본격적으로 산책을 시작해 볼까요, 왕제 저하?"

한 시간 뒤.

행정부에 있는 재상의 집무실에 도착한 밀라이아는 보좌관들의 인사를 받으며 그 안쪽에 자리한 작은 방의 문을 열었다.

그리 안색이 좋지 않을 정도면 급한 일을 끝낸 오늘 하루 정도는 쉴 법도 한데, 그는 역시나 책상 앞에 홀로 앉은 채 무언가를 들여다보고 있었다.

'어휴, 정말. 공작도 가만 보면 어지간히 일중독이라니까.'

푹 한숨을 내쉰 밀라이아는 문득 드는 생각에 최대한 인기척을 죽이며 살금살금 걸어갔다. 마침 제가 들어오는 소리도 못 들은 듯하겠다, 지난 '공작' 사건의 복수를 시도해 볼 요량이었다.

오늘따라 유독 집중한 듯 책상 위에 시선을 고정한 그 덕분에 다섯 발짝 앞까지 몰래 다가가기에 성공한 그녀는 후다닥 뛰어들며 어깨를 툭 건드렸다.

아니, 그러려고 했다.

"꺅!"

카랑카랑한 비명 소리가 입술 밖으로 튀어 나갔다.

어느새 저를 책상 위에 쓰러뜨리듯 눕힌 남자가 짙게 눈을 빛내며 자신을 내려다보고 있었다.

사르르 흘러내리는 검은 머리카락이 시야를 이리저리 어지럽혔다.

"……뭐야, 전하셨습니까."

숨결이 닿을 정도로 가까워지는 거리에 입술이 바짝 말랐다.

훅 숨을 들이켜는 그녀를 보며 나른하게 눈을 한번 감았다 뜬 공작이 말했다.

"한데 너무 무방비하신 것 아닙니까?"

"무, 뭐가…… 말이에요?"

"겁도 없이 접근하셨다가 지금처럼 몹쓸 짓을 당하기라도 하면 어찌하시려고요."

느릿느릿 건네 오는 목소리에 파르르 몸이 떨렸다.

그 순간, 남자의 얼굴이 삽시간에 거리를 좁히며 그녀에게로 다가왔다.

'앗!'

차마 밖으로 뱉지 못한 비명이 입 안을 뱅뱅 맴돌았다.

어쩔 줄 몰라 하며 바짝 긴장한 바로 그때—.

털썩.

남자의 몸이 그녀의 위로 스르르 무너졌다.

"……공작?"

가슴을 짓누르는 묵직한 무게감에 당황한 것도 잠시, 밀라이아는 얇은 천 너머로 전해져 오는 체온이 평소보다 훨씬 높다는 것을 깨닫고 눈을 크게 떴다. 그러고 보니 귓가를 간지럽히는 숨결도 무척 뜨겁다 싶었다.

"공작? 몸이 왜 이래요?"

"……."

"정신 차려 봐요!"

거듭되는 부름에도 돌아오는 대답은 없었다. 열기로 거칠어진 숨소리만 들려올 뿐.

'아무래도 사람을 불러야겠는데.'

작게 한숨을 내쉰 그녀가 팔에 힘을 주었다.

온 힘을 다해 밀어내자, 그제야 저와 딱 붙어 있던 남자의 상체가 떨어지며 해방감이 느껴졌다.

"왜 이렇게 무거워? 겉으로는 별로 안 그래 보이더니."

낑낑거리며 겨우 몸을 빼는 데 성공한 밀라이아는 또다시 스르르 무너지려는 남자를 간신히 붙잡아 의자에 기대게 해 놓고는 땀을 닦아 냈다. 그러잖아도 무덥던 차에 그를 일으켜 세우기 위해 온 힘을 쏟아서 그런가, 몸이 온통 땀투성이였다.

"후아, 힘들었다……."

이마를 훔치며 공작 쪽을 한번 돌아본 그녀는 곧장 방 밖으로 향했다.

조심스럽게 문을 열자 서류 더미에 파묻혀 있던 사람들이 황황히 자리에서 일어나는 것이 보였다.

서둘러 다가온 남자 하나가 허리를 숙였다.

"창공의 드높음을……."

"인사는 됐어요. 얼핏 듣기로 엔리케 보좌관이라 했던 것 같은데, 맞나요?"

"네, 전하."

"좋아요, 엔리케 보좌관. 즉시 왕궁의를 불러오도록 해요. 되도록 조용히."

속삭이듯 건네는 명령에 남자는 잠시 놀란 표정을 지었다. 그러나 공작이 부리는 사람답게 이내 차분한 얼굴로 고개를 숙여 보이고는 집무실을 나섰다.

그를 보낸 뒤 다시 방으로 돌아온 밀라이아는 혹시나 하는 마음에 공작의 이마를 짚어 보다 눈썹을 찌푸렸다. 어쩐지 잠깐 사이에 열이 더 오른 것 같았다.

'앨런이 열감기에 시달릴 때 어떻게 했더라?'

흐릿해진 기억을 더듬어 간신히 몇 가지를 떠올린 그녀는 조심스럽게 크라바트를 풀어 낸 뒤, 셔츠의 단추도 한두 개 끌렀다.

그런 다음 손수건을 꺼내 물을 적신 그녀는 물기가 떨어지지 않도록 적당히 짜낸 후 공작의 이마 위에 얹었다. 땀을 닦아 주는 것도 기억나긴 했지만, 단추를 풀어 주는 정도면 모를까 옷까지 벗기기는 좀 그랬다.

'이만하면 당장 할 수 있는 건 다 한 것 같은데.'

걱정스러운 얼굴로 공작을 쳐다본 그녀는 책상 앞에 기대서서 왕궁의를 기다렸다. 혹시나 하는 마음에 그가 보던 서류는 내용이 보이지 않도록 뒤집어 놓은 채.

초조한 마음으로 기다리기를 한참, 문가에서 노크 소리가 들려왔다.

잠시 후 엔리케 보좌관과 왕궁의로 보이는 두 남녀가 안으로 들어섰다.

정신을 잃은 모습을 봐서일까, 약식으로 인사를 마친 왕궁의들은 곧장 공작에게로 달려들었다. 그러고는 열이 펄펄 끓은 얼굴이며 목덜미를 짚어 보고 눈꺼풀을 뒤집어 동공을 확인하는 등 한참 상태를 살핀 뒤에야 입을 열었다.

"창공의 드높음을 경배하라. 릴리아나 란스가 여왕 전하께 인사 올립니다."

"조 크리스가 여왕 전하를 뵙습니다."

고개를 까딱해 보인 밀라이아가 물었다.

"반갑네. 그래, 공작의 상태는 어떠한가?"

"과로로 인한 몸살입니다. 며칠 전에도 쉬어야 한다 말씀드렸는데 그예 이렇게 되는군요. 지나친 피로 누적은 건강을 심히 해칠 수 있으니, 이번에는 반드시 휴식을 취해야 합니다."

"……그렇군. 알겠네. 하면 열은 왜 저리 심한 것인가? 그 또한 과로 때문인가?"

"그렇습니다. 처방해 드리는 약을 복용하고 휴식을 취하면 금세 나을 것이니 너무 걱정 마십시오."

차분하게 이어지는 설명을 들은 그녀가 천천히 고개를 끄덕였다.

"알겠네. 하면 일단 공작을 좀 편하게 눕혀 주겠나? 사람을 불러올 때까지라도 편히 쉬어야 하지 않겠는가."

"네, 전하."

서둘러 공작을 부축한 두 사람이 조심조심 그를 근처 소파 위에 눕혔다. 그러고는 불편하지 않도록 자세를 고쳐 준 뒤 말했다.

"하면 신들은 약을 지으러 잠시 다녀오겠습니다."

"굳이 왔다 갔다 할 필요 있겠는가? 바로 페르디난드 공작저로 보내도록 하게. 그리고 엔리케 보좌관?"

"네, 전하."

"바쁜 사람에게 자꾸 잡무를 시켜 미안하지만, 페르디난드가에 전령을 보내 주지 않겠어요? 공작을 데려갈 사람을 보내라고 말이에요."

"그리하겠습니다."

각자의 일을 부여받은 사람들이 곧장 방을 나섰다.

밀라이아는 그를 옮기는 사이 떨어진 손수건을 주워 탁자 위에 올려놓은 뒤 잠시 소파 쪽을 바라보았다. 그만큼 소란스럽게 굴었으면 눈을 뜰 법도 한데, 굳게 닫힌 눈꺼풀은 열릴 기미를 보이지 않았다.

'쯧, 얼마나 과로를 했으면…….'

갑자기 미안해졌다. 이럴 줄 알았으면 투정처럼 힘들다 말할 때 일을 좀 줄여 주는 건데.

'그러게 괜히 멀쩡하다는 사람을 연약한 여자 취급하며 혼자 일하니까 그렇잖아. 대체 누가 누구더러 약하다는 거야? 적어도 나는 이렇게 쓰러지지는 않았다, 뭐.'

그때, 이마에 송골송골 맺힌 땀이 얼굴을 타고 흘러내리는 것이 보였다. 턱 끝에 대롱대롱 매달렸던 땀방울이 벌어진 셔츠 깃 사이로 툭 떨어져 숨어드는 것도.

순간 그 안의 맨살과 닿을 뻔했던 언젠가의 기억이 떠올라, 밀라이아는 고개를 도리도리 저으며 공작에게로 다가갔다.

'아픈 사람을 앞에 두고 무슨 생각이람.'

조심조심 소파 앞에 선 그녀는 땀을 닦아 줄 만한 것이 없나 주위를 둘러보다 가만히 소맷자락을 말아 쥐었다.

둥근 이마며 곧게 뻗은 콧대, 그리고 날렵한 턱 선까지 꼼꼼하게 닦아 준 뒤 팔을 거두려는데, 갑자기 강한 힘이 손목을 움켜쥐었다. 그가 그녀의 손을 제 뺨으로 가져가고 있었다.

"공작? 지금 뭐 하는 거예요?"

"……와 주신 겁니까, 밀라 님?"

속삭이는 듯한 목소리에 당황한 그녀가 더듬더듬 말했다.

"뭐, 뭐예요? 갑자기 왜 이름을……."

"뺨이 많이 뜨겁지요? 죄송합니다. 하지만 이 손이 너무 시원해서요. 이렇게 당신과 함께 있으니 기분이 정말…… 좋습니다."

얇은 입술이 둥글게 호선을 그렸다.

어리광부리듯 제 손에 볼을 비비는 남자를 보자 심장이 두근거렸다. 꽉 잡힌 손끝에서부터 시작된 전율이 온몸으로 설렘을 싣고 날랐다.

"저기…… 공작?"

열릴 줄 모르던 눈꺼풀이 그제야 비로소 조금씩 위로 올라가기 시작했다.

흐릿하게 초점이 나가 있던 재색 눈동자가 그녀 쪽을 향했다. 그리고 이내 빛이 돌아왔다.

"……전하? 전하께서 왜 여기에?"

느릿하게 눈을 깜빡이던 남자는 조금 뒤에야 상황을 이해한 듯 그녀의 손을 확 뿌리치며 몸을 일으켰다.

"뭐, 뭡니까? 왜 전하께서 신을……!"

'뭐야, 저 눈빛은?'

설레던 가슴이 차갑게 식었다.

마치 제가 그를 덮치려고 했다는 양 쳐다보는 눈빛에 눈꼬리가 확 치켜 올라갔다. 피해자는 엄연히 저이거늘, 누가 누구를 저런 시선으로 쳐다본단 말인가.

"가만있는 내 손을 끌어다 얼굴에 갖다 댄 건 공작이거든요?"

"무슨 말도 안 되는 소리십니까? 솔직히 말씀하십시오. 대체 신에게 무슨 짓을 하고 계셨던 겁니까?"

"와 나, 진짜 황당하네. 당한 건 공작이 아니라 나라니까요? 근데 내가 왜 이런 추궁을 당하고 있어야 하죠?"

팔짱을 단단하게 낀 밀라이아가 입바람으로 머리카락을 위로 훅 불었다.

대체 누가 누구를 덮치려 했단 말인가? 조금 전에도 그랬지만, 막 이곳에 들어섰을 때도 제 손목을 낚아채고는……!

얼굴이 화르르 불타올랐다.

사납게 치켜뜬 눈에 여전히 창백한 얼굴이 들어온 건 바로 그때였다.

'하아, 그래. 환자랑 싸워서 이긴들 뭐 하겠어.'

푹 한숨을 내쉰 그녀가 말했다.

"……관둡시다. 다 내가 잘못했어요. 됐죠?"

"어라, 웬일로 져 주십니까?"

"그럼 아픈 사람이랑 싸워서 뭐 하게요? 아, 됐고, 도로 누워 봐요. 물수건 놔 줄 테니까."

까칠하게 답한 밀라이아는 탁자 위에 올려 두었던 손수건에 다시 한번 물을 적셔 가볍게 짜냈다. 그러고는 새하얀 천을 반듯하게 접은 뒤, 신기하다는 눈빛으로 저를 바라보는 공작에게 말했다.

"왜 그러고 있어요? 누우라니까."

"전하께서 이런 일도 할 줄 아십니까?"

"네. 그러니까 누워요."

"어디서 배우신 겁니까? 전하 같은 분이 누군가를 손수 간호해 줄 일이 얼마나 된다고요?"

"아, 거 말 되게 안 듣네. 누우라고요, 좀."

슬쩍 눈썹을 치켜세운 밀라이아가 손가락으로 공작의 이마를 꾹 밀었다.

어어, 하는 사이 압력을 이기지 못한 남자가 뒤로 넘어가는 것이 보였다. 풀썩 쓰러진 그가 황당해하는 눈빛으로 저를 올려다보는 것도.

'그러게 진즉 누울 것이지.'

밀라이아는 어느새 소파에 도로 누운 공작을 보며 보일 듯 말 듯 하게 입꼬리를 끌어 올렸다. 평소였으면 끄떡도 하지 않았을 자가 이리 쉽게 넘어가는 것을 보면 확실히 많이 아프긴 아픈 모양이었다.

젖은 손수건을 이마 위에 얹어 주자, 공작은 잠시 침묵하다 말했다.

"뭐, 이유야 어쨌든 기분은 좋군요. 전하께서 신을 이렇게 친히 간호해 주시고 말입니다."

"지금 그런 말이 나와요?"

태연자약한 말에 울컥한 밀라이아가 말했다.

"아까 내가 얼마나 놀란 줄 알아요? 그러게 내가 쉬라고 했어요, 안 했어요? 사람이 왜 그렇게 미련해요? 왕궁의가 며칠 전에도 휴식을 취해야 한다고 했다면서요? 근데 왜 그렇게 아득바득 일을 한 거냐고요. 아무리 중요한 일을 앞두고 있었다지만, 그래도 적당히 몸 상태도 살펴 가면서 해야 하는 것 아니에요? 이러면 내가 사람을 어마어마하게 혹사하는 악덕 상관 같잖아요!"

"……."

숨 쉴 틈 없이 말을 쏟아 내는 밀라이아를 창백한 얼굴로 바라보던 공작이 말했다.

"잔소리를 듣는다는 게 이런 느낌이었군요. 앞으로는 좀 더 많이 해 드려야겠습니다."

"하, 시원하다. 이제야 좀 살 것 같…… 뭐라고요? 대체 어떤 생각을 거쳐야 그런 결론이 나와요?"

눈을 크게 뜨자, 공작은 땀이 송골송골 맺힌 얼굴로 슬쩍 미소 지었다.

"기분 좋던데요. 가슴도 막 뛰고 말입니다."

"……뭐야, 공작, 변태예요?"

질린 표정을 한 그녀가 슬그머니 엉덩이를 뒤로 뺐다.

섭섭하다는 얼굴로 그녀를 올려다본 남자가 말했다.

"뭡니까, 고작 물수건 하나 놔 주고 도망가시깁니까?"

"그건 또 무슨 소리예요? 내가 어딜 도망간다고 그래요?"

"아니시라면 됐습니다. 전 또 슬그머니 몸을 빼시길래 아픈 신을 버려 두고 가시려는 줄 알았죠."

"참나, 그거야 공작이 변태 같은 소리를 하니까 그런 거잖아요. 잔소리를 들으면서 기분이 좋다니, 어떻게 그럴 수가 있어요?"

입술을 삐죽이며 공작 쪽으로 도로 다가간 밀라이아는 일인용 소파를 조금 당겨서 그의 맞은편에 앉았다.

그제야 그녀 쪽으로 돌아누운 공작이 싱긋 웃으며 말했다.

"그거야 대상의 차이 아니겠습니까? 다른 분도 아니고, 전하께서 신을 걱정해 주시니까 그런 거지요. 그것도 네게 할애할 시간은 없노라며 딱 잘라 거절하신 후라 더더욱 말입니다."

"……뭐예요, 갑자기. 그런 얘기는 반칙이라고요."

불쑥 치고 들어오는 말에 멈칫한 그녀가 가볍게 눈을 흘겼다.

그날 이후로 툭하면 시간을 들먹이는 것이 꽤 얄밉게 느껴졌지만, 그렇다고 해서 그 문제에 대해 또다시 옥신각신하기는 싫었다.

"그런데 공작, 가만 보면 되게 쪼잔한 거 알아요? 은근히 집요한 것도 같고."

"모르셨습니까? 신은 원래 한번 눈길을 주면 절대로 놓지 않는 성격입니다. 그것이 물건이든 사람이든 말이지요."

잿빛 시선이 올곧게 그녀에게로 향했다.

마치 어루만지는 듯 부드러우면서도 끈질긴 시선에 저도 모르게 몸이 바짝 긴장하는 것이 느껴졌다.

고개를 슬쩍 돌려 그의 눈길을 피한 밀라이아가 말했다.

"어쩐지, 처음 봤을 때부터 대단히 집요해 보이더라 했어요. 뭐, 그건 그렇고…… 옷을 좀 갈아입어야 하는 것 아니에요? 땀을 많이 흘렸으니 한기가 들기 전에 환복換服해야 할 것 같은데."

"괜찮습니다. 이따 사람이 오면 그때 갈아입지요."

"그러다 더 아프면 어쩌려고 그래요? 그러지 말고 지금 갈아입어요. 셔츠 어디 있어요? 보통 여벌 한두 벌 정도는 가져다 놓잖아요?"

주위를 두리번거리자, 끙 소리를 내며 몸을 일으켜 세운 공작이 답했다.

"저기 저쪽, 책상 왼편을 보시면 작은 옷장이 하나 있지요? 거기에 있습니다."

"알겠어요."

곧바로 몸을 일으킨 밀라이아는 책상 앞을 돌아 옷장 문을 열었다. 처음 들어왔을 때부터 느꼈던 거지만, 그 안도 역시 주인의 성격을 보여 주듯 흐트러짐 하나 없이 정리되어 있었다.

'왠지 잘못 건드리면 안 될 것 같은 분위긴데.'

잠시 망설인 그녀는 그냥 가장 오른쪽에 걸려 있는 셔츠를 빼서 가져다주었다.

"자요. 혼자 입기 힘들면 사람을 불러 줄까요?"

"괜찮습니다. 아무리 열이 좀 나기로서니 설마 옷 한 벌 스스로 못 입을까요."

대수롭잖게 답한 남자가 새 셔츠를 받아 들었다.

입기 편하도록 셔츠를 잘 펼쳐 둔 그는 베스트의 단추를 툭툭 끄르다 말고 말했다.

"한데 계속 지켜보실 겁니까? 신이야 별로 상관없습니다만……."

"아니거든요? 보긴 누가 본다고 그래요?"

샐쭉하게 답한 밀라이아가 고개를 돌렸다.

작은 웃음소리가 들리고, 잠시 후 셔츠를 벗는 듯 부스럭거리는 소리가 들려왔다. 커프스단추를 풀어내는 소리와 젖은 천이 살갗에 스치는 소리도.

눈으로 보지 않아서일까, 어쩐지 그 소리가 더 생생하게 들려오는 듯했다. 아무래도 힘에 부치는지 속도가 대단히 느렸기에 더 그랬다.

"저…… 공작?"

이대로는 계속 그쪽으로만 온 신경이 쓰이겠다 싶어서, 밀라이아는 그냥 아무 말이라도 하자는 생각에 입을 열었다. 그러면 최소한 저 소리는 묻히지 않겠나 싶었다.

"말씀하십시오."

"저기, 그러니까……. 아, 맞다. 그날 이후로 가문 사람들한텐 별말 없었어요? 입단속을 부탁한 이후로는 딱히 얘길 못 들었던 것 같아서요."

"그럴 리가 있겠습니까? 말들이 얼마나 많은지 아주 그냥 죽을 지경입니다."

"말이 많다고요? 뭐라고들 그러는데요?"

"음, 엄한 놈한테 전하를 뺏기고 오면 가주 자리도 박탈해 버리겠다고 협박들 하더군요."

"……."

갑자기 말문이 막혔다.

열기 때문인지 평소보다 한결 낮게 가라앉은 음성이 들려왔다.

"그래서 말입니다만, 길리안 공작도 당분간 조용하게 만들었겠다, 신과 한번 만나 보시는 건 어떠신지요? 적어도 그 두 사람보다는 잘해 드릴 자신이 있는데요."

"……그게 지금 상황에서 할 소리예요?"

뾰족하게 반문하자, 의아하다는 듯한 목소리가 되돌아왔다.

"지금 상황이란 어떤 상황을 의미하는 겁니까? 정치적 문제를 일컬으시는 겁니까, 아니면 때와 장소가 문제라는 겁니까?"

"그 와중에 그걸 따질 생각이 들어요? 그냥 모든 게 다 문제예요, 됐어요?"

"아하."

버럭 화를 내는 그녀와는 달리 공작의 목소리는 몹시 여유로웠다.

어느새 고요해진 사위를 뚫고 느긋한 음성이 들려왔다.

"정치적 문제야 곧 해결될 테고, 때와 장소는…… 흠. 알겠습니다. 다음에는 제대로 각 잡고 말씀드리지요."

"아니, 왜 얘기가 그리로 튀어요? 지금 그 얘기가 아니잖……!"

반사적으로 옆을 돌아본 밀라이아는 그가 옷을 갈아입던 중이었다는 것을 깨닫고 화들짝 놀랐다.

하지만 다행스럽게도, 그는 이미 셔츠를 전부 꿰어 입은 뒤 소매를 고정하는 끈을 묶는 중이었다. 떨리는 손 때문에 계속해서 헛손질을 거듭하고는 있었지만.

"……."

그 모습을 보자 화가 좀 사그라지는 기분이 들었다.

밀라이아는 공작이 하는 양을 물끄러미 바라보다 말했다.

"……내가 좀 도와줘요?"

"아, 그리해 주시겠습니까? 감사합니다, 전하."

아무래도 힘에 부치기는 했던 듯, 그는 사양 한 번 없이 곧장 고개를 끄덕였다.

그의 옆자리로 옮겨 간 밀라이아는 왼팔을 잡아 올려 소매의 끈을 하나씩 꿰기 시작했다. 척 보기에도 구조가 복잡해 보이는 것이, 하필이면 골라도 왜 이런 걸 골라 왔나 싶었다.

"어디 보자……. 이걸 여기에다가 넣고, 음, 요건 여기에 넣는 거구나. 그러고 나서 이렇게 리본을 묶으면……. 아, 됐다. 이제 오른팔만 하면 되겠네."

한참을 꼼지락거린 후에야 간신히 묶어 낸 매듭을 보며 빙긋 웃는데, 머리카락에 무언가가 와 닿는 것이 느껴졌다.

화들짝 놀라 고개를 들자 숨결이 전해질 만큼 가까운 거리까지 다가온 얼굴이 보였다.

귓바퀴를 스치고 지나가는 손길에 몸이 파드득 뛰어올랐다. 어느새 제게 다가온 손이 흘러내린 머리카락을 귀 뒤로 넘겨 주고 있었다.

"지, 지금 뭐 하는……!"

"너무 무방비하신 것 아닙니까? 겁도 없이 접근하셨다가 몹쓸 짓을 당하기라도 하면 어찌하시려고요."

뒤로 뺀 몸만큼 다시 거리를 좁혀 온 남자가 작게 속삭였다. 아직 채 매듭이 지어지지 않아 나풀나풀한 소맷자락이 스칠 듯 얼굴 가까이로 다가왔다.

그때, 노크 소리가 들렸다.

깜짝 놀란 밀라이아가 황급히 공작을 밀쳐 내며 벌떡 일어섰다.

잠시 후 안으로 들어선 시종 복장의 남자는 어딘가 싸늘해 보이는 공작의 눈치를 보며 그녀를 향해 조심조심 인사를 건넸다.

"샘 스노우가 고귀하신 여왕 전하를……."

"인사는 되었다. 어서 공작을 모셔 가도록."

차분하게 말을 끊은 그녀가 자리에서 일어났다.

"그럼 페르디난드 공작?"

"네, 전하."

"조심해서……."

가요, 라고 말하려던 그녀는 뭔가 인사말이 썩 마음에 들지 않는다는 생각에 멈칫했다.

잠깐 동안 입 안에서 맴도는 말들을 가만히 굴려 본 그녀는 뭔가를 기다리듯 빤히 바라보는 공작을 향해 좀 전과는 다른 이야기를 꺼냈다.

"일주일 뒤에 봐요. 몸조리 잘 하고요. 쌩쌩해져서 돌아오지 않으면 화낼 거예요."

"명을 받듭니다."

가만히 이야기를 기다리던 남자가 천천히 고개를 숙여 보였다.

애써 단호한 표정을 지은 밀라이아가 돌아섰다.

굳이 뒤돌아보지 않아도 알 수 있었다. 잿빛 시선이 등 뒤를 계속 따라붙고 있다는 것을.

어쩐지 그 눈길이 일주일 내내 자신을 따라다닐 것만 같았다. 너무 무방비한 것 아니냐며 저를 내려다보던 눈빛도.

돌아가는 발걸음이 무거웠다.

–4권에서 계속–

BLACK LABEL CLUB 032
여왕을 위한 진혼곡 3

1판 1쇄 발행 2018년 4월 30일
1판 2쇄 발행 2019년 8월 9일

지은이 정유나
펴낸이 신현호
편집부장 예숙영
책임편집 박상희
편집디자인 한방울
영업·관리 김민원 조인희
물류 이순우 최준혁 박찬수

펴낸곳 ㈜디앤씨미디어
출판등록 2002년 5월 1일 제117-90-51792호
주소 서울시 구로구 디지털로 26길 111 JnK디지털타워 503호
대표전화 (02)333-2513 팩스 (02)333-2514
전자우편 dncbooks@dncmedia.co.kr
디앤씨북스 블로그 http://blog.naver.com/dncbooks

ISBN 979-11-264-4298-0 (04810)
ISBN 979-11-264-4256-0 (세트)